攻略对象
出了错

金刚圈◎著

ERROR

确定

广东旅游出版社
GUANGDONG TRAVEL & TOURISM PRESS

中国·广州

Contents

我可能会……变成一棵植物。

什么植物？

这么高的，长了绿色叶子的，不会开花的，长在花盆里的植物。

所有植物都有名字的。

我叫湛微阳啊。

Strategic objectives

我的分快扣完啦!

♥ __10__

总览　羁绊　成长

学 校

选择场景

任 务

♥ 15　🔒

- 解锁需 15 颗心以上 -

目标人物
搜索中

Loading ······

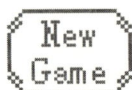

```
┌─────────┐
│ New     │
│ Game    │
└─────────┘
```

1

　　湛微阳是在那天下午，躲在三楼湛微光的浴室里泡澡的时候，突然听到那个机械的、带着金属质感的冰冷女声的。

　　当时他睡着了，身体无意识地往下滑，口鼻都淹没在了水面下。然后他就听到那个女声说："初级亲密系统启动。用户名：湛微阳。性别：男。年龄：17岁。身高：174厘米。"

　　湛微阳惊醒过来，身体猛地往上蹿，将脑袋伸出了水面，趴伏在浴缸边缘痛苦地呛咳。

　　那个女声却没有放过他，继续说道："系统任务：达成初级亲密状态。任务对象：开学在学校门口遇到的第一个人。"

　　头上的水顺着湛微阳的脸往下滑落，他抬起手用力地擦脸上的水，努力地睁大眼睛在卫生间里寻找。

　　卫生间面积不大，周围都是淡绿色的瓷砖，湛微阳没能找到一个说话的女人或者发声的喇叭。

　　"用户初始分数：50分；亲密状态正面增进得分，负面增进扣分；任务满分：100分；当分数被扣至0分时，启动惩罚系统。"

　　"什么惩罚系统？"湛微阳怔怔地问道。

　　那个声音没有回答他。

　　周围突然安静了下来，就像这个夏日午后原本的模样，阳光从浴室上方一扇小透气窗里照进来，伴随着恼人的蝉鸣，是专属于夏日的宁静午后。

湛微阳把浴缸里的水放掉，从浴缸里爬了出来。他刚才泡在水里睡着了，又呛了水突然惊醒，到现在整个人都还有些恍惚，腿脚酸软地在浴缸边缘坐了一阵，等到缓过来才踩着拖鞋站起身，伸手去拿挂在一旁的毛巾和衣服。

从卫生间出来的时候，湛微阳穿了一件宽大的T恤，长度盖住了屁股。

他把毛巾搭在手臂上，正要朝楼梯方向走去，突然听到湛微光在身后喊他："你干什么？"

湛微阳回过头去。

湛微光站在他的房间门口，穿了一套运动服，手里拿着篮球，朝湛微阳走近，直到在他面前了，才看着他湿漉漉的头发，语气不太好地问道："你偷偷用我的浴室了？"

因为湛微光比湛微阳高，所以湛微阳跟他说话不得不仰起头，头发上还有没擦干的水珠顺着脸颊往下滑落，说道："嗯。"

湛微光板着脸："说过好多次了，不许偷偷进我的浴室泡澡。"

湛微阳语气很平静，解释道："只有三楼有浴缸。"二楼的两个卫生间都是没有浴缸的。

"那你也不能——"湛微光的话说到这里，突然被楼下的声音打断了，那是裴馨在二楼的楼梯口叫他。

他于是瞪了湛微阳一眼，朝着楼梯方向走去，探头说道："馨哥，你等我两分钟，马上就下来了。"

湛微光随手把篮球丢到了地上，从湛微阳身边走进卫生间。

湛微阳又看一眼他的背影，决定不再理他，自己朝楼下走去。

裴馨就站在二楼的楼梯口，正在等湛微光一起出去打球，出现在楼梯上的却是湛微阳。

湛微阳看见裴馨之后，脚步停顿一下，点了点头唤道："馨哥。"之后便低着头继续朝下面走去。

裴馨是湛微阳姑姑的儿子，并不是亲生儿子，而是他姑姑再婚的丈夫带过来的。所以裴馨虽然是湛微阳和湛微光兄弟两个的表哥，却跟他们姓湛的一家人都没有血缘关系。

等到九月，已经升上大四的裴馨要在湛微阳家附近不远的一家期货投资公司开始实习，所以姑姑在半个月前就给湛微阳的爸爸湛鹏程打了电话，说要让裴馨在湛家借住一段时间。

湛鹏程当即语气轻快地答应了。

于是昨天下午，裴馨拖着一个行李箱独自搭乘高铁跨越城市过来，住进了湛微阳家。

裴馨的爸爸和湛微阳的姑姑结婚已经三年。湛微阳一共见过裴馨三次，都是在过年的时候，两个人说的话加起来不超过十句。

他一点也不了解裴馨。

裴馨显然也不熟悉湛微阳。

他准备跟湛微光出去打篮球，同样穿了一身运动服，而他比湛微光还要高一些，身形已经脱离了少年人的纤细，带着青年的矫健，肩宽腰窄，双腿很长，年轻的脸英俊得叫人羡慕。

湛微阳趿拉着拖鞋，两条腿光着一步步走下楼梯，经过裴馨身边的时候，侧过头对比了自己和裴馨的身高，然后才继续朝自己房间方向走去。

裴馨靠在楼梯转角的墙壁上，只在湛微阳经过的时候点了点头当作打招呼，接着便收回了视线。

湛微阳回到自己房间，伸手关了门。

房间里空调还开着，温度调得有些低，前面窗户正对一楼花园，他走到窗边，感觉到热气穿透了紧闭的玻璃窗扑到人的身上，叫人一面热一面冷，就像是个在平底锅上煎着的鸡蛋。

湛微阳很快意识到这个比喻并不那么合适，他想了想，也找不到更好的形容，只得作罢。

房间外面响起湛微光和裴馨说话的声音，以及他们下楼的脚步声。

湛微阳把额头贴在温热的玻璃上，一直朝楼下张望着，等他看到裴馨和湛微光拿着篮球朝外面走的身影，才一边想着明明他也会打篮球，为什么他们不叫他一起去，一边转身走向床边，一头栽进了柔软的被褥里。

他想要继续刚才没有睡完的觉。

在快要睡着之时，湛微阳突然听到了"嘀嘀"的提示音，像是什么仪器启动的声音，他想起了那个初级亲密系统，莫名有些惊慌，他努力挣扎着想要唤醒自己，可是大脑似乎太疲倦了，挣扎了几秒钟，终于抵不过浓烈的困倦，放弃挣扎，睡了过去。

这一觉睡过去了整个下午。

湛微阳再醒来的时候，太阳光都已经不那么炽烈了，他翻了个身，把被子抓过来盖住已经冰凉的双腿，打个哈欠想要继续睡。

然而门外却传来了敲门声，伴随着湛鹏程温和的声音："阳阳，在睡觉吗？"

湛微阳抬起头，应道："嗯。"

湛鹏程说："快点起床了，等会儿我们去吃晚饭。"

湛微阳大声答应他："好。"

湛鹏程于是道："楼下等你。"说完，走廊上响起了他离开的脚步声。

湛微阳翻身下床，打开了衣柜找出来一条短裤，犹豫一下又换成了长裤，坐在床边套到腿上穿好，然后打开房门朝外走去。

2

湛微阳下到一楼时，裴馨已经打完篮球回来了，正坐在客厅的沙发上陪奶奶说话。

奶奶今年七十岁，前年在外面挤公交车的时候摔了一跤，之后腿脚就不怎么方便，也不怎么出门了。湛鹏程于是请了个保姆在家里照顾奶奶，同时也给孩子们做饭。

保姆姓罗，湛微阳叫她罗阿姨。罗阿姨来湛家工作两年时间，跟孩子们都熟悉了，常常说看着湛微阳就像看自己家的孩子。

奶奶还穿着长袖衬衣和一件薄针织外套，瘦瘦小小的，整个人都陷进了沙发里似的，不知道听裴馨说了些什么，她干瘪的嘴完全笑开了，眼睛眯成一条沟壑深深的细缝。

裴馨最先注意到湛微阳下楼，转头看过来，微微笑了笑，招呼道："微阳。"

奶奶于是跟着转过头来，看见湛微阳便说道："阳阳，睡醒了吗？"

湛微阳点点头，唤一声"奶奶"，又看向裴馨，叫他"馨哥"。叫完人，湛微阳想朝外面走，刚走了两步又停下来，回过头去认真地叫一声"罗阿姨"，接着才继续走到了门口。

一打开门，他全身便浸入热烈的阳光中，眼看暑假就要结束了，暑气却还迟迟不肯散去，带着强大的余威，将人裹挟起来。

湛微阳忍不住眯起眼睛，抬起头让阳光从他的额头一直照到脚尖。

湛鹏程开着一辆七座的越野车从车库出来停在家门口，他降下车窗，对站在门口晒太阳的湛微阳说："阳阳快上车。"他语气里满是关切，像是舍不得湛微阳热出一点汗来。

湛微阳没有动，回过头去，看见湛微光已经从楼上下来了，他应该是刚洗完澡换了衣服，跟裴馨两个人一左一右扶着奶奶朝外面走。

湛鹏程下车，打开了后座的车门。

湛微阳默默地上了汽车，一个人钻到最后一排座位上坐下来。

今天一家人一起出去吃晚饭，湛鹏程开车，奶奶和罗阿姨坐在中间一排座位上，湛微光主动把副驾驶座让给了裴馨，他钻到最后一排，跟湛微阳之间隔了一个座位坐下。

裴馨正坐在副驾驶座上给餐馆打电话订座位。

他们全家人好像都喜欢裴馨，湛微阳有些漫不经心地想着，打了个哈欠，把额头贴在温热的车窗玻璃上。

晚饭吃的是烤鸭。

湛微阳很喜欢吃烤鸭，虽然不喜欢黄瓜和大葱，但是并不妨碍他吃蘸了面酱裹了面皮的肥美烤鸭。

每次出来吃烤鸭，湛鹏程最喜欢的事情就是给湛微阳裹烤鸭，他一边裹，一边还和裴馨聊天。

湛微阳听到湛鹏程问裴馨实习的事情，裴馨就开始跟湛鹏程讲他实习的公司是什么样的。

他们聊了大半顿饭，等到湛微阳差不多吃饱了，他听见湛鹏程突然说："微光后天就回学校了。"

湛微光一直在漫不经心地玩手机，这时候才突然抬起头来，看向湛鹏程。

湛鹏程继续说道："我明天要出差，这一趟出去比较麻烦，要一个月左右，不知道中途能不能抽空回来。"

裴馨也已经放筷子了，靠着椅背，静静听湛鹏程说话。

湛鹏程的话都是对裴馨说的："到时候家里只有你和阳阳，还有奶奶和罗阿姨。"

裴馨明白湛鹏程的意思，说："我会照顾好家里的，舅舅你放心吧。"

湛微阳看着桌上盘子里剩下的几片烤鸭，忍不住拿起筷子又夹了一片，蘸了面酱直接送进嘴里。

湛鹏程说："做饭、打扫卫生这些都有罗阿姨，其实也不用你做什么，就是帮忙看着点阳阳。你有驾照吧？我把车钥匙留下来，如果有什么事，像是奶奶不舒服啊，你帮一下阳阳。"

湛微阳忍不住转头去看裴馨，刚好裴馨也朝他看过来，两个人眼神刚一接触，湛微阳就把头转开了。

裴馨说："我会的。"

湛微光伸手拿起一根筷子，指向湛微阳："不要给馨哥惹事。"

湛微阳没说话，倒是湛鹏程说道："别欺负你弟弟。"

湛微光不屑地撇了撇嘴。

裴馨笑了笑，说："微阳很乖。"

"唉——"不知道为什么，湛鹏程突然轻轻叹了一口气，想了想，又对裴馨说："还有件事情给你添点麻烦。"

裴馨道："舅舅千万别客气。"

湛鹏程说："阳阳毕竟已经高二了，他们学校走读生不用上晚自习，我觉得还是得有人守着他在家里看看书，到时候麻烦你每晚盯一盯他，不知道方不方便？"

裴馨微微偏过头看向湛微阳，微笑道："当然方便。我晚上也要看书，正好跟微阳一起上自习了。"

湛鹏程语气有些为难："阳阳成绩不太好——"说到这里，他连忙补充了一句，"他不是笨，就是注意力不容易集中，要是没人管他，他肯定没法专心学习。"

他刚说完，奶奶在旁边也跟了一句："不笨，阳阳一点也不笨。"

湛微阳舔去筷子上一点甜面酱，心想湛微光就说过他笨，可是他对于笨不笨这一点并不怎么在意。

裴馨脸上还是带着笑容，说："微阳挺聪明的。好多小孩都聪明，就是心思没放在学习上。"

湛鹏程连连点头，显然这句话在他这里是有用的。

他们一家人于是更喜欢裴馨了。

吃完晚饭回到家里，各自去房间洗澡睡觉。

奶奶和罗阿姨住在一楼，湛微光一个人住在三楼，湛微阳和湛鹏程还有裴馨的房间都在二楼。

二楼有两个卫生间，一个在湛鹏程住的主卧里，一个在走廊上大家共用。

湛微阳拿着睡衣裤准备去洗澡，刚刚打开房间门，就看到走廊那边装馨的房门打开了。

他也不知道为什么，连忙躲了回去，只用耳朵凑在门口听着装馨走进卫生间关上门。

湛微阳等了一会儿才从房间里出来，走到卫生间门口，贴着门听见里面的水声，应该是裴馨正在洗澡。

他犹豫了一下，拿着衣服去了湛鹏程的房间。他在湛鹏程房间的小卫生间里洗了澡出来，湛鹏程正在床边收拾行李，地上一个打开的行李箱，已经装了一半东西进去。

湛微阳走过去蹲在湛鹏程旁边。

湛鹏程把手里的衣服叠好了放下，转过身摸摸湛微阳的头，对他说："爸爸不在家，你要听馨哥哥和奶奶的话。"

湛微阳点点头。

湛鹏程不知道为什么又叹了一口气，抬起手抱住了湛微阳的头，说："没事，爸爸也走得不远，你有事就给爸爸打电话，爸爸立马能回来，别怕。"

湛微阳任他抱着不动。

抱了一会儿，湛鹏程松开手，拍一拍湛微阳的肩膀，说："去睡吧。等你一觉睡醒，爸爸就已经走了。"

湛微阳走到门口，对湛鹏程说："爸爸，早点回来啊。"

湛鹏程露出个笑容："好嘞，儿子。"

3

湛鹏程和湛微光一前一后走了。

湛微阳每天晚上睡觉之前，都听到那个冰冷的女声跟他说："用户今日分数：50分。"

他闷闷不乐地想：为什么初始分数就不及格？要是湛鹏程知道了，

肯定又要难过。

这种状态一直持续到了湛微阳正式开学。

早上他上了两个闹钟，第一个刚响了不久，他正迷迷糊糊要睡着，还没等到第二个闹钟响的时候，罗阿姨就在外面敲门，大声喊他："微阳起床了，要迟到了！"

湛微阳努力睁开眼睛。

罗阿姨有一种湛微阳不起床开门就不罢休的气势，敲得房门咣咣响："今天第一天上课，不能迟到啊！"

湛微阳只能大声回答道："我起来了！"

罗阿姨没有继续敲门，在门口喊："给你十分钟，你没下来吃早饭的话我又来敲门啊。"

湛微阳说："马上就来！"

他掀开被子下床，打开衣柜取出来已经一个暑假没穿过的校服慢吞吞地穿上，然后半眯着眼睛打开房门，朝卫生间方向走去。

湛微阳在卫生间里刷了牙，再懒懒地往脸上泼一泼冷水便当作洗脸了，不过冷水一激，倒是整个人都清醒了不少。洗漱完毕再尿了个尿，湛微阳从卫生间出来，回房间的脚步变得快了起来。

先叠被子再收拾书包，湛微阳下楼的时候刚好过去十分钟。他看见只有奶奶一个人在饭桌边坐着，短袖外罩一件薄针织衫，双手抄在袖子里，身前桌面空荡荡的，显然正在等湛微阳。

罗阿姨把牛奶、鸡蛋还有包子从厨房端出来放在湛微阳面前，催促他："快点吃，别迟到了。"

湛微阳连忙拿筷子夹起包子往嘴里塞。

奶奶说："慢点吃慢点吃，别噎着。"

湛微阳回头朝客厅里看一眼，转过头来含着包子问道："馨哥呢？"

罗阿姨习惯性地用抹布擦并不脏的餐桌，说道："馨哥要九点才上班，他起不了那么早。"

湛微阳"哦"一声。

奶奶说:"阳阳好好读书,过几年考上大学就可以睡懒觉了。"

湛微阳不知道说什么才好,只点了点头。等他吃完包子,罗阿姨已经心情急迫地帮他把鸡蛋都剥好了,他一边吃鸡蛋,一边喝牛奶,吃得急了有些噎,抬起手拍一拍胸口,把碗放下,站起身说:"我去上学了。"

罗阿姨说:"快走快走。"

奶奶挥了挥手:"路上注意安全。"

湛微阳抓起丢在旁边椅子上的书包,包带挎在一边肩膀上,急急忙忙走到门口去换鞋。

罗阿姨送他到了门口,站在旁边看他换鞋,等他出门了还在说:"快点,别迟到了。"

湛微阳只好跑了起来,他跑过一片花园,慢下脚步回头看,发现已经看不见罗阿姨了,才又放慢脚步继续朝前面走。

他的手机装在校服的裤兜里,距离上课还有四十分钟,时间还早,不会迟到。

在小区门口挤上了公交车,湛微阳发现车子里有好几个穿着他们学校校服的学生。学校离家不远,坐公交车只需要十多分钟,有时候湛微阳也骑自行车,花的时间跟赶公交差不太多。

他站在公交车中部的角落,从长裤口袋里掏出手机,开始给陈幽幽发消息:"你什么时候到学校?"

等公交车到了下一个站,陈幽幽都没有回他,他只好把手机塞进了裤兜里,随着涌上车的人流努力地将自己再往角落里挤挤。

手机隔着一层薄薄的布料紧贴着大腿,如果陈幽幽回了消息就会振动,他是能知道的。

湛微阳这几天心里都惦记着那个初级亲密系统,昨晚睡觉前他还在想,今天在学校门口遇到的第一个人就是他要达成亲密关系的对象,不知道会是一个什么样的人。他突然想起了七班那个很高很壮的男生,上次那个男生在走廊上狠狠瞪过他，如果他碰到的第一个人就是那种人，恐怕是很难跟他成为好朋友的；又或者是他们班上的班长，一个很漂亮的女生，男朋友是校学生会主席，他也很难去亲近她。

于是他想，要是那个人是陈幽幽就好了，陈幽幽本来就是他好朋友，两个人达成亲密关系会简单得多，也许很快就能得满分了。

可惜陈幽幽一直没有回他消息。

公交车在越接近学校的站台，上来的学生越多，已经把整辆公交车都装满了，湛微阳个子不算矮，也依然被挤得东倒西歪、左摇右晃。好容易到了学校门口一个站，公交车后门打开，把这一群新学期刚开学的学生全部"吐"了出去。

下车的时候，有个女孩被人挤了一下险些摔倒，湛微阳连忙伸手扶住她，女孩红了脸道谢。

湛微阳摇摇头，将书包肩带拉了拉，双手插在裤子口袋里朝校门口走去。

学校门口人来人往，除了学生，还有许多送孩子的家长，校门口的车道被各式各样的小汽车占满了，交警骑着摩托车在学校门口指挥交通，让那些送学生的家长赶紧把车子开走。

湛微阳在校门口停下来，最后一次掏出手机，依然没见到陈幽幽的回复。

他朝前后左右望了望，看见到处都是人，耳朵里听到的全是嘈杂的交谈声，太阳已经出来了，紧紧攀住夏日最后的一丝炎热不放，他忍不住眯了眯眼睛，心想自己可能不应该作弊，系统也许知道了。

于是湛微阳深吸一口气，他走到校门前，低着头谁也不看，径直朝里面走去。

他一共走了五步，心里默默数着，就一头撞到了别人身上。他连忙抬起头，看见面前是一个个子高高的英俊少年，同样穿着学校的校服，嘴角抿成略微严肃的角度。

湛微阳听到脑袋里面"叮"一声，那个女声对他说："任务对象已确认。"

少年看他一眼，转身朝学校里面走去。

湛微阳站在原地，过了一会儿才反应过来，从口袋里掏出手机对准少年的背影拍了一张照片，确定他的任务对象。

那天没过多久，湛微阳就知道那个少年名字叫谢翎，是学校高一的新生。开学典礼的时候，谢翎代表全体高一新生在主席台上发言，他对全校学生介绍了自己的名字。

湛微阳身边站着陈幽幽。

陈幽幽听起来像个女生的名字，实际上是个男生，跟湛微阳个头差不多，很瘦。暑假的时候因为头发上粘了口香糖，被他妈抓去理发店剪了个寸头，现在头发还没长出来。

湛微阳和陈幽幽同时仰着脸看主席台上的谢翎。

过了一会儿，湛微阳压低声音喊陈幽幽："陈幽幽。"

陈幽幽转头看他："嗯？"

湛微阳有些迟疑，犹豫了一会儿才说："你看那个谢翎。"

陈幽幽满脸疑惑："嗯？"

湛微阳没办法给他解释所谓的初级亲密系统，可他需要陈幽幽的一些帮助。他常常需要陈幽幽的帮助，其中最需要的是陈幽幽借作业给他抄。而现在，他一个出生到现在唯一的好朋友只有陈幽幽的人，需要陈幽幽教他怎么跟另一个男生成为关系亲密的朋友。

他于是下定决心，说："我要亲近他，跟他做朋友。"

"什、什么？"陈幽幽瞪大了眼睛脱口而出，声音有些大，站在前面的班主任都朝他们看了一眼。

陈幽幽这个人平时说话很简洁，不是不爱说，而是不愿意说，因为他是个结巴。从小家里人带他去各种医院和机构纠正到现在，他还是一着急就忍不住结巴，就像现在。

4

陈幽幽的座位在湛微阳的前面一排。上学期前半段本来两个人还是同桌的，后来班主任发现他们两个上课老是说话，就把两个人分开了，虽然距离不算远，但是上课聊天始终不方便。

他们把聊天的时间改到了课间。

陈幽幽转过身来，跨坐在椅子上和湛微阳说话，他说："你、脑袋还好吧？"他说话有个习惯，句子稍微长一点，就要在忍不住结巴的地方停顿一下，避免自己重复前一个字。

湛微阳微微皱了皱眉，他觉得自己脑袋挺好的，那是系统要求的，又不是他自己想那么做的，可是他不可以跟陈幽幽解释，真的解释了，可能陈幽幽还是会以为他脑袋不好了。

陈幽幽又说："那个谢翎，你认识吗？"

湛微阳回答道："本来不认识。"

陈幽幽说："那你为什么要接近他？"

湛微阳说："我就是必须要。"

陈幽幽想了想："你觉得找一个长得帅的男生当朋友很有面子？"他已经顾不得结巴了，忍不住一肚子的好奇。

湛微阳反驳道："我没有，我只是想跟他成为关系亲密的朋友。"

陈幽幽一脸难以理解地看他："Why（为什么）？"

湛微阳还是不能说，他抬起一只手撑着脸，有些苦恼地道："你别问这个了，你就帮我想想，有没有什么办法？"

陈幽幽一点都不笨，他的脑子比他的嘴巴灵活太多，只是没有办法用语言尽情地表达。他的各门功课成绩都不错，语文和英语成绩尤其好，特别擅长写作文，或许正是因为嘴巴不能表达，所以才借助文字来传达自己的情绪。

这时候陈幽幽完全不能理解湛微阳在想什么，他们只是高中做了一年同学，他本来也没有真正理解过湛微阳，于是他随口说道："你先去变、性试试。"

湛微阳用他那双圆润漆黑的眼睛朝陈幽幽看过来。

陈幽幽说："我觉得女、生比较容易接近谢、翎，要不你先去、变个性。"

湛微阳很认真地回答他："我觉得不行，我爸爸不会同意的。"

陈幽幽点点头，一脸严肃："对。"

湛微阳说："那怎么办？"

陈幽幽声音铿锵有力："放弃。"说完又小声念了一句，"没必要。"

下午放学，湛微阳在路边骑了辆共享单车回家，他骑得很快，风从他的短袖校服袖子里灌进去，将他背上的衣服吹得鼓胀起来。

把车子停在小区门口，湛微阳一边朝里面走一边把手机拿出来，他又看了一眼拍到的谢翎的背影，忍不住轻轻叹了一口气。

回到家里的时候，湛微阳看见裴馨已经回来了，正站在客厅里跟奶奶说话。

他不知道为什么有点怕裴馨，或许是湛鹏程临走的时候叮嘱了裴馨要帮忙看着他，让他潜意识里觉得裴馨是可以管自己的，就像家里的一个长辈。

裴馨转过头来看见他，微微笑了笑，说："微阳回来了？快来吃饭吧。"

罗阿姨把饭菜一样样摆上桌，湛微阳把书包丢在沙发上，只来得及去洗了个手，就规规矩矩坐到餐桌旁边吃晚饭。

奶奶一边吃饭一边问湛微阳："阳阳中午在学校吃的什么啊？"

湛微阳说："青椒土豆丝和鱼香肉丝。"他中午一般在学校食堂吃，到下午放学才会回家来吃饭。

罗阿姨说："学校食堂的菜都不好吃，大锅菜。"

湛微阳没有说话，他心里觉得其实还挺好吃的。埋着脑袋默默地吃了一会儿饭，他忍不住抬起头看了裴馨一眼，裴馨已经吃完了，刚刚放下筷子，正好抬头注意到湛微阳的目光。他于是冲湛微阳笑了笑，结果湛微阳立刻埋下脑袋，继续大口吃饭。

吃完晚饭，湛微阳拿起书包上楼，在楼梯上听到了裴馨的脚步声，忍住了没有转头去看，加快步伐一路小跑上去二楼，回到自己房间把房门给关起来。

湛微阳走到了书桌前面坐下。

这时候太阳还没有完全下山，从窗户照进来，将湛微阳半边脸照得微微发红，他拉开放在腿上的书包拉链，从里面拿了两本书出来，然后把书包放到旁边，将一本书在面前摊开。

接着，湛微阳拿起手机给陈幽幽发消息："你说我给他写一封信好不好？"

陈幽幽这时候大概还在吃晚饭，并没有立刻回答他。

湛微阳想要再看一看谢翎的照片，刚在手机相册里找到，突然就听到了敲门声。

他心里一紧，连忙把手机放到了书桌上，回过头来盯着门的方向，说："请进。"

房门轻轻打开，裴馨站在门口，手里拿着个装水果的小盘子，说："罗阿姨让我给你带上来的。"

他说着走到了湛微阳身边，将盘子放在书桌上。

湛微阳仰头看着他，说："谢谢。"

裴馨看一眼湛微阳桌面上摊开的课本，对他说："你先休息一会儿，吃点水果，我去洗个澡就来陪你自习。"

湛微阳瞬间睁大了眼睛，说："哦。"

裴馨又笑了笑，转身朝外面走去，出门时还帮他关上了房门。

湛微阳开始漫不经心地吃水果，他把脚上的拖鞋脱了，抬起脚盘腿坐在椅子上，吃了两块苹果后，又动作艰难地伸手去拿桌上笔筒里的签字笔，然后一手拿着苹果，一手拿着笔开始做课本后面老师布置的习题。

等到湛微阳把盘子里的水果全部吃完的时候，裴馨洗完澡过来了。

裴馨已经换了一身衣服，穿着宽松的 T 恤和棉质长睡裤，带着微凉的水汽，进来的时候手里还拿了一本专业书。

他径直走到桌边，站在湛微阳身旁，低头看了一眼湛微阳摊开在面前的书。

湛微阳的课本还很干净，一个字都没有写。

裴馨把一只手按在了湛微阳肩上，说："没关系，慢慢来。"

湛微阳发觉裴馨的手心很热，他有些僵硬地点点头，目光紧紧盯着面前的书，没有抬头。

裴馨很快就收回了手，从他身边离开，坐到了他的床边上开始看书。

湛微阳拿着笔，看着那道题半天也下不了笔，后来忍不住偷偷把手机拿过来，打开摄像头的自拍模式，镜头对准身后裴馨的方向。

裴馨低着头在认真看书。

湛微阳想要把手机放回去，这时候突然响起了消息提示音，屏幕上方跳出来消息横幅，陈幽幽竟然在这个时候回了他两个字："可以。"

5

裴馨一抬头就发现湛微阳在用手机摄像头偷看他，他只是平淡地扫了一眼，装作什么都没看见，低下头继续看书。

湛微阳那边窸窸窣窣的，拿着手机回了一条消息，然后把手机放在一边，抓起笔专注地开始做题。

这回是真的专注了，虽然做没做对他不知道，但至少他一道题接一道题地答了。

老师常说，考试的时候不管能不能答上来，总要写点什么上去，阅卷老师才能给你分，湛微阳把这句话记得很牢。

他身后时不时传来裴馨翻书的声音。

裴馨是在认真看书的，偶尔会抬头看湛微阳一眼，从刚才湛微阳用手机偷看他被发现之后，湛微阳就一直在埋着脑袋做题。

湛微阳成绩不好，这是之前湛微光跟他说过的。裴馨的爸爸和湛微阳的姑姑再婚这三年时间，他都只在过年的时候见过湛微阳，几乎没有交流。

他刚开始以为湛微阳是内向，这次住进了他们家里，才发现湛微阳其实是有些呆。

听说湛鹏程是白手起家的，做生意很有一套，从一个小老板努力到现在有了家规模不错的公司。湛微光也聪明，以前跟湛微阳读同一所高中，那时候是学校风云人物，成绩好，运动棒，人也长得帅，高考考上了一线城市的名牌大学。

湛微阳为什么会呆呢？

裴馨想不通，也没去打听过。归根到底，他并不姓湛，也跟湛家人没有血缘关系，他的内心远不如外表看起来那么亲切。

这一趟出来实习，如果不是他爸爸和继母坚持，他本来是打算出去租房住的，住进别人家里，给别人添麻烦不说，自己生活也有许多不方便的地方。

裴馨把手里的书翻了一页，抬起头来看湛微阳，湛微阳正愁闷地用笔帽戳自己的脑袋，像是戳一戳就能把题的答案戳出来似的。裴馨垂下目光，稍微犹豫，把书放到一边，起身走到湛微阳身后，问："需要帮忙吗？"

湛微阳被突然出声的裴馨吓了一跳，他回头看一眼，下意识地把书往旁边推了推，让裴馨可以看清楚上面的题目。

房间里没有第二把椅子了，裴馨只能弯下腰，凑到湛微阳身边看题。

高中的数学题没有那么简单，不过这道题裴馨还会，他拿起桌面上的草稿纸，又把笔拿过来给湛微阳讲解题思路。

　　湛微阳听得很认真，一直在点头。

　　裴馨讲完了就把笔递还给湛微阳，等到湛微阳开始写答案的时候，裴馨站在旁边看他前面的作业，发现湛微阳错了不止一道题。

　　可是湛微阳做完了这道题之后，什么都没问他，他于是默默地走开，回到床边坐下来继续看自己的书。

　　等湛微阳把老师布置的作业做完，天已经完全黑了。

　　他放下笔伸了一个懒腰，站起来走到窗边朝外面看一眼，抬手把窗帘拉上，再回来书桌边坐下的时候，湛微阳从抽屉里拿出来一个新的作业本，从上面撕下来两页纸，认认真真摊平在桌面上，郑重地提笔准备给谢翎写一封信。

　　湛微阳准备在左上角写上"谢翎"两个字的时候，犹豫了一下，决定先空出来，于是提了一行开头空两格，直接写了"你好"，然后就写不下去了。

　　他不是陈幽幽，他的作文写得一点都不好，每次考试写作文都写得他生不如死。

　　湛微阳放下笔，回头看裴馨。

　　裴馨很快注意到了他的视线，抬头看他："怎么？"

　　湛微阳迟疑着说："今天老师还布置了一篇作文。"

　　裴馨看他撕下来摊在桌面上的作业纸，微微笑了笑，语气温和地问道："什么内容呢？"

　　湛微阳说："写一封信。"

　　裴馨神情一点变化也没有，只是微笑着道："什么样的信呢？"

　　湛微阳想了想回答他说："跟一个陌生人交朋友的信。我该怎么写呢？我从来没有写过。"

　　裴馨把书放到一边，缓缓站了起来，走到湛微阳身旁，低头看一眼他作业纸上写的"你好"两个字，问道："需要我教你写吗？"

　　湛微阳轻声说道："谢谢馨哥。"

裴馨点一点头，说："稍等。"

他离开湛微阳房间，从自己房里推了把椅子过来，靠近湛微阳身边坐下来，然后盯着湛微阳那张作业纸，问："写给谁呢？"

湛微阳说："没有谁，就是一个想象中的对象。"

裴馨看他一眼："那你想象中的对象是什么样的？"

湛微阳没有立即回答，整理好了思绪才说："高高的，长得挺好看的，成绩很好的。"

听起来是想给暗恋的女孩子写信，裴馨说："你是喜欢成绩好的女生？到底是交哪种朋友的信？"

湛微阳突然觉得有必要解释，他说："就是成为非常亲密的朋友的信，而且不是我喜欢，就是这么要求的。"

裴馨没听懂他的话，问道："作业要求的？"

湛微阳点点头。

裴馨于是道："那好吧。她认识你吗？"

湛微阳说："不认识。"

裴馨细长的手指点了点湛微阳的作业纸："那就从自我介绍开始。"

湛微阳埋下头，露出衣领上面一截白白的后颈，他握笔的姿势显得有些用力，一个字一个字写道："我是高二（三）班湛微阳，今年十七岁，身高一米七四，白羊座，B 型血。"

写完了，他抬头看裴馨，问道："可以吗？"

裴馨一只手撑着额头，沉默地看他写完，说："也不用这么详细。"

湛微阳有些不知所措。

裴馨发觉他有点紧张，便动作温和地拍拍他肩膀，说："没关系，继续吧。你可以写自己第一次怎么见到她的，当时是什么心情。"

湛微阳于是继续写道："我是今天早上在学校门口遇见你的，我觉得你长得很好看，然后我听你讲话，声音也很好听。"他抬起头，皱着眉思考了一会儿，又写，"你成绩很好，我觉得你很厉害。"

裴馨看到这里，问他："就因为这些你就喜欢她吗？"

湛微阳说："我不喜欢他。"

他话音刚落，便听到那个冰冷的女声突然响起："亲密状态负面增进，扣2分。"

湛微阳一下子从椅子上站了起来，他有些惊慌地看向裴馨。

裴馨诧异地看他："怎么了？"

湛微阳语气急促地说："我喜欢他。"

裴馨垂下睫毛，遮挡住眼里对湛微阳感到的莫名其妙，露出温和的笑容，说："喜欢就喜欢嘛，别紧张。"

湛微阳显然还是紧张的，他在脑袋里跟系统对话：我喜欢他，别扣我分了。

可惜系统并不理他。

裴馨看他一直站着，对他伸出一只手，说："阳阳，来坐，我们继续写。"裴馨之前都喊他微阳，这还是第一次像他爸爸和奶奶那样喊他阳阳，裴馨想要安抚湛微阳的情绪。

湛微阳看裴馨的手，裴馨的手和他的人一样漂亮，手指细长、骨节分明，掌心和指腹有一层薄薄的茧。

那只手耐心地伸向湛微阳，在等待他，湛微阳情绪平复下来，握住了裴馨的手，回到书桌前面坐下来。

裴馨立刻抽回了手，指一指他的作业纸，说："接着写吧。"

6

湛微阳坐下来继续给谢翎写信，他心里一直惦记着自己被扣分的事情，写得也有些心不在焉。

裴馨察觉到了，看他一个字一个字写得磕磕绊绊，于是说道："不着急的话明天再写吧。"

湛微阳立即说道："不着急。"

裴馨站了起来，对湛微阳说："那我回房间了，你早点休息。"

湛微阳也跟着起身，看裴馨回到床边把他的书拿起来，等他走到门口才说："谢谢馨哥。"

裴馨笑了笑，说："不客气，晚安。"说完，走出去顺手将房门关上。

湛微阳立即坐下来，看自己写了大半张作业纸，犹豫了一会儿在开头加上"谢翎"两个字，又在最后一排添上了两句："我觉得你很优秀，可不可以做我好朋友？我手机号是：138×××××××，你可以加我微信。"便以敷衍的态度将这封信完成了。

等到洗完澡躺在床上准备睡觉，湛微阳睁着眼睛望着天花板，小声喊道："你在吗？"

没有回应。

他又说："可以不扣我分吗？我开玩笑的。"

仍然没有回应。

湛微阳翻了个身，伸手去关床头柜上的台灯，同时听到那个声音告诉他："用户今日分数：48分。"

房间里的光线陡然间消失，陷入一片黑暗中，湛微阳同时拉起被子盖过了自己的头，将整个人都埋进被子里面，小声叹了一口气。

第二天去学校的时候，湛微阳下了公交车，跑到学校对面的文具店里买了一个信封。

他在文具店里看了很久，发现原来还有那么多五颜六色带着各种花边和图案的信封。他看店里也没有别的学生，偷偷选了一个粉色带小爱心的，不怎么好意思地去找老板结账，然后把信封塞进自己书包里朝校门口跑去。

趁着早上自习的时候，湛微阳把写好的信塞进了信封里面，发现自己没有胶水，向同桌的女孩子借了胶带把信封封口贴起来。

他同桌叫周涵易，平时都不怎么跟他说话，今天忍不住凑过来问他在干什么。

湛微阳连忙把信封塞进了课桌抽屉里，不让周涵易看到。

等到自习结束，湛微阳踢了踢前面陈幽幽的凳子。

陈幽幽一脸不悦地转过来，问他："干吗？"

湛微阳趴在课桌上，凑到陈幽幽面前，压低了声音跟他说道："给谢翎的信我写好了，你能不能帮我交给他？"

陈幽幽想也不想就拒绝了："我不。"说完，他转过头去，在抽屉里翻找他的新物理题册。

湛微阳又踢了踢陈幽幽的凳子。

陈幽幽不理他。

湛微阳继续踢。

陈幽幽这回猛地转过身来，语气急躁地说："干、干吗啊？"

他声音有些大，教室里不少人都听见了，立即便有男生嬉笑着模仿他说了一句："不、不干吗。"

陈幽幽脸色顿时不太好看，他沉默地埋着脑袋不说话，湛微阳也不敢说话了，两个人面对面静静坐了一会儿。

上课铃声这时候响了起来，陈幽幽趁老师进来教室之前朝湛微阳伸出手："拿来。"

湛微阳立即把信封递给他。

陈幽幽说："中午去。"说完转过身去，低头看了一眼粉色的信封，随手塞进了自己的抽屉里面。

中午，大部分学生在学校食堂吃午饭，吃完饭住校生可以回宿舍睡午觉，走读生回去教室里趴在课桌上休息，也有精力十分旺盛的会在中午去操场上打球。

吃午饭的时候，陈幽幽问湛微阳："为什么不、能自己去给、他？"

湛微阳在陈幽幽对面，两个人坐在食堂的角落。食堂的餐桌都是四人桌，桌椅是固定的，中间有两张桌子拼在一起的八人桌。而湛微阳和陈幽幽一向喜欢坐在靠墙的位置，因为贴着墙壁的两个位子不方便进去，所以只要他们坐下来，一般不会有人来跟他们拼桌。

湛微阳要稍好一些，陈幽幽因为结巴，常常会被人嘲笑，所以他一直不喜欢跟班上其他男生来往。

这时候听到陈幽幽的问题，湛微阳一边用勺子在餐盘里把番茄炒蛋跟米饭搅和在一起，一边说道："我有点害怕。"

陈幽幽说："怕什么？"

湛微阳不回答。

陈幽幽说他："你不是要跟他成为好朋友吗？连一封信都不敢交给他？"

湛微阳还是不说话，默默地舀起一勺饭送进嘴里。

过了一会儿，陈幽幽突然对湛微阳说："谢翎。"

湛微阳回过头去，看见谢翎正从他们餐桌旁边这条走道朝食堂大门走去，两个人同时抬头看谢翎，可是谢翎直到经过他们身边，也没有转头看他们一眼。

同样是一身校服，白色的T恤，蓝色的衣领，腿上一条蓝色长裤，穿在谢翎身上就是比别人好看，一股飒爽的青春气息扑面而来。

与谢翎同行的还有两个男生、一个女生。

那女生身形小巧，容貌可爱，经过他们桌边的时候看了一眼湛微阳，见湛微阳也在看她，还笑着冲湛微阳眨了眨眼睛。

等他们经过，陈幽幽说："走，不吃了，看他们去、哪儿。"说完，叫湛微阳一起把餐盘端到回收处，匆匆忙忙追着谢翎他们离开。

谢翎吃完午饭，跟那两个男生一起去操场打了一会儿球。

湛微阳和陈幽幽躲在照不到太阳的阴暗角落，远远看着他。信封被陈幽幽折了折揣在自己校服裤兜里，他折的时候湛微阳张了张嘴忍住了没有阻止他，现在拿出来，除了折痕，粉色的信封纸还被陈幽幽的汗水给浸湿了。

湛微阳看一眼信封，又看向陈幽幽。

陈幽幽拿手抹了抹上面的汗水，有些不好意思地说道："太热了。"

湛微阳想一想觉得他说得没错，点了点头。

谢翎大概只是想要饭后活动一下，懒懒散散投了会儿篮，就把篮球抛给同学，自己一个人朝教学楼方向走去。

湛微阳看见谢翎走过来，伸手推了推陈幽幽。

陈幽幽连忙朝谢翎的方向跑过去，直到站在谢翎面前，拦住了谢翎的路。

湛微阳看见他们两个在说话，却听不到他们在说什么，只见到谢翎摇了摇头，绕过陈幽幽，想要继续朝前走。

陈幽幽不肯放弃，把信封强行塞到了谢翎的手里，然后转身就跑。

谢翎皱着眉头低头看了一会儿手里的信封，接着继续朝前面走去。

陈幽幽已经跑回湛微阳的身边，两个人在树下一起看着谢翎的背影。

谢翎走到操场出口，随手就把信封丢进了旁边的垃圾桶里，然后头也不回地继续朝前走。

陈幽幽吃了一惊，转过头来看向湛微阳。

湛微阳怔怔的，他问陈幽幽："你告诉了他是我吗？"

陈幽幽说："你、你不是说信里面写了？我就、就没说，只说、是我一个朋友。"他也实在不好意思当面告诉谢翎是男生给他的信，想着暂时让谢翎误会是女生也没关系。

湛微阳没有再说话，一个人朝前面走去，一直走到垃圾桶旁边，动手揭开垃圾桶的盖子，把落在最上面的粉色信封给捡起来。

信封上洇着陈幽幽的汗水，淡粉色有一部分被洇成了玫红色，上面谢翎的名字也模糊了。

湛微阳拿着那封模样糟糕的信，回头看跟过来的陈幽幽。他其实脸上没什么表情，就是眼角和嘴角都往下微微垂着，一滴汗水滑落下来刚好经过眼角。

陈幽幽顿时觉得他委屈巴巴的，心里也不好受起来，说："算了嘛，谢、谢翎没有眼光，我们下、次重新找个女孩子交朋友，我、我帮你写，好、不好？"

湛微阳很轻地"嗯"一声，把信封叠一叠揣进了自己校服裤子口袋里。

下午放学，湛微阳在学校门口小超市买了一个打火机，他骑车回家，在家门口的花台旁蹲下来，打燃打火机要把信烧了。

烧了一半时，湛微阳听到裴馨的声音在身后响起："在烧什么？"

他猛地回过头去，惊慌地看裴馨一眼，又回头看见信封上连字迹都烧没了，稍微松一口气，说："草稿纸。"

裴馨清楚看见剩下的一半信封，却没说什么，等到湛微阳将整封信都烧了，才故意问了一句："不是成绩单吧？"

湛微阳站起来，拍一拍手上沾到的灰，说："不是，还没有考试呢，刚刚开学。"他仰起头看裴馨，问，"馨哥下班了？"

裴馨点点头："嗯，刚回来。"

7

湛微阳吃晚饭的时候看起来没什么胃口，奶奶很担心他，问道："阳阳是不是不舒服啊？"

"不是。"湛微阳摇了摇头，低头扒了两口饭，但是很快又恢复了无精打采的模样。

吃完晚饭，湛微阳去房子外面，在花台里挖了个小坑把那封信烧成的灰烬全部埋在了里面，然后拿着小铲子去水池旁边冲洗，洗干净了放在水池旁边还能晒到一点点阳光的角落，才转身回到屋子里。

裴馨已经没在一楼客厅了。

奶奶正坐在沙发上看电视，厨房里有水声，是罗阿姨吃完饭在洗碗。

湛微阳一身黏黏的汗水，走到饭厅的大冰箱前面，拉开冷冻室抽屉，拿了一个冰激凌出来。正要撕包装纸的时候，他迟疑一下，又多拿了一个，手指捏着包装纸，拎着两个冰激凌上去二楼。

裴馨的卧室在湛微阳隔壁，原本是家里空置的客房。

湛微阳走到裴馨的房间门前，看见房门虚掩着，留了一条缝。他敲一敲门，没听到里面有声音，便伸手将门推开一些朝里张望。

房间里灯和空调都开着，但是没有人。

湛微阳回头去望卫生间的方向，看见卫生间的门关着，仔细听能听到一点动静，他心想裴馨应该是在洗澡，于是便打算先回自己房间。

走了两步，湛微阳把手里拿的冰激凌提起来看一眼，又转身返回裴馨的房间，推开房门走进去，把冰激凌放在了床头柜上。

因为原本是客房，这个房间没有书桌和书柜，只有一张双人床、两个床头柜以及贴着墙的一排衣柜。

不过房间里有个飘窗，窗台上放着几本书，还有一张可以摆在床上的小桌子，上面放着一台笔记本电脑。

这个房间和湛微阳的房间朝向是一致的，从窗户可以看到楼下的小花园，也正好当西晒，到这时还有阳光从窗户里照进来。

湛微阳把冰激凌放下来之后，用手指隔着包装纸戳了戳，觉得冰激凌有点软了，连忙先把自己的那个拆开，将冰激凌举高，仰起头含住下面一个角用力吸了一口。

他低下头时，看见裴馨站在了房门口。

湛微阳突然有点紧张，指了指床头的冰激凌，说："馨哥，吃冰激凌。"

裴馨并没有因为看见湛微阳而特别讶异，他刚洗完澡，只穿了一条短裤。听见湛微阳的话，他笑着说了一声："谢谢。"之后便关上房门走了进来。

湛微阳在想自己是不是该出去，手里的冰激凌又要往下滴了，他连忙用嘴含住。

而裴馨却已经打开衣柜，背对着他开始穿衣服。

湛微阳一边含冰激凌一边偷偷看裴馨。

裴馨的身材很好，手臂到肩膀流畅的肌肉线条，正是少年到青年的完美过渡。腰看起来窄窄的，精瘦有力，正中腰脊凹陷，从腰到臀有着漂亮的弧度。他还有一双笔直修长的腿，身形是恰到好处。

在裴馨穿衣服的时候，湛微阳担心冰激凌化掉，主动帮他拆了包装纸，等他穿好了衣服就递到他面前。

裴馨低下头，先含住了冰激凌，再伸手接过来，他吸了吸上面融化的水，说："谢谢。"

湛微阳说："我先回去了。"

裴馨道："再坐一会儿吧。"

湛微阳听不出来是裴馨随口一句客气，他愣了一下又回到飘窗旁边，双腿斜斜倚着窗台坐下。

裴馨便也在床边坐下来，与湛微阳两个人面对着面吃冰激凌。

湛微阳不说话。

裴馨只好问道："今天的作业多吗？"

湛微阳摇摇头，今天的作业下午就已经交了，老师让晚上先预习明天的课程内容。他还带了一本习题册回来，这本册子不交，但是每周老师会抽查，自己要抽空把一周的题做完。

裴馨说："那你等会儿要不要先去洗澡？洗完澡我再过去陪你看书。"

湛微阳点了点头："好啊。"

裴馨很快把那根冰激凌吃完了，湛微阳却还习惯性地将冰激凌表面舔得平平整整。

他看见裴馨吃完了，连忙过去朝裴馨伸出一只手。

裴馨垂眼看去，湛微阳的掌心白皙干净，皮肤细嫩，其实他不确定湛微阳是什么意思，但是他下意识地把手里的包装纸放到了湛微阳手里。

湛微阳顺理成章地接过来，帮他丢进了房间角落的垃圾桶，最后把自己手上最后那点冰激凌一口含进了嘴里，一边朝外面走一边含混不清地说："我去洗澡了。"

裴馨应道："好，快去吧。"

湛微阳手上黏黏的，他先去洗了手，回到房间找出换洗衣服，去了卫生间。

卫生间里还有裴馨刚才洗澡残留的浓浓水汽。

二楼的卫生间没有浴缸，只有淋浴房，淋浴房的玻璃上布满了水珠。湛微阳在外面把衣服全部脱了才光着脚进去淋浴房，把玻璃门拉上，狭窄的空间里弥漫着沐浴露的香味，跟刚才裴馨身上的味道一模一样。

他打开淋浴喷头，整个人贴在淋浴房的角落，等到水不那么凉了才站到水柱下面，闭上眼睛一边洗澡一边心想，裴馨虽然不是他亲表哥，但是对他真的挺好的，比湛微光还要好。

难怪他们都喜欢裴馨，他也喜欢裴馨。

洗完澡，湛微阳穿着内裤，打开卫生间的门左右望了望没见到有人，便一路小跑回自己的房间去穿衣服。

穿好了衣服，他在书桌前面坐下来，侧过头看见昨晚裴馨推来的那把椅子还放在旁边，但是裴馨人还没过来。他从书包里把书拿出来，在桌面上摆好了，笔也握在了手里，还是没等到裴馨过来。

湛微阳于是起身，又去了裴馨那边，他敲敲门，喊道："馨哥？"

裴馨说："请进。"

湛微阳推开门把头伸进去，看见裴馨坐在床边，把小桌子摆在床上，正在看电脑，他于是说："馨哥，我洗完澡了。"

裴馨只是抬眼看了看他，收回视线的同时问了一句："洗干净了吗？"

湛微阳愣了愣，小声说："洗干净了。"

裴馨在看一篇英文文献，正是集中注意力的时候，他漫不经心地说："是吗？"

湛微阳犹豫了一会儿，推开门进来，走到裴馨床边，说："真的。"

裴馨随口应道："好。"

湛微阳站在旁边等他。

一直等到裴馨将整篇文章看完，抬手将笔记本电脑屏幕扣下来，他才抬起头对湛微阳说："走吧，我陪你自习。"

今天晚上，裴馨直接把自己的笔记本电脑带去湛微阳房间，跟他并排坐在书桌前面，让湛微阳自己先看书，有什么不懂可以问他。

湛微阳先把明天老师要抽查的内容看了一遍，之后就拿习题册做题。身边的裴馨一直没跟他说过话，他做了两道题就开始走神，转过头去偷偷看裴馨的电脑屏幕。

屏幕上面都是英文，他认得的单词有限。

裴馨把自己今晚要看的东西全部看完了，才分出心跟湛微阳说话，他问道："你老师布置的信还没写完，今天我们继续吧。"

湛微阳猛地挺直了后背。

裴馨语气严肃而冷静："作业还是不要拖的好，尤其是写文章，中间不能停顿太久，不然思路会断，现在就继续写。"

湛微阳捏紧了笔，抿了抿嘴唇，说："我已经写完了。"

"是吗？"裴馨说，"给我看看。"

湛微阳说："已经交给老师了。"

裴馨语气还是平静的："那好，老师批改下来了拿给我看吧，明天能下来吗？"

湛微阳神情有些惊慌地朝他看去。

裴馨靠在椅背上，一只手随意地放在桌面上。他笑着问湛微阳："怎么了，阳阳？"

湛微阳没说话。

裴馨道："你别怕。我答应了舅舅要看着你自习，帮你辅导功课，我只是想尽我所能地做到最好，不然对不起舅舅的嘱咐。文章写得好不好都不重要，关键是我们要知道如何改进，你说是不是？"

湛微阳心里纠结得厉害。

裴馨抬起手，很温柔地摸了摸他的头，说："写不好哥哥又不会责怪你。"

湛微阳突然有一种浓浓的愧疚感，低着头小声说："那不是作业。"

裴馨凑近了些："你说什么？"

湛微阳说："那不是老师布置的作业，是我想要写给别人的。"

裴馨一脸的恍然："哦，是给谁的呀？"

湛微阳摇摇头，不说话了。

8

裴馨问湛微阳信是给谁的，湛微阳不肯说，他自然不会勉强，只是笑了笑，看着湛微阳说道："是不是第一次谈恋爱？"

湛微阳回答他道："没有谈恋爱。"

"嗯？"裴馨仿佛不解。

湛微阳很苦恼，最后还是说道："我叫人把信交给他，他直接扔了。"

裴馨想起被湛微阳烧掉的那个粉色信封，伸手把笔记本电脑屏幕扣下来，靠在椅背上，问道："是那个个子高高的，长得很好看，成绩很好的女孩子吗？"

湛微阳犹豫了一下，没有否认，点了点头。

裴馨问："她当着你的面扔了？这么不礼貌吗？"

湛微阳说："没有，我叫人帮我给他，他不知道是我写的。"

裴馨点点头，道："这样啊。"

湛微阳转过身面对着裴馨，问他："馨哥，你说我该怎么办？"

裴馨双臂抱在胸前："她不收信，那就当面去说吧。"

湛微阳皱着眉："他要是不干怎么办？"

裴馨奇怪道："难道她当面拒绝你，你也不愿放弃？"

湛微阳纠结着陷入沉思。

脑袋里面那个声音在这时突兀地响起："亲密状态负面增进，扣2分。"

湛微阳大惊失色，一把抓住裴馨的手臂，说："我不放弃！"

裴馨低头看一眼他紧紧抓住自己的手。

湛微阳就像是抓住了救命稻草，他觉得裴馨人聪明，擅长与人相处，他相信裴馨能给他好的建议，于是问道："你能不能教教我怎么办？"

裴馨拍了拍他的手背，平心静气地说道："你别急。"

他其实想要示意湛微阳松手，但是湛微阳却死死抓着他不肯放。他只能继续说道："阳阳你知道你现在高二，正是学习的关键时候吗？"

湛微阳点了点头。

裴馨又说："所以我非常不赞成你现在谈恋爱。"

湛微阳明白裴馨的意思，他觉得自己有苦说不出，只能说："我真的不是要谈恋爱！我只是想跟他做好朋友，可他不理我。"

"这种事情又不能勉强。你试着不去想她，也许过一两个星期就好了。"

过一两个星期，湛微阳开始在心里默算一天两分，两个星期要扣多少分。

后来他说："不行。"

裴馨沉默地看他，过了一会儿站起身，伸手去拿桌上的笔记本电脑："我觉得你这个状态不好，你再好好想想，你现在这样做到底对不对。"说完，他推开椅子朝外面走去。

湛微阳看着他的背影喊他："馨哥。"

裴馨没有理他。

湛微阳看见裴馨已经离开了房间，站起来追到门口，只敢探出半个身子看着裴馨回自己的房间，他又小声喊道："馨哥？"

裴馨仍然不回答，打开自己的房门进去，轻轻将房门关上了。

一直到躺在床上，湛微阳心里还是乱糟糟的，他听见那个女声响起，进行日常分数播报："用户今日分数：46分。"

他顿时更颓丧了。

于是湛微阳失眠了，被扣分还在其次，主要是裴馨不高兴了。他觉得他应该给裴馨道个歉。

一直想到深夜，湛微阳终于下定了决心。他从床上爬起来，穿着睡衣，趿着拖鞋，轻轻地开门朝裴馨房间走去。

裴馨的房门关着，但是没有从里面反锁。

湛微阳动作很轻地拧开门把手，先探头看了一眼。

房间里面没有灯光，裴馨已经睡了，能听到轻微的呼吸声。有路灯的灯光从窗户透过窗帘照进来，照出了整个房间的轮廓，躺在床上的人也隐约可见。

湛微阳悄悄地走到床边弯下腰，想要努力在昏暗的光线下看清裴馨的脸，但是只能看到隐约的轮廓，没办法看清他是不是闭着眼睛。

他想自己不应该打扰裴馨睡觉，还是离开比较好。

正打算站直身体的湛微阳突然失去了平衡往前倒去，他连忙伸手支撑住自己，那只手正好按在了裴馨的胸口。

裴馨一下子睁开眼睛，那双眼睛在黑暗中都闪烁着明亮的光芒，然后他一把抓住了湛微阳的手腕。

他抓得太用力，湛微阳痛得轻呼一声。

裴馨这才意识到面前的人是湛微阳，他松开手，唤道："阳阳？"

湛微阳连忙把手缩回去，用左手揉了揉自己右手腕。

裴馨撑着坐起来，抬手按亮了台灯，眉头紧皱，问道："这么晚了你在做什么？"

湛微阳一边揉着自己的手腕，一边看着裴馨。

裴馨从没试过睡到半夜被人用手在胸口一巴掌按醒，他坐在床头，尽力让自己的语气听起来温和一点，问："怎么了，阳阳？"

湛微阳说："对不起。"

裴馨闭着眼睛仰起头，像是思考了一会儿，才说："你没有对不起我啊。"

湛微阳说："可是你不高兴了。"

裴馨看着他："你不是也常常惹湛微光不高兴吗？"他也没见到湛微阳很紧张地向湛微光道歉。

湛微阳说道："湛微光天天都在不高兴，我第一次见你不高兴。"

裴馨沉默了片刻，才说："我没有不高兴。"

湛微阳说："你有，刚才我喊你，你都不理我。"

裴馨困得厉害，他强忍住没有打哈欠，对湛微阳说："我不是不高兴，我只是关心你，害怕你钻牛角尖。"

湛微阳听了，过一会儿问："什么牛角尖？"

裴馨语气有些无奈："我怕那个女孩要是不接受你，你非要勉强不可。"

湛微阳说："可是我没有办法。"

裴馨不知道该说什么，他想劝湛微阳回去睡觉，时间真的已经太晚了，他实在忍不住想要闭眼睛。

可是湛微阳这时候直接在他床边蹲了下来，像只小仓鼠似的双手扒着床边，仰着头看他，一副要秉烛长谈的姿态："馨哥，我有事想跟你说。"

裴馨闭了闭眼睛，想要躺下来，可他又没办法让湛微阳一直蹲在自己床边，只能说道："你想跟我聊聊吗？"

湛微阳点点头。

裴馨道："要不然你去把枕头和被子拿过来，我们躺着聊？"

湛微阳轻轻"啊"一声，觉得裴馨的建议很好，连忙说道："好啊。"顿时他便起身朝外面跑去。

裴馨倒了下来，用手臂挡住眼睛。过一会儿，等到湛微阳拿了被子和枕头进来，他起身帮对方把枕头放好，才躺下来伸手关了台灯，在黑暗中闭上眼睛，声音含混不清地说："你说吧。"

湛微阳说："可是我不能跟你说。"

裴馨没有说话。

湛微阳等了一会儿，伸手轻轻推裴馨："馨哥，你睡着了吗？"

裴馨说："我没有。"

湛微阳便继续说道："你不要不高兴，我会好好学习的。"

裴馨说话带着浓重的鼻音："嗯——"

湛微阳说："等我顺利跟他亲近就好了，然后我就专心学习，准备高考。"

裴馨道："嗯……"

湛微阳说："馨哥，你真的好好。"

裴馨没有回应了。

湛微阳翻个身面对着裴馨，心情已经轻松了不少，他闭上眼睛小声说："晚安。"

观叶植物养护

浇水

施肥

除草

修剪

更多
植物

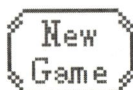

```
┌─────────┐
│ New     │
│  Game   │
└─────────┘
```

9

湛微阳第二天早上是被裴馨叫醒的。

裴馨喊了他好几声他都没醒，后来裴馨伸手拍他的脸，拍了五六下，湛微阳才缓缓睁开眼睛。

湛微阳眼神都是涣散的，看着裴馨，对不了焦。

裴馨说道："阳阳，起床上学了。"

湛微阳眨了眨眼睛，马上又要闭上。

裴馨用手指撑住他的眼皮，对他说："罗阿姨刚才都来敲过门了，你要是不快点下去，她等会儿又会来敲门。"

湛微阳难受地点了点头，轻轻"嗯"一声，用手撑着坐起来，又发了一分钟呆，才爬下床去，穿着拖鞋要朝外面走。

走了两步，湛微阳突然想起这是裴馨的房间，转过身把自己的枕头和被子都抱起来，对躺在床上的裴馨说："馨哥，我走了。"

裴馨说："去吧，不要迟到了。"

那天早自习，湛微阳把书翻开了竖在桌面上，脑袋躲在书后面打瞌睡。等到后来下课，他就整个人趴在了桌子上，沉沉睡去。

一个上午湛微阳的精神状态都很不好，直到上午最后一节课的下课铃声响起，他才突然觉得自己恢复了些精力。

中午吃饭的时候，陈幽幽问他："昨晚干、什么去了？"

今天午饭有湛微阳喜欢的鱼香茄子，他吃得津津有味，听到陈幽幽的问题，抬起头回答道："我跟我表哥聊天。"

陈幽幽只知道湛微阳有个亲哥，并没听他说过表哥，奇怪道："你表哥？住你、家里？"

湛微阳点点头，说："他大四了，在附近公司实习，从这学期开始住我家里。"

"你表、哥能跟你聊、到深夜？"陈幽幽感到难以置信。

湛微阳说："是啊，他比我好多了，我哥都不理我。"

"哦。"陈幽幽应了一声，埋下头继续吃饭。

过了一会儿，他们又看见谢翎吃完午饭从他们餐桌旁边经过。今天依然不是谢翎一个人，除了昨天那两个男生和一个女生，还多了一个女生。

两个女生手挽着手跟在谢翎后面，一边走一边说笑。

谢翎经过的时候，湛微阳和陈幽幽都下意识抬头看他。

可是谢翎连头都没有转一下，目视前方径直朝食堂外面走去。

陈幽幽埋下头，神情嫌弃地哼了一声，湛微阳还一直看着谢翎离开的背影。

"有、什么好看的！"陈幽幽说，"难道你、还、还不死心啊？"

湛微阳回过头来，身体前倾，小声说道："如果我不死心，还有什么办法呢？"

陈幽幽说："直接去说。"

湛微阳心想，陈幽幽跟裴馨的建议是一样的，他苦恼道："如果直接说了，他拒绝我该怎么办？"

陈幽幽说："不是如果，是肯定会、拒绝你。"

湛微阳很认真地问："那怎么办？"

陈幽幽说："能、怎么办？"他有些烦躁，因为说话说不利索，还不得不跟湛微阳说些废话，"人家不想、想交你这个、朋友，你总不能死、缠烂打，这不、体面，不像个男、男人。"

湛微阳微微垂下头，最后一块鱼香茄子都没心情夹了，他说："哦。"

陈幽幽说："他不干就、算了，反正我再、也不帮你了。"

"好，"湛微阳说道，"我也不去找他直接说。"

陈幽幽没明白他的脑回路，莫名其妙地看他。

湛微阳解释："这样我还能想点别的办法，体面一点。"

陈幽幽觉得湛微阳没救了。

他们中午没再去看谢翎打篮球。因为湛微阳吃饱了饭，血液都去供应胃部消化，他又困了，于是回去教室趴着睡了一个中午。

一整天没采取行动的后果就是，那天湛微阳居然没被扣分。

湛微阳一开始都没注意到这件事，是在他晚上做题的时候，突然察觉到的。

他本来上一秒还在草稿纸上漫无目的地套公式，下一秒突然停了笔，抬起头看向天花板。

裴馨坐在他身边看书，视线余光注意到了湛微阳的反常举动，侧过头看他。

湛微阳还盯着天花板，心想，今天真的没有扣分！

裴馨将握笔的手抵在下颌，抬头看一眼天花板，没有看到什么异常的东西。

湛微阳不太灵活的脑袋开始盘算：如果不行动就不会扣分的话，那就暂时不要行动好了，他可以维持现状的。

就在他这么想的同时，那个声音再次响起："亲密状态负面增进，扣 2 分。"

湛微阳微微张开了嘴，缓慢地低下头，朝裴馨看去。

裴馨拿着笔在他眼前晃晃："怎么了？"

湛微阳不说话，就呆呆地看着裴馨。

裴馨忍不住伸手去摸他的额头，他额头微凉，并没有发热。

湛微阳抬起手，按在裴馨手背上，喊他："馨哥。"

裴馨"嗯"一声。

湛微阳说："我想去泡澡。"

裴馨把手抽回来，用笔头轻轻在翻开的书页上点着："你要去楼上泡澡？"

湛微阳点了点头，他现在脑袋里面太乱了，没有办法冷静地思考，他想要去水里面泡着。

裴馨对他说："可是你哥临走之前，说不让你偷用他的浴缸。"

湛微阳说："我们可以不告诉他。"

裴馨并不赞同湛微光的一些想法，他不觉得让自己的弟弟用自己的浴缸是什么不可原谅的事情，何况这里是湛微阳的家，其实他没有立场阻止湛微阳，于是点了点头："你去吧。"

湛微阳顿时开心道："太好了。"

看湛微阳跑去外面卫生间收拾东西，裴馨起身准备回自己房间的时候，犹豫了一下，还是给湛微光发了一条微信消息，问他："为什么不给二楼装浴缸，让微阳可以泡澡？"二楼的卫生间面积不小，完全可以装一个浴缸。

他在走廊上还听到湛微阳收拾东西时发出的轻快响声，然后他一直走进房间，关上房门的时候看见湛微光回了他的微信消息。

湛微光发了一条语音过来。

裴馨在床边坐下，点开语音凑到耳边，听见湛微光说："他以前泡澡的时候不止一次在浴缸里睡着，爸爸怕他溺水，就不许他泡澡了。"

听完了，裴馨把手机从耳边拿开，紧接着便看见湛微光下一条语音信息发过来了。

湛微光这次说："馨哥你帮忙盯着他，别让他偷偷用我的浴缸，麻烦你了。"

裴馨打字回复他："我知道了。"然后站起身，捏着手机朝外面走去。

二楼已经没见到湛微阳的身影了，他房间的门开着一条缝，空调的凉气从门缝里跑出来，但是湛微阳并不在里面。

裴馨随手把门关上，沿着走廊走向楼梯。

在楼梯上时，裴馨就已经听到了三楼的水声。他走上去看见三楼唯一的卫生间门关着，有光线从地面的门缝透出来，伴随着的是哗哗的水声。

他敲一敲门，里面没有回应，于是直接伸手拧开了门。

卫生间的门没有锁，湛微阳身上还穿着睡衣，正蹲在地上趴在浴缸的边缘，神情专注地盯着浴缸，等待里面的水放满。

"阳阳。"裴馨站在门口喊他。

湛微阳猛地回过头来，脸上有些诧异："馨哥？"他像是愣了一下才反应过来，问，"你也想泡澡啊？"

10

"我不泡澡。"裴馨说。

湛微阳像是松了一口气，立即解释道："主要是浴缸也不够大。"

裴馨突然有些好笑，不过他并没有笑出来，只是问道："很想泡澡吗？"

湛微阳点了点头："我哥不喜欢我用他的浴缸。"

这是个难得的机会，湛微光和湛鹏程都不在家，而裴馨又不反对他。

湛微阳转回头来，看浴缸里的水已经接得差不多了，他站起来，伸手把上衣脱了，在脱睡裤之前，转头看了一眼裴馨，见裴馨没有要出去的意思，便犹豫着只脱了外面一条短裤，而把内裤留着。

裴馨还是稍微迟疑了，说："刚才微光给我发了消息。"

湛微阳瞬间紧张起来，他一边看着裴馨，一边将一条腿犹犹豫豫地抬起来，侧着身子朝水面上跨去。

裴馨说："他说你泡澡会睡着。"

湛微阳还是看着裴馨，脚底在水面上刨了刨，最后还是踩了下去，他慢吞吞地把另一只脚也跨进去，整个人蹲下来让水没过胸口。他对裴馨说："不会的。"

　　裴馨不是湛微光，他还没有跟湛微阳熟悉到能够直接把他从水里拉起来，同时多少有点不忍心，于是他说道："你泡吧，我在这里看着你。"

　　湛微阳顿时露出笑容，说："谢谢你。"他在水里小心翼翼地换了个方向，舒展手脚躺下来，将头枕在浴缸边缘的浅凹槽上，然后长长呼出一口气。

　　裴馨走到浴缸旁边看了看他，随后坐在了靠近他脚边的浴缸边缘，那里有个三角形的小平台。

　　湛微阳放松身体，感觉到自己仿佛在水里浮了起来，整个人都轻松了。而身体放松之后，他混乱的思维终于稍微清晰了些。

　　裴馨没有和他说话，而是在玩手机，他抬起一条腿，脚底踩在了浴缸边缘，低着头跟同学发了两条消息。

　　湛微阳眼睛一眨不眨地看着裴馨，脑袋里却在想别的事情，他想为什么今天什么都没做，谢翎也没有更讨厌他，还是要扣他的分呢？

　　热水缓缓腾起水雾，明明距离很近，两个人的视线都变得模糊了。

　　过了一会儿，裴馨察觉到自己的手机屏幕也起了一层水雾，他用手指轻轻擦一擦屏幕，抬起头来看向湛微阳，发现湛微阳一直看着他。

　　湛微阳心想，第一天被扣分，是因为他说他不喜欢谢翎，第二天被扣分是谢翎不收他的信，也许这个扣分并不总跟谢翎有关，跟他自己也是有关的。

　　他眼睛漆黑发亮，也沾染了水汽。

　　裴馨觉得湛微阳看起来是在发呆。

　　湛微阳想，刚才是在他想以后什么都不做，就不会扣分的时候扣他的分，也许意思是他不能什么都不做？

　　就像是猛地灵光乍现，湛微阳的眼睛都闪烁着光芒，他微微张开嘴，发出小声的"啊"。

　　然后他心情激动起来，心脏都一蹦一跳的，他觉得找到了问题的关键：今天的亲密状态负面增进不是因为谢翎，而是因为他自己，他的消极思想导致了状态负面增进。

他两只手在胸前握紧，原来是这样！

裴馨面无表情地看着他。

在那之后，湛微阳一副心满意足的姿态闭上了眼睛。

裴馨的手机振了振，他低头看一眼，之后又关掉了屏幕，继续抬起头看向湛微阳。

湛微阳已经闭着眼睛没了动静。他的身体在热水里已经泡得发红，额头和脸颊也湿润泛红，不知道是弥漫的水汽还是泡得出了汗。

裴馨想起湛微光的话，忍不住将脚伸进水里，轻轻碰了一下湛微阳的小腿。

湛微阳的腿晃动了一下，人却没有什么反应。

裴馨起身，靠近湛微阳，在浴缸外面蹲下来，伸手拍了拍湛微阳的脸。

湛微阳眼睛还是闭着，呼吸很轻，只有看他胸口，才能发现不太明显的起伏。

裴馨下意识地伸手贴在他胸口上，就像在辨识他的心跳。

这时，湛微阳突然伸手抓住裴馨的手，笑出声来，他说："我是不是很像死了？"

裴馨看他的眼睛睁开了，又是黑黑亮亮的，便对他说："不要胡说八道。"

湛微阳笑着说："我再泡一会儿啊。"

裴馨把手收回来，说："不要泡到水凉了。"

湛微阳闭上眼睛，说："不会的。"

裴馨缓缓站起来，后退两步坐回了刚才的地方，这一次他没玩手机，只是看着湛微阳。

湛微阳脸上刚开始还有笑容，后来就渐渐浅了，他的身体在水里越发放松，呼吸也逐渐变得徐缓，过了几分钟，裴馨看见他的身体慢慢往下滑去。

裴馨走过去拍他的脸，喊他："阳阳？"

湛微阳没有回应。

裴馨知道湛微阳这次是真的睡着了，伸手把浴缸的水放了，看见水面盘旋着变浅的时候，裴馨拿起湛微阳挂在墙上的浴巾盖在他身上，然后裹着他，把他从水里抱出来。

裴馨手上用力的时候，湛微阳醒了过来，脚底踩在浴缸里用了些劲儿站稳，手臂还搭在裴馨肩上，他迷糊地看裴馨，说："昨天睡太晚了。"

裴馨对他说："回去睡吧。"

湛微阳点了点头，扶着裴馨的手臂一只脚伸向外面的时候，另一只脚在浴缸里滑了一下，整个人险些栽倒。

裴馨见他还完全没有清醒，干脆直接将他裹着浴巾抱了起来。

湛微阳很瘦，但毕竟是一米七四的男孩，实在算不上轻。

裴馨把他从浴缸里抱出来放在地上，让他自己把拖鞋穿上。

湛微阳有些兴奋，说："馨哥，你劲儿好大啊，比我爸力气还大。"

在湛微阳记忆里，小时候不管去哪儿，湛鹏程总喜欢抱着他，后来就换成背着他，到湛微阳个子越来越高的时候，湛鹏程就连背也背不动了。

裴馨没有应他的话，只说道："快回房间去睡觉吧。"

湛微阳点点头，说："谢谢你，馨哥。"

裴馨觉得湛微阳就像个小孩子，如果不是刚才抱他的时候感觉到他的重量，裴馨真觉得自己是在和一个孩子对话。裴馨摇摇头，说："不用谢。"

湛微阳朝外面走，走到门口时又回过头来，开心地对裴馨说："你是我见过最好的人。"

裴馨看着他，没说话。

湛微阳从卫生间出来，步伐轻快地朝楼下走去，他回到自己房间里，先用浴巾把身体擦干，再换了一条干净内裤，之后便直接钻进了被子里面。

他用被子把自己从头到脚盖住，想起裴馨就忍不住觉得开心，就连那个声音宣布他今日的分数也没有听见，心里已经开始期待明天晚上跟裴馨一起上自习。

11

上课的时候，湛微阳埋着头，拿一支笔在本子上唰唰唰写字。

一下课，陈幽幽就转过身来，把他的本子拿起来看，看见正上方写着"计划"两个大字，接着列了几个点，只有第一点后面写了字，写的是"跟踪谢翎"。

"你要跟、踪谢翎？"陈幽幽觉得不可思议。

湛微阳抬起手，食指抵在唇边："嘘——小声一点。"

陈幽幽说："什么时候？"

湛微阳压低声音对他说："星期六中午放学。"

他们学校整个高中部星期六都要补课，高一、高二只上上午半天，高三则要上全天。

湛微阳计划在星期六中午放学之后，跟踪谢翎，看一看他住在哪里。

"看、到了又怎样？"陈幽幽蹲在操场的角落问他。

这一节是体育课，做完热身运动又让学生绕着操场跑了两圈之后，老师就解散了队伍，叫大家自由活动。

班上好些男生邀约着一起打篮球去了，但是陈幽幽和湛微阳都没有去。

湛微阳没什么朋友。其实他是个干净漂亮的少年，容易给人很好的第一印象，许多人刚开始都会主动来亲近他，尤其是女生。但是一旦跟他走近了，那些人就会觉得他跟普通人不太一样，然后慢慢疏远他。

同样地，陈幽幽也没多少朋友。他不是不喜欢跟同龄的男孩子一起玩，可他不喜欢别人学他说话，也忍受不了别人叫他小结巴。高一刚进校的时候，陈幽幽恰好跟湛微阳成了同桌，刚开始不怎么搭理湛微阳。后来时间长了，他发现只有湛微阳是真的一点也不在意他口齿不清，把他当成一个普通的朋友对待，于是两个人渐渐熟络起来。

湛微阳会打篮球，他从小跟着湛微光学的，技术还很不错。不过这种班里男生的集体活动，陈幽幽向来不愿意参加，湛微阳为了陪他也就不再去了。

这时候湛微阳蹲在树荫下面，伸直了脖子看向篮球场地，有些漫不经心地回答陈幽幽："我不知道。我就是在网上搜了一下跟人结交的办法，心想以后说不定可以送他回家。"

陈幽幽不太明显地翻了个白眼。

湛微阳自然没有看到，继续说："他要是生病了，我还可以去看他，给他爸爸妈妈带点礼物，搞不好他们会喜欢我。"

陈幽幽说："你、像个跟踪狂。"

湛微阳盘腿坐在大树的根上，背靠着树干，说："我不让他看到我。"

周六中午上完课，湛微阳拉上陈幽幽去跟踪谢翎。

陈幽幽不想去："我要回家吃、吃饭！"

湛微阳说："我请你吃啊。"

陈幽幽还是摇头。

湛微阳着急地说："求求你了。"

陈幽幽便不忍心再拒绝了。

还好今天最后一节课的老师没有拖堂，他们一下课就抓着书包跑出教室，朝高一年级的教室方向跑去，在走廊里看见了背起书包从教室里出来的谢翎。

这时候正是放学时间，周围全部是穿着校服的学生，湛微阳和陈幽幽混在里面并不显眼，谢翎也没有注意到他们，一个人径直朝学校的自行车棚方向走去。

陈幽幽说："他有车。"

湛微阳还想跟着谢翎去车棚。

陈幽幽拉一拉湛微阳："我们先、先去校门口，扫、扫共享单车。"他越着急，说话就越结巴。

湛微阳看着他，说："你好聪明。"

他们两个挤在放学的学生中间朝校门口跑去，在路边找到了两辆共享单车，扫码一人骑了一辆，才回到校门口等着谢翎骑车从学校里出来。

天空阳光灿烂，万里无云，一片清爽的蔚蓝。

湛微阳和陈幽幽骑着自行车，一前一后远远跟着谢翎。骑了不久，湛微阳背着书包的后背就出汗了，他听到陈幽幽在后面按铃铛，稍微往旁边让开一些，结果陈幽幽就笑着超过了他。他又连忙骑车去追，两个少年你来我往地追逐着，跟随谢翎一路朝城郊方向骑去。

他们差不多骑了半个小时，周围高楼逐渐减少了，街道也变得狭窄了，这里原来是城郊一片工厂区，后来城市扩建，工厂搬迁，留下许多过去随着工厂建起来的老房子，还未来得及改造。

前面是一个路口，谢翎骑过路口后，交通灯就开始闪烁。

陈幽幽想要一鼓作气冲过去，湛微阳先停了下来，拉住陈幽幽，对面的交通灯变成了红色。

他们两个隔着一条街看谢翎的背影，看他骑着车拐进了一条小巷子，之后就不见了踪影。

陈幽幽显得比湛微阳还要焦躁不安，他们等到绿灯一亮，立即骑着车追过去，拐进同一条巷子的时候，一眼就望到了尽头，根本没有谢翎的踪影。

湛微阳骑着车缓缓沿着巷子前行，在巷子尽头看见了一扇没有任何标识的大门，大门里面像是一个很老的小区，小区的房子还是那种一条长长的走廊上有许多户人家的四层楼房。从走廊护栏一侧伸出来一根根长竹竿，挂满了衣服。

他们骑车到那扇大门前面，湛微阳探头进去看了一眼，看见门边有个门卫室，一个老大爷正在门口坐着看电视。

湛微阳左右看了看，看见老大爷突然转头看他，连忙把头缩了回来。

陈幽幽问他：“怎么样？”

湛微阳说：“算了，我们走吧。”

陈幽幽抬头看那楼房，伸手推一推湛微阳，给他指楼上。

湛微阳看见三楼有一根竹竿上晾着他们学校的校服。

陈幽幽说：“就、是这儿，去看、看嘛。”

湛微阳又把头伸进大门，看见那老大爷还盯着门口方向，连忙退出来，说：“不看了，走吧。”

陈幽幽说：“那、去吃饭。”

湛微阳点点头：“好。”

他们骑车从小巷子原路返回，小巷子太狭窄，湛微阳在前面骑，陈幽幽跟在他的后面。

湛微阳的车子左右摇晃，有些心不在焉。他也没想好该怎么做，就算知道谢翎住哪里了，他还是没有勇气追上去跟谢翎说话。

前面的道路不平，有个斜着的小台阶，刚才他们是直接骑下来的，屁股在坐垫上重重地硌了一下。现在湛微阳大脑放空，直接便想要骑上去，结果台阶比他想象中要高，车轮在台阶边上打了滑，而湛微阳则从车子上摔了下去。

“湛微阳！”陈幽幽吃惊地喊他，停住车，跳了下来。

湛微阳整个人扑倒在地上，双膝着地，手掌心摩擦着水泥地面，顿时一阵火辣。

陈幽幽走到他面前，弯下腰，双手撑在膝盖上看他：“没事吧？”

湛微阳撑着地面缓缓爬起来，下意识拍了拍掌心的灰尘，摇摇头。

这时，一个中年人骑着自行车朝巷子里面走，经过他们身边时用力按铃铛，两个人连忙朝后面退去，看着那人经过了才回来把倒在地上的自行车扶起来。

陈幽幽说："不骑了，赶、车回去吧。"

湛微阳觉得手心和膝盖都疼，低头看自己的手，发现掌心都破皮了，甚至能看到下面鲜红的嫩肉，他于是不自觉地用手指去搓伤口旁边的尘垢，同时说："还要去吃饭。"

陈幽幽看他说话都低着头，忍不住弯下腰凑近去看湛微阳是不是哭了，发现湛微阳只是神情有些木讷，并没有掉眼泪，他稍微松一口气，说："算了，我、回去吃。"

湛微阳说："可是说好了我请你吃饭。"

陈幽幽说道："我不饿，你、回去吧。"

他们把车子推出小巷子，在路边锁住了，走到公交车站去坐车。这时候已经差不多一点了，公交车上人不算多，但是他们上去的时候一个座位都没剩下。

两个人站在后门旁边。

到下一个站时，陈幽幽看见前面爱心专座上一个人起身下车了，他用手指戳了戳湛微阳想叫他去坐，结果站在他们旁边的一个高大青年快步朝座位走去。

两个人目光追随着他，直到他坐下来，两人才收回视线，沉默地对视了一眼。

过了一会儿，陈幽幽下车去换乘，他叫湛微阳自己小心一点，从后门跳下车，站在站台上朝湛微阳挥手，于是只剩下湛微阳一个人，摇摇晃晃跟着公交车继续前进。

12

从公交车上跳下来的瞬间，湛微阳发现右边膝盖明显比左边痛得厉害一些，于是走路便忍不住有些一瘸一拐，他背着书包朝小区大门走去。

太阳光从头顶上照下来，湛微阳走了不远又开始出汗，一滴汗水沿着他的脸颊滑下来，流过莹白泛红的皮肤，留下一条痕迹。

回到家里时，一楼谁也没在，连电视机都关着。这说明奶奶和罗阿姨都不在家，应该是罗阿姨推着奶奶的轮椅陪她出去散步了。奶奶会在天气好的时候到附近的公园走一走，她走不远，所以罗阿姨会推着轮椅，等她走累了就让她坐下来，看公园里奔跑玩闹的小孩子。

湛微阳随手把书包丢在了沙发上，瘸着一条腿走到厨房，取了一个玻璃杯子在净水器下面接了一杯凉的纯净水，抬起头咕噜咕噜把一杯水全部喝下去。

他深深呼出一口气，抬起手抹一抹脸上的汗水，把杯子在水池下面冲洗干净了，再放回橱柜里面。

他转过身来时，突然发现裴馨正站在厨房门口，双手插在裤子口袋里，倚着门框看着他。

湛微阳其实是吓了一跳的，他没听到裴馨的脚步声，也不知道裴馨是什么时候出现的，可是他张了张嘴没有叫出声来，努力把那声惊呼咽了下去，才唤道："馨哥？"

裴馨的视线从他泛红的脸颊往下落到他膝盖上，问："你摔跤了？"

湛微阳低头去看，发现自己的校服裤腿上有两团清晰的痕迹，正是膝盖跪在地上时沾染的灰尘。他抬起头来，突然害臊了，说："骑自行车不小心摔了。"

裴馨问他："伤到了吗？"

湛微阳弯下腰，他身体柔软，几乎能将自己对折起来抱住自己的腿，他双手扯着裤腿往上拉，一直拉过膝盖，才说："啊呀，出了点血。"

裴馨走过来，蹲在湛微阳面前，将他另一只裤腿拉起来，看一眼之后仰起头看他，问道："有医药箱吗？"

湛微阳点了点头。

一楼客厅的阳光总是不那么充足，窗边有一棵大树，茂密的枝叶伸展着遮蔽了太阳光，所以一楼即便在夏天也总是凉悠悠的，奶奶从来不需要开空调。

湛微阳身上的汗已经收了，全部糊在皮肤上，仿佛堵住了他的毛孔，叫他的皮肤呼吸困难。他坐在沙发上，低头看着裴馨的头顶，心想其实他该先去洗个澡的，不然裴馨帮他上了药，他又去洗澡，就会把药全部洗掉，可是不去洗澡他又很难受。

裴馨低着头，用棉签蘸了碘伏给他擦伤口，动作很轻。

从湛微阳的角度，可以看到裴馨线条锐利的侧脸和挺翘的鼻梁，还有他眼角那几根格外纤长的睫毛。

膝盖的伤比掌心的伤还要重一些，裴馨帮他消了毒，从药箱里找出医用敷料来贴上。

然后湛微阳主动把手递给了裴馨。

裴馨看一眼他的手，说："一点点擦伤，没必要贴起来了。"

湛微阳收回手，有些失望地说："哦。"

裴馨把刚才从药箱里翻找出来的东西一样样放回去。

湛微阳从沙发上下来的时候，肚子毫无预兆地叫了一声，他这才觉得自己饿了。他偷偷看一眼裴馨，看见裴馨神情并没有什么变化，以为裴馨没有听到，于是站起来，一瘸一拐地走进饭厅，打开冰箱想要找点东西吃。

家里没什么零食，冰箱里只有一碗中午吃剩的尖椒炒肉和一碗白米饭，没有其他熟食了。

湛微阳关上上面冷藏室的门，弯腰去拉下面的冷冻室抽屉，想吃一个冰激凌，还没拿到的时候，听见裴馨在身后问他："没吃午饭？"

他回过头去，点了点头。

裴馨走过来，先伸手把冷冻室的抽屉推回去，然后说："吃蛋炒饭吗？"

湛微阳怔怔地看他，说："吃的。"

裴馨又打开冷藏室的门，把那碗剩饭拿出来，然后拿了两个鸡蛋和一根葱，关门的时候他犹豫一下，又拿了一根火腿肠。

他对湛微阳说："我很久没做过了，试试。"

湛微阳跟在裴馨后面进去厨房，看他先打蛋，然后把火腿肠切成小块。

裴馨的动作不算很熟练，看起来是做过饭，但并不常做。

湛微阳紧紧挨在裴馨身边，裴馨偶尔动作大了手肘都会碰到他。

"你要不要去外面等？"裴馨问湛微阳。

湛微阳说："可是我想看着你做。"

裴馨没有再说什么，把搅匀的蛋液倒进锅里炒熟了，再倒火腿肠和米饭，快炒好时最后撒一把葱花炒匀。

湛微阳说："看起来好好吃。"

裴馨把饭盛出锅，之后拿出冰箱里的尖椒炒肉倒进锅里加热，最后端到饭桌上让湛微阳坐下来吃饭。

湛微阳跟在裴馨后面从厨房进了饭厅，在饭桌边坐下来，伸手接过裴馨递给他的筷子，低着头大口地扒饭。

他真的饿了，而且他觉得裴馨这碗蛋炒饭是他吃过最好吃的蛋炒饭，比罗阿姨做的香多了，当然这些话他永远不会告诉罗阿姨。

湛微阳吃得又急又快，吃完了端着空碗跑进厨房，看见裴馨已经将案板收拾干净，锅也洗过了。

裴馨伸手要把碗接过来洗的时候，湛微阳侧着身子避开，急急忙忙地说："我来洗。"

他很坚持，在裴馨让开之后，走到水池旁边把碗筷洗干净，甩一甩水，放在沥水盘里晾着。

湛微阳从厨房出来，看见裴馨已经朝楼梯方向走去，他匆忙跑到沙发旁边抓起自己书包一边的带子，追着裴馨跑向楼梯。

书包拖在地上，随着他的脚步撞击着一级一级的楼梯，他跑上去抓住了裴馨的衣摆，等裴馨转过头来时，凑到裴馨耳边低声说道："你做的蛋炒饭是我吃过最好吃的。"他刚才吃饭时就在想，虽然他不能告诉罗阿姨，但是可以告诉裴馨啊，而且他一定要告诉裴馨。

裴馨笑了笑，弯下腰凑到他耳边，同样低声问道："为什么要悄悄说？"

湛微阳耳朵有些发痒，抬手抓一抓，很快就开始泛红，他说："不能给罗阿姨听到。"

裴馨点一点头，声音很轻地说道："我知道了。"

湛微阳还紧紧抓着他："你别告诉罗阿姨。"

裴馨笑笑，看着湛微阳，不说话。

湛微阳突然有些急，语气真切地说："罗阿姨会伤心的。"

裴馨说："你叫我一声哥哥，我就不告诉罗阿姨。"

湛微阳想也不想就开口道："哥哥！"他觉得还不够有诚意，加了一句，"求求你。"

裴馨道："嗯——好吧。"

13

星期天早上的太阳出来得太早了，湛微阳还没有睡够觉，太阳光就从窗户照进来，一直照到了床上，在他的被子上面映出窗帘的花纹来。

他在被窝里动作缓慢地翻了个身，伸出几根手指来抓住被子边缘，一边往上拉一边将头往被子里缩，直到盖住大半张脸，手指才微微松开，无力地搭在被子边缘不愿意动了。

这一觉他睡到了中午才起床，还是裴馨来把他叫醒的。

湛微阳下床的时候发现右边膝盖比昨天痛得更厉害了，稍微弯一弯都痛，他穿了条长裤子，直着右腿慢慢下楼。

奶奶在楼下看到了，一脸的担心，说："怎么比昨天看着还严重了呢？"

湛微阳说："我没事。"

奶奶朝他招招手："过来。"

湛微阳努力让自己看起来不要瘸得那么厉害，走到奶奶面前。

奶奶坐在沙发上，弯下腰把湛微阳的裤腿挽起来看他膝盖上的伤，也看不出什么名堂，只好抬起头喊："馨馨啊。"

裴馨在帮罗阿姨摆桌子，闻言把手里的筷子放在餐桌上，朝他们走过来："奶奶。"

奶奶说："你下午带阳阳去医院看看吧，我怕他摔到骨头了。"

裴馨蹲下来，用手指轻轻地戳了一下湛微阳红肿的膝盖，然后抬头看着他。

湛微阳睁大眼睛，抿紧嘴唇，对裴馨摇头。

裴馨问："痛吗？"

湛微阳说："不是很痛。"

裴馨看一眼奶奶焦虑的神情，对湛微阳道："还是去医院看看吧。"

湛微阳突然弯腰，伸手抱住裴馨的肩膀，凑到他耳边低声道："我不想去医院。"

奶奶年龄大了，耳朵没那么好，听不清湛微阳说了什么。

湛微阳说完了仍然抱着裴馨的肩膀，有些紧张地看他。

裴馨于是说道："你弯一弯膝盖。"

湛微阳动作缓慢，忍着痛苦蹲下来，然后又扶住沙发站起来。

裴馨起身，对奶奶说道："骨头没事的，要是骨折了，他动也动不了，奶奶别担心。"

奶奶说："没骨折就好。"

裴馨道："我下午给他买点活血散瘀的跌打药喷一下，应该很快会好的。"

奶奶点头：“那好吧，先吃饭。”

吃完午饭，奶奶跟罗阿姨看天气好，又推着轮椅去公园散步了。

裴馨去给湛微阳买药，家里就剩下湛微阳一个人。

湛微阳刚刚一瘸一拐爬上二楼，就听到楼下传来了门铃声，他有些不太高兴地从房间窗户探头去看，见到陈幽幽手里提着一个塑料袋站在他家门口，正百无聊赖地等人开门。

“陈幽幽！”湛微阳觉得奇怪，从窗户喊他。

陈幽幽挥了挥手：“快、来开门。”

湛微阳说：“我膝盖痛。”

陈幽幽说：“好热。”

湛微阳说：“我才刚上来。”

陈幽幽说：“你家里有冰、可乐吗？”

湛微阳说：“马上，我来给你开门。”

他关上窗户，离开房间，扶着扶手直着一条腿下楼，走过去帮陈幽幽打开了家里的门。

陈幽幽进来，抓起衣襟扇了扇，把塑料袋递给他。

湛微阳低头去看：“什么啊？”

陈幽幽说：“葡萄。”

湛微阳不明所以地看他。

陈幽幽说：“我跟我妈说、说你摔、伤了，我来看你。我妈就叫、我买点水果。”

湛微阳连忙说道：“谢谢阿姨。”

陈幽幽摆摆手，换了鞋朝里面走，他不是第一次来湛微阳家里了，也不需要湛微阳带路，一边走一边说：“冰可乐、冰可乐。”

湛微阳跟在他后面，说道：“没有冰可乐，有冰激凌。”

陈幽幽道：“将就吧。”

吃了一个冰激凌，陈幽幽舒服地伸展着双腿，半躺半坐靠在沙发上。

他随便找了个借口出门，主要是来找湛微阳一起打游戏，顺便来探望一下湛微阳。看见湛微阳一瘸一拐的，他程式化地问了一句："还很痛吗？"

湛微阳回答他说："还好。"

陈幽幽下一句就说道："那打游戏吧。"

湛微阳说："好。"

他们两个人窝在沙发里，组队玩手机游戏。

湛微阳玩游戏和他打篮球一样，技术不差，甚至比陈幽幽还好一些，能带着陈幽幽上分。

只是两个人才打到第二把，湛微阳听到有人用钥匙开门的声音，就下意识放下手机转头去看，看见裴馨手里提了个塑料袋从外面进来。

湛微阳连忙起身，喊道："馨哥，你回来了！"他朝门口走去，还记得裴馨是出去给他买药的。

裴馨看一眼沙发上专注打游戏的陈幽幽，之后便看向湛微阳，问道："还痛吗？"

别人问湛微阳这个问题，他都说不痛了，可是听到裴馨问，他下意识地说道："痛。"

他觉得他说了痛，裴馨也许会安慰他一下。

果然，裴馨伸手摸了摸他的头，对他说："去坐下，给你喷点药。"

湛微阳走到沙发旁边坐下来，刚好这一局结束，他们输了，陈幽幽义愤填膺地抬起头来，喊道："湛微阳！"

湛微阳嘴角挂着微笑，对陈幽幽说："这是我表哥——裴馨。"

陈幽幽看向裴馨，怔了怔之后站起来，开口道："表哥、你好。"

裴馨冲他笑了笑："你好。"

湛微阳伸直了右腿，把裤腿卷起来，等待裴馨的时候满眼都是期待。

裴馨把塑料袋放在客厅的茶几上，蹲下来把里面的跌打喷雾拿出来，低下头认真看说明书，过了一会儿才拆开包装，一只手握住了湛微阳的小腿，另一只手拿着喷雾瓶对准膝盖，先喷了一下，然后抬头问他："痛吗？"

湛微阳觉得被他握住的小腿有些发痒，忍不住就想要动一动，伤口倒是没什么感觉，于是摇了摇头。

裴馨便继续往他膝盖上喷药，同时说道："不要一直动，不要上楼又下楼的。"

湛微阳说："哦。"

给右腿喷了药，裴馨叫他把左边裤腿也卷起来，顺便给左边那个不怎么严重的小擦伤也喷了点药。

这个过程，陈幽幽就一直看着他们，神情有些呆滞。

裴馨给湛微阳喷了药，把喷雾盖子盖上，放在客厅茶几上，之后说道："你们慢慢玩。"说完，他朝着楼梯方向走去。

湛微阳和陈幽幽一起看着他上楼。

陈幽幽回过头来，对湛微阳说："你表哥、长、得很帅啊。"

湛微阳赞同地点头。

陈幽幽又说："你觉得他、帅还是谢翎、帅？"

湛微阳张了张嘴，突然意识到有些话不能说，说了可能就要扣分了，他憋得脸有点发红，艰难地闭上嘴。

陈幽幽自言自语道："还是表哥、好点。"

湛微阳问他："为什么？"

陈幽幽说："感觉、不错。"

两个人打了一下午游戏，陈幽幽在奶奶和罗阿姨回来的时候就起身要离开。

奶奶留他吃晚饭，他无论如何也不答应，说要回去，于是湛微阳就送他出门，本来想送到小区门口的，陈幽幽阻止了他，说他走路都是瘸的，还是乖乖在家里待着吧。

湛微阳回来，罗阿姨刚刚进厨房准备晚饭，奶奶打开了电视机看电视剧。

时间还有点早，湛微阳想要上楼，跨出一步踩在台阶上的时候，突然想起刚才裴馨叫他少动，不要上楼又下楼的，于是默默地把脚收回来，走去沙发旁边陪奶奶一起看电视。

14

如果不是每天晚上那个女声都会冰冷地播报湛微阳的今日分数，湛微阳会以为他的系统已经死了。可是他的分数也很久没有变化过了，他希望它死了。

膝盖痛了两三天之后，湛微阳走路基本不会一瘸一拐了。每天上课起立坐下也不那么痛苦了。

而且最近几天晚上都在下雨，持续了整个夏天的炎热温度终于开始慢慢降下去，奶奶把她的暗红色花纹夹克衫翻出来穿上，看见湛微阳也总是说他穿少了，当心着凉。

湛微阳下课和陈幽幽一起去卫生间，回来的时候看见自己的座位上坐了个女生，正跟他同桌周涵易聊得火热。

那女生名叫徐语萱，是周涵易的好朋友，性格活泼，脾气火暴，湛微阳有点怕她，站在教室后门默默看了一眼，不敢回自己座位去。

陈幽幽拉一拉他的手臂，叫他去自己那排先坐下。陈幽幽的同桌是他们班长，一下课就去找其他班的朋友玩了。

湛微阳在陈幽幽旁边坐下来，听到徐语萱对周涵易说："你知道高一那个谢翎吗？"

陈幽幽看了湛微阳一眼。

湛微阳听到周涵易说："当然知道，就是长得很帅那个嘛。"

徐语萱说："听说他家里挺穷的。"

"哦。"周涵易的语气并不是很热切。

徐语萱显然对谢翎很感兴趣："有人看到他晚上在打工。"

周涵易说道："他有女朋友吗？"

徐语萱冷淡下来："他班上不是有个女生天天跟他一起吃饭吗？"

周涵易笑了笑："肯定很多人追他。"

她们两个说到这里换了话题，徐语萱开始聊最近看过的一篇小说。

湛微阳一直听她们说话，感觉自己紧张得厉害，好半天鼓足了勇气转过头去，喊道："徐语萱。"

徐语萱愣了愣，意识到这是湛微阳第一次主动跟她说话，奇怪道："干吗？"

湛微阳说："你知道谢翎在哪里打工吗？"

徐语萱没有回答，而是反问道："你问这个干吗？"

湛微阳不知道如何回答这个问题。

陈幽幽转过头来说道："他也想、找地方打工，问、问问嘛。"

徐语萱笑了笑，说："那、那好啊，听说他在金枫路那家食乐快餐，还有女生为了看他专门跑去那里吃饭。"

陈幽幽挺不开心徐语萱学他说话，不过既然对方回答了他的问题，他也只能不情不愿地说一声"谢谢"。

两个人回过头来，湛微阳抓住陈幽幽的袖子，说："我们今晚去看看吧。"

陈幽幽问他："吃饭吗？"

湛微阳点了点头："吃嘛。"

陈幽幽："那、我下午给、我妈打个电、话。"

下午，湛微阳也给家里打了个电话，他打的是座机，蹲在教学楼后面偷偷打的，因为班主任不允许他们带手机来学校，平时他都关了声音藏在自己书包里。

电话响了好几声才接通，接电话的人是罗阿姨。

湛微阳说："罗阿姨，我晚上不回来吃饭了。"

罗阿姨问他："那你去哪里吃饭？"

湛微阳撒了个谎："我同学请我吃饭。"

这时，电话那边传来奶奶的声音："谁啊？"

罗阿姨回答奶奶："阳阳，他说晚上同学请吃饭，不回来了。"

奶奶说："怎么阳阳也不回来？今天都不回来了。"

湛微阳听见了，问罗阿姨："馨哥也不回来吗？"

罗阿姨应道："嗯，裴馨也不回来。"

湛微阳"哦"一声，又说："那我也不回来，罗阿姨再见。"说完他就挂了电话，仍然靠墙蹲在地上，用手指捡了一片树上掉下来的叶子，捏住叶梗转两个圈儿，心想，不知道裴馨晚上会去哪里吃饭。

下午放学，湛微阳和陈幽幽都不想骑车，在学校门口的公交站等了公交车，跟其他放学的学生一起挤上去。

每天这个时候，公交车上都会挤满放学的学生，真真正正是挤满了，人和人之间留不出一点缝隙，个子稍微矮点的连呼吸都会变得困难。

湛微阳和陈幽幽中间站了一个矮个子女生，就像是一片奥利奥，三个人紧贴在一起，两个人都看不到她的脸，在她头顶隔空聊天。

陈幽幽说："我妈骂、了我一顿。"

湛微阳说："都怪我。"

陈幽幽摇头："你、是我兄弟。"

湛微阳说："你太好了。"他突然想，大家都对他好好，陈幽幽也好，表哥也好，罗阿姨也好，还有爸爸和奶奶，只有湛微光不是太好，但是湛微光也没欺负他，就是不怎么理他。

从公交车上下来，两个人走了七八分钟找到那家快餐店，走进去找到一张空桌子坐下来。

这时候快餐店的生意正好，虽然还不至于排队，但是几乎没有空桌子。

陈幽幽抬手叫服务员，湛微阳负责点菜，点完菜等待的时候，他们两个就一起张望，希望能找到谢翎，可惜并没有看见。

湛微阳忍不住问："是这里吗？"

陈幽幽皱着眉头："除非徐、语萱骗、我们。"

他们两个都觉得应该不会，徐语萱不至于编一个快餐店出来骗他们，要不就是今晚谢翎不来打工了。

菜上来了，湛微阳拿起筷子正要夹一块糖醋里脊的时候，陈幽幽突然用自己的筷子敲湛微阳的筷子："快看，谢翎来了！"

湛微阳连忙抬起头来，果然看见谢翎正从外面走进来，他已经把校服换下来了，穿着T恤和牛仔裤，耳朵里塞了耳机，走路时微微低着头。

他穿过快餐店大厅直接进了厨房里面，过一会儿提着一个装了一次性饭盒的塑料袋从里面出来，又匆忙地离开了快餐店。

出门的时候，谢翎与两个穿着校服的女生擦肩而过，那两个女生都露出兴奋的神情，看来就像徐语萱说的，真有他们学校的女生为了看谢翎而特意跑来吃饭。

湛微阳和陈幽幽的座位靠近窗户，他们的视线追随着谢翎，看他混入街边的人群，匆忙前进。

陈幽幽说："他送、外卖吧。"

湛微阳没有回答。

陈幽幽又说："不知道我、们吃完了，他、能回来吗？"

湛微阳愣愣地看着外面，依然没有回答。

陈幽幽说："等会儿还、等他吗？你要、不要跟他、说点什么？"

湛微阳突然站了起来。

陈幽幽诧异地看他，随后又转头去看窗户外面，并没看到什么。

湛微阳看起来很着急，控制不住想要往外面跑，他说："你等我一下，我有点事情。"

陈幽幽睁圆了眼睛，一脸茫然："去哪儿？"

　　湛微阳已经朝外面走了，他说："你帮我看着谢翎，我等会儿就回来。"说完，他躲过那两个正在找座位的女同学，匆忙跑了出去。

　　正是傍晚，今天没有太阳，远处的天只是在灰蒙蒙中泛着白，街边的路灯不知道什么时候已经亮起来了，灯光是温暖的橙黄色。

　　这条街道上有很多餐馆，也有许多卖腌卤熟食的店，很多刚刚下班的年轻人在寻觅餐馆，也有中年人在熟食店买了菜要带回去一家人吃。

　　湛微阳奔跑着在人群中穿梭，一直远远望着前方修长的背影，直到在一个路口，前面的人停下来等红灯，他跑过去挡在对方面前，大口喘着气，抓住那人的手腕，脱口而出："哥哥。"

　　裴馨显然有些诧异，眉梢挑了挑。

　　他还没说话时，旁边一个年轻女人看向湛微阳，微笑着开口道："你弟弟？"

15

　　裴馨身边那个女人看起来二十多岁，穿着衬衣和包裙，一头卷曲的长发，长得很漂亮。

　　湛微阳一直盯着那个女人看，好奇她是什么人。

　　裴馨注意到了湛微阳的目光，对他说道："这是我实习的公司的姐姐，叫秦以珊，可以叫她珊姐。"

　　秦以珊闻言笑道："他可以叫我姐姐，你就不用了。"

　　裴馨笑了笑没说话。

　　湛微阳还在盯着秦以珊发呆。

　　这时候路口的交通灯已经变绿了，裴馨说："先过街吧。"要朝前走时，裴馨看见湛微阳没动，便伸手拉住了他的手腕，一直带他过了街才松手。

　　他们走到街对面，又停了下来。

裴馨问湛微阳："你怎么在这里？"

湛微阳愣了一下，回过神来说道："我来找同学。"

裴馨又问他："找到了吗？"

湛微阳想到他已经见到了谢翎，于是说："找到了。"

裴馨说："吃饭了吗？"

湛微阳摇摇头。

裴馨说："我们正准备去吃饭，一起吧。"

秦以珊站在旁边，双臂抱在胸前，目光一会儿落在裴馨脸上，一会儿落在湛微阳脸上，她自己脸上倒是一直挂着淡淡的笑容。

湛微阳没有多想，点头应道："好啊。"

裴馨随后转向秦以珊："你说的那家餐馆在哪里？"

秦以珊看向前方，说："快到了。"

他们三个人并排朝前面走，湛微阳走在裴馨身边，总觉得有些说不出的别扭。

秦以珊一边走一边问裴馨："你不是说你家不在本地吗？怎么还有个弟弟在这儿？"

裴馨说道："我表弟，叫湛微阳。"

秦以珊探头看了一眼走在裴馨另一边的湛微阳，说："表弟啊，难怪长得不怎么像。"她又看湛微阳的校服，问，"高中生？"

裴馨应道："高二。"

秦以珊冲湛微阳笑了笑。

湛微阳其实并不怎么开心，可他出于礼貌，仍是对秦以珊也微笑了一下。

秦以珊带着他们去了一家专门卖牛肉的餐馆，三个人进去时有一处靠窗的卡座空着，裴馨让湛微阳坐到座位里面，自己坐在了他身边，秦以珊则坐在对面，抬手招服务员过来点菜。

等到菜单拿上来，秦以珊接过来便递到湛微阳面前，说："表弟想吃什么随便点，今天姐姐请你吃晚饭。"

湛微阳看着面前的菜单，感到瞬间的茫然无措。

裴馨低下头，凑到湛微阳旁边轻声说："你点吧，我来请客。"

秦以珊听到了，立即说道："那不行，说好了姐姐请客的。"

裴馨说："你不是说了，在我面前不是姐姐吗？"

湛微阳忍不住抬头朝秦以珊看去，看见她直视着裴馨，脸上是一种与刚才截然不同的笑容，湛微阳形容不来。他伸手把菜单推到裴馨的面前，说："我不会点。"

裴馨接过来又递回到秦以珊面前，说："还是你来吧。"

秦以珊这回不再推让，而是熟练地点了三个菜一个汤，把菜单交还给服务员，然后说道："这家店的菜真的味道不错。"

裴馨点了点头："你推荐的肯定不错。"

今晚裴馨在实习的公司加了一会儿班，快要结束的时候，在公司工作的秦以珊主动邀请他一起吃晚饭。他们两个平时工作就有一些接触，但是接触不多，裴馨心里有些诧异，倒也没有拒绝。

来这家餐馆也是秦以珊提议的，这里距离他们公司不远，两个人从公司散步过来花了不到二十分钟，如果不是路上遇到了湛微阳，本来应该更快一点的。

餐馆的生意太好了，上菜就有些慢。

等待上菜的过程中，裴馨一直在跟秦以珊聊天，两个人说的都是与他们工作相关的事情。因为裴馨现在才大四，秦以珊还给了他不少关于未来职业的建议。

"打算读研究生吗？"秦以珊问裴馨。

裴馨回答道："在考虑。"

他们两个人的话题，湛微阳最多能听懂三分之一，他一直很安静地坐着，刚开始一边听他们聊天一边看着他们，后来就有些焦躁不安地晃动自己的腿。

裴馨一只手在餐桌下面伸过去按住了湛微阳左右摇晃的腿，看着他问道："饿了吗？"

湛微阳其实是饿了，不过这时候摇摇头，说："不饿。"

裴馨的手没有从他的腿上挪开，在湛微阳忍不住又想动的时候，裴馨又用手指捏了他一下。

湛微阳觉得被他捏得很痒，不敢动了。

裴馨叫来服务员，问她菜还要等多久，听到回答有些敷衍的时候，又问服务员有没有什么立即能上的小吃。

服务员说有冰粉。

裴馨看向秦以珊："以珊姐要吗？"

秦以珊说："我不吃凉的。"

裴馨便对服务员道："要一碗。"

服务员转身离开，很快给他们端了一碗红糖冰粉来放在桌面上，裴馨松开了捏住湛微阳大腿的那只手，抬起来握住碗里的小勺子将冰粉上面盖着的红糖水搅匀了，才把碗推到湛微阳面前，说："你先吃。"

湛微阳低下头，拿着勺子舀一勺冰粉送进嘴里，觉得冰冰甜甜的，瞬间心情都没那么焦躁了，他转过头去，抬眼看向裴馨。

裴馨也在看他，对上视线后，冲他笑了笑。

湛微阳于是也笑了笑，垂下眼去继续吃冰粉。

秦以珊一只手撑着下颌，看了他们许久，这时才说道："你把你表弟照顾得太好了。"

裴馨说："我现在借住在他们家里，舅舅和奶奶都很照顾我，我照顾他是应该的。"

严格来说，湛微阳的奶奶算是裴馨的外婆，但是毕竟没有血缘关系，裴馨来了之后一直跟着湛微阳兄弟两个叫奶奶，大家也没觉得有什么不恰当。

秦以珊并不知道裴馨跟湛家的关系，自然听不出什么问题，她只是笑着看裴馨，说："你的性格比你的实际年龄要成熟许多。"

裴馨笑道："可能我显老吧。"

"我说的是性格，又不是长相，"秦以珊说道，"你刚来我们公司实习，我就觉得你比其他大学生都要沉稳，现在很多男人大学毕业出来工作了都还像个孩子，你这个学生反而感觉比他们更稳重靠谱。"

裴馨笑了一声，低头拿起放在桌上的筷子又轻轻放下，没有再说什么。

这时候服务员总算把菜送上来了。

秦以珊问裴馨："想喝点啤酒吗？"

裴馨说："你想喝吗？你想喝的话，我可以陪你。"

秦以珊摇摇头："我不喝酒。"

裴馨道："那我也不喝了。"

秦以珊闻言，说："你喝点吧，这种天气适合喝瓶啤酒。"

裴馨像是犹豫了一下，抬手叫服务员开了一瓶啤酒送过来。

啤酒是冰冻过的，玻璃瓶上蒙着一层白色的雾气。

湛微阳刚吃完冰粉，看见酒瓶上的雾气，忍不住伸出手指去抹了抹。

裴馨伸手拿起酒瓶，贴到湛微阳脸上。

湛微阳"哎呀"一声，连忙缩着脖子往旁边躲，躲不开了就抬起手捂住脸。

裴馨问他："想喝吗？"

湛微阳捂着被冻红的脸点点头。

裴馨将啤酒瓶瓶口伸到他面前，他真以为裴馨要让他喝，于是靠过去，嘴唇刚贴上瓶口，裴馨就将酒瓶拿开了，说："我才想起来，你还是高中生，不能喝酒。"

湛微阳想说，其实他跟陈幽幽一起偷偷喝过酒了，却又害怕裴馨知道了会生气，于是说道："我也才想起来。"

裴馨顿时看着他笑了。

16

裴馨笑过之后，那瓶酒留着自己喝了。

湛微阳一手扶着碗，一手拿着筷子专心吃饭。

秦以珊偶尔会问湛微阳两个问题，等湛微阳老老实实回答了之后，她大多时候仍是在和裴馨聊天。

湛微阳听到秦以珊问裴馨："有女朋友吗？"

裴馨说："没有。"

秦以珊问道："大学里没有谈恋爱？你应该挺招女孩子喜欢的吧？"

裴馨说："没有遇到合适的。"

秦以珊似笑非笑地说道："所以说'合适'就是玄学，可以用来拒绝一切自己不满意的人。"

"不是，"裴馨道，"真的没有合适的，我精神要求高，追求一些虚无缥缈的东西，不喜欢就是不合适，不合适就不会接受。"

秦以珊两条手臂交叠着放在桌面上，上半身微微前倾，问裴馨道："年龄比你大的会被你排除在合适的范围外吗？"

裴馨手指抚过啤酒瓶表面的雾气，说："不会，合适不是个范围，就是个感觉。"

秦以珊有些夸张地叹一口气："那还不如划个范围呢。"

裴馨笑了笑。

湛微阳觉得自己听懂了他们在说什么，又不是很明白，不过他知道了裴馨没有女朋友。这一点挺奇怪的，湛微阳好像从来没想过裴馨有没有女朋友这回事，在他潜意识里裴馨是没有女朋友的，就像湛微光没有女朋友，他也没有女朋友。

他差不多吃饱了，放下筷子，礼貌地起身说道："我想去卫生间。"

裴馨站起来让他，问道："找得到吗？"

　　湛微阳抬头张望，看见了卫生间的指示牌，点点头，自己朝那边走去。

　　餐馆的卫生间不大，男女共用的，他走到门口敲了敲门，确定里面没有人才伸手拧开把手进去，然后反锁上门。

　　等到上完厕所回去，湛微阳从秦以珊身后靠近他们坐的那一桌，正听见秦以珊对裴馨说："你表弟感觉不像个高中生，更像个小孩子。"

　　裴馨闻言说道："是啊，多可爱。"说完，他抬起头看向湛微阳，对他招了招手："阳阳回来坐下。"

　　湛微阳走回自己的座位坐下来，不过没有再摸筷子，他已经吃饱了，就等着裴馨和那个漂亮姐姐什么时候叫他一起走。

　　过了差不多两分钟，裴馨发现湛微阳一直不动筷子，问他道："吃饱了吗？"

　　湛微阳点点头："吃饱了。"

　　裴馨说："再等我们一会儿啊。"

　　秦以珊于是说道："既然都吃饱了，那我们就走吧。"

　　他们从餐馆里出来，裴馨说要送秦以珊回去。

　　秦以珊拒绝了，说："该我送你们回去，你们两个都还是学生。"她态度很坚决，主动打了一辆车，一定要先送裴馨和湛微阳回去。

　　裴馨和湛微阳坐在后排，秦以珊一个人坐在副驾驶，路上大家都没怎么说话，直到出租车停在湛微阳家的小区门口。

　　秦以珊跟着他们一起下车，对裴馨说："明天见。"

　　裴馨点了点头："你一个人注意安全。"

　　秦以珊微笑道："待会儿到了，我给你打电话。"

　　裴馨说："好啊。"

　　湛微阳开口道："以珊姐慢走。"

　　秦以珊对湛微阳道："好的，阳阳再见。"她挥了挥手，转身上去出租车，让司机开车。

湛微阳转头看向裴馨，说："我觉得这个姐姐很好。"

裴馨笑了一声，说："是吗？"

湛微阳点一点头。

裴馨拍一下他的后背，说："回去吧。"

两个人朝小区里面走，裴馨落后了湛微阳半步，看着他的背影，突然问道："今天书包都没带回来吗？晚上不上自习了？"

书包？

湛微阳疑惑地停下脚步，他的书包呢？完了！湛微阳整个人惊慌得几乎要原地打转，他把陈幽幽忘记了，他的书包还在谢翎打工的餐馆，放在陈幽幽对面的座位上呢！

他脸色发白，就连小区门口昏暗的灯光也照得清晰可见，手忙脚乱地伸手要摸手机，才陡然间想起手机在上课时被他关了声音，后来在餐馆里面随手塞进了书包里，现在肯定还安静地躺在里面。

裴馨问道："怎么了？"

湛微阳抓住裴馨的手臂，急得快哭了："我把幽幽忘了。"

"你那个同学吗？"裴馨问道。

湛微阳点头。

"他没给你打电话？"

"我手机在书包里，书包在他那里。"

裴馨问："记得电话号码吗？"

湛微阳摇头。

裴馨又问："知道他在哪儿吗？"

湛微阳点头。

裴馨说："我们去找他吧。"

他们重新打了辆车，湛微阳一上车便急急忙忙地说："师傅，我们要去食乐快餐。"

司机懒洋洋地说道："食乐快餐在哪儿？"

湛微阳说："金枫路。"

司机按下打表器，将车子开出去："那到了金枫路你给我指路。"

湛微阳心里焦急得很，他双手握成拳头，一直左右手互相撞着，他小心翼翼地探身催促司机："可以稍微快一些吗？"

司机说："很快啦，小朋友。"

湛微阳于是又靠着椅背坐回来，专心盯着前方。

裴馨注意到他拳头碰撞的力道不小，关节都碰出了声音，想来应该是很痛的，忍不住伸手按在他手背上，说："别心急，陈幽幽是高中生了，又不是小学生。"裴馨读高中的时候，几乎一大半的时间是独自生活的。

湛微阳停止了有些神经质的动作，他说："他要生气了。"

裴馨说："你说找同学就是去找陈幽幽的？"

湛微阳一愣，随即心虚地撒了谎："是啊。"

裴馨说："结果你看到我了，就忘了约了同学的事？"

湛微阳说："啊……"

裴馨对他说："待会儿好好道个歉吧。"其实他比较担心陈幽幽已经回去了，湛微阳又不记得陈幽幽的电话号码，到时候他们还得去一趟陈幽幽家里，确认他是不是安全到家。

那一瞬间，裴馨突然想：不知道湛鹏程有没有为自己的生活感到疲惫过？

车子停在了食乐快餐店门口，裴馨付钱的时候，湛微阳急急忙忙下车，先朝快餐店里张望，看见他们刚才坐的座位已经没人了。

实际上快餐店已经快要打烊了，餐馆里虽然还亮着灯，但是一桌客人都没有，只有几个服务员在打扫卫生。

裴馨突然拉了拉湛微阳的手臂，指向街对面。

湛微阳转头看去，见到陈幽幽正蹲在街对面看着这边，脚边上还放着一个书包，正是湛微阳的书包。

"幽幽！"湛微阳一边喊一边朝陈幽幽跑过去。

陈幽幽沉着一张脸，等湛微阳跑到面前了，他起身抓起书包丢到湛微阳身上，抑制不住愤怒地质问道："你、你去哪儿、了？"

湛微阳不知道如何解释，说："对不起。"

陈幽幽说："我给、你打了十、十几个电话，你、都不接！"

湛微阳抱着书包，垂着脑袋难过地说："我手机在书包里面。"

陈幽幽吼道："我、要爆炸了！"

旁边一对情侣本来依偎在一起要从他们身边经过，突然听到吼声，吓得绕了一个半圆，躲着他们远远地走过去。

湛微阳右手抱着书包，左手去拉陈幽幽的袖子，哀求道："你别爆炸。"

陈幽幽气得呼吸都不顺畅了，单薄的胸口用力起伏。

裴馨留在街对面没有过去，远远看着他们，等他们自己说完话。

旁边的快餐店熄了灯，谢翎从里面走出来，经过裴馨身边时停下脚步，朝街对面看了一眼，之后穿过街道走了过来。

谢翎走到陈幽幽和湛微阳面前停下来，语气冷淡地对陈幽幽道："神经病，别跟着我。"说完，他不等他们反应，转身就走。

陈幽幽和湛微阳都愣住了，过了一会儿，陈幽幽大喊一声："去、死、吧！"

观叶植物养护

浇水

施肥

除草

修剪

更多
植物

```
New
Game
```

17

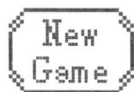

裴馨重新打了辆车，先把陈幽幽送回家。

出租车开往陈幽幽家的路上，陈幽幽坐在后排一句话都不说，湛微阳在他旁边，尝试喊他的名字，他也不肯搭理，看来今天是真的生气了。

车子到了小区门口，陈幽幽下车的时候，对裴馨说道："谢谢、表哥。"

裴馨微笑道："不必客气，快点回去休息吧。"

陈幽幽背起书包，转身朝小区里面跑。

湛微阳趴在车窗边上，惆怅地看着他的背影。

直到后来和裴馨回到了家里，湛微阳的情绪依然十分低落。

这时候奶奶和罗阿姨都已经各自回房间休息了，一楼静悄悄的，需要仔细听才能听到罗阿姨房间里传出来的电视声音。

湛微阳上楼的时候走在前面，书包没有正经地背起来，两条背带挎在手肘上，一边上楼，坠下来的书包一边拍着他的大腿。

裴馨静静跟在他后面，两个人上了二楼，走到湛微阳房间门口时，裴馨说："今天还有必须完成的作业吗？"

湛微阳摇摇头。

裴馨说："那就去洗个澡睡觉吧。"

湛微阳借着走廊的灯光怔怔地看裴馨的脸。

裴馨继续朝自己房间走。

湛微阳突然听到脑袋里面传出来那个女人的声音："亲密状态负面增进，扣2分。"

他已经好几天没被扣分了，这时候就像是有人拿剪刀一下剪断了脑袋里面的一根弦。他说："完了。"

裴馨都已经伸手摸到门把手了，他停下动作，回头看了湛微阳一眼，看见湛微阳表情呆滞地站在原地，像是被人给定住了。

裴馨只能松开手，走回湛微阳面前，抬起手在他眼前晃晃，问道："什么完了？你别怕，陈幽幽不会爆炸的，他只是形容他的心情。"

湛微阳的视线跟着裴馨晃动的掌心上上下下，过了一会儿落到裴馨脸上，说："我的分要扣完了。"

裴馨问他："什么分要扣完了？"

湛微阳显得有些惊慌，但是又不愿意回答裴馨的问题。

裴馨微微弯下腰，让湛微阳能够平视自己，换了个方法问道："分扣完了会怎么样？"

这个问题问得湛微阳一愣，他圆圆的眼睛显出些茫然与迷惑："扣完了吗？"他重复裴馨的问题。

裴馨说："是啊，分扣完了会怎么样？"

湛微阳的眼神闪烁着，眉头也忍不住皱起来，他说："我可能会……变成一棵植物。"这不是谁告诉他的答案，是脑袋里面突然钻出来的想法，他也弄不清楚自己为什么要这么回答。

裴馨的睫毛微微颤了颤，追着湛微阳问："什么植物？"

湛微阳抬起一只手比到自己胸前："这么高的，长了绿色叶子的，不会开花的，长在花盆里的植物。"

裴馨说："所有植物都有名字的。"

湛微阳奇怪地看他："我叫湛微阳啊。"

裴馨没有再问了。他站直身体，伸手按在湛微阳肩膀上："谁在扣你的分呢？"

湛微阳摇摇头："我不知道。"

裴馨沉默地看着他。

湛微阳被看得久了，突然不好意思起来，红了耳朵，低下头，两只脚不安分地来回蹉了蹉。

裴馨到最后只是说道："快去睡觉吧，你需要好好睡一觉。"

湛微阳点点头。

他们两个人分开，各自回房间。

湛微阳坐在床边，把书包放在腿上，拉开拉链拿出里面的手机，手机已经快没电了，但是能看到陈幽幽给他打的十几个未接来电。虽然已经道过歉了，但湛微阳还是很难过，他给陈幽幽发了一条消息，说："幽幽你别生我气了，再过——"他打字打到这里，突兀地停下来，开始计算时间：他现在只剩下42分，一天扣2分，那就是还可以扣21天。他继续打字："——21天，你就见不到我了。"

他叹口气，把手机放到一边，那棵到他胸口高、长了绿色叶子、不会开花的植物在他心里突然就生根发芽了。就好像一开始这个系统就是这么设定的，他想，等到分扣完的时候，他就会变成花盆里的一棵植物，不能动也不能说话。

不过这么说来，陈幽幽也不是见不到他，至少陈幽幽还能来探望他，于是他又补充了一句："你还是可以来看我的。"

他想，他会在分扣完的前一天，告诉陈幽幽这件事情，让陈幽幽以后来看他。

洗完澡，湛微阳换上了长袖的睡衣睡裤，情绪低落地躺在床上，听那个女声说："用户今日分数：42分。"

湛微阳翻了个身，他突然有些害怕，把自己蜷缩在被子里面，好一会儿心情也没有平静下来。

于是他爬起来，穿上拖鞋离开自己的房间，走到隔壁敲了敲裴馨的门。

裴馨还没有睡觉，房间里开着一盏台灯，他正坐在床上看书，听到敲门声便说了一句："请进。"

湛微阳将门打开一条缝，探头进来，看着裴馨说："我可以跟你说会儿话吗？"

裴馨点了点头："进来说吧。"

湛微阳把门推开了一些，走进去又伸手关上门，他走到裴馨床边，说："馨哥，我跟你说的事情，你千万不要告诉我爸爸。"

裴馨把书放下，问湛微阳："你是指什么事？你被扣分的事还是你要变成一棵植物的事？"

湛微阳紧张地道："都不要说。"

裴馨突然想跟湛微阳聊一聊，他往里面挪了挪，拍拍床边，说："阳阳，坐下来说。"

湛微阳显得犹犹豫豫的，好半天才坐在了裴馨床边，而且只放了半边屁股上去。

裴馨问他："你不让我告诉舅舅，那你先告诉我，是谁告诉你，你在被扣分的？"

湛微阳摇摇头。

裴馨只好继续问："你做了什么会被扣分？"

湛微阳仍是摇头。

裴馨说："你什么都不肯告诉我，那就没有办法了。"

"对不起！"湛微阳害怕裴馨会生气，连忙道歉，"我错了，你不要生我的气。"

他的语气实在可怜，裴馨也不忍心追问他了，于是说道："没事，去睡吧。"

湛微阳不愿意起身，问："我今晚可以睡你旁边吗？"

裴馨其实犹豫了一下，不过仍是回答道："可以啊。"

湛微阳顿时高兴起来。他回自己房间抱了枕头和被子过来，放在裴馨的旁边，动作很轻地躺下来。

裴馨伸手关了灯，也拉起被子躺下来。

湛微阳忍不住凑近他，近到裴馨可以闻到湛微阳身上沐浴露的香味，那是一种清爽而柔软的味道，就像湛微阳这个人一样。

裴馨翻了个身，背对着湛微阳。

湛微阳闭上眼睛，如果他的分真的会被扣完，那他一定也要提前告诉裴馨，希望到那时候裴馨可以帮他浇一浇水。

18

第二天上学，湛微阳在学校门口的小超市给陈幽幽买了一瓶可乐，带到教室，放在陈幽幽的课桌抽屉里。

陈幽幽来的时候没有理他。

湛微阳趁早自习老师不在教室的时候，用手指轻轻戳了一下陈幽幽的后背。

结果陈幽幽转过头来凶巴巴地看了他一眼。

湛微阳害怕地把手指缩了回去，不敢再戳他了。

到下课时，与陈幽幽同桌的女生突然问他："湛微阳给你买的可乐你怎么不喝？"

陈幽幽低头看一眼塞在抽屉里的可乐，闷声道："问、这个干吗？"

同桌说："就是奇怪啊，感觉你们像是吵架了。"

陈幽幽一声不吭地整理自己的桌面，把下节课的课本拿出来。

同桌感慨了一句："没想到你们两个也有一天会吵架。"

陈幽幽仍然没有喝那瓶可乐。

第一节课下课的时候，陈幽幽从座位上站起来打算去卫生间，他刚转过身来，便看见湛微阳本来是无精打采地趴在课桌上，一看到他起身就立即坐直了身体，仰起脸睁大眼睛看他。

陈幽幽转开了视线，一个人朝教室后门走去。

湛微阳瞬间露出失落的表情，又趴回了课桌上面。

陈幽幽一个人去卫生间，孤独地尿完尿之后，回来教室里看见湛微阳仍然在课桌上趴着。

湛微阳不知道是不是睡着了，反正也没有再抬头看他。

陈幽幽心里的不安逐渐加重，他坐下来，伸手翻一翻桌面上的课本，之后把抽屉里那瓶可乐拿出来，侧身坐着拧开了瓶盖。

湛微阳一听到开可乐的声音，立即抬起头来，看向陈幽幽，说："你不生气了吗？"

陈幽幽不回答，只是说道："你、昨天发的、见不到你是、是什么意思？"

湛微阳很开心陈幽幽愿意跟他说话，说道："那个啊，我想了想，你还是可以来看我，你能见到我，就是不知道我能不能见到你。"

陈幽幽喝了一口可乐，忍住想打嗝的冲动："不知道你、在说什么。"

湛微阳说："没关系。"

陈幽幽喝了小半瓶可乐，盖上盖子塞回抽屉里，说："我讨厌谢、翎。"

湛微阳为难地看他："那怎么办？"

"什么、怎么办？"

"可我没办法跟他成为好朋友，我就完了。"

陈幽幽有些疑惑："你、那么、喜欢他？"

湛微阳不知道该怎么说，反正他知道这时候是不能否认的，否认了就要扣分，只能点了点头。

陈幽幽问："不、成功，你、会爆炸吗？"

湛微阳摇摇头："我不会爆炸。"他停顿一下，接着又说道，"但我快没有时间了。"

陈幽幽莫名其妙："什么、没有时间？"

这时候，学校的上课铃响了，老师已经在教室里准备好了，整个班都安静下来，陈幽幽也不敢再说话，回身跟着其他同学一起起立。

他坐下来不久，湛微阳从背后给他塞了一张折起来的字条，他接过来打开看，上面湛微阳字迹工整地写着："我想找人去埋伏他，然后我可以去救他，这样我们就能认识了。"

陈幽幽看一眼讲台上的老师，抓起笔在字条下面写道："你疯了？"

他趁老师转身在黑板上写字的时候，把字条丢还给湛微阳。

过一会儿湛微阳又给他丢过来："我在网上看到有人给的建议，我觉得可以试一试，毕竟我时间不多了。"

陈幽幽回了一个"？"。

两个人趁老师不注意反复地传小字条。

湛微阳："你还记得你的宇哥吗？能不能找到他呢？我可以给钱。"

陈幽幽小时候有个邻居家的哥哥叫朱信宇，家里父母因为工作繁忙，常常把儿子寄养在陈幽幽家中。读小学的时候，朱信宇还给陈幽幽讲过作业，后来上中学时父母离婚了，他就开始在外面跟那些小混混一起闲混，高中都没能毕业。

以前陈幽幽给湛微阳讲宇哥的时候，说的是他在外面认识人，如果受欺负了，可以找宇哥来帮他们出头，结果到现在，湛微阳一次也没见过这个宇哥。

于是湛微阳提出来一个想法，可以叫宇哥带几个人在学校外面围住谢翎，然后湛微阳冲出去阻止他们，帮谢翎解围。

陈幽幽一只手撑着脸，皱紧了眉头，他怎么都觉得这个提议很扯。

等到中午吃饭，湛微阳一脸郑重地告诉陈幽幽："我快没时间了。"

陈幽幽说："到底、什么时间？"

湛微阳把自己餐盘里面陈幽幽喜欢吃的火腿肠都夹给他，说："你帮帮我。"

陈幽幽抬起手抓了抓鼻子，说："我、不是、不帮你，是——"

他话没说完，食堂里传来一阵争吵声，所有吃饭的学生都朝吵架的方向看去，见到是两个女生在争吵，其中一个湛微阳他们还挺眼熟的，就是那个经常跟谢翎走在一起的女生。

两个女生不知道为什么吵起来的，但是在她们旁边的桌子边坐着的人就是谢翎。

随着争吵的声音越来越大，有跟那两个女生熟悉的学生去劝架，这时候，谢翎突然端着他的餐盘站起来，沉默地朝外面走去。

有人在身后喊他，他也没有回头。

正是中午食堂人最多的时候，几乎找不到空位子，只有湛微阳他们旁边紧贴着墙壁这一排才偶尔能见到一个空位，而湛微阳和陈幽幽这一桌是仅剩的还有两个空位的桌子。

谢翎经过他们身边的时候，停了下来，看他们两个一眼，选择了湛微阳，说："同学，可以让我坐进去吗？"

湛微阳立即愣愣地站起来，退到通道里，让谢翎端着餐盘坐到了他旁边的空位上。

陈幽幽咬牙切齿地瞪着谢翎，他还没忘记谢翎昨晚骂他神经病。

谢翎却一眼也没看他，坐下来之后就埋下头继续吃饭。

湛微阳又坐了回来，他拿起筷子，却已经没了心情吃东西，轻轻地对谢翎说："你好，我叫湛微阳。"

谢翎停下动作，略微点一下头，然后继续吃饭。

湛微阳说："我读高二（三）班，今年十七岁，身高一米七四，白羊座，B型血。"

谢翎又停下来，伸手从校服口袋里扯出来一副连着线的耳机，一左一右塞进了耳朵里，心无旁骛地吃他的午饭。

湛微阳最后一句话说了一半，声音越来越小，最后咽了下去："你有时间的话，我们可以一起去给树浇水……"他惆怅地低下头。

19

陈幽幽一直盯着谢翎，满心的愤怒几乎要溢出来了，却没想好用什么方式报复他。

谢翎吃饭吃得很快，他对湛微阳说"请让一让"，端着餐盘从这一桌离开的时候，突然对陈幽幽说："请你不要一直看着我。"

陈幽幽顿时一张脸涨得通红，他把筷子重重放下，猛地站了起来，说："我、我、我……"

湛微阳心惊胆战地看他，知道他越生气、越着急的时候，结巴就越厉害。

而谢翎已经走了，耳朵里还塞着耳机，大概是听不到陈幽幽说什么的。

陈幽幽这时候才把话说完："我疯了、我、我、我才看你！"

湛微阳很担心，他看到陈幽幽脸色由红变白，然后就一个劲儿在那里鼓气，像只蓄势待发的青蛙。湛微阳于是走过去伸手摸他后背给他顺气："别气了。"

陈幽幽说："就、就怪你！"

湛微阳心里难受，点点头道："就怪我，你别生气。"

陈幽幽伸手抓起一根筷子，两手用力掰它，心里想着：这就是谢翎的下场！结果掰了半天也没掰断，他便把筷子扔回去，心想：刚才不算，谢翎的下场一定要比这根筷子更惨！

吃完晚饭，奶奶叫住裴馨，说一楼客厅的电视机出问题了。

裴馨在客厅里帮奶奶调了半个小时的电视。

奶奶坐在沙发上，膝盖上搭着薄毯，越看裴馨越满意，她说："我要有个孙女，一定把孙女嫁给你。"

罗阿姨正好洗了碗出来客厅，一边在围裙上擦手一边说道："说的啥呀，人家小裴不就是你孙子吗？"

奶奶想了想，说："对哦，我老糊涂了。"

裴馨笑一笑没说话，把电视调到奶奶想看的节目，然后才上去二楼。

二楼有个半圆形的大阳台，刚搬来的时候，湛鹏程花钱买了几盆花草植物摆放在阳台边缘，现在是罗阿姨一直在给花草浇水。

　　湛微阳从上楼之后就一直在阳台上，一盆一盆地把花草往边缘挪，到最后在中间空出来一个最好的位置，他在那儿站了一会儿，然后转身爬上阳台的水泥护栏，在护栏上坐下来，两只脚吊在阳台外面的空中。

　　从这里可以看到小区中间的一大片花园和花园中间的喷水池，傍晚正有许多家长带着孩子在附近玩耍。

　　他刚才搬花盆出了一身汗，现在被风一吹都收了回去，可身上始终有些黏腻，两条腿不自觉地在空中晃悠。

　　"阳阳。"

　　湛微阳听到背后有人喊他，连忙回头去看，看见是裴馨。

　　裴馨站在通往阳台的大门前，对他说："下来。"

　　湛微阳转过身，将两条腿跨进来，然后一下子跳到阳台的地面上，他朝裴馨走过去，说："馨哥？"

　　裴馨说："以后别爬上去，太危险了。"

　　湛微阳点点头。

　　裴馨说完便转身离开。他今天穿了一件白衬衣和一条西装长裤，衬衣下摆收进裤腰里，越发显得腰细腿长。

　　湛微阳没见他那么穿过，好奇地跟在他身后，说："馨哥，你今天好好看。"

　　裴馨走到自己房间门前，伸手拧开房门，闻言问了一句："我昨天不好看？"

　　湛微阳连忙道："也好看，每天都好看，你最好看。"

　　裴馨笑了，他当然知道自己好看，但是这般不吝啬地称赞他的人，还是第一次遇到。

　　他进房间的时候看见湛微阳跟进来也没有阻止。昨晚湛微阳在他房间睡的，今天一早起来急急忙忙上学，现在被子和枕头都还留在他的床上。

　　裴馨想要收拾换洗衣服去洗澡，看到湛微阳衣摆上沾了泥土，便问道："你要先去洗澡吗？"

湛微阳摇摇头，不过很快就说："我可以跟你一起洗吗？"

裴馨想也不想便说："不可以。"

"哦。"湛微阳有点失落。

裴馨看他一眼，说："你这么大了，还跟谁一起洗过澡吗？"

湛微阳说："没有啊，我就是想跟你一起洗。我早就不跟我爸一起洗澡了。"

裴馨把衣服从衣柜里拿出来，关上柜子门，神情有些严肃地对湛微阳说："你也差不多是成年人了，应该注意跟人保持合适的距离。"

湛微阳怔怔地看他，说："好。"

裴馨去洗澡。

湛微阳回到自己房间里，过一会儿又不太安心地出来，他走到卫生间门口，耳朵贴在门上听了听里面的水声，然后转过身背靠着门滑下来，盘腿坐在地上。

裴馨洗完澡打开门，低头就看见湛微阳背对他坐着，收回险些迈出去的脚步，问："在干什么？"

湛微阳努力后仰着头看他："我在等你。"

裴馨问："等我做什么？"

湛微阳眼角和嘴角都在不自觉地往下垂，情绪不高的模样，说："你是不是不高兴？"

裴馨说："你怎么会觉得我不高兴？"

湛微阳的手抓着自己的脚，手指无意识地用力抠脚背柔软的皮肤，说："我觉得你们都不喜欢我。"

裴馨没料到湛微阳会说这句话，过了几秒钟才问道："因为我不跟你一起洗澡？"

湛微阳摇头："不是的，就是觉得我可能惹你讨厌了。今天我也惹了谢翎，还害了陈幽幽。"

"谢翎是谁？"裴馨问他。

湛微阳猛地闭上嘴，用力摇头。

裴馨猜是他的同学。

湛微阳坐在门口不动，把整个门都堵住了。

裴馨说："你先起来。"

湛微阳不肯。

裴馨于是蹲下来，用手指轻轻戳一下他的后腰。

湛微阳怕痒得厉害，"哎哟"一声立即整个人都缩了缩。

裴馨知道他怕痒了，用手指挠他的腰。

这下湛微阳像被戳开了开关，柔软的身体扭动着，忍不住笑起来，他说："别挠我！"

裴馨安静地看着他，并没有停下来。

湛微阳忍不住，弯下腰身体朝前倾，跪在地上要往前爬。

裴馨挠了挠他的脚心。

湛微阳"呀"一声，忙翻个身仰面躺下来，把脚缩回去，用手抱住了膝盖。

他红着脸又红着眼睛，一边笑一边喘着气看裴馨，说："不玩啦。"

裴馨朝他伸手。

他紧张地努力把自己蜷缩起来。

结果裴馨只是将手掌摊开在他面前，他看了一会儿，握住裴馨的手，裴馨用力想将他拉起来。

湛微阳借力起身的时候，故意朝前扑到裴馨身上，把裴馨压倒了，开始挠痒痒。

挠了半天，湛微阳发现裴馨没有反应，他低下头，奇怪地问道："不痒吗？"

裴馨仰面看他，平静地摇头，微微笑着说："不痒。"

湛微阳认为裴馨大概在骗他，伸手要去挠裴馨胳肢窝。

这回裴馨按住了他的手，说："好了好了，别闹了。"

湛微阳不怎么死心。

裴馨稍微沉下了声音："听话。"

他才收回了手，不甘心地从裴馨身上爬起来，再把裴馨从地上拉了起来。

20

晚上，湛微阳又顺利睡在了裴馨的房间里。他也不知道自己为什么那么喜欢裴馨，就觉得跟裴馨待在一起很舒服很开心，很有安全感。

裴馨其实并没有花太多时间在他身上，他在裴馨身边躺着的时候，裴馨开着台灯在看专业书，房间里很安静，时不时传来裴馨翻书的声音。

湛微阳的手机在这时候发出了消息提示音，在安静的环境里有点突兀，他害怕吵到裴馨看书，连忙把手机声音给关掉了。

手机上的消息是陈幽幽发过来的，他告诉湛微阳："我今天晚上去找了宇哥，他说可以帮我们收拾谢翎，你觉得什么时间合适？"

湛微阳看一眼裴馨，虽然裴馨并没有注意他，但他还是把被子拉起来将自己整个人盖在下面，才给陈幽幽回消息："太好了！要多少钱呢？"

陈幽幽很快回他："宇哥说跟我是兄弟，不需要钱，买条烟给他的兄弟们就好了。"

湛微阳趴在床上，被子里面只有手机屏幕发出的光照在他脸上，照出带了些开心的笑容："宇哥好好啊！"

陈幽幽回道："还行吧。"

湛微阳打字："那星期六中午放学怎么样呢？"

陈幽幽说："应该可以吧，我明天给宇哥打个电话，他的兄弟时间方便就行。"

湛微阳："那我先去买烟？买什么烟呢？"

陈幽幽："不急，事情完了再说。"

湛微阳正要打一个"好"字，头顶的被子突然被人掀开了。

裴馨看着他，问："在干什么？"

湛微阳连忙把手机屏幕给关了，翻个身面对着裴馨："我怕吵到你。"

裴馨说："不会，我准备睡了。"说完，他把书放到床头柜上，伸手关了台灯。

房间一下子陷入黑暗中，湛微阳什么都看不到了，只听到身边传来窸窣声响，感觉到床铺在轻轻晃动。

过了一会儿，身边安静下来。

湛微阳在黑暗中静静地听着，听了很久都没有听到裴馨的呼吸声，于是忍不住朝他凑近一些，直到耳边听到清浅呼吸的同时也感觉到了微热的温度。

突然有一只手挡在了他的脸上，捂住了他的嘴和鼻子，他听到裴馨说："你干什么？"

这时湛微阳才知道自己靠得太近了，再近的话都要贴上裴馨的脸了，他用被捂住的嘴含糊不清地说："我听一听你的呼吸声。"

裴馨仍然捂着他的嘴，说："听我的呼吸声干吗？"

湛微阳说："小时候我爸爸就会偷偷听我的呼吸声，我也偷偷听他的。"说完，湛微阳感觉自己有点呼吸不过来了，转开脸把脸颊贴在裴馨的手心。

他的皮肤柔软细腻，微微有些凉，像是冷白的玉石。

裴馨问："你小时候是不是生过病？"

湛微阳声音不太清晰地说："是吧，记不清了。"

裴馨问："你爸爸带你看过医生吗？"

湛微阳突然往后缩："我不想去看医生。"

裴馨语气温和："我不带你去看医生，别害怕。"

湛微阳枕在自己的枕头上，说："我们睡觉吧。"

裴馨应道："好，晚安。"

湛微阳闭上眼睛，过了五秒钟，他听到那个虚无缥缈的声音对他说："亲密状态负面增进，扣 2 分。用户今日分数：40 分。"

他立即睁开眼睛，默默叹一口气，把被子拉起来盖住脸才继续睡觉。

第二天去学校，陈幽幽显得有些兴奋。

教室里不方便说话，他们中午吃完饭，蹲在学校操场的角落，商量星期六中午要怎么把谢翎拦下来。

他们已经知道谢翎星期六中午下课之后会骑自行车回家，陈幽幽把手机上的地图打开，看他回家一路上要经过的地方，设计埋伏地点。

陈幽幽把地图放大，手机扔在地上，一只手指着地图上一条小巷子，另一只手用力把地上的杂草拔起来，说："这、这里人少。"

湛微阳看一眼地图，又看他拔了草随意丢在地上，开口说道："你别拔草啦。"

陈幽幽莫名其妙："什么？"

湛微阳说："草都死了。"

陈幽幽道："那又怎、怎么样？"

湛微阳不愿意跟陈幽幽争吵，默默地捡了一颗小石头在地上挖坑，把陈幽幽扯下来的草栽了回去。

陈幽幽不管他，继续说道："就是、有一个、问题！"

湛微阳专注地挖坑，随口问道："什么？"

陈幽幽苦恼地抬起头望向远方，那里是篮球场，中午吃完饭，谢翎正跟几个男生在一起打篮球。他望了一会儿，说："我、们下课、之后才、跟着谢翎一、一起回去，不能保证一、定追得上他，总、不能跟在他、后面突然冲、出去。而且，万一最后一、节课老师拖、堂，我们怎么办？"他一口气说这么长一串话，简直快把自己憋死了。

湛微阳抬起头来，说道："什么？"

陈幽幽顿时怒气上涌，伸手掐住了湛微阳的脖子左右摇晃："你去死、吧！"

小石头从湛微阳手里掉出来，他抬手去抓陈幽幽的手，想解救自己，惊慌地说道："我要死了。"

陈幽幽松开他的脖子，从地上捡起自己的手机，站起来拍了拍手机壳上沾到的草屑，对湛微阳说："今天已、经周五了，你想好明、天放学怎么拖、一下谢翎的时间，我们再、行动！"他本来想在后面加一个帅气的"Over（结束）"，话没出口又觉得自己会结巴，便直接走了。

湛微阳急急忙忙把最后一点土填回去，站起来拍一拍手上的泥，跟着陈幽幽往操场外面走。

两人一前一后经过谢翎他们打篮球的那片场地旁边的空球场。

湛微阳经过时，刚好谢翎他们的篮球咕噜咕噜从地面上滚过来，滚到他的脚边。

高一的学生不认识湛微阳，大声喊他："帅哥，把球扔过来一下。"

湛微阳捡起篮球朝他们走过去，在那个学生走过来想要伸手接球的时候，突如其来的冲动，他把球往前一拍，带着球过了人然后一个姿势漂亮的投篮。

球进了。

湛微阳开心得几乎要蹦起来，心想，他也可以跟装馨打篮球，不需要湛微光。

他转过身来，看见场地上几个人都在看他，包括谢翎在内，他顿时有些紧张，急急忙忙说道："对不起。"然后追着陈幽幽跑了。

21

下午最后一节课自习，湛微阳从后排戳了戳陈幽幽的背。

陈幽幽抬起头，看见老师不在教室里面，又确认了班主任没有在窗户外面，才朝后面转去。

湛微阳努力凑近他耳边，低声说道："我不知道怎么在放学的时候拦住谢翎。"

陈幽幽顿时便要转回去。

湛微阳连忙抓住了陈幽幽的衣领，说："可是我们可以打车去前面等着他啊。"

陈幽幽眉头一皱，心里觉得湛微阳说得没错，可是为什么他没有想到这个方法，就一直钻牛角尖地考虑怎么把谢翎拦下来？

湛微阳见到陈幽幽不说话，以为陈幽幽不赞成自己，小心地问道："怎么样啊？"

陈幽幽说："下课说。"之后便转了回去。

到下课的时候，他对湛微阳说："应、该可以吧。"

湛微阳很开心，两个人约定在谢翎放学路上一条冷清的地下商业街附近拦下他。

那条地下商业街与旁边的街道平行，本来旁边的街道行人就不多，商业街修在那里更是冷清，所有的铺面都紧紧关着门。上次他们跟着谢翎的时候，发现谢翎会从地下商业街抄近路，那里地势环境相对复杂，正适合他们埋伏。

晚上，湛微阳在房间的书桌前面做题的时候，把作业本翻到空白页，在上面画了一张路线图。

对于那条商业街的实际地形，湛微阳已经记不太清了，但是他上网搜索了一下图片，勉强能画出来大概的地图，然后用小圆圈在上面标示他和陈幽幽，又画了个圆圈把里面涂黑，用来标示谢翎。

他用手指夹着笔一直敲自己的脑袋，心想到时候要怎么做呢，让宇哥他们把谢翎拦下来，揪住他的衣领叫他给钱，自己就冲出去让他们松开他，假装把人打跑，然后就可以和谢翎聊天。

谢翎一定会说谢谢他，他要说不用谢，然后送谢翎回家。

"画的什么？"湛微阳想得出神的时候，头顶突然传来裴馨的声音。

湛微阳险些被吓得魂不附体，下意识就抬手把作业本挡住，说："没什么。"

他本来就画得难看，跟鬼画符似的，裴馨根本没看懂他在画什么，可他抬手一遮，裴馨反而想要知道了。

裴馨这时候刚洗完澡，身上散发着湿润的温热气息，还带了沐浴露的香味，在湛微阳的床边坐下来，看着湛微阳说："所以只要我不在，你就不好好自习是不是？"

湛微阳说："我没有……"

裴馨说："那你画的什么不敢给我看？"

湛微阳低下头，缓缓把手臂挪开，看一眼自己画的路线图，犹豫了一会儿还是不希望裴馨不高兴，于是把本子拿起来，送到裴馨面前给他看。

裴馨盯着上面的线条和圆圈，问："你下五子棋啊？"

湛微阳摇摇头。

裴馨说："那是什么？"

湛微阳用手指了上面的圆圈，说："这是我。"然后指另一个圆圈，"这是陈幽幽。"

裴馨抬手指那个黑色的圆圈："这个呢？"

湛微阳盯着那个黑色圆圈看了很久，才回答说："这是谢翎。"

裴馨已经不止一次听到谢翎这个名字了，问湛微阳："谢翎是谁？"

湛微阳回答道："同学。"他不知道为什么，回答裴馨这个问题的时候突然有些心虚，不自觉地用手指抠了抠裤子。

结果裴馨没有继续追问下去，只是说道："所以你们在干什么？"

湛微阳蓦然间开了窍，说："躲猫猫。"说完，他偷偷看裴馨的表情。

裴馨脸上的神情有一瞬间的复杂，最后说道："行吧，继续看书，今天的作业一定要做完。"

湛微阳连忙道："好啊。"他回到桌边，把那一页纸撕下来，继续做题。

他们两个在一个房间里安静地待着，时间渐渐过去，湛微阳把今天必须完成的作业写完的时候，已经晚上十点多了。

他一边打了个哈欠，一边抬起手伸懒腰。

裴馨合上手里的书，从湛微阳床边站起来，说："今晚你可以自己睡了吗？"

湛微阳懒腰伸了一半，匆忙把手放下来，看着裴馨，问："为什么？"

裴馨一只手揣在长睡裤的口袋里，另一只手拿着书，说："难道你想一直跟我睡？"

湛微阳说："是啊。"

裴馨问："到什么时候为止呢？"

湛微阳想了想，之后陷入了短暂的纠结。他发现自己不知道怎么回答这个问题。

裴馨说："在这里实习半年我就回学校了。"

湛微阳看着裴馨，试探着问道："那你走之前，我都能跟你一起睡吗？"

"为什么一定要跟我睡呢？"

"我不想一个人睡。"

"那你以前也跟你爸爸和哥哥睡吗？"

"有时候跟爸爸睡，不跟哥哥睡。"湛微光从来不跟他睡。

"你爸爸是不是下个月就回来了？"

"爸爸说是的。"

裴馨说："那行吧。"这是他最后一句话，之后就没有继续盘问湛微阳了。

湛微阳松一口气，有一种考试过关的感觉。他跟着裴馨去对方的房间，关门的时候动作很轻，像是害怕惊扰到裴馨，然后裴馨就会把他赶出去。

裴馨回到房间之后，打开台灯坐在床边，把笔记本电脑放在腿上打开来看。

湛微阳悄无声息地从另外一侧爬上床，掀开被子把自己塞进去，侧躺着看裴馨。

裴馨过了一会儿才看他，说："我开着电脑会影响你睡觉吗？"

湛微阳摇摇头。

裴馨伸手过来，覆盖在湛微阳眼睛上，说："那你睡吧，我看会儿电影。"

明天是星期六，虽然湛微阳还要补课，但是裴馨不需要上班，他想把一部剩下一半的电影看完。

他把台灯关了，戴上耳机，安静地坐在床上看电影。

湛微阳闭上眼睛，好一会儿都没能睡着，于是又偷偷睁开眼睛，轻轻地凑近裴馨，去看他的电脑屏幕。

裴馨看的是一部国外的电影，湛微阳凑近去看的时候，男女主角正好抱在一起接吻，场面有些激烈。

电脑屏幕的淡蓝色光照在他们两个脸上，湛微阳的头几乎贴在了裴馨肩上。

突然，裴馨伸手遮住了湛微阳的眼睛，说："不要看。"

湛微阳没戴耳机，听不到电影的声音，不知道男女主角现在在做什么，他只是问道："为什么？"

裴馨声音很轻，在他耳边说："小孩子不许看。"

湛微阳心跳没来由地变快了，他说："我不是小孩子。"

裴馨说："你是。我数三二一，你快转过去睡觉。"说完，他几乎没有停顿地开始倒数："三——"

湛微阳猛地翻身背对着裴馨躺下，把被子拉起来盖过头顶，说："我睡着了。"

于是没数完的数一直没数完，湛微阳闭着眼睛真的很快睡着了，也不知道裴馨什么时候睡的。

22

湛微阳第一次见到陈幽幽所说的宇哥。

朱信宇个子不高，浓密的头发全部染成了黄色，直直往上梳，黑色衬衣的口袋里还插着一副黑色的墨镜。

他带了三个青年，有一个看起来像是比陈幽幽和湛微阳年龄还小，满脸的稚气。

朱信宇蹲在通往地下商业街的台阶上，对他们两个说："放心吧，就是教训一下欺负我小兄弟的那个臭小子嘛。"

陈幽幽说："对！"

湛微阳突然觉得有什么不对，说："不是的，是假装教训他。"

朱信宇的视线转到他脸上，问："怎么是假装教训？"

湛微阳说道："就是不能打他，凶一凶他就行了，我在旁边躲着，很快就会冲出来。"

朱信宇把上衣兜里的墨镜掏出来戴在脸上，接着问道："你冲出来，我们要怎么办？"

湛微阳说："你们就快点跑。"

这时候，朱信宇身边站着的一个高高壮壮的青年不乐意了，他说："那我们多没面子。"

湛微阳有些手足无措地看了陈幽幽一眼。

陈幽幽凑到朱信宇耳边，压低了声音道："我同学脑、脑子不太好，你、你们就陪他玩、玩。"

朱信宇看了看湛微阳，对陈幽幽说："看出来了。"

陈幽幽又说："但是你、得先帮我收、收拾那个谢翎，叫他以后对、我客气点。这、就别告诉我、同学了。"

朱信宇点了点头。

湛微阳发现朱信宇脸一直对着自己的方向，但他戴了副大墨镜，也不知道他是不是在看自己。陈幽幽偷偷在朱信宇耳边说话，就是不想让他听见，他便没有凑近去听，只是心里稍微有些不自在。

等到陈幽幽跟朱信宇说完话，湛微阳拉住陈幽幽，问："你们说什么啊？"

陈幽幽低声说："我、叫他听你的，不要真、动手了。"

湛微阳连忙点头。

他们沿着坡道慢慢走进商业街，这条商业街很窄，宽度大概只够一辆汽车通行，两边商铺的招牌都还留着，但是门全部关着，中午时也一个人都没有。

湛微阳和陈幽幽躲在了商业街出口坡道右侧的楼梯口，那里可以通往楼上，而沿着坡道出去就直接到达了地面。

朱信宇带着那三个青年就在商业街的中间站着等待，他们已经看过了谢翎的照片，那么一个容貌和气质都出众的少年，身上还穿着和陈幽幽他们一样的校服，肯定不会错过。

陈幽幽躲在墙后面，蹲在地上探头朝外面看，其间抽空看了看手机，距离谢翎到这里的时间已经不远了。

湛微阳心情有些紧张，趴在陈幽幽背上，跟他一起探头朝外面看，一只手紧紧抓着陈幽幽的肩膀。

陈幽幽抬起头，说："轻、轻点。"

湛微阳连忙松了手，说："对不起。"

这时候，他们见到谢翎骑着自行车出现在了这条并不算长的地下商业街的入口。

陈幽幽和湛微阳几乎是同时把头缩了回来，有些心虚地对视一眼，都害怕被谢翎看到。

谢翎骑着自行车，速度很快，转眼间已经到了商业街中间，被朱信宇他们几个拦了下来。

陈幽幽和湛微阳不敢探头去看，两个人都靠墙蹲着，偷听从前面传来的对话声音。

朱信宇说："你是谢翎？"

商业街是一条空旷的通道，将一点细微的声音都放得特别大，让湛微阳把他们说话的内容听得清清楚楚。

不过谢翎并没有回答朱信宇的问题。

一个人说："问你问题呢！聋了吗？"

谢翎这时才冷淡地开口说道："我不认识你们。"

朱信宇道："你不认识我没关系，我告诉你，陈幽幽是我兄弟，我今天来给你打预防针，以后你见到他都给我客气一点，不然你惹他一次，我揍你一次，听到了吗？"

谢翎说："陈幽幽是谁？"

湛微阳听着觉得不对，顿时便想要起身冲出去。

陈幽幽一把抓住他，把他拉到自己身边，压低了声音说："再、再等等！"

湛微阳紧张地看着陈幽幽，同时听到外面有人吼了一句："你小子装什么蒜？老子看你那么跩就有气！"

他沉不住气了，一定要出去，陈幽幽一把抱住他的腰把他给拖住，说："先、收拾他一下！"

外面传来了有些纷乱的响声，自行车铃铛突兀地响了一声，然后是轮胎在地面摩擦的声音，还伴随着朱信宇同行的青年骂脏话的声音。

湛微阳和陈幽幽都愣了一下，意识到外面可能是打起来了，顿时都有些慌张。

湛微阳自然是不想真的叫人收拾谢翎一顿的，至于陈幽幽，他是想叫人收拾谢翎，但是对于怎么收拾，他脑袋里是没有概念的。

他想，无非就是叫一群社会青年把谢翎围起来，恐吓几句，吓得谢翎以后见到自己都绕着走就行了，要真是动起手打伤了人，他可是不愿意见到的。

于是陈幽幽松开了抱住湛微阳的手，看湛微阳爬起来往外面跑，自己也跟着往外面跑。

湛微阳先跑出去，迎面便见到谢翎骑着自行车飞快地朝他冲过来，他吓了一跳，连忙收住脚步，整个人都愣在了原地。

而谢翎显然也吃了一惊，他没有心情跟一群社会上的小流氓浪费时间，用车轮撞开挡路的人打算直接骑车离开，前面是个上坡，他猛地踩脚踏板加速，结果便见到有人从旁边冲到了他车轮前面。

谢翎只能用力将车头往右边一甩，想躲开湛微阳，却没料到刚一甩过去，后面又跟着冲出来一个人，他这回再躲不开了，只能猛地捏紧刹车。

可陈幽幽还是被撞倒在了地上，而且额头刚好从前轮的辐条上狠狠擦过。

湛微阳惊叫一声："哎呀！"

陈幽幽坐在地上，整个人都蒙了，好一会儿没能反应过来，直到湛微阳蹲下来扶住他，语气惊慌地喊他："幽幽！"

他愣愣地回答道："欸。"然后又抬起头看一眼谢翎，他看到谢翎正神情严肃地看着他。

湛微阳说："幽幽，你流血了。"

陈幽幽有些茫然，问道："哪里？"说完，他感觉到有温热的液体沿着脸颊往下滑，忍不住抬手摸一下，果然沾了满手指的鲜血，他叫道："妈、妈、妈呀！"

朱信宇他们几个人都围了过来，一看到陈幽幽脸上有血，有人下意识便去抓谢翎的衣领："这小子也太狠毒了吧！"

湛微阳还没忘记自己的任务，他一边紧紧抱着陈幽幽，一边抬起头来，喊道："你们放开他！"

朱信宇一时间拿捏不准要怎么做，跟着他的兄弟倒是看谢翎十分不顺眼，很想顺势收拾谢翎一顿，不过眼前看来，还是先送陈幽幽去医院比较重要。

他于是挥一挥手，说："算了，都走吧。"说到这里，他想起了要配合湛微阳他们演戏，伸手指了湛微阳，对谢翎道："今天是看在这个小朋友的面子上放过你的，你别忘了好好谢他。"说完，他又问陈幽幽："需不需要我送你去医院？"

陈幽幽摇摇头，惨白着脸色说："我、自己去。"

朱信宇也不想惹麻烦，于是说道："行吧，有什么事给我打电话。"说完，招呼着同行的几个青年一起走了。

湛微阳把陈幽幽扶起来，缓缓朝外面走去，想到路边打车。

谢翎骑车跟在他们身后。

湛微阳回过头对谢翎说："你没事吧？"

谢翎看着他，摇了摇头。

湛微阳又说："对不起，你自己回家吧，我不能送你回去了，我要陪幽幽去医院。"

陈幽幽这时心里正慌得不行，一直忍不住想去摸额头，根本没注意到他们在说什么。

谢翎语气仍然冷淡，却说道："我陪你们去吧。"

23

裴馨是在中午吃完饭，已经上去二楼的时候接到湛微阳电话的。

湛微阳的语气小心翼翼，问他可不可以来一趟医院。

裴馨下意识问道："你生病了？"

湛微阳连忙道："不是我，是陈幽幽，我就是很担心。"

裴馨问了医院的地址，说道："你等我，我马上过来。"

挂断电话，裴馨从二楼下来，碰到刚刚洗了碗出来的罗阿姨，罗阿姨看他匆匆忙忙，问道："去哪里啊？"

裴馨知道自己说去医院的话肯定会引来长辈担心，便只说道："出去一趟。"

奶奶坐在沙发上，膝盖上搭了条毯子，习惯性地一边开着电视一边靠着椅背睡午觉。她转过头来，嘱咐道："路上小心啊。"

裴馨说："我知道，奶奶。"他朝门口走去，在玄关换鞋时，拉开了鞋柜上面的抽屉，从里面取出湛鹏程离开时放在那里的车钥匙塞进了外套的兜里。

家里的SUV停在车库里面，自从湛鹏程走了之后一直没人开过，今天裴馨还是第一次把车子开出去。

医院急诊科，所有人都一脸焦虑，行色匆匆。

谢翎帮陈幽幽挂了号，在治疗室外面等了一会儿，医生才有空看陈幽幽的伤口，说要缝针。

陈幽幽本来就苍白的脸色更加惨淡了，他说："会、破相吗？"

他的伤口在右边额头上，从发际线往眼角延伸，大概有两厘米长，不过看起来挺深的，出了不少血，即使用纸巾擦过了，也染红了半边脸颊。

医生没有回答他，只说道："男生嘛，怕什么！"接着就把陈幽幽拎进去清创缝合了。

剩下湛微阳和谢翎在外面走廊上等待。

湛微阳实在是担心，一双圆眼睛无精打采的，也顾不上和谢翎说话。

谢翎只是面无表情地看着治疗室紧闭的大门。

裴馨就在这时候到了，找到医院急诊科，远远便看到了坐在治疗室外面的湛微阳，于是朝他走过去。

湛微阳眨了眨眼睛，突然像是感觉到了什么，转头看了一眼，立即就站了起来。

谢翎注意到他的动作，朝他看过来。

湛微阳快步朝裴馨走过去，他其实想伸手抱一抱裴馨的，可是走到裴馨面前又停了下来，没好意思伸出手去，只仰着头看裴馨，喊道："馨哥。"

裴馨也停了下来，问他："陈幽幽怎么样了？"

湛微阳抬起手指自己的额头："这里，"然后用拇指和食指比了大概两厘米的长度，"这么长一条口子。"语气里满是焦急。

裴馨点点头，抬起手揽住他的后背，带着他朝治疗室方向走去："还有别的伤吗？"

湛微阳摇头："没了。"

裴馨问："没脑震荡什么的吧？"

湛微阳说："没有。"

裴馨语气平静："那没什么，不用担心。"

他们两个人在治疗室外面的椅子上坐下来，湛微阳偏着头看裴馨，问道："真的吗？"

裴馨与他对视，过一会儿微微点了点头："真的。"

湛微阳仿佛松了一口气，说："那就好。"

裴馨笑了笑，问他："吓到了？"

湛微阳说："都怪我，陈幽幽都是为了我才受伤的。"他脑袋不自觉地耷拉着，"而且还没跟他爸妈说呢。"

裴馨抬起手，拍一拍他的肩膀，之后看向湛微阳旁边坐着的谢翎。裴馨的记忆力一向很好，他记得他见过这个少年一次，于是对湛微阳说："这是你同学吗？"

谢翎从裴馨到时，就一直看着他们，到他们在自己旁边坐下来才转开视线。

湛微阳突然有些紧张，站了起来，面对着裴馨，说："他是谢翎，是我们学校的。"之后又对谢翎道："这是我表哥。"

裴馨轻轻"哦"一声："他就是谢翎？"

谢翎只是冲裴馨点一点头，之后便转过头去，依然看向治疗室大门。

裴馨问站在面前的湛微阳："所以到底是怎么回事？"

湛微阳愣了愣，偷偷看谢翎一眼，小声说："没什么。"

谢翎突然开口说道："是我骑车不小心撞到他了。"

湛微阳又看谢翎一眼，不自在地捏自己手指，说："不是的，都是我的错。"

裴馨心想，也许是几个高中生打闹的时候出了意外，他只能说道："去给陈幽幽和他父母赔礼道歉，以后吸取教训小心一点，不要再出意外就好了。"

这时候，治疗室的门打开了，陈幽幽额头上贴着纱布，一脸恍惚地从里面走出来。

他看到裴馨，也是先愣了一下，然后叫道："表、表哥。"

裴馨站起来，朝他伸出一只手，说："过来我看看。"

陈幽幽听话地走过去，站在裴馨面前。

他额头上贴着纱布，所以裴馨看了看纱布周围，包括头发里面，确定没有别的伤口，之后问道："还有哪里不舒服吗？"

陈幽幽从受伤到现在一路折腾，听到裴馨语气温和的问话，突然有些委屈，他摇了摇头，说："没、没有了，表哥。"就好像裴馨是他的表哥似的。

裴馨之后又转向从里面出来的医生，问医生陈幽幽还有没有什么问题。

医生看裴馨的年龄稍微大一些，于是叫上他去了办公室，跟裴馨说了一些注意事项，又开了单子叫他去缴费，说还要打一针破伤风。

裴馨刚把单子拿到手里，谢翎一下子抢了过去，说："我去吧，是我撞了人。"说完，便快步朝缴费窗口走去。

"到底怎么了？"裴馨转过头来，问湛微阳和陈幽幽。

陈幽幽与湛微阳对视一眼，之后朝着谢翎追过去，他从谢翎手里把缴费的单子抢了过来，说："不用、你，我自己去、交。"

湛微阳很快也追了上去，说："我去吧我去吧。"

谢翎看一眼陈幽幽，伸手想要把单子拿回来。

陈幽幽连忙往旁边退，之后双手捏着缴费单往前一路小跑，湛微阳连忙追在他身后，一直在说："给我吧给我吧。"

谢翎站在原地看着他们，这时裴馨走了过来，他对裴馨说："那我先走了。"之后便朝着医院大门方向走去。

裴馨没说什么，视线落在缴费窗口前的两个人身上。

湛微阳一直想要把单子抢过来，陈幽幽踮着脚，一只手把单子举得老高，同时还左摇右晃，就是不给湛微阳。

直到收费的护士生气了，吼道："交不交？不交就让开窗口！"

两个人吓了一跳，湛微阳跟陈幽幽一样白着脸，看陈幽幽立即把单子塞进了窗口里面。

24

离开医院时，裴馨才知道湛微阳和陈幽幽都还没有吃午饭，只好先带着两个人去医院对面的快餐店吃饭。

已经过了午饭的时间，快餐店里人不多，饭菜也上得特别快。

湛微阳和陈幽幽一人点了一份套餐，裴馨吃过午饭了没有点餐，只坐在旁边看他们吃。

陈幽幽刚才忙着害怕，现在情绪稳定下来便觉得饿了，饭菜上来，他先拿着勺子将拌了汤汁的米饭舀了两大勺送进嘴里，一边嘴巴鼓鼓地嚼，一边抬起头来看了一眼对面的湛微阳。

他看见湛微阳漫不经心地将自己那份卤肉饭的卤汁和米饭和匀，而且和匀了也没急着吃，而是抬起头来看坐在旁边的裴馨："馨哥，你不吃吗？"

裴馨的座位靠窗，太阳光穿透落地玻璃懒懒地照在他身上，他靠着椅背，对湛微阳说："我吃过了，你吃吧。"

湛微阳舀了一勺米饭，带着上面一小块卤肉送进嘴里，不急不忙地嚼碎了吞下去，然后又看向裴馨。

裴馨问他："好吃吗？"

湛微阳点了点头，说："你试试吧。"

裴馨说道："我不用了。"

湛微阳还是坚持，说："就尝一口。"他舀了一勺饭，还很仔细地在上面加了两块肉。

裴馨看到湛微阳都把勺子递到他嘴边了，突然有些不忍心拒绝，张开嘴让湛微阳把饭喂进了他嘴里。

湛微阳顿时开心起来，问裴馨："好吃吗？"

其实没什么好吃的，就是外面卖的卤料包的味道，不过裴馨还是点了点头。

湛微阳把套餐里配的可乐递给裴馨，说："给你喝吧。"说完，又把自己餐盘里的纸巾递给他，一副恨不得要亲自帮裴馨擦嘴的模样。

陈幽幽看着看着就皱起了眉头，刚一皱眉头便拉扯得伤口一阵疼痛，他连忙舒展眉头，低下头来继续吃饭，心想湛微阳对他表哥也太好了。

吃完饭，裴馨开车先送陈幽幽回家。

湛微阳坐在副驾驶，陈幽幽一个人坐在后排，总忍不住从前排座位中间探出头来看向前面。

裴馨在刹了车等红灯的时候，突然问道："幽幽到底是怎么受的伤？"

湛微阳没有说话，陈幽幽主动说道："被、被谢翎骑车撞、的。"或许因为裴馨不是同龄人，他不太排斥在裴馨面前暴露自己结巴的弱点。

裴馨说："你们放学了不回家，在外面玩什么会被他骑车撞到？"

这回陈幽幽没说话了，而是看向湛微阳。

湛微阳突然紧张起来，他偷偷抬起手，朝后面打了一下陈幽幽的手臂。

裴馨都看到了，但是什么都没说，等红灯过去、绿灯亮起来的时候，发动汽车继续前行。

过了一会儿，裴馨说："既然幽幽是谢翎骑车撞到的，我觉得我们还是通知谢翎的父母比较好，万一以后伤情有什么变化，也找得到人来负责。"

湛微阳脱口而出："不要！"

裴馨看他一眼："为什么不要呢？"

湛微阳说："因为都是我的错，不关谢翎的事。"

裴馨语气平淡："你很维护谢翎嘛，好朋友？比跟幽幽关系还要好吗？"

陈幽幽听见他们的对话，不高兴起来，用抱怨的语气说道："他才舍、不得怪罪谢、翎呢！"

裴馨笑了笑，问道："为什么？"

湛微阳转过身来想要阻止陈幽幽继续说下去，结果陈幽幽却只是笑着说："因为谢翎长、得帅吧？"说完，他对湛微阳挑了挑眉，然后痛得自己马上拉下脸。

裴馨静静听了，在车子经过下个路口的时候，才毫无预兆地问了一句："谢翎成绩好吗？"

陈幽幽想也不想就回答道："很好啊！"

湛微阳不知道裴馨问这个问题是什么意思。

裴馨只是点了点头，接下来说道："长得好看，个子高高的，成绩很好。"

湛微阳一脸茫然。

裴馨开车把陈幽幽送回家，到的时候陈幽幽家里只有他妈妈在，裴馨带着湛微阳上去向陈妈妈承认错误，没有提谢翎，就说是他们打闹的时候，陈幽幽不小心撞到的。

陈妈妈说没什么，还请湛微阳和裴馨吃水果，然后把陈幽幽骂了一顿。

陈幽幽觉得自己受了伤没有得到安慰还要挨骂，顿时委屈起来，蹲在墙角不吭声。

裴馨和湛微阳都朝陈幽幽看去。

陈妈妈说不必管他，又夸赞湛微阳乖巧，称赞裴馨人长得好看，性格稳重。

离开前，湛微阳走到陈幽幽面前蹲下来，又说了一次："对不起。"

陈幽幽冲他摆摆手，示意自己不在意。

湛微阳身体前倾，将额头轻轻贴到陈幽幽额头上。

陈幽幽连忙往后躲，抬手挡住了额头说："干吗？"

湛微阳说："我帮你分走一半，你就没那么痛了。"小时候他生病，湛鹏程就会这么哄他。

陈幽幽说道："不、不要。我怕跟、你一样，变傻了。"

"陈幽幽！"陈妈妈怒喝道，"有没有礼貌？"

湛微阳却没有生气，只是缓缓站起来，惆怅地看陈幽幽一眼，说："那我走了。"

陈幽幽说："快走。"

陈妈妈把裴馨和湛微阳送到门口，想到陈幽幽刚才的话，心里有些过意不去，对裴馨说："他们两个平时一起玩惯了，说话没有分寸。"

裴馨笑了笑，道："如果有分寸，幽幽也不至于受伤了。"

陈妈妈闻言打量着裴馨，说："你是阳阳表哥？多大年纪了啊？"

裴馨回答道："二十一。"

陈妈妈点点头："我看你就是很年轻的模样，读大学吗？"

裴馨应道："是，大四了。"

陈妈妈好奇地问道："哪所学校啊？"

裴馨说了一所国内名校的名字。

陈妈妈连忙道："真是太优秀了！有空常常过来玩啊，幽幽今年高二了，成绩还可以，"她说这句话时压低了声音，害怕陈幽幽听到，"就是调皮捣蛋不长心性，我说话他也不听，你如果方便的话，跟他讲讲读好大学的感受，帮我劝他好好准备高考，争取跟你一样考个好的学校。"

裴馨微笑道："好，我尽力。"

跟陈妈妈道别之后，两个人走进电梯。湛微阳突然对裴馨说："你也跟我说说话吧。"

裴馨问道："说什么？"

湛微阳说："刚才阿姨说跟陈幽幽说的话。"

裴馨想了想，道："说说那个高高的、好看的、成绩很好的人？"

湛微阳一脸茫然："谁？"

裴馨看了他一会儿，转开视线："算了。"

湛微阳想了很久，等到电梯"叮"一声到一楼时，猛地反应过来："你吗？"

PLAY | Chapter4 你喜欢发财树吗

观叶植物养护

浇水

施肥

除草

修剪

更多
植物

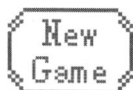

```
New
Game
```

25

因为是难得的星期六，晚上湛微阳没有自习，而是早早洗了澡待在裴馨的房间里跟陈幽幽打手机游戏。

裴馨在旁边看书，两个人互不干扰。

直到裴馨准备睡觉的时候，湛微阳急急忙忙跟陈幽幽道别，把手机放在床头柜上，也规规矩矩躺进了属于自己的那半边被窝里。

他闭上眼睛，等到裴馨关了台灯，正要安心入睡时，便听见那个女声在空中突兀地响起："亲密状态负面增进，扣2分。用户今日分数：38分。"

湛微阳瞬间吓得头皮发麻，一下子睁开了眼睛。

房间里一片黑暗，他仰面躺着，只能隐约看见天花板上顶灯的轮廓，他不安地搓搓手指，偷偷摸摸地转过头来看裴馨，见裴馨侧躺着一动不动，呼吸声很浅，不知道究竟睡着了没。

湛微阳再次闭上眼睛，却发现情绪平静不了，他回想今天和陈幽幽找人拦住谢翎的经过，虽然事情没有按照他原来的计划顺利进展，但是他和谢翎之间也不该是负面增进啊。而且他们还一起送陈幽幽去医院了，就算不给他加分，也不该给他减分才是。

他想不通，本来就不怎么清醒的脑袋里面更混乱了。

湛微阳完全失去了睡意，又等了一会儿，凑近裴馨去听他的呼吸声，觉得他应该是睡着了，才轻轻掀开被子翻身下床，趿拉着拖鞋朝房间门口走去。

他开门的时候也很小心，拧开门把手发出了轻微的响动，便立即回头去看裴馨，看见床上的身影还是安静地躺着没有动静，才放心地朝外面走去。

湛微阳站在走廊上，先回头看了一眼湛鹏程房间的方向，房门还是关着的，他走过去握住把手，把脸贴在门上静静站了一会儿，觉得自己想爸爸了，然后才转过身向走廊另外一头走去。

他一路都没有开灯，走廊光线昏暗，一切都只能隐约看见一个轮廓。经过楼梯时，湛微阳转头看一眼，总觉得影影绰绰，像是有什么东西，顿时紧张地一路小跑，一直来到尽头通往阳台的大门前，从里面打开门锁走了出去。

阳台比屋子里面明亮多了，前面不远便是小区里的路灯，还有途经他们屋前的车辆，明亮的车灯从湛微阳脸上一晃而过。

其实裴馨也没有睡着，湛微阳靠近听他呼吸的时候，他就感觉到了。

后来裴馨听到湛微阳起身出了房间。

他不知道湛微阳去哪儿了，只是觉得奇怪，他从床上坐起来，听见湛微阳在走廊上的脚步声，然后听见了开门锁的声音。

裴馨下床跟了出去，来到走廊上，便看见尽头通往阳台的大门打开了，有凉悠悠的风从外面吹进来。

裴馨轻轻走过去，看见湛微阳背对着大门，正直直站在阳台的边缘、两盆植物中间的空地上，而这片空地还是湛微阳自己腾出来的。

那一瞬间，裴馨以为湛微阳在梦游，甚至不太敢发出声音惊动他。

但是湛微阳并没有梦游，他只是盯着阳台外面小区花园中间的喷水池发愣，喷水池旁边打着一圈黄色的灯光，会亮一整个晚上，直到天亮了才会关。平时喷水池那边总有人在玩耍，只有夜深人静了才一个人都见不到。

湛微阳觉得自己很没用，好像不管做什么都不能让分数增加，只能眼看着它一天天减少，直到最后那天清零。

他已经给自己找好了位置，这是阳台上风景最好的地方，既对着小区的喷水池，又对着阳台大门，能看见外面玩耍的人，也能看到爸爸和裴馨他们从走廊上经过。

如果他最终的结果是变成一棵植物，那他就把自己放在这里好了。

只是无论如何，湛微阳都有些惆怅，裴馨大概不会再允许他去自己床上睡了，因为那时候他的根会掉土，会把裴馨的床弄脏。

湛微阳轻轻叹一口气。

这时候，裴馨走到了他身后，声音很轻地喊了一声："湛微阳？"

湛微阳没有听到裴馨的脚步声，实实在在给吓了一跳，连忙回过头去，白着一张脸道："馨哥？"

裴馨这才确定他不是梦游，于是问道："怎么不睡觉？"

湛微阳说："我过来看看。"

"看什么？"裴馨已经走到了他的身边，顺着他刚才的视线方向看去，也看到了那个灯光柔和的喷水池，还发现喷水池旁边有两个并排的秋千。

湛微阳对他说："看我的位子。"

"什么？"裴馨转过头来，垂着视线看他。

湛微阳与裴馨并排站着，伸手指那个喷水池："你看，从这里能看到小区最漂亮的地方。"

裴馨"嗯"一声："所以呢？"

湛微阳没有继续回答他，而是显得有些纠结地皱起眉头，过一会儿，他踮起脚努力凑到裴馨耳边，几乎是用气音对裴馨说："我的分快扣完啦。"

裴馨过了两三秒钟才反应过来湛微阳的意思，他其实差不多忘了湛微阳说的扣分那件事了，当时只以为是意义不明的胡说八道。

可是现在湛微阳很认真，贴在裴馨耳边说："然后我就会来这里待着，你要记得给我浇水哦。"

裴馨沉默一会儿，问："是指扣完了，你会变成植物吗？"

湛微阳看着他，点点头。

裴馨说："可人是不会变成植物的。"

湛微阳神情疑惑地看着他。

裴馨继续说道："那是不同的两种生物，不会互相变化的。"

湛微阳一头雾水，想了很久也想不明白。

凉悠悠的风不断地从外面吹过来，湛微阳突然打了两个喷嚏，吸一吸鼻子，看向裴馨。

裴馨说道："太晚了，先回去睡觉吧。"

湛微阳想要说话，没忍住又打了一个喷嚏。

这次裴馨直接抓住了他的手腕，碰到湛微阳手的时候，才发觉他手掌是冰凉的，于是忍不住把他睡衣的袖子推上去摸了摸他的手臂，发现皮肤也很凉。

"快去睡了。"裴馨用了些力将湛微阳拉到了走廊上，锁住阳台的门，然后继续握着他的手腕把他往房间里带。

回到房间里，裴馨让湛微阳躺到床上，把被子拉起来一直盖过他的脖子，还替他把被子压紧，之后才回到自己那边躺下来。

湛微阳乖乖躺了一会儿，一只手从被子里伸出来，摸索着伸向旁边的裴馨，从他被子下面的缝隙钻了进去。

那只冰凉的手碰到了裴馨的手臂。

裴馨动了一下，却没把湛微阳推开，只是说道："还冷吗？"

湛微阳说："啊，很快就不冷了。"

裴馨握住了湛微阳那只手，说："快睡吧。"

湛微阳轻轻应一声："嗯。"他觉得自己心情挺好的，虽然不知道是为了什么，在一片黑暗中，他紧紧握住裴馨的手，闭上眼睛让自己安静睡觉。

26

湛微阳后来做了个梦。

他梦见他的根从自己的手指头长了出来，越长越长，扎进了床垫里面，先是将裴馨的整只手笼罩在里面，后来逐渐膨胀蔓延，将裴馨整个人都困在了他的根下面，而他就像是横在裴馨的身体上方，从空中看着裴馨，见裴馨原本闭着眼睛熟睡，后来渐渐要从睡梦中苏醒过来。

湛微阳顿时觉得紧张，努力想把自己从床垫上拔起来，可是他的根已经深深扎进了床垫，怎么都拔不出来。于是在看见裴馨睁开眼睛的瞬间，湛微阳把自己吓醒了。

他睁开眼睛，还能感觉到自己急促的心跳，接下来才发现自己不知道什么时候整个人都钻进了裴馨的被子里面，直到醒来的时候还维持着抱着他的姿势。

难怪他会梦到自己把裴馨困在了自己的根里面。

湛微阳为此感到十分不好意思，这份不好意思甚至蔓延到了吃早饭的时候，他低下头喝粥，视线一直不敢跟裴馨接触。

吃完早饭，湛微阳对奶奶说："我今天要出去。"

奶奶早就吃了早饭，只是在湛微阳和裴馨下楼之后，就一直在餐桌旁边陪着他们，听见湛微阳说要出去，连忙问道："去哪儿啊，阳阳？"

湛微阳说："我要去买花盆。"

裴馨本来正在喝粥，闻言抬起头朝他看过去。

湛微阳一接触到裴馨的视线就觉得紧张，微微红了耳朵，故意睁大了眼睛使劲瞪着奶奶。

奶奶问他："买花盆干啥啊？楼上不是有花盆吗？"

湛微阳说："给我买的。"

奶奶问道："你要种花啊？"

湛微阳含糊地回答道："嗯。"

奶奶显得有些担心："你要去哪里买啊？"

湛微阳自己都不知道。

奶奶说："奶奶去给你买吧。"

这时裴馨忍不住开口说道："我陪他去吧。"

湛微阳偷偷看了裴馨一眼。

奶奶转向裴馨，说："你知道哪里有卖吗？"

裴馨道："花卉市场或者花店应该都有卖的吧。"

奶奶点了点头："是啊。"她又看向湛微阳："馨哥哥陪你去好不好啊？"

湛微阳又偷偷看裴馨一眼，然后对奶奶点点头。

奶奶这才稍微放心了，对裴馨说："那你开车去啊，不然花盆不好搬回来。"

裴馨说："我知道。"

他们出门的时候，奶奶抱着她搭在腿上的小毯子一直送到了门口，问湛微阳："阳阳要买几个花盆啊？"

湛微阳想了想，说："一个就够了吧。"

奶奶说："就种一盆花啊？"

湛微阳点点头："是啊。"

奶奶笑眯眯地说道："好啊，那快去吧。"

裴馨把车子从车库里开了出来，湛微阳坐上副驾驶，伸手把安全带系上，然后看一眼裴馨。

"去花市吗？"裴馨问他。

湛微阳说："嗯。"

裴馨不熟悉路，拿出手机来搜索，找到了一个花卉市场，接着把手机屏幕递到湛微阳面前给他看，问他："去这里吗？"

湛微阳说："好啊。"等到裴馨把手机放回去，发动汽车的时候，他又小声说了一句，"谢谢你，馨哥。"

裴馨驾驶着汽车缓缓朝前开去，闻言说道："不用谢我，不过——"他本来想说湛微阳不需要买花盆，又有些说不出口，于是停了下来。

湛微阳好奇地看他："什么？"

裴馨说："没什么。"

湛微阳暗自纠结了一会儿，对裴馨说："对不起。"

裴馨看他一眼："为什么要说对不起？"

湛微阳想说"我的根扎到你了"，后来又想起来自己是在做梦，但他始终有些过意不去，最后只说道："没有什么。"

裴馨察觉到他有点紧张，便沉默下来专心开车，没有再说什么。

那个花卉市场位于城郊，距离他们家大概四十分钟车程，到了之后裴馨才发现那是个非常大的花卉市场，里面有近十个大仓库整齐排列着，走进去全部是各种各样的花草盆栽。

湛微阳也是第一次来这里，进仓库之后便惊讶地张大了嘴。

裴馨把车钥匙塞进上衣外套的口袋里，对湛微阳说："转一转吧。"

这里的商家大多是批发商，他们沿着一条通道朝前走，看见两边整整齐齐的盆栽鲜花和绿色植物，景色几乎算得上壮观了。

湛微阳看得目瞪口呆，走了两步，在一家卖多肉植物的店前停下来。

裴馨看见湛微阳在看的那盆玉露通透晶莹，长得十分好看，于是随口问了问价格。

老板便拿出一个箱子来，里面几十个小盆装的都是多肉，说一百块钱全部拿走。

湛微阳说："全部吗？"

老板点了点头："是啊，小帅哥。"

湛微阳看向裴馨。

裴馨问他："你想要？"

湛微阳说："会不会太多了？"

裴馨说："是有点多了，你照顾不过来的。"

湛微阳蹲下来，盯着面前各式各样的多肉，陷入了沉思，后来他双手拢在嘴边，压低声音对那些漂亮的植物嘀嘀咕咕说了两句话，然后站起来对裴馨说："不要了，我们走吧。"

裴馨跟他一起朝前走去，问他："你刚才说的什么？"

湛微阳回过头来，说："我说我以后照顾不了它们，还是不带它们回去了，我还等着人给我浇水呢。"

裴馨一时间感到无话可说。

他们继续往前走，也没想立即去买花盆，第一次到这么大的花卉市场，连裴馨多少也起了些兴趣，跟湛微阳一起逛了好几间仓库，看里面的各式花草。

在经过一家卖大型盆栽的店前面时，湛微阳突然停了下来。

裴馨本来走在前面，发觉他没跟上来，便停下来看他，发现他对着一棵发财树整个人都愣住了。

"怎么？"裴馨回到他身边，问道。

湛微阳没有反应，依然盯着那棵发财树发愣，过了好一会儿，才一把抓住了裴馨的手臂，问道："你觉得那棵树好看吗？"

裴馨随着他目光看过去，说："你说那棵发财树吗？"

湛微阳腼腆地点了点头。

裴馨说："挺好看的。"

湛微阳顿时满心欢喜，抓紧了裴馨的手臂，带了几分羞涩地说道："是吧，我也觉得好看。"说完，他松开了裴馨的手，步伐轻快地朝前走去。

27

到后来，湛微阳给自己挑了一个大的陶瓷花盆，因为大而且重，上车的时候还是裴馨帮他搬上去的。

他们在花卉市场逛了半天，就只买了这一个花盆，其他任何东西都没有买，主要是因为湛微阳觉得自己没有时间照顾别的植物了。

开车回到家里，裴馨把车子停在屋门前。

罗阿姨从屋子里出来，站在门口看他们把花盆搬下来，诧异道："买那么大个花盆做什么？"

湛微阳说："这样才能住得下。"

罗阿姨感到莫名其妙。

裴馨和湛微阳一起把花盆搬到了二楼的阳台上，就放在湛微阳为自己选好的那个位子上。

下午，湛微阳蹲在地上，手里拿一块湿抹布，仔仔细细地擦拭他的花盆。

裴馨站在通往阳台的门边，倚靠着门框看他。

湛微阳的神情很专注，太阳光正照在他头上，柔软的短发被照成了淡淡的金色，额头和鼻尖微微渗出一些汗水，白皙的脸颊透出健康的红润来。

他嘴唇抿得很紧，平时总是微微上翘的唇角绷成了一条严肃的直线，眼睛直直盯着面前的大花盆，好像在做一件神圣的事情。

裴馨也说不清自己为什么一直站在这里看着湛微阳，现在不管是他还是湛微阳，都在做一件挺无聊的事情，但他就是难以将自己的视线挪开，就像回到了小时候，蹲在家门口看沿着水泥地爬行的蚂蚁似的。

湛微阳自然不是蚂蚁，他是个比普通男孩子更好看的男孩子，因为是蹲在地上，他连帽卫衣的下摆和裤腰之间露出了一截腰身，单薄细瘦，白得亮眼。如果不是脑袋不太好，裴馨心想，到这个年龄，他应该是个像他哥哥湛微光一样自信耀眼的少年，或许正偷偷谈着恋爱，在这样一个阳光明媚的周末下午，和一群少年打着篮球，进了球会有女孩子为他欢呼雀跃，反正不该蹲在家里的阳台上跟一个大花盆较劲。

裴馨想到这里时，湛微阳已经擦干净他的花盆，蹲在地上绕着花盆转了半个圈，想看看还有没有哪里没擦干净，于是裴馨忍不住微微笑了。

湛微阳从地上站起身，回过头来看见了裴馨，顿时露出个灿烂的笑容，冲裴馨挥了挥手，然后走了过来。

他停在裴馨身边，抬高拿着抹布的那只手，说："我要去洗抹布。"

裴馨让开一些，说："去吧。"

湛微阳点点头，经过裴馨身边走进走廊，朝着卫生间去了。他在卫生间的洗手盆里用肥皂将抹布洗干净，然后拿着回到阳台，晾在悬着的绳子上，之后又走到他的花盆旁边，心满意足地看着花盆。

裴馨忍不住开口逗他："要给你的花盆取个名字吗？"

湛微阳顿时诧异地朝裴馨看过来，轻轻"啊"一声，显然是事先没有想过这个问题。

裴馨有时候会觉得逗湛微阳不好，却又时常忍不住，说："对啊，总该有个名字才好吧，你都有名字。"

湛微阳转过头盯着花盆，陷入了沉思。

裴馨安静地等着他。

结果没想到过了一会儿，湛微阳一前一后抬起两条腿跨进了花盆里面，默默地抱着腿在花盆里坐下来。

那一瞬间，裴馨产生了一种错觉，仿佛湛微阳真的在自己面前变成了一棵枝叶茂密的绿色植物，虽然蓬勃生长着，但是他不再会动也不能言语，自己想要逗一逗他的时候，他也不会再有反应。

在意识到自己那时候的情绪是恐慌之前，裴馨已经下意识朝湛微阳走了过去。

他蹲在花盆外面，喊他："阳阳？"

湛微阳看着裴馨，但是没有回应。

裴馨抬起手，摸上湛微阳的额头，他额头被汗水浸湿了，微微发凉。

就这样毫无预兆，湛微阳突然说话了："我也不知道它叫什么名字，它就是我的花盆。"

裴馨说道:"好了,不想了,就是你的花盆。"

湛微阳依然抱着腿坐在里面,盯着裴馨很认真地想了一会儿,说:"我想去楼下铲点土上来,你等会儿能帮我倒进来吗?"

裴馨阻止他:"今天不要了,改天吧。"

湛微阳问道:"为什么啊?"

裴馨说:"因为你明天还要上课,你把自己种在土里了,明天怎么上课?"

湛微阳想一想觉得很有道理。

裴馨继续说道:"你忘了陈幽幽了?他的额头还因为你受了伤,你明天不去学校安慰他一下?"

湛微阳看着裴馨的目光闪烁着光芒:"我差点忘了,馨哥你真的好好。"

裴馨伸出一只手给他:"出来了。"

湛微阳目光落在裴馨的手掌上,却半天没有动作,他不太想从里面出来。

裴馨注意到了,问他:"不想出来吗?"

湛微阳说:"嗯。"

裴馨问他:"为什么?"

湛微阳想了一会儿,说:"我在这里很有——"他努力寻找一个词来表达自己的意思,最后竟然真的顺利找到了,为此他感到十分惊喜,开心地对裴馨说道,"归属感!"

裴馨缓缓冲他摇头:"不对,你没有。忙了一个中午,想不想睡午觉?去馨哥床上睡午觉好不好?"

湛微阳觉得这个提议听起来也很吸引人,顿时有些纠结。

裴馨两只手都伸了过去:"我抱你出来。"裴馨将手臂穿过湛微阳腋下,见他没有挣扎,先托着他站起来,然后抱住他的腰,把他整个人从花盆里抱了出来。

湛微阳个子不算矮，裴馨要搂着腰将对方整个人抱起来并不容易，但是湛微阳十分配合，让他把自己抱起来，然后轻轻喊他："馨哥哥。"

裴馨从来没听过哪个男孩子用这么柔软的声音喊他，一时间不知道如何回答，只说道："去睡觉吗？"

湛微阳点点头。

裴馨便带着他朝阳台大门走去。

跨过阳台的门进入走廊的时候，湛微阳突然说："馨哥，你好好啊。"

裴馨没有说话。

湛微阳说："你太好太好啦。"

裴馨依然没说话。

湛微阳侧过脸看着裴馨，说："你是不是不喜欢我？"

裴馨问道："有吗？为什么？"

这回换湛微阳不回答，过一会儿才说："我也很好的。"

28

陈幽幽额头上的纱布摘掉之后，留下了一条伤疤，医生缝线缝得很细致，但是还没消肿，看起来仍有些狰狞。

湛微阳盯着陈幽幽的伤疤，心里着急，手指隔着空气点了一下，问他："会留疤吗？"

"管、管它的。"刚开始受伤的时候，陈幽幽自己还白着小脸问医生自己会不会破相，到现在差不多忘了疼了，语气就变得无所谓起来。

湛微阳有些无精打采地趴在桌上，说："都怪我。"

陈幽幽忍不住劝他道："不怪、你啦，要、怪就怪谢翎。"

湛微阳连忙坐直了身子："你别怪他，就怪我吧。"

陈幽幽不太高兴："为什么那、么维护谢、翎……"

湛微阳说："因为我想要跟他成为好朋友啊。"

陈幽幽嫌弃地撇撇嘴。

湛微阳伸手拉一拉他衣袖："中午我请你喝奶茶吧。"

陈幽幽说："星巴克。"

湛微阳连忙道："好啊，喝星巴克。"

中午，湛微阳点了星巴克的外卖直接让人送到学校门口，吃午饭前点的，吃完饭刚好就接到电话，他的咖啡已经送来了。

陈幽幽和他一起去学校门口拿外卖，结果走到了，看见湛微阳点了三杯咖啡。

"还、还有一杯，给、谁的？"陈幽幽觉得奇怪。

湛微阳不太好意思地小声说道："给谢翎的。"他一边说一边从送外卖的小哥手里接过袋子，礼貌地道一声谢谢。

转身要走时，陈幽幽不怎么开心地问他："你、要是在我、和谢翎中间，二选一，你选谁？"

湛微阳惊慌道："为什么要选？"

陈幽幽说："不、不管嘛，必须选！"

湛微阳看着陈幽幽，几乎就要脱口而出"选你"，突然又想起自己会被扣分，于是紧张得有些结巴地说："选、选谢翎。"

陈幽幽本来跟他并排站着，闻言用力转过头来瞪他，说道："不、喝、了！"说完，就朝教学楼方向跑去。

湛微阳急忙想要追着他跑过去，可是刚一跑，手里提着的咖啡就颠得厉害，他害怕会洒出来，便不敢继续追了。

他提着星巴克的纸袋子走到教学楼楼梯口，正要上楼时，碰到了打完篮球从操场回来准备回教室休息的谢翎。

谢翎不是一个人，跟他一起的还有三个男生和两个女生，都是他班上的同学，其中一个女生从开学就一直跟谢翎一起玩，湛微阳他们都见过好多次了。

　　谢翎看见湛微阳，停下了脚步。其他几个人本来都要走过去了，发现谢翎停下来，于是都停下来看着他们。

　　一个女生凑到另一个女生旁边耳语，应该是在议论湛微阳。

　　湛微阳从刚进校就是不少女生打听的对象，在学校挺有名气，但是从来没有女生向他示过好。

　　那两个女生不知道说了些什么，掩住嘴低声笑起来。

　　湛微阳看她们一眼，又看向谢翎。

　　谢翎问他："你那个朋友，那个小结巴，没事了吧？"谢翎一点也不觉得湛微阳和陈幽幽是他的学长。

　　湛微阳本来想说没事了，又想到他不应该替陈幽幽说没事，便只说道："有一条这么长的疤。"

　　他用手指比了比，放下手时看着谢翎，深吸一口气缓解自己的紧张，然后鼓起勇气问道："你想喝咖啡吗？"

　　谢翎说："不想喝。"

　　湛微阳捏紧了手里的纸袋子，原本鼓足的勇气散得一干二净，说："哦。"

　　谢翎侧身从他身边经过。

　　一个挺高大的男生看见湛微阳提着的星巴克袋子，笑着说道："学长要不然请我喝吧？"

　　湛微阳抬头看他一眼，愣了愣，不知道该不该把咖啡递给他。

　　结果谢翎回过头来，冷冷地说了一句："走了，别欺负他。"

　　那男生冲湛微阳耸耸肩膀，笑着随谢翎离开。

　　湛微阳垂头丧气地提着三杯咖啡上楼回到自己的教室。教室里大多数人趴在课桌上睡午觉，少数几个女生凑在一起低声聊天。

　　陈幽幽趴在自己的座位上，看起来像是已经睡着了。

　　湛微阳在陈幽幽桌子上放了一杯咖啡，剩下两杯咖啡被他无精打采地一个人全部喝完了。

所引起的后果就是下午每节课下课都在跑厕所，然后那天晚上他失眠了。

他平躺在床上，睁大一双圆眼睛盯着天花板，一点儿也没有想要睡觉的感觉。

于是湛微阳想要掀开被子偷偷下床，结果刚刚动了一下，就被裴馨抓住了手臂。

裴馨的声音有一种疲倦导致的模糊不清，低低沉沉的，问他："去哪儿？"

湛微阳说："我睡不着。"

裴馨翻了个身，面对着湛微阳的方向："睡不着也不许去阳台。"

湛微阳问他："为什么呀？"

裴馨说："会着凉的。"

湛微阳想了想，说："你可以哄我睡吗？"自从星期天下午，裴馨把湛微阳从花盆里抱出来之后，他就黏裴馨黏得厉害。

裴馨很久都没有回答。

湛微阳以为裴馨睡着了，伸手去摸他的眼睛，结果还没碰到，就听裴馨说："不可以。"

"为什么？"湛微阳失望极了。

裴馨说："你都快成年了，又不是小孩子。"

湛微阳躺在床上，偏着头看向窗外。

裴馨听他不说话了，问道："为什么睡不着？"

湛微阳说："我中午喝了两杯咖啡。"

"为什么要喝两杯咖啡？"

"因为我给别人买的别人不肯喝。"

裴馨或许是困了，声音有些含混不清："谁那么坏，阳阳买的咖啡都不肯喝？"

湛微阳听到他说的话，忍不住凑到他身边，与他面对着面贴得很近地侧躺着，眨了眨眼睛问道："你想喝吗？下次我给你买。"

裴馨仰面躺在枕头上说道："你想喝什么，我给你买吧。"

湛微阳说："喝奥利奥波波。"

裴馨突然忍不住轻笑了一声，把双手枕在脑袋下面，看着天花板重复了一遍："奥利奥波波啊？"

湛微阳一只手支撑着上半身，将头抬起，从上面俯视着裴馨，说："真的很好喝，下次我们一起去喝吧。"

裴馨说："好吧。"

湛微阳看了裴馨一会儿，突然想起了刚才的话题，说："为什么不能哄我睡觉呢？"

裴馨问他："你会让你哥哥哄你睡觉吗？"

湛微阳想了想，说："会啊。"

裴馨有些诧异："你会让湛微光哄你睡觉？"

湛微阳说："我不要湛微光，你也是我哥哥啊。"

裴馨默默地跟他对视了一会儿，发现这时候湛微阳不回避自己的眼神了，或许是光线太幽暗，许多情绪也看不清，只能看到黑暗中一双亮闪闪的眼睛。

"哥哥也不会哄十七岁的弟弟睡觉的。"裴馨告诉他。

湛微阳瞬间失落地垂下头去，他翻身从裴馨面前离开，掀开了被子打算下床。

裴馨一把抓住他，问道："又要去哪里？"

湛微阳说："我睡不着，我想去看看我的花盆。"

裴馨有些无奈，沉默了一会儿，朝他张开了手臂，说："来，哥哥哄你睡。"

湛微阳喜出望外，一头扎回了被窝里。

29

那天那杯咖啡陈幽幽最后还是喝了下去，表示他原谅湛微阳了。而且令湛微阳感到高兴的是，这几天系统都没有扣他的分，有两天晚上甚至没有跟他说话。湛微阳很希望是系统把他给忘了，最好再也不要想起他。

然而对湛微阳来说，什么事情都比不上湛鹏程出差回来给他带来的快乐。

湛鹏程是在国庆节前一天回来的，那天湛微阳已经吃过了晚饭，刚刚回到楼上就听到楼下传来动静，他从自己房间的窗户伸出脑袋去看，正好看到湛鹏程手里提着旅行箱走进一楼大门。

"爸爸！"湛微阳忍不住大喊了一声，然后转身朝外面跑，匆匆忙忙经过走廊，拖鞋踩在楼梯上嗒嗒嗒一路跑下去，来到客厅微微端着气，看着正和奶奶说话的湛鹏程。

湛鹏程把箱子放在脚边，走过去用力抱了湛微阳一下，手掌心拍打着他的后背，唤道："儿子！"

湛微阳露出开心的笑容。

湛鹏程很快松开了他，转过身去继续跟奶奶说话，湛微阳站在旁边听了一会儿，听见他说的都是生意上的事情。

这时候，裴馨从二楼下来，看见湛鹏程，唤道："舅舅，回来了？"

湛鹏程抬起头来，笑着跟裴馨打招呼："裴馨，我不在家这一个月，你照顾家里辛苦了。"

裴馨说道："不辛苦，您在外面工作才辛苦。"

湛鹏程还想说什么，罗阿姨端着碗从厨房出来朝饭厅走去，边走边说："快来先把面吃了，吃完了再慢慢聊吧。"

湛鹏程下了飞机就直接赶回来，还没来得及吃晚饭，只叫罗阿姨帮他煮了一碗面。

他过去饭厅里坐下吃面，其他人都没有回房间，就去饭厅里坐下陪他。

湛鹏程一边吃一边问奶奶："妈你身体还好吧？"

奶奶手臂交叠着塞在袖子里，说："好得很。"

湛鹏程接着又问湛微阳："最近有考试吗？"

湛微阳摇头。

湛鹏程笑了笑，抬头看向裴馨，问道："他有没有乖乖上自习？"

裴馨说："有，每天都很乖。"

湛鹏程笑道："你别帮他瞒着我，我知道他有时候摊本书在桌子上，根本没有认真看书。"

湛微阳在旁边坐着，听见湛鹏程的话也没有去反驳，而是害羞地笑了笑。

裴馨微微低下头，轻轻笑一声，说："没有，他真的很乖。"

湛微阳眼珠子转过去，飞快地瞥裴馨一眼，又立马翘着嘴角转回来。

等湛鹏程吃完晚饭，罗阿姨收拾洗碗，奶奶回去房间里休息，裴馨帮着他把箱子拎到二楼房间门前，说道："我先回房间了，舅舅你早点休息吧。"

湛鹏程向裴馨道谢，打开房门把箱子推进去。

湛微阳跟在湛鹏程身后，裴馨离开时经过他的身边，他用手指偷偷戳了戳裴馨。

裴馨脚步停顿一下，拍拍他的肩膀说道："你陪舅舅说说话吧。"

湛微阳看着裴馨，点点头。

湛鹏程蹲在地上整理箱子，箱子里大多是他的衣服，有几件穿过两三次都还没洗，被他拿出来扔到了地上。

湛微阳走过去，蹲在他身边安静地陪他。

湛鹏程转过头来，看着湛微阳，笑了笑，眉梢眼角全是深刻的皱纹，这些皱纹在他不笑的时候会稍微淡去，但是眉心几道抬头纹已经消不去了。

他这几年也很辛苦。

湛微阳视线落在湛鹏程脸上。

湛鹏程从箱子里翻找出来一个纸袋子，从里面取出来一顶黑色的棒球帽，抬手扣在湛微阳脑袋上，说："爸爸给你买的礼物，喜欢吗？"

湛微阳抬起两只手捏住了帽檐，在头顶左右转转，然后说："喜欢。"

从小到大，湛鹏程只要出差就会给湛微阳买礼物回来，小时候还好，他可以买些什么遥控车、钢铁侠之类的，现在湛微阳渐渐大了，他每次买礼物时都感到拿不定主意。上次他给湛微阳买了一双一千多块钱的球鞋，这次就买了顶棒球帽。

不过不管他买什么礼物，湛微阳都会眼睛亮闪闪地说喜欢。

湛鹏程忍不住抬手把湛微阳的脑袋抱在怀里晃了晃，说："乖儿子。"

他会问湛微阳有没有好好学习，但是不太问学得好不好，他知道湛微阳成绩不好，也没办法更好了，他只希望湛微阳一辈子过得开心就足够了。

等湛鹏程松开湛微阳的时候，湛微阳头顶的帽子已经歪了。

湛微阳把帽子揭下来，又戴回去，笑着说："谢谢爸爸。"

湛鹏程把扔在地上的衣服全部捡起来，丢进自己卫生间的脏衣篮里，等明天罗阿姨带下去洗。

他从卫生间里转头往外面看的时候，见到湛微阳戴着帽子站到了镜子前面正在照镜子，于是笑一笑说道："爸爸等会儿洗个澡，你回去自己房间玩儿吧。"

湛微阳连忙回头看他。

他又说："明天岫松要过来玩，他跟着你哥一起回来，到时候不许吵架，要好好跟弟弟相处啊。"

湛微阳说："哦。"

湛鹏程冲他挥挥手："去吧。"

湛微阳从湛鹏程房间里出来，抬手帮他关上房门，朝自己房间走去的时候，经过裴馨的房间，忍不住走过去敲了敲门。

他听到裴馨说："请进。"

湛微阳打开门进去，看见裴馨坐在床边，一条腿屈着，脚踩在床上，另一条腿搭在床边，手里拿着手机，像是正在给人发消息。

裴馨看了他一眼，嘴角微微上扬，视线却依然回到手机屏幕上，随口问道："怎么了？"

湛微阳走到裴馨面前，说："馨哥，你看我的新帽子。"

裴馨笑了笑，道："很好看。"

湛微阳感觉到裴馨在敷衍他，蹲在床边仰头看着裴馨，说："你先看看我。"

裴馨这才把手机放到一边，目光落到他脸上，说道："我看了，真的很好看。"说完，伸手将湛微阳的帽子揭起来，然后又给他盖下去。

湛微阳这才开心地站起来，把鞋脱了从裴馨这一边爬上床，越过裴馨跳到另外一边，靠着自己的枕头和被子坐下来。

裴馨屈起手指，在自己手机屏幕上轻轻敲两下，语气有些严肃地对湛微阳说："阳阳，你今天不能睡我这儿了。"

湛微阳从自己衣兜里掏出手机，本来想要拍一张照片发给陈幽幽，突然听到裴馨的话，茫然地看他："为什么呀？"

30

裴馨房间的窗户开着，隐约能听到小区公共花园传来小孩子玩闹的声音。

湛微阳看着裴馨，不明白他为什么突然不跟自己一起睡了。

裴馨盘腿坐在床上，挺直了后背面对着湛微阳，说："你爸爸回来了。"

湛微阳点点头。

裴馨只好继续说道："那你可以回去你房间睡觉了吧，如果晚上还害怕的话，你可以去找爸爸。"

湛微阳睁大圆圆的眼睛看他，眼角微微耷拉着，嘴角也不自觉地往下垂："我不能找你吗？"

裴馨耐心地对他说："找爸爸不是更好吗？"

湛微阳说："我很久没跟爸爸一起睡了。"

裴馨沉默一会儿，问他："因为阳阳大了吗？"

湛微阳说："是吧。"

裴馨说："那也不该继续跟哥哥睡了，要是被你爸爸看到了，会对你失望的。"

湛微阳不说话，手指头用力地抠自己的裤子。

裴馨突然有些不忍心，他看着湛微阳，很久都没有说话。

湛微阳不愿意与他对视了，沉默地垂下视线。

裴馨伸出一只手握住湛微阳的肩膀，说："阳阳，这是不合适的，小孩子长大了就必须独立，你知道吗？"

湛微阳不是女孩子，按理说不需要那么防备，如果家里没有多余的房间、多余的床，裴馨和他挤一挤似乎也没有关系。但是现在明明有足够的房间，湛微阳一个已经十七岁的少年，非要和他睡一张床不可，要是让湛鹏程知道了，肯定会有些想法。

湛微阳可以说是不懂事，但是裴馨总不能不懂事，他要在合适的时候学会拒绝，现在其实是个很好的机会。

房间里安静了一会儿，裴馨下床，绕过去把湛微阳的被子和枕头一起抱起来，看着他说："我给你拿回房间去。"

湛微阳情绪低落地垂着脑袋，跟在裴馨身后，回到了自己的房间，沉默地在床边坐下来。

裴馨把被子和枕头给他放到床上，看了他一会儿，在他身前蹲下来，仰着头对他说："阳阳多大了？"

湛微阳回答道："十七岁。"

裴馨笑了笑："十七岁还怕鬼吗？"

湛微阳打起精神，说："我不怕鬼，世界上没有鬼。"

裴馨问他："那你怕什么？"

湛微阳想到那个一直扣他分的奇怪声音，犹豫一下才说道："我怕我的分被扣完。"

裴馨不说话了，只看着他。

湛微阳被看得不好意思了，转开头很小声地说了一句："真的。"

裴馨说："不会的，你不会变成植物的，更不会变成发财树的。"

湛微阳没有辩解，他知道他说了裴馨也不相信，他说的话别人常常不相信。

裴馨站起身，对他说："早点休息吧。"说完，离开了湛微阳的房间。

留下湛微阳一个人，他将两只脚抬起来，弯着腿坐在床上，手臂抱着膝盖，然后沉默地把帽檐往下压了压，过一会儿又压了压，直到眼前什么都看不见了，才一个人安静地待着。

晚上睡觉的时候，湛微阳很久都没睡着，他后来拿起放在床头柜上的手机，在黑暗中给陈幽幽发了一条消息："你睡着了吗？"

没想到陈幽幽竟然很快回他："我睡着了。"

湛微阳觉得很神奇："你睡着了怎么回我消息？"

陈幽幽："我被你吵醒了！"

湛微阳："对不起啊。"

陈幽幽："算了，反正明天可以睡懒觉，什么事？"

湛微阳想了想，问他："你喜欢发财树吗？"

陈幽幽："什么是发财树？"

湛微阳上网找了一张图片发给他，还特意找了一张树干端正，树叶饱满的发财树图片。

陈幽幽："我为什么要喜欢这个？"

湛微阳告诉他："没什么，我就是想给你看看，我觉得很好看。"

陈幽幽："……我睡了，拜拜。"

湛微阳只好打字："晚安。"

他把手机放回床头柜上，拉过被子盖住脑袋，觉得自己思绪一直乱糟糟的，好像在想很多事情，但是一件事情也理不清楚，过了很久他才好不容易睡着了。

第二天是国庆节放假的第一天，清晨裴馨还是被自己的生物钟给唤醒了，他穿上衣服，出房间去卫生间洗漱的时候看了一眼湛微阳的房间方向，看见他房门还是关着的。

他下楼的时候，在楼梯口又下意识望了一眼二楼阳台，发现湛鹏程已经起床了，正在用水壶给阳台上那些盆栽植物浇水。

裴馨于是走了过去。

湛鹏程看见裴馨，笑着跟他打招呼："早啊，小馨。"

裴馨道："舅舅，早。"

湛鹏程问他："吃饭了吗？"

裴馨摇摇头。

湛鹏程道："那快下去吃早饭吧。"

裴馨没有动，双手插在上衣口袋里，缓缓走到阳台边缘，看湛鹏程给植物浇水。

湛鹏程也没有再催促他下去，而是问道："这里怎么多了个花盆？"

裴馨站在湛微阳的花盆前面，用穿着球鞋的脚尖轻轻踢了一下那个花盆，只说道："我跟阳阳出去买的。"

"哦，"湛鹏程似乎对种花草很感兴趣，问他："你们打算种什么？"

裴馨停顿一下，回答说："发财树。"

湛鹏程笑着说："发财树比较适合养在室内，太阳晒厉害了会晒死。"

裴馨看了那个花盆一会儿，斟酌了很久，还是问湛鹏程："阳阳他——是不是从小就那个样子？"

湛鹏程脸上的笑容瞬间就消失了，他停下手上浇水的动作，看向裴馨："是不是阳阳给你添麻烦了？"

裴馨连忙道："不是，我就是关心阳阳，想是不是该带他去看看医生。"

"医生说他挺好的。"湛鹏程神情和语气严肃起来。

裴馨道："我没有别的意思，舅舅你别生气。"

湛鹏程似乎是觉得自己反应过度了，缓和了语气对裴馨说："没事儿，你不了解阳阳，他肯定给你添了不少麻烦，这段时间我在家里，我会看着他的。"

裴馨察觉到湛鹏程的抵抗情绪，知道自己现在不管说什么，湛鹏程估计都听不进去，他于是不再提湛微阳了，说："舅舅，我先下去吃饭。"

湛鹏程点了点头："快去吧。"

裴馨转身要走时，突然听见楼下传来喊声："大伯！"

湛鹏程和裴馨同时探头朝楼下看去，见到湛微光和一个个子挺高的小胖子一起出现在楼下，手里还拖着箱子。

小胖子正仰头看向二楼，先是看到了湛鹏程，这时候又看到了裴馨，顿时开心地挥了挥手，喊道："馨哥！我来啦！"

那小胖子就是湛微阳今年读高一的堂弟——湛岫松。

观叶植物养护

浇水

施肥

除草

修剪

更多
植物

31

说湛岫松是个小胖子其实是有些客气了，但说他是个大胖子又有些委屈他，毕竟还只是个十六岁的少年人。

他比湛微阳还高一厘米，脸圆圆的，两层下巴，戴一副框架眼镜，镜腿在眼睛两边都勒出了痕迹。

但是如果忽略脸上多余的肉，湛岫松其实长相挺清秀的，跟湛微阳兄弟五官透着些相似，如果能瘦下来，也是个漂亮的男孩。

不过湛岫松现在显然不考虑这些，他更关心早饭有没有肉包子和牛奶，他很喜欢喝牛奶，恨不得直接当水喝。

湛鹏程和裴馨都从二楼下来，罗阿姨把早餐端到餐桌上，招呼他们过来吃饭。

湛岫松坐下来先开始大口吃包子，等吃得心满意足了，才对裴馨说："馨哥，这几天要不要一起出去玩？"

他很喜欢裴馨。湛家人都挺喜欢裴馨，尤其是几个男孩子，觉得裴馨是名牌大学的学生，长得好看，能力强，性格好，家庭条件还好，不自觉就会去亲近他。

在这之前，除了湛微阳，其他人都跟裴馨走得挺近了。

裴馨自从过来这边实习，一直没有时间出去玩，现在国庆节放假也算是机会，他于是对湛岫松点点头："去吧。"

湛岫松连忙撞了撞湛微光的手臂，说："光哥，我们一起出去玩呗。"

湛微光问他："你想去哪儿？"

湛岫松笑着说："就去那些景点逛逛，中午找个地方吃饭，我想吃火锅。"

湛微光说道："行啊，等会儿想好了去哪儿我们就出门。"

裴馨朝楼梯方向看了一眼，刚想要说话，湛鹏程就朝着这边走过来，对湛微光说："把你弟弟带上。"

湛微光没开口，湛岫松背着湛鹏程做了个鬼脸。

裴馨的位置在餐桌对面，正对着他们两个，默默看他们的神情。

湛微光转过头对他爸说："他愿意去就去，他不想去我又不能勉强他。"

湛鹏程走过来站到了湛微光的身后，说："他怎么不想去？你们愿意带着他玩，他肯定就想去了。"

湛微光说："我等会儿问问他。"

湛岫松仰起头来，问道："湛微阳在哪儿呢？"

湛鹏程说："好像还没起床。"

"那么懒啊？"湛岫松从座位上站起来，"我去叫他起床了，不然等会儿要等到什么时候？"

罗阿姨在厨房听到外面的交谈声，探出头来对湛岫松喊道："你饭吃完了吗？"

湛岫松说："吃完了，吃完了，我吃了三个包子！"他一边说一边已经跑到了楼梯上，大步大步地跨上楼去。

裴馨手里捏着牛奶盒，不急不忙喝完了轻轻放在桌面上，跟着站了起来。

湛微光立即朝他看去，问道："馨哥，去哪儿？"

裴馨说："回一趟房间，你慢慢吃。"说完，他也朝着楼梯方向走去。

湛微阳还裹在被子里做梦，整个人睡得昏昏沉沉，接连做了好几个梦，总是醒不过来。

直到他听到有人大声喊："湛微阳！起床了！"

紧接着，有什么东西重重地压在了他身上，压得他险些一口气接不上来。

　　他只能惊魂不定地挣扎着醒过来，睁开眼睛看见湛岫松正从他床上爬起来，原来刚才那个重重压在他身上的东西正是湛岫松。

　　湛岫松弯着腰站在床边，看见湛微阳醒了，又一次整个人横着扑在他身上，说："起床了！"

　　湛微阳惊慌地叫道："你压死我了！"

　　湛岫松自然知道自己体重不轻，隔着一床被子趴在湛微阳腰上，还有几分自得地抬手撑住脸，说："谁叫你懒的？"

　　湛微阳真的快要喘不过气了，说："我快要死了。"

　　湛岫松这才缓缓从他身上起来，两条腿跪在床边上，抬手推了推鼻梁上架着的眼镜，耷拉着眼皮笑嘻嘻地看着湛微阳。

　　湛微阳连忙用手撑着身体坐起来，还往后退了一点，后背靠在床头，他头发乱糟糟支棱着，白皙的脸颊上带着淡淡的红，他喘着气看湛岫松。

　　湛岫松问他："要跟我们去玩吗？"

　　湛微阳问："去哪里？"

　　湛岫松说："就出去逛逛，中午找个地方吃饭。"

　　湛微阳朝门外看了一眼，确定湛鹏程不在，才说："我不想去。"他不想和湛微光还有湛岫松一起出去玩。

　　"不去算了。"湛岫松显然没有要继续邀请他的意思，从他的床上爬下来，拉扯一下衣摆，朝外面走去。

　　他刚刚走出湛微阳的房门，便看见了裴馨，大声喊道："馨哥，湛微阳说他不去，我们准备走吧。"

　　裴馨走到湛微阳房间门口，朝里面看一眼，见到湛微阳瞪大了眼睛坐在床上整个人有些发愣，于是问了一句："你不想去？"

　　湛微阳张一张嘴，还没来得及说话时，湛岫松就已经说道："他不去，不管他，我们快走吧。"

湛微阳沉默地低下头。

这时候，湛微光提着他的行李准备去三楼，经过二楼楼梯口时，看见了裴馨他们，说："你们先去楼下等我，我把东西收拾一下就下来。"

裴馨点了点头。

湛岫松已经伸手去拉裴馨的手臂，催促他道："走吧走吧。"

裴馨却没有急着走，又问了湛微阳一次："阳阳要不要一起去？"

湛微阳看一眼湛岫松，默默地摇了摇头。

裴馨于是道："那好吧，我们先走了。"

等到他们都从房间门口离开了，湛微阳才从床上下来，穿着睡衣走到窗口朝外面看，他知道湛微光刚刚上楼，一时半会儿他们还不会出门，但他就是执着地在窗前等着。

等了差不多一刻钟，他看到裴馨把车子开到了别墅楼前，湛微光和湛岫松从屋里出来，一前一后上了车，湛鹏程还走到门口送他们，叫裴馨开车小心，又叫湛微光带着哥哥和弟弟中午吃点好吃的。

裴馨开车离开。

湛鹏程站在原地看了一会儿，突然抬起头朝二楼方向看过来，正好看到站在窗边的湛微阳。

这时候湛微阳想要躲开已经晚了，他只能喊了一声："爸爸。"

湛鹏程问他："怎么不跟你兄弟出去玩？"

湛微阳说："我不想去。"

湛鹏程双手插在腰上，仰着头问道："为什么不去啊？"

湛微阳手指捏着窗棂，说："就不想去。"

湛鹏程叹一口气，也不再勉强他，只说道："不去就算了，睡够了吗？睡够了就换衣服下来吃早饭了。"

湛微阳点点头，说："哦。"

一整天，湛微阳都在家里无所事事。

湛鹏程上午接了个电话就出门了，家里只剩下奶奶和罗阿姨，吃过午饭，罗阿姨陪着奶奶出去散步，就只剩下湛微阳一个人。

湛微阳上了二楼，蹲在阳台上用抹布擦干净这两天花盆上积下的灰，然后跨进去，在花盆里面坐下来。

他这一坐就坐了一个下午，直到听到奶奶和罗阿姨回来了，才从花盆里面出来，去楼下陪着奶奶看了会儿电视。

32

湛微光他们却一直玩到在外面吃过了晚饭才回来。

湛鹏程提着湛岫松的箱子，上来二楼敲了敲湛微阳的房门，拧开门把手站在门口说："阳阳，松松跟你睡一间好吧？"

家里一楼三个房间，罗阿姨和奶奶各一间，还有一间充作了杂物房；三楼只有一个房间，是湛微光的卧室；二楼三个房间，除了湛鹏程和湛微阳的房间，本来有一间客房，现在是装馨住着。

湛岫松这趟过来，湛鹏程就只能安排他跟家里最小的湛微阳睡一个房间了。

湛微阳坐在自己的书桌前面看书，听到湛鹏程的声音，转头去看他，心里想要拒绝，却又不忍心开口。

湛岫松还在楼下，只有湛鹏程一个人先上来了，他把箱子靠在门口，走进房间里，对湛微阳说："怎么？不想跟弟弟一起睡？"

湛微阳不说话。

湛鹏程在床边坐下来，问湛微阳："不想跟弟弟睡的话，要不要去跟爸爸睡？"

湛微阳犹豫了很久，终于小声说道："我想跟馨哥哥睡。"

湛鹏程愣了愣，没料到湛微阳会说出这个答案，迟疑一下，才说："可是你馨哥想跟你睡吗？"

湛微阳也不知道，他想起装馨昨天才说以后不跟他一起睡了。

湛鹏程对他说："阳阳，裴馨虽然是你表哥，但他毕竟不是你姑妈的亲生儿子，你明白爸爸的意思吗？"

湛微阳默默看着他。

湛鹏程接着说道："严格来说，他算是我们家里的客人，所以我们还是要对他客气一点，知不知道？"

湛微阳点了点头。

"岫松是你堂弟，他爸爸跟我是亲兄弟，咱们是一家人，不需要那么客气，晚上大家挤挤没什么关系，就别去给裴馨添麻烦了。"

湛微阳依然是点点头。

湛鹏程察觉他情绪不高，起身走过去摸了摸他的头，问道："阳阳怎么了？怎么今天不高兴？"

湛微阳说："没什么。"

湛鹏程道："这样吧，明天爸爸就没事了，爸爸带你出去玩一天好不好？"说完，他仔细考虑了一下，"我们可以把奶奶啊，哥哥弟弟们啊，都叫上，找个地方玩上一天，你觉得好不好？"

湛微阳点头："好。"

湛鹏程笑了，问湛微阳："那你现在告诉爸爸，愿不愿意跟岫松挤一挤？不愿意我就去问你哥。"

湛微阳回答道："好吧。"

湛鹏程拍拍他的肩膀："乖儿子。"

湛岫松一直在湛微光的房间里玩到挺晚了才下楼，他进来湛微阳的房间，拿了洗漱用品和换洗衣服去卫生间，过一会儿才穿着睡衣回来，直接躺在了湛微阳的床上。

湛微阳从书桌旁边扭过头看他一眼，见到他正在专心致志地玩手机游戏。

房间里两个人都没有说话。

湛微阳把自己的书合上，本来他看了一整晚也没看进去，穿好拖鞋朝外面走去，他沿着走廊，先到裴馨房间门前，耳朵贴着门听了一会儿，没听到什么动静，然后去卫生间尿了个尿。

尿完了，湛微阳站在洗手台前洗手，洗到一半时突然抬起头照镜子，他觉得自己饿了。

晚饭的时候因为心情不好，湛微阳只吃了一点，到现在心情还是不好，肚子却自顾自地饿了起来，一点也不愿意照顾他的心情。

湛微阳离开卫生间，走向楼梯，有气无力地慢慢下楼，想要去厨房找点东西吃。

冰箱里食物还有很多，不过大多是凉的，没办法直接吃，湛微阳关了冰箱门，又去翻找橱柜，找出来一袋方便面，打算给自己泡面。

湛微阳手忙脚乱地想要用水壶烧开水，突然听到裴馨喊他："阳阳。"

他回过头去，看见裴馨站在厨房门口正看着他。

不知道为什么，湛微阳在这时想起了湛鹏程刚才的话，他想湛鹏程说裴馨是家里的客人，他们需要客气一点，于是瞬间有些手足无措，紧张地唤道："馨哥。"

裴馨看一眼他放在水壶旁边的泡面，问道："饿了？"

湛微阳点点头。

裴馨说："不要泡面了，想吃什么，我带你出去吃吧。"

湛微阳有些诧异地"啊"一声，看着裴馨的眼睛里一下有了光彩，他小声问："可以吗？"

裴馨说："可以啊，我们偷偷去，不要让你爸爸知道了。"

湛微阳闻言兴奋地点点头，不管是跟裴馨出去吃东西，还是不要告诉爸爸，都让他感到情绪激动。

他低头看一眼自己的睡衣，样式就是普通的纯棉款式，不至于不能穿出门，只是稍微单薄了些。

裴馨让他等一等，随后回自己房间给他拿了件外套下来，帮他套在身上。

　　湛微阳闻到了一股熟悉的洗衣液的清香味，裴馨的外套对他来说稍微长了点，也大了点，但是能将他整个人裹在里面，让他不由得心情愉快，嘴角抑制不住露出笑容，一整天的坏心情都不见了。

　　临出门时，裴馨毕竟考虑得多一些，担心湛鹏程发现湛微阳不见了会担心，于是留了张字条在客厅的茶几上，然后才带着湛微阳出门。

　　湛微阳光脚穿了一双球鞋，脚底在鞋里时不时打滑，却仍然兴奋地跟着裴馨往外面走，离开了小区一路朝北走了几百米，走进一条热闹的街道。

　　裴馨选了一家卖烧烤和小龙虾的店，两人坐在临街的桌边，裴馨让湛微阳坐在里面，自己在外面帮他挡一挡夜晚的风。

　　老板拿了菜单过来。

　　裴馨点了一份蒜蓉小龙虾，还点了些烧烤，最后叫老板拿一瓶啤酒来。

　　湛微阳整个人都是灵动而愉快的，他问裴馨："我可以喝啤酒吗？"

　　裴馨说："你不能喝，我喝。"

　　湛微阳问："那我什么时候可以喝呢？"

　　裴馨帮湛微阳把筷子从包装纸里抽出来放在碗上，回答他说："等你十八岁的时候吧。"

　　湛微阳说："我明年就十八岁了。"

　　有服务员先把啤酒拿来了，动作利落地起开瓶盖，给他们放在桌上，裴馨拿起酒瓶喝了一口酒，缓解了喉咙的干渴，对湛微阳说："是啊，阳阳十八岁了，就可以做很多事情了。"

　　湛微阳看他："还可以做什么呢？"

　　裴馨一只手拿着酒瓶，瓶口抵在唇边，喝第二口酒之前，垂眼看着湛微阳，问："你还想做什么？"

　　湛微阳用不太确定的语气说："生孩子？"

　　裴馨一口酒呛进了气管，匆忙放下酒瓶，抽了纸巾捂住嘴用力咳嗽起来，他好不容易止住了，对湛微阳说道："不要胡说八道。"

湛微阳"哦"一声，语气有些遗憾。

裴馨想了想，对他说："这不是年龄的问题，即便你满了十八岁，也不能随意跟人……你必须遇到适合的人，而且要能对她负起责任，你明白我的意思吗？"

湛微阳手放在桌面上，两手互相抠着指甲，看一眼裴馨，又把视线转回自己的手上，耳朵微微有些发红地说："我会负责任的。"

33

这时已经晚上九点多快十点了，这条街上依然挺热闹，尤其是这家店，吃夜宵的人尤其多，街边的几张桌子上都坐满了人。

据老板说，夏天天气热的时候，常常要卖到凌晨三四点才能收摊，最近天气冷了，也要卖到凌晨一点左右。

裴馨点的菜迟迟没有送上来，面前只放了一瓶啤酒。他用手指轻轻摩挲着酒瓶，看着湛微阳发红的耳朵，突然问了一句："你知道怎么才能生孩子吗？"

湛微阳耳朵那一点红蔓延到了整张脸上，他没有再看裴馨，只是毫无预兆地将头磕向桌面，额头撞了上去，发出清脆的声响，然后就不肯抬头了。很显然他知道，这似乎并不是一个需要害羞的话题，可他还是有些不好意思谈论。

裴馨听到他额头碰到桌面的声响吓了一跳，连忙伸手垫在他额头下面想把他推起来，湛微阳不肯，干脆把脸埋在了裴馨手掌心里，就是不肯抬头。

"好了，"裴馨忍不住笑了一声，"没关系的。"

湛微阳这才偷偷看他，腼腆地抬起头来，闷不作声地缩着脖子坐着。

又等了一会儿，服务员才把他们点的小龙虾端过来。

裴馨对湛微阳说："饿了吗？快吃吧。"

湛微阳点点头，戴上薄薄的一次性手套，伸手拿一只小龙虾，刚拿起来又觉得实在烫手，连忙放了回去，放回去却还不死心，又用指尖抓着一只钳子把小龙虾拎起来，放到自己的碗里。

还下不了手剥壳的时候，他抬头看裴馨，发现裴馨已经拿着一只小龙虾开始剥了。

"烫手。"湛微阳提醒他。

裴馨目光盯着手里颜色鲜艳的小龙虾，回答道："我不怕。"

湛微阳觉得裴馨真是厉害，竟然也不怕烫，就像湛鹏程一样厉害。

裴馨很快剥完了一只虾，将粉白的虾肉蘸了蒜蓉的酱料，递到湛微阳面前。

湛微阳看他。

裴馨说："张嘴。"

湛微阳于是愣愣地张开嘴巴，让裴馨把虾肉给他喂进了嘴里。

裴馨问他："好吃吗？"

湛微阳一边嚼着虾肉，一边点头。

裴馨没说什么，只低头笑了笑，然后伸手拿第二只虾。

湛微阳碗里的那只虾还没剥完壳时，裴馨已经剥完第二只了，同样送到他嘴边叫他张嘴，给他喂了进去。湛微阳便有些着急，说："你吃吧你吃吧。"

裴馨语气挺平静的，说："我不饿，你多吃一点。"

湛微阳匆忙剥完了第一只虾，坚持要喂给裴馨吃，裴馨拗不过他，只好吃了。

到后来，裴馨点的菜大多被喂进了湛微阳的肚子里，裴馨是真的不饿，他就是带着湛微阳出来吃东西，把湛微阳喂得饱饱的，然后再把他带回去。

裴馨喝了两瓶啤酒，没有喝醉，只呼吸间微微有些酒气。

他们散步回小区，走到小区中心的喷泉附近时，湛微阳没忍住打了个嗝，连忙不太好意思地捂住嘴。

裴馨问他："要不要休息一会儿再回去？"

对湛微阳来说，只要能多和裴馨待一会儿就是开心的，他立即点了头。

两个人在喷泉旁边的秋千上坐下来，从这里望过去，可以看到湛家二楼的阳台，那就是湛微阳常常站着往下面张望的位置。

裴馨问他："今天为什么不想出去玩？"

湛微阳不回答。

裴馨说："不想跟我出去吗？"

湛微阳连忙说道："不是。"

裴馨看着他。

湛微阳小声说："我不想跟湛岫松他们出去。"说到这里就没接着往下说了，他也不是没和湛微光、湛岫松他们出去过，但他们只是带着他，并不太顾及他，他跟着他们从来不觉得玩得开心。

裴馨说："那下次跟着馨哥出去呢？"

湛微阳在秋千上缓慢地前后摇晃着身体，双脚时不时在地上点一下，他问裴馨："你喜欢跟我玩吗？"他觉得湛微光他们就不喜欢跟他玩。

裴馨没有回答，只是问道："你想怎么玩？"

湛微阳回答不上来，想象了一下，如果跟裴馨一起出去，大概干什么都挺好玩的。

裴馨说："你想怎么玩，我陪你好不好？"

湛微阳一瞬间心花怒放，问裴馨："你为什么对我那么好呢？"

裴馨看着前方，笑一声说道："是啊，为什么呢？"

湛微阳也没听懂他的情绪，追着问："为什么呢？"

裴馨道："阳阳说为什么呢？"

这个问题问着湛微阳了，他说："我不知道啊。"明明是他先问的。

裴馨轻轻笑着说:"哥哥也不知道啊,阳阳说怎么办?"

湛微阳愣住了,脑袋里理不清楚这里面的关系,过了好一会儿说:"我不知道怎么办。"

裴馨从秋千上站起来,说:"不知道就别问了,回去睡觉吧。"

湛微阳只好说道:"好吧。"急急忙忙跟着裴馨起来,朝回家的方向走去。

他们偷偷用钥匙开门进去一楼客厅,裴馨看见他临走时留的字条还在那里,看来湛鹏程没有发现他们两个晚上出去了,于是走过去将字条收走。

上了二楼,湛微阳将自己房间的门打开一条缝,从门缝里看见湛岫松躺在他的床上已经睡得开始打呼噜了,手机还放在自己胸口,像是玩了一半突然睡着了,没来得及收拾,房间里的台灯甚至都还亮着。

湛微阳看了一眼,就退到走廊,这时候裴馨已经回自己的房间了,走廊上只留下湛微阳一个人。

他低头看一眼自己身上还穿着的裴馨的外套,犹豫了一下,走到裴馨的房间门前,轻轻敲一敲门。

裴馨在里面说:"请进。"

湛微阳把门打开,朝里面看。

裴馨走过来,经过湛微阳身边走出房间,朝卫生间走去,说:"我去刷牙。"

湛微阳看一眼他的背影,默默地跟到卫生间门口,身体在门外面,只伸个脑袋看着他。

裴馨从镜子里看见了湛微阳,可是他没说什么,低下头继续刷牙。

直到裴馨刷了牙,还用清水洗了把脸,站直身子拿毛巾擦脸上的水时,湛微阳依然站在门口,呆呆愣愣地一直看他,裴馨说道:"哥哥要上卫生间。"

湛微阳连忙退出去靠在墙边站着。

裴馨这才关了卫生间的门。

过一会儿再打开时，他看见湛微阳还站在门外面，便说道："是不是要去洗漱？"

湛微阳摇摇头，接着又点点头。

裴馨伸手揉一把湛微阳的脑袋："去吧。"然后他朝外面走去。

34

湛微阳把自己关在卫生间里，他觉得空气中好像还残留着裴馨的气味，忍不住仰起头到处闻了闻，才埋头在洗手台前洗漱。

把毛巾挂回毛巾架之后，湛微阳低头看了一眼自己身上穿着的裴馨的外套，轻轻"啊"一声，发现衣襟上沾了些油渍，他站在卫生间里想了想，把外套脱下来，小心翼翼地只用水打湿了那一小块地方，抹上些肥皂搓洗，最后艰难地用湿纸巾擦干净。

湛微阳把外套又穿上了，除了胸口那一块，其他地方还是暖暖的。

他从卫生间出来，回到自己房间里，看见湛岫松仍然仰面朝天地呼呼大睡，占了大半张床。

湛微阳走过去，掀开了被子睡在剩下的三分之一张床上，伸手关了灯。

周围陷入一片漆黑，湛岫松的存在感反而更强了。

湛微阳偷偷推他的手臂，想要把他推过去一点，可是刚一松开，湛岫松那条手臂就又伸了过来。

真讨厌！

湛微阳心想，如果不是湛岫松和湛微光突然回来了，今天裴馨本来可以陪他一天的。

他越想越觉得湛岫松讨厌，心里实在是不高兴，闷闷不乐地坐起来，在黑暗中盯着湛岫松微微起伏的轮廓看了很久。

后来，湛微阳从床上下来，抱着自己的枕头和被子，悄悄地离开房间去了隔壁。

他拧开裴馨的房门，探头进去听了听，没有听到什么动静，才用轻得几乎听不到声音的脚步走进去，关上房门，摸索着爬上床，先把枕头放好，再把被子摊开了盖住自己，平躺下来。

熟悉的安全感瞬间包裹住了湛微阳，他几乎闭上眼睛就要睡去，入睡的前一刻他心想，明天他得在裴馨醒过来之前起床，回去自己房间，不叫裴馨和湛岫松知道才好。

然后湛微阳这一觉睡得昏天黑地、不省人事，再醒来时哪里还能抢在裴馨起床前，甚至裴馨人都已经不在房间了。

湛微阳发着怔坐在床上，等初醒的那一阵懵懂过去了，才揉揉眼睛心想糟糕。

裴馨的被子已经叠好了放在床头，伸手摸一摸床单，早就凉了。

湛微阳下床，把自己的枕头和被子抱起来离开，他仍旧是偷偷打开自己房间的门，却看见床上被子还散开着，湛岫松人却不在。

"湛微阳！"有人突然在他身后大声喊他名字，还用力拍了一下他的后背。

湛微阳没站稳，朝前踉跄两步，紧张地回头，见到湛岫松正站在门口，神情古怪地打量他。

湛岫松说："你去哪儿了？"

湛微阳不说话，默默地把自己的东西放回床上，然后打开柜子找衣服换。

湛岫松跟着进来，打了个大大的哈欠，走到床边像是想继续睡，不过始终没躺下去，只是盯着湛微阳，问他："你昨晚跟你爸爸睡的啊？"

湛微阳背对着湛岫松，换上长袖 T 恤和一件衬衣模样的外套，又弯着腰换牛仔裤。

湛岫松说："你都十八岁了。"

湛微阳侧过头看他："我十七岁。"

湛岫松说："我说虚岁。十八岁了还跟爸爸睡觉，害臊吗？"他说话时笑嘻嘻的，像在逗湛微阳。

湛微阳换好了衣服，说："我要去吃饭了。"

湛岫松又打了个哈欠，从床边站起来，说："那我也去吃饭了。"

到一楼饭厅时，湛微阳发现湛鹏程、裴馨和湛微光都在。

湛鹏程和裴馨不知道在说什么，裴馨一边神态谦逊地听着，一边在剥一颗鸡蛋。

他动作慢条斯理，手指细长，衬着剥了壳的鸡蛋，十分好看。

湛微光最先发现湛微阳，对他说："起床了？来吃早饭。"

湛鹏程和裴馨转头朝他看过来，湛鹏程抬手招呼他过去。

湛微阳走过去，坐在了裴馨旁边的位子上，裴馨伸手把刚剥好壳的鸡蛋放进湛微阳碗里。

湛鹏程看见了连忙说道："你自己吃，我来给他剥就行了。"

裴馨重新拿了个鸡蛋，道："不是一样的吗？"

湛鹏程于是对湛微阳说："还不谢谢馨哥！"

湛微阳连忙道："谢谢馨哥。"

裴馨笑了笑没说话。

湛鹏程随即起身去厨房，让罗阿姨给湛微阳热牛奶。

这时候，湛岫松也从楼上下来了，走到餐桌边坐下，先说道："馨哥早，光哥早。"看见从厨房出来的湛鹏程，又唤道："大伯早。"

湛鹏程坐下来，对他们说："先吃饭，吃了早饭，我带你们出去玩。"

湛岫松立即问道："去哪儿啊？"

湛鹏程说："西郊桂园那边，我已经订了午饭和晚饭，可以玩一整天。"

湛岫松兴趣不太大，不过还是点了点头，说："好啊。"他伸手拿了一个包子，还没塞进嘴里时，突然说，"我们下午可以打麻将。"

湛鹏程笑了笑没说话。

湛微光闻言道："那得打钱的，你输了有钱给吗？"

湛岫松说："你好意思赢我钱吗？我是家里最小的，好吧。"

湛微阳安静地听他们说话，手里拿着一个包子慢慢啃。

湛岫松却突然把话题引向了他，问湛鹏程道："大伯，昨晚湛微阳是不是跟你睡的？"

湛微阳一下子紧张起来，偷偷瞟一眼裴馨，没见到裴馨神情有什么变化。

湛鹏程回答道："没有啊，不是跟你睡的吗？"

"没有！"湛岫松说，"他枕头被子都抱走了，没在房间里睡。"

湛鹏程有些诧异，朝湛微阳看过去。

湛微阳垂着脑袋慌张地小口啃包子。

湛鹏程于是看向湛微光，道："微光——"

"我不知道，"湛微光在湛鹏程话没说完前便说道，"他没在我那儿睡。"

裴馨在这时开口了："舅舅，阳阳昨晚在我房间里睡的。"

"嗯？"湛岫松止不住惊讶地发出声音。

湛微阳手里拽着一张纸巾，紧张地用手指抠了又抠。

裴馨语气平静："我晚上去卫生间碰见阳阳，他说床太小了，他睡不着，我才叫他去我那里睡的。"

湛微阳和裴馨的房间配的都是双人床，但湛微阳的床是一米五宽，而裴馨那间客房摆放着一米八的大床，睡两个人确实不显得拥挤。

湛岫松没想到湛微阳竟然去裴馨那里睡了一晚上，顿时有些不高兴地撇了撇嘴。

湛鹏程看向湛微阳："阳阳，是跟松松一起睡，睡不好吗？"

湛微阳抬起头来，轻轻"嗯"一声。

湛鹏程说："这样啊，那今晚过来跟爸爸睡吧。"说完，他又对裴馨道："小馨不好意思啊，昨晚阳阳肯定打扰到你了。"

裴馨道："舅舅又何必跟我客气呢？我们本来就是一家人，阳阳也是我弟弟。要是岫松不介意，今晚可以过来跟我睡，阳阳睡他自己房间就好了。"

湛微阳立即朝裴馨看去，心说不行，他介意的。他想让裴馨看看他。可是裴馨没有看他。

湛鹏程道："没关系，你们都好好睡，我带着阳阳睡就好。"

湛微阳有些着急，在桌面下拉裴馨的衣摆。

裴馨感觉到了，然后对湛鹏程道："今晚再说吧，看他们都想睡哪儿。"

湛鹏程点了点头："也行吧。"

35

吃完早饭，湛鹏程开车带了一家人去西郊桂园。

那边有个湿地公园，然后又人工开发了一个旅游项目，大多是住在市区的人到周末时全家过去玩耍放松。

今天是国庆节假期，桂园的游客格外多，湛鹏程他们又到得挺晚，好不容易找到个停车位，把奶奶的轮椅从车上抬下来，推着奶奶散会儿步差不多就该吃午饭了。

午饭的餐厅坐落在一条小河旁边，吃完午饭，大家都懒懒靠坐在藤椅上不愿意动弹。

湛岫松摸着圆滚滚的肚子，说："大伯，打麻将吗？"

湛鹏程正拿了热水壶给湛微阳倒水喝，闻言看向湛岫松，道："你一个高中生，不能赌博。"

湛岫松说："不赌博啊，我们不打钱就不是赌博了。"

湛微光斜着倚靠在椅子上，手里拿了一根干净的牙签，朝湛岫松身上弹过去，说："不打钱谁跟你打！"

湛岫松连忙对湛鹏程说："大伯，光哥天天在学校里赌博。"

湛微光懒得搭理他。

湛鹏程说道："你们一群年轻人能不能有点活力？那边有骑自行车的，你们要不要去骑车？"

湛岫松听到他的话，伸手抱住头说："大伯你饶了我吧，傻不傻啊！"

湛微阳听见湛鹏程说骑自行车，本来眼睛一亮准备说自己想去的，结果还没开口便听到湛岫松的话，顿时就不敢开口了，害怕别人说他傻。

裴馨注意到了湛微阳的表情，坐直了身体对湛岫松说："我不打麻将。"

湛岫松一脸失望地看向他："馨哥你不打啊？"

裴馨站起来，说："吃多了，去走走。"

湛鹏程赞成道："去吧，就是该多动一动。"

裴馨低下头问湛微阳："阳阳想去吗？"

湛微阳立即站起身，迫不及待地说道："去的。"说完了他还很心急，想叫裴馨快点走，最好只有他们两个人去。

结果湛鹏程一把拉住他，看向湛微光和湛岫松，问："你们去吗？"

湛微光原本跷着一条腿坐在椅子上，他抬头看了看裴馨和湛微阳，慢吞吞地起身，说："走吧。"

剩下一个湛岫松听见连湛微光都说去了，只能不情不愿地跟着站了起来。

湛鹏程和罗阿姨留下来陪奶奶聊天。

湛微阳失落极了，跟着裴馨他们朝外面走，沿着小河边散了会儿步，便走向了沿湖的大路。

湛岫松走在裴馨和湛微光中间，一直叽叽喳喳地跟他们说话，他的嘴很少有闲下来的时候。

湛微阳走在裴馨另外一边，稍微落后半步，他也想跟裴馨说说话，但是他插不上嘴。而且对于湛岫松正在说的话题，湛微阳只要发表一点点意见，湛岫松就会露出不屑的表情，湛微阳便不敢继续说话了。

湛微光看他一眼，说："你别走馨哥那边，过来。"

湛微阳不愿意过去，有些不高兴，脚步慢下来，看见湖边开着的淡蓝色小野花，忍不住停下来，蹲在湖边仔细看。

他刚想要伸手的时候，湛微光突然又凶又大声地喊他："湛微阳！"

湛微阳被吓了一跳，一只脚踩在软泥上身体往前栽，裴馨动作很快地上前来抓住了他的手腕，而湛微光反应也很灵敏，抓住他另一只手腕将他往上拉。

他被两个人拉了回来，不过裴馨只是不让他掉下去，而湛微光把他拉上来之后，还将他往里面用力扯了一下，险些害得他站不稳一屁股坐在地上，还好裴馨没有放开他的手。

裴馨皱了皱眉，看向湛微光。

湛微光仿佛有些愤怒，吼湛微阳道："叫你离湖边远点！"

湛微阳有点被吼蒙了，下意识地转身去找裴馨，抓着裴馨的手臂往他身后躲。

裴馨对湛微光说："他刚才只是吓了一跳，你别这么凶，会吓到他的。"

湛微光深吸一口气，像是在努力平复情绪，之后对裴馨说："他就是说了无数次都不听。"

裴馨转过头看湛微阳一眼，见到湛微阳怔怔地看着湛微光，于是道："没事的，你好好跟他说，他能明白的。"

湛微光的眼神依然有些锐利，不过没有再大声跟湛微阳说话了，只是沉默地朝前面走去。

湛岫松站在旁边一直不敢插话，现在看湛微光走了，连忙跟过去，小声喊他："光哥，别生气了。"

裴馨还站在原地，问湛微阳："没吓到吧？"

湛微阳的脸都有些白白的，他说："没有。"

裴馨抬了抬手，却感觉到被湛微阳紧紧抱住了，语气有些无奈，低着头问他："不是没吓到吗？"

湛微阳松开手，解释道："不是的，是湛微光吓到我了，我不怕掉进湖里。"

裴馨让他站在自己另外一边，才继续朝前走去。

前面不远处就是租自行车的地方，有双人也有三人、四人骑的车子。

裴馨问湛微阳："想骑车吗？"

湛微阳不好意思回答，偷偷看了一眼湛岫松。

裴馨说："看他干吗，看着哥哥，回答我，想不想骑？"

湛微阳抬头望着裴馨，开心地点一点头。

裴馨去租了一辆两人骑的自行车，座位是并排的，两人一左一右骑着车，追上了走在前面的湛微光和湛岫松。

他们停下来，裴馨从车上下来，对湛岫松说："去陪你阳哥骑会儿自行车。"

湛岫松顿时睁大了眼睛，说："我不去！"

湛微阳看着他们，两只脚蹬在脚踏上，慌张得几乎无处安放。

裴馨对湛岫松说："你去帮我照顾一下你阳哥，我有话想要跟微光说。"

湛岫松听到裴馨这么说了，不禁愣了一下，不好再开口拒绝，只是忍不住朝湛微光看去。

湛微光对湛岫松说："你让湛微阳离湖边远点。"

湛岫松这才无奈地转身朝湛微阳方向走去，他爬上了自行车，与湛微阳两个人心不甘、情不愿地一起朝前面骑。

湛微阳还在探头看裴馨。

裴馨说："我等会儿过来。"

湛微阳稍微放心一些，冲他点一点头，表示会等他的。

湛微光看着他们，过一会儿对裴馨说："你是不是想问我微阳的事情？"

裴馨"嗯"一声："你觉得我会忍得住不问吗？"

湛微光有些疑惑地看他一眼："我想你肯定会好奇，但我没想到你会跟他相处得那么好。"

裴馨闻言笑了，说："阳阳跟个小孩子似的，再好相处不过了。"

湛微光看着湛微阳的背影，说："是跟个小孩子似的，就是一点也不听话，烦人得很。"

36

两个人沉默了一会儿。

湛微阳在前面骑着自行车，时不时回过头来看裴馨，像是害怕骑远了会找不到裴馨。

裴馨问湛微光："所以微阳现在这个样子，是天生的吗？"

湛微光看向裴馨："不是，他小时候溺过水，救上来的时候已经停止呼吸了，当时是有人给他做心肺复苏把他救回来的。他现在这个样子，医生说是大脑缺氧造成了永久的损伤，影响了大脑发育。"

听到答案的瞬间，裴馨连呼吸都短暂地停顿了，他看着湛微阳的背影，很久没说出话来。

湛微光继续说道："我爸带他看了很多医生，能做的康复治疗已经都做过了，他目前的状况算是恢复得不错了。"

裴馨嘴唇微微张了张，想说是不是应该带去更好的医院找更好的医生看一看，但是想到湛鹏程那么疼爱湛微阳，能做的肯定都做过了，他现在说这些恐怕没有意义，而且湛微阳现在应该也已经过了治疗的最佳年龄。

可还是有一种深深的无力感笼罩在裴馨心里，他眼前甚至浮现出一个可怕的画面，看到幼小苍白的湛微阳被人从水里抱出来，湿透的头发贴在额头上，紧闭着眼睛仿佛已经死去的模样。

他为自己的想法感到恐惧而难过。

湛微光语气有些犹豫，低声对裴馨道："关于湛微阳的事情，你就别去问爸爸了，他最怕别人说湛微阳不正常。"

裴馨说："我知道。"

湛微光又说道："湛微阳只是比同龄人显得笨一些，反应慢一点，其他也没什么，他有自理能力，将来也能一个人生活。"

裴馨点了点头。

湛微光说："我知道他有时候有点烦人，如果他老是缠着你，你不理他就是了。"

裴馨道："不会，我觉得他挺可爱的。"

湛微光闻言笑了一声，说："我爸和我奶奶也觉得他可爱，家里除了我，大概都觉得他可爱。"

裴馨想了想，说："你需要对他多一点耐心。"

"算了吧，"湛微光神情稍微有些不耐烦，"要注意不让他偷偷用我的浴缸，不让他往水边走就够麻烦的了。"

两个人对话就到这里，因为湛微阳已经忍不住从自行车上跳下来，朝着裴馨跑了过来，一直到站在裴馨面前，他说："我不想跟湛岫松一起骑了。"

裴馨还没说话，湛微光先说道："那别骑了，把车子还了吧。"

湛微阳看湛微光一眼，不理他，迟疑着伸手拉了拉裴馨的袖子。

裴馨说："走吧，我陪你骑。"

湛微阳顿时高兴起来，拉着裴馨的手腕便朝刚才停车的方向走去。

湛微光看着湛微阳兴高采烈的背影，有些不高兴，吼了他一句："湛微阳！"

湛微阳象征性地回一下头，甚至都没有看到湛微光，敷衍地"嗯"一声，继续拉着裴馨往前走。

他们走到停在路边的自行车前，湛岫松还坐在车上，一脸不悦地探头看他们，问湛微阳道："你还骑不骑了？"

湛微阳说："不跟你骑了，你下来。"

湛岫松本来就不想骑，被湛微阳这么一说反而不乐意了，他说："我就不下来。"

湛微阳气愤道："你下来！"

湛岫松说："我不，我就要骑。"

裴馨抬手按在湛微阳肩膀上，语气平静地问湛岫松："岫松想骑车吗？"

湛岫松踩着脚踏板滴溜溜往后空转，说："当然啦。"

裴馨说："那你跟微光骑一辆，我带阳阳重新去租一辆。"

这时候湛微光也走了过来，闻言说道："我不骑，湛岫松自己骑。"

湛岫松顿时急了，一下子从车上跳下来，说："我也不骑，你们骑吧。"

湛微阳见到他下来了，连忙抓住了车把手就想往上面爬，裴馨伸手从后面扶住他的腰把他往上托。湛微阳人太单薄，腰太细，好像用力一掐就能掐断似的，裴馨始终忘不了刚才湛微光说的话，等湛微阳坐好了，依然直直看着湛微阳，有些发怔。

裴馨很少这个样子，湛微阳觉得怪怪的，伸手在裴馨面前晃了晃，有些不安地说道："我们去骑车好吗？"

他害怕裴馨会拒绝他。

裴馨很快回过神来，冲他笑了笑，说："好啊。"之后跨上了另外一个座位，和湛微阳一起骑着湛岫松口中有点傻的双人自行车缓缓前行。

骑了会儿自行车，湛鹏程给湛微阳打电话把他们叫回去放风筝。

湛微阳的风筝飞得特别高，湛岫松在旁边跟湛微阳较劲儿，结果试了好多次都没能把风筝给放起来，最后还是跑去找裴馨帮忙。裴馨先帮他让风筝飞上天，才把线交给他牵着继续放。

吃完晚饭回去，湛微阳在车上就已经困得不行了，他本来坐在七座的越野车最后一排靠着窗子，睡着了，头靠在车窗上，不断地撞在玻璃上发出清脆的响声。

后来奶奶听着心疼了，让罗阿姨跟湛微阳换了位子，叫湛微阳躺在她腿上睡。

湛鹏程一边开车，一边抬头望一眼后视镜，说："阳阳别把奶奶的腿压到了。"

奶奶连忙说："压不到，阳阳比路边捡来的狗还瘦，躺在我腿上一点感觉都没有。"

湛岫松听见奶奶的形容，忍不住笑了一声，转过头去看旁边的湛微光，结果湛微光闭着眼睛仰着头，也不知道是不是睡着了，反正没有一点反应。

湛微阳隔着叠了几叠的小毯子侧躺在奶奶的腿上，感到软软暖暖的。

奶奶干瘦的掌心抚摸着他的头顶，说："睡吧。"

湛微阳说："嗯。"他闭上眼睛，很快就睡着了。

下午回城有些堵车，湛鹏程开了一个多小时才把车子停在别墅门前。

裴馨从副驾驶下来，先去打开了后座的车门，看见湛微阳还躺在奶奶腿上熟睡。

奶奶竖起食指抵在唇边，示意裴馨不要吵醒了湛微阳。

结果湛岫松站起来，从后排探过头对着湛微阳大喊："起床了湛微阳！"

湛微阳一下子就被他吓醒了。

奶奶抬起手打了湛岫松手臂一下，气愤道："不要欺负你哥哥。"

湛岫松做个鬼脸，动作迅速地从车上蹦下来。

湛微光跟着从后排站起来，对奶奶说："奶奶，我扶您下去。"

湛微阳撑着坐起来，揉了揉眼睛。

奶奶问他："是不是没睡够？等会儿上去继续睡啊。"

湛微阳点点头，起身想要下车，又想起什么坐了回去，先帮忙把奶奶扶下去。

罗阿姨推着奶奶回去房里。

湛鹏程要把车子停到车库，他从驾驶座的窗户探出头来，对站在门口的湛微阳说："你先上去洗澡，等会儿来爸爸房间睡吧。"

湛微阳还没有睡醒，整个人都是蒙的，下意识便回答道："我去馨哥房间睡。"

几个少年都还在门口，湛微光和湛岫松闻言都朝裴馨看过去，连湛鹏程也看了看裴馨，似乎觉得不好，对湛微阳道："为什么啊？阳阳不喜欢爸爸了？"

这个问题让湛微阳感到很为难，他回答不了，于是也转头去看裴馨。

裴馨知道湛鹏程是怕麻烦他，他倒不嫌湛微阳麻烦，笑一笑回答道："阳阳想过来睡就来吧，舅舅你别担心，我那边床很宽敞，不会挤到阳阳的。"

湛鹏程显得很为难，他不想让湛微阳去裴馨那里睡，不只是因为不愿意打扰裴馨，还有一些自己都说不上来的不情愿，或许是潜意识里对湛微阳的保护过度。

湛微光这时候语气有些冷淡地说道："湛微阳，去我那儿睡。"

湛微阳惊慌地退后一步，说："我不！"

湛鹏程这才无奈地说道："行吧，只要你哥哥不介意，你想去哪儿睡就去哪儿睡。"

37

晚上，湛鹏程就坐在房间里等，等他听到门外走廊上响起熟悉的脚步声时，便立即起身走过去打开房门。

湛微阳正抱着换洗的衣服准备进卫生间，听到开门声便怔怔停住了脚步，看向湛鹏程的方向，道："爸爸？"

湛鹏程微笑着，用温和的语气问他："还没洗澡啊？"

湛微阳点点头："啊。"

湛鹏程道："那快去吧。"

湛微阳说道："哦。"然后走进了卫生间，从里面关上门。

湛鹏程叹一口气，退回来把房门关上，心情略有些忐忑不安地回到床边坐下，继续等待。

等了十多分钟，他听到外面卫生间门打开的声音，又连忙小跑过去打开房门，见到湛微阳洗完澡正从卫生间里出来，他叫住了湛微阳："阳阳。"

湛微阳转头看他："爸爸。"

湛鹏程说："阳阳要不然还是来跟爸爸睡吧，不要去给表哥添麻烦了。"

湛微阳闻言，看了一眼装馨房间闭着的房门，又看向湛鹏程，纠结了许久，说："我不想跟爸爸睡。"

那一瞬间，湛鹏程耳朵里乍然响起一声惊雷，他的语气抑制不住惊慌："为什么啊？阳阳不爱爸爸了？"

湛微阳说："我十七岁了，不能跟爸爸睡，别人会笑我的。"

湛鹏程假装怒道："谁敢笑你？爸爸去收拾他！"

湛微阳指了指自己的房间："湛岫松。"

湛鹏程很轻地皱一皱眉头，随后露出笑容对湛微阳说："你弟弟不懂事，他说的话你别放在心上。"

湛微阳退后了半步，说："不跟爸爸睡。"

湛鹏程心里多少有些受伤，却又不能跟小孩子计较，最终只能说道："那好吧，你晚上去馨哥那里睡一定要乖啊，不要给哥哥惹麻烦。"

湛微阳点点头，转身要走，走了两步想到什么又回过头来，对湛鹏程说："爸爸快去睡觉吧。"

湛鹏程无奈地应道："好好好，爸爸睡觉了。"说完，抬手轻轻将房门关上。

湛微阳进裴馨房间的时候，看见裴馨正在飘窗上坐着，他习惯性地先探头看，然后才从开得窄窄的门缝里整个人钻进去，轻轻关上了房门。

他看见裴馨一直盯着窗外，并没有看他，于是走过去，抬起手在裴馨眼前晃了晃。

裴馨这才朝他看去。

湛微阳小心地唤道："馨哥？"

裴馨突然张开手臂抱住了湛微阳，因为他坐着，比站着的湛微阳矮了一截，所以手臂正好搂住湛微阳的腰，脸贴在了湛微阳的胸口。

湛微阳整个人都呆住了，一动也不敢动，不太确定地又小声喊道："馨哥？"

裴馨声音低沉，说："让哥哥抱一会儿。"

湛微阳连忙道："好啊。"只要哥哥愿意，想抱多久都可以！

只是他不知道裴馨是怎么了，他有些慌张无措，不能理解裴馨突如其来的情绪。

他们都穿着略显单薄的睡衣，身体靠在一起很快就能感觉到对方身体的热度，相同的沐浴露的香味，与稍微有些不同的，属于英俊的青年和干净的少年各自的味道，就这么融合在一起。

湛微阳低下头，看到的是裴馨的头顶，他抬起手摸到裴馨的头发，然后往下滑到裴馨的脸上，他其实是察觉到了裴馨情绪里的一份焦躁，所以想要安慰对方，他把手指贴在裴馨的脸上，问："怎么啦？"可是开口的时候，又觉得自己的嗓音有些干涩。

裴馨没有回答，而是静静抱了湛微阳好久，才松开手坐直身体，仰起头看向湛微阳，对他说："没有，就是想抱抱你。"

湛微阳看着裴馨。

裴馨笑了笑，抬手轻轻整理一下湛微阳皱起来的衣襟，说："阳阳十七岁啦。"

湛微阳点点头。

裴馨从窗边站起来，说："好了，去睡觉吧。"

直到关了灯躺在床上，湛微阳还在不断回忆刚才裴馨抱他的情景，那时候自己一边觉得不安，一边又忍不住感到开心。

湛微阳撑起上半身，靠近了裴馨，在黑暗中努力地想要看到他的眼睛。

裴馨并没有睡着，他甚至一点儿也没有觉得困，只是将双手枕在头下，睁着眼睛想事情。所以湛微阳一靠近他就察觉了，他对湛微阳说："我在呼吸。"

那天晚上，湛微阳说他爸爸会偷偷听他的呼吸声，恐怕就是湛微阳溺水之后，湛鹏程很长时间都活在惊恐不安中，才会在晚上偷听儿子的呼吸声。想到这里，裴馨更是心绪复杂。

湛微阳伸出一只手，小心地贴近了裴馨鼻端。

裴馨一把抓住他的手，扣住他的手指不让他乱动。

湛微阳说："馨哥。"

裴馨"嗯"一声。

湛微阳难以掩饰心情的雀跃，忍不住笑着又叫了一声："馨哥。"

裴馨依然温和地"嗯"一声。

湛微阳突然感到有些奇怪，问："如果我一直叫你，你会一直回答我吗？"

裴馨说道："可以。"

湛微阳顿时有些感动，说："你怎么那么好，我太喜欢你了。"

裴馨没说话，只是在黑暗中无声地笑了笑。

湛微阳又问道："那你可以抱抱我吗？"

裴馨依然维持着笑容，只是语气里听不出来，仿佛有些慵懒而淡然，问："怎么抱？"

湛微阳说："就像刚才那样抱。"

裴馨没有回答。

湛微阳用手推了推他的手臂："可以吗？"

裴馨仿佛在思考，片刻后说道："这样吧，你求求我，我也许就抱你了。"

湛微阳想也不想，就嗓音软软地说："求求你了。"

裴馨终于朝他伸出一只手臂："来。"

湛微阳立即扑进了他的怀里，把脸贴在他胸口，稍微过了一会儿，又说："不对，你要贴着我的胸口。"

裴馨问他："你的胸口在哪儿？"

湛微阳摸索着找到裴馨的一只手，抓着他的手贴在自己胸口，说："这里。"

裴馨"嗯"一声，让湛微阳躺好，然后头缓缓地贴上他的胸口，一边耳朵正压在他心脏的上方。

他们维持着这个姿势不动，湛微阳小声说："听到我的心跳声了吗？一直在跳是不是？"

裴馨沉默一会儿，说："跳得很健康、很有力。"

湛微阳说："那我们睡觉吧。"

裴馨自然没有这么压着湛微阳的胸口睡着，过了一会儿他觉得湛微阳已经睡得迷迷糊糊的，就从湛微阳胸前挪开，回自己的枕头上。

湛微阳还下意识伸手找他。

裴馨轻轻握住湛微阳的手，说："我在这儿，快睡吧。"

湛微阳"唔"一声，陷入了睡眠。

观叶植物养护

浇水

施肥

除草

修剪

更多
植物

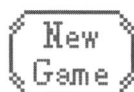

```
┌─────────┐
│ New     │
│ Game    │
└─────────┘
```

38

国庆假期的第三天，湛岫松睡懒觉一直睡到罗阿姨准备好了午饭，吃完午饭他就不想出门了。

下午，湛岫松和湛微阳在一楼打游戏，连打了几把他都输给了湛微阳，顿时觉得面子上过不去，把手柄丢到一边说不打了，他要去楼上睡午觉。

湛岫松爬到二楼，朝阳台上看一眼，看见湛微光竟然在阳台上摆了把躺椅，躺在上面一边晒太阳一边看手机，于是走了出去，说："还有椅子吗？我也想过来躺着。"

湛微光说："没有了。"

湛岫松在阳台上转了一个圈，说道："该叫舅舅买把那种秋千椅摆在这里。"

湛微光语气慵懒："你自己去跟我爸说。"

湛岫松靠着阳台的围栏，说："叫湛微阳去说，他要什么大伯都会给他买。"说完，又笑着补充一句，"就不会给你买。"

湛微光斜眼看他一眼，冷笑了一下："你以为我是你？"

"什么啊？"湛岫松不明白湛微光的意思。

湛微光说："我又不是中学生了，我不跟弟弟争宠，幼不幼稚？"

湛岫松撇了撇嘴。

他显得百无聊赖，也不想去睡午觉了，就想着把湛微光喊起来："光哥，我们去买奶茶吧。"

湛微光说："不去。"

"那去打球？"

湛微光依然摇头。

湛岫松哀号一声："日子太无聊了！"

湛微光对他说："那你就回去。"

湛岫松立即道："我不回去。"

湛微光不再搭理他。

湛岫松突然发现阳台边缘这一排绿色植物中间摆放了一个空花盆，他有些奇怪，问湛微光："为什么要放个空花盆？"

湛微光过了好一会儿才说："不知道。"

湛岫松双手撑在围栏上，将自己略显笨重的身体腾空，两只脚一左一右踩在了花盆的边缘。

湛微阳在湛岫松走后，把一楼客厅的游戏机和手柄收拾了，放进包装盒里，再蹲下来塞进电视柜下面的抽屉，之后才上去二楼。

裴馨中午回房间睡午觉去了，不知道现在起来了没，湛微阳心想如果裴馨还在睡，他可以跟裴馨一起睡。

结果他刚刚爬上二楼，便听见阳台上有人说话的声音，他转头去看，正好看见湛岫松两只脚踩在他的花盆上面。

"啊——"湛微阳大喊一声，匆忙跑了过去，对湛岫松喊，"你下来！"

湛岫松被他吓了一跳，神情有点发蒙："怎么了？"

湛微阳又急又气："你不许踩我的花盆！"

湛岫松低头看脚下的花盆，架在鼻梁上的眼镜往下滑了一小截，他用手指推回去，莫名其妙说道："什么啊？你放个空花盆在这里干吗？"

湛微阳说："那是我的花盆！"

这时候，湛微光也坐直了身体，他虽然不懂湛微阳奇怪的思维，但是他熟悉湛微阳的性格，于是皱了皱眉对湛岫松道："你先下来。"

湛岫松不太情愿地"哦"一声，两脚借力踩在花盆边缘往下跳，却没料到就是这个借力的瞬间，脚下的花盆在他体重的压迫下，竟然从中间裂开了。

所以湛岫松落在地上发出一声沉闷响声的同时，湛微阳的花盆也裂成了两半。

湛微阳大步跑过去，先是用力一把推开了挡在面前的湛岫松，然后一脸难以置信地蹲下来看他的花盆。

湛岫松那么大的个子也被他推得一个趔趄，连退了两步，险些撞到后面一个花盆，怒道："你发什么疯？"

湛微光从椅子上站起来，看着蹲在地上的湛微阳。

湛微阳难过极了，伸出手扶着裂开的花盆，努力将它合起来，但是只要一松手，花盆就会马上往两边裂开。

湛岫松说："一个花盆而已！"说完，他觉得有些底气不足，不自觉走到了湛微光的身边，想要寻求认同："阳哥是不是发病了？"

湛微光狠狠瞪他一眼，他心里一惊，不敢再说话了。

"湛微阳，"湛微光语气低沉，"一个花盆而已，叫湛岫松赔给你就好了。"

湛微阳不理他。

这时候，裴馨听到外面的动静从自己房间里出来了，他走到阳台上，一眼便看见湛微阳那个裂开的花盆，脚步稍微一顿，才继续走过去。

他走到湛微阳身边蹲下来，喊湛微阳："阳阳？"

湛微阳转过头来看他，说："我的花盆被他踩坏了。"语气那么悲哀，像是下一刻就要哭出来似的。

裴馨闻言，看了一眼湛岫松。

湛岫松刚被湛微光瞪了，又看见裴馨看他的眼神也十分严厉，顿时说不出话来，只能安静地站着。

裴馨语气温和，对湛微阳说："坏了我们去买个新的好不好？"

湛微阳盯着花盆，没有说话。

裴馨又说："上次那个花卉市场，能买到一模一样的。"

湛微阳用手指去摸花盆的裂口，说："可这是我的花盆。"他甚至没能给它想出来一个好听的名字，它就被人给踩成了两半。

湛微光走过来，站在旁边低头看着他，说："湛微阳，闹一闹就行了，馨哥说了给你买个一模一样的，你还要怎么样？"

湛微阳看湛微光一眼，说："我不想跟你说话。"

湛微光感觉自己一口气被堵了回去。

湛微阳又看向裴馨，说："新买的就不是它了。"

裴馨看他一直用手指去摸缺口，于是伸手把他的手从花盆旁边拉开，说："那补一补可以吗？"

湛微阳带了一点希望，问道："可以吗？"

裴馨说："应该有专门补陶瓷的胶，哥哥去给你买好不好？"

湛微阳连忙点头。

裴馨站了起来，双手伸进裤兜里，看着湛岫松，说："岫松，不该给你哥哥道个歉吗？"

湛岫松嘴唇动了动，还是嘴硬："我赔他一个花盆可以吗？"

裴馨语气难得的阴沉："他不需要，我觉得你应该给他道歉。"

湛岫松看向湛微光。

湛微光不耐烦地对他说道："去道歉。"

湛岫松走到湛微阳面前，纠结了一下，拖着声音，没什么诚意地说："阳哥，是我错了，你别生气了，你需要的话，我可以赔你一个花盆。"

湛微阳站起来，说："你要给我的花盆道歉。"

"什么啊？"湛岫松觉得他有病。

湛微阳说："你给我的花盆鞠躬，要三下，说对不起。"他神情严肃，语气也很认真。

湛岫松问："所以你的花盆是死了吗？"

湛微阳说："都裂成两半了！"

湛岫松张了张嘴，一时间无语，按道理说，裂成两半了那也确实是死了，只是他觉得给一个花盆鞠躬实在太傻了，忍不住道："那要不要点一炷香啊？"

湛微阳说："那你点啊！"

湛岫松气急："我没有！你神经病！懒得跟你说！"说完，他转身离开了阳台。

39

一直到吃晚饭的时候，湛岫松都不能出现在湛微阳面前，只要他出现了，湛微阳就会用哀怨控诉的眼神盯着他不放。

刚开始湛岫松还能硬气地回视，时间长了他自己也受不了，只能假装看不见。

一家人坐下来吃晚饭，湛岫松一定要跟罗阿姨换位子，坐在侧面的位置，湛微阳无法直视的地方，才稍微舒服一点。

湛鹏程察觉到不对了，问道："怎么了？阳阳跟松松闹别扭啦？"

餐桌上没人回答他。

湛鹏程只好又说道："都高中生了，怎么还跟小孩子似的？自家兄弟，多大点事？"说完，还刻意用温和讨好的语气对湛微阳说，"是吧？"

湛微阳依然不说话。

这时奶奶说："肯定是松松欺负阳阳啦，松松不许欺负阳阳！"

湛岫松顿时不服气了："奶奶您这也太偏心了！"

奶奶说："阳阳最乖了，从来不惹事，家里就你调皮捣蛋，那么大个头了，还欺负阳阳哥哥。"

湛岫松把筷子一放，闷声道："我不吃了。"说完，站起来就朝着饭厅外面走去。

湛鹏程连忙叫他："岫松！岫松！"

湛岫松并不回应，直接沿着楼梯上了楼。

湛鹏程只好对湛微光道："你去劝劝他，叫他下来吃饭。"

湛微光放下筷子，冷着脸起身朝楼梯方向走。

之后湛鹏程又对奶奶道："妈，你干吗这么说岫松？他还是个小孩子，又难得来玩一趟。"

奶奶反而一副气呼呼的样子，说："我等会儿就给他爸打电话骂他。"

湛鹏程无奈地摇摇头，转向裴馨："到底什么事？"

裴馨说："就是岫松踩坏了微阳的花盆，两个人闹别扭。"

湛鹏程看向湛微阳："也不是什么大事啊，我们阳阳最懂事了，不跟弟弟计较，爸爸给你买花盆就是了，想要多少，爸爸给你多少好不好？"

湛微阳低着头，声音闷闷地小声说："我就要我的花盆。"

湛鹏程没听清他说什么，伸手过去揉他脑袋："阳阳最乖了。"

裴馨的手机在这时突然响了起来，他从包里掏出来接通了，静静听了一会儿，说："是，我马上就来。"随即挂断电话，抬起头对湛鹏程道："我去取个快递。"

湛微阳一下子抬起头来，说："我也去。"

湛鹏程连忙叫住湛微阳："你先把饭吃了。"

湛微阳已经站起来了，说："不，我要陪馨哥拿快递。"说完，就小跑着跟在裴馨身后离开了饭厅。

湛鹏程抬手揉一揉自己的额头，实在忍不住叹了口气。

裴馨下午就在网上找了一家同城发货的卖专业陶瓷修补胶的店，加了钱让老板立刻发货，才会在吃晚饭的时候就收到货。

他们到小区取快递的点，裴馨从快递员那里接过包裹的时候，湛微阳就凑近了看，抬起头问他："是给我补花盆的吗？"

裴馨笑一笑，说："是给你补花盆的。"

湛微阳很开心："太好了。"

他们回到家里时，湛微阳的情绪明显变好了，从客厅走到饭厅短短的距离，一直笑着跟裴馨说话。

到坐下来时，湛鹏程问他："阳阳不气了吗？"

湛微阳没见到湛岫松，只笑着看裴馨，说："嗯。"

湛微光也回来了，他没能把湛岫松叫回来吃饭，便说："随他吧，反正一顿不吃也饿不瘦。"

湛鹏程觉得有些头疼，只好说道："你们先吃吧，吃完了再说。"

吃完晚饭，裴馨和湛微阳蹲在二楼阳台上，准备用买来的工具修补花盆。

这时候天还没黑，裴馨把箱子里的说明书翻开来细看。

湛微阳就蹲在他身边，凑近和他一起看。

湛鹏程上来二楼，先去湛微阳的房间找到湛岫松，问他是不是没吃饱，要不要下去让罗阿姨给他煮一碗面，被拒绝之后从房间里出来，一转头就看到阳台上蹲着的两个人。

他走过去，站在裴馨身后看了一会儿，又弯下腰伸手去提了提裂成两半的花盆。

湛微阳看到了，连忙说："爸爸不许碰。"

湛鹏程把花盆放下来，说："这个也没必要补吧，要不要去再买一个？"

湛微阳已经低下头凑到裴馨身边，专注地看着，同时说了一句："不要。"

湛鹏程背着手，在阳台上走来走去，发现没有人搭理自己，最后只好转身离开阳台，回去自己的房间。

修补胶倒是不难用，但是裴馨担心花盆太重了，只用修补胶黏合会黏合不牢。

他抬起头来，看着湛微阳。

湛微阳也奇怪地看他，问："怎么啦？"

裴馨说："我要是把花盆补好了，以后你可能就没办法蹲进去了。"

湛微阳吃了一惊："为什么？"

裴馨把手里的说明书叠了叠，轻轻在他头顶上敲一下："我怕被你压坏。"

湛微阳仍在惊讶，说："之前都没有。"

裴馨又敲了一下："之前又没裂开过，现在是用胶补的嘛。"他稍微停顿之后问湛微阳，"要补还是要买新的？"

湛微阳神情纠结。

裴馨说道："快点决定，三、二、一——"

湛微阳急忙说道："要补！"

裴馨笑一笑，说："那来吧。"

天不知不觉就暗了，他们打开阳台门上方那盏灯，借着微弱的灯光，在花盆的断面涂修补胶。本来挺简单的工作，因为花盆大而增添了不少工作量，裴馨又担心胶会干得太快，所以多少有些心急，终于把两块花盆碎片粘到一起之后，蹲在旁边看了好一会儿。

湛微阳伸手想要去摸。

裴馨一把抓住他的手拉了回来，说："别摸，现在胶还没干。"

湛微阳紧张道："好。"把手缩回了大腿和上半身之间压住。

"会好吗？"他问裴馨。

裴馨收拾丢在地上的东西，把剩下的修补胶放进快递纸箱里，说："会好的，以后就放在这里不动它。"

湛微阳说："可是我以后要长在里面的。"

裴馨朝他看去。

湛微阳突然有些不好意思，刚才裴馨明明说过了，补好了之后他不能再蹲进去，他也选择了要补不要买新的，可是现在又没有别的办法，他最终要在里面生根发芽。他很小声地说："我也不知道怎么办，而且我的根不知道会不会把它顶坏。"

他想他的根会在泥土里生长蔓延，也许会顶进花盆原来的裂缝，再把它给顶开。

裴馨实在忍不住轻叹一声，蹲的时间太长，换了个姿势坐在地上，稍微舒展一双长腿，用手按在膝盖下方，他说："你的根啊。"

湛微阳点点头，也跟着坐在地上，偷偷贴近裴馨。

裴馨说："那我把你挖出来，一直带在身边好不好？"

湛微阳愣了一下，仰头看着裴馨的侧脸，轻声道："啊？"

裴馨说："不然你说怎么办？"

湛微阳说道："我会把你衣服弄脏的。"

"为什么会弄脏？"

"有泥土啊。"

"洗一洗就没有了。"

"没有泥土我会死的吧？"

"不会的。"

湛微阳不理解了："可树不是都要长在土里吗？"

裴馨说："可是也没有人会变成一棵发财树啊，你又不是普通的发财树，你也不一定需要土，是不是？"

湛微阳想了一会儿，否认了："不，我就是一棵普通的发财树。"

裴馨忍不住笑了一声，问他："为什么？"

湛微阳表情很认真："不为什么啊，我真的是一棵普通的发财树。"

裴馨问："那你是一棵好看的发财树吗？"

湛微阳笑了笑不回答，把手轻轻放在花盆的边缘，说："我已经尽力救你啦，要是以后你被我顶得裂开了，我就只能换一个花盆了，但我会永远记得你的。"说完，他低下头，亲了花盆一下。

40

湛鹏程早上起床，外面走廊还静悄悄的，几个孩子一个都没起。

他在房间里洗漱换了衣服才出来，刚打开门就看见正对他房门方向那扇通往阳台的门是开着的。

一般晚上睡前，湛鹏程都会去把阳台门给锁了，昨晚他还看了一眼，看见已经锁住了，应该是裴馨他们离开时关上的，怎么今天一大早就有人把门打开了？

湛鹏程觉得奇怪，走过去朝阳台上看，也没看见有人，就见到湛微阳那个空花盆前面的地上，突兀地出现了一个椭圆形的土豆，土豆上面还插着三根小木棍，走近了看会发现那是三炷烧完的香，土豆上还掉落着香灰。

那一瞬间，湛鹏程莫名觉得背后发凉，打了个寒战。

他把土豆整个拿起来，下到一楼，放在了餐桌上面。

厨房里传来罗阿姨做早饭的动静，奶奶还在自己房里没出来。

湛鹏程坐下来不久，就听到有脚步从楼上下来，裴馨的身影出现在饭厅门口。

"你看这个，"湛鹏程屈起手指敲一敲桌面，"是不是阳阳搞的？"

一般这种难以理解的事情，湛鹏程第一反应都是湛微阳干的，他眉头紧皱，为了自己越来越不理解小儿子而感到苦恼。

裴馨停下脚步，看了烧剩的香柱和土豆一会儿，说："不是阳阳。"

湛鹏程有些诧异："那你知道是谁？"

裴馨走到餐桌边坐下，说："舅舅是在二楼阳台上发现的吗？"

湛鹏程连忙道："是啊。"

裴馨说："那应该是岫松。"

湛鹏程一脸茫然："啊？"

这时，罗阿姨端着一盘包子从厨房出来，也看见了桌上的东西，说："这香是松松烧的吧？"

湛鹏程奇怪道："你怎么也知道？"

罗阿姨说："这小子昨天很晚了下来，一个人要出门，我正好看见了就问他干啥去，他说去买香，我说那么晚哪里有卖香的，就从柜子里

·173·

找了把上次家里拜祖先剩的香给他，土豆也是他从厨房里拿的。"

说完，罗阿姨听见厨房里粥烧开了，匆忙跑了回去。

湛鹏程看向裴馨，疑惑道："什么意思？"

裴馨拿了一盒牛奶，插上吸管，说："就是他昨天跟阳阳吵架那事，阳阳要他给花盆道歉，他赌气说要不要烧一炷香，可能气不过就真的烧了一炷香吧。"

湛鹏程干巴巴笑一声："多大点事，至于吗？"

裴馨也笑了笑，说："对他们来说是挺大的事。"

"唉——"湛鹏程感慨一声，"所以说舅舅老了，不懂这些年轻人都在想什么，阳阳也不亲爸爸了。"他越说到后面，越是伤感。

裴馨含住吸管，抬头看了湛鹏程一眼，没说什么。

没过多久，其他人也陆续下楼来吃早饭了。

湛鹏程急于化解湛微阳和湛岫松之间的矛盾，一看见湛微阳下楼，便对他说道："你弟弟已经给你的花盆道歉了，连香都烧了，你就原谅他好不好？"

湛微阳看了桌上的土豆一眼，转头去看在他后面下楼的湛岫松。

湛岫松直接走到餐桌旁边，抓起土豆朝厨房走，过一会儿听到他在厨房里问罗阿姨："这土豆还能吃吗？"

罗阿姨说："能吃，不要浪费。"

湛鹏程笑着招呼他们坐下来吃早饭。

湛微阳对湛岫松说："既然你给我的花盆道歉了，我的花盆也已经好了，那就算了吧。"

湛岫松低头念叨了一句什么，谁也没听清楚。

湛鹏程很开心："那说好了，都不许再生气啊，剩下几天假期大家好好玩儿。"

那天下午，湛岫松主动和湛微阳示好，问他要不要一起去打篮球。

湛微阳看向裴馨："你也要去打篮球吗？"

裴馨说："你想去的话就去。"

湛微阳连忙说："我想去啊！"

裴馨笑着说道："那去吧。"

四个人拿着篮球出门，小区附近的球场没有空场地了，湛微光说他们学校附近还有个场地，走过去稍微有点远，于是裴馨回去开了车，载大家一起过去。

湛微光和湛微阳读的是同一所高中，对于学校外面比湛微阳还要熟悉一些，他给裴馨指路，叫裴馨把车子开到了附近一个文化宫，找到了空的篮球场地。

湛微阳跟在裴馨身后朝篮球场走，他情绪有些亢奋，因为很早以前他就想跟着裴馨和湛微光出来打球了，只是他们一直不带他一起玩。

裴馨手里拿着篮球，突然停下来用了些力道传给湛微阳。

湛微阳反应很快地接住了，笑嘻嘻地抱住篮球继续走。可是刚一走进球场，湛微阳看见篮球场另一边正在打篮球的几个人时，笑容一下子就凝固在了脸上。

那时候还没人注意到。

这里有两个场地，他们四个人只需要半场就行了，另外一边场地挺热闹的，好像是有人在打比赛，而他们这边的场地，已经被几个少年占了半场。

那几个少年都是湛微阳他们学校的学生，其中一个他还挺熟悉，正是谢翎。

湛微阳的系统已经好些天没来骚扰他了，他几乎都快忘记谢翎这回事，却没料到今天突然见到了谢翎，那一瞬间，他脑袋里就响起了嗡嗡嗡的杂音。

他停下脚步，白着一张脸看向谢翎的方向，觉得那声音就像是系统在启动，虽然没有跟他对话，但是在不断地骚扰和侵蚀他的情绪，他有一种没有理由的恐慌。

裴馨是最先察觉湛微阳状态不对的，顺着湛微阳呆滞的视线朝那半边场地看了一眼，看见了谢翎。之后裴馨走到湛微阳面前，稍微弯下腰与他平视，问他："怎么了，阳阳？"

湛微阳的视线被裴馨占据了，脑袋里面的杂音一下子消失了，他猛然间回过神来，目光落在裴馨脸上，说："啊？"

裴馨说："你在发呆。"

湛微阳有些慌张，低下头去看手里抱着的篮球，说："我没有。"

裴馨转身又看了谢翎一眼，本来想问湛微阳想到了什么，可是视线落在湛微阳额头的时候，发觉他不仅脸色发白，甚至还出了些细细的汗，于是原本想说的话出口时换成了："是不是不舒服？不舒服我们就回去吧。"

湛微阳连忙抬头，说："不要。"他想和裴馨打篮球想很久了。

裴馨抬起手拍拍他的肩膀："那我们打球？"

湛微阳连忙点头。

湛岫松和湛微光已经站到了场地上，湛岫松催促着湛微阳："干吗啊？快过来。"

湛微阳闻言，先把手里的篮球朝湛岫松抛去，之后才慢慢走向球场，他是跟在裴馨身后的，偷偷伸出了一只手抓住裴馨的衣摆，只低头看着裴馨的背影，努力不去看谢翎。

他们走到篮球架下，湛微光压低声音问裴馨："怎么了？"

裴馨摇摇头，转头去看对面场地的谢翎。

谢翎没有注意到他们，正在专注地带球过人，然后一个漂亮的起跳投篮，可惜歪了一点，打在篮筐上没有进去。他落在地上，活动着手腕原地走了两步。

这时，与他一起打球的一个少年捡起了落在地上的篮球，然后抱在手里朝湛微光他们走来，还挥了挥手臂，大声喊道："湛微光！"

于是谢翎抬起头看过来，看见了躲在裴馨身后的湛微阳。

41

那个和湛微光打招呼的男生名字叫作徐峰汶，是他们学校高三的学生，在湛微光毕业之前，两个人都是学校篮球队的。

湛微光冲他点了点头，说："好久不见了。"

徐峰汶笑着问道："打球吗？"

湛微光说："是啊。"

徐峰汶指了指身后的几个同伴，说："要不要一起？我们刚好六个人。"

湛微光看了一眼那几个人，说道："算了吧，我带着我弟弟玩。"

徐峰汶有些诧异地看过来，因为湛微阳一直躲在裴馨身后，他这才注意到湛微阳在，于是笑了笑，说："那算了吧，你们玩。"

说完，徐峰汶退回了原来的场地，谢翎也就随即转开视线，继续打球。

湛岫松在拍球，他有些兴奋，一直催促大家快一点。

裴馨感觉到湛微阳还紧紧抓着他的衣摆，回过头去问道："要开始吗？"

湛微阳小声说："要。"

裴馨说："那你要不要先放开我？"

湛微阳恋恋不舍地松开了手指。

裴馨随即对湛岫松和湛微光道："我跟阳阳一队吧。"

湛岫松闻言立即说："好啊，我跟光哥一队！"他主要是害怕让他和湛微阳一个队。

湛微阳听到了，也连忙说："好啊好啊。"

湛岫松从来没有跟湛微阳一起打过篮球，他凑到湛微光旁边，低声说道："等会儿要不要保留实力？"

湛微光蹲下来把鞋带系紧，闻言看他一眼："你保留什么实力？"

湛岫松说："我怕把湛微阳欺负厉害了，他又回去告我状。"

湛微光站起来，说："他什么时候告过你的状？"

湛岫松撇了撇嘴："哼！"

湛微光随后说道："你不用担心，你不一定赢得了他。"

湛岫松根本不信："怎么可能！"他气势十足地把篮球往空中一抛，说："来！"

结果等到真的来了，湛岫松才知道湛微光真的不是随口胡说，湛微阳不只是会打篮球，而且技术还很好。

裴馨打球也很厉害，但是一点儿也不张扬，就像他的性格一样，动作干净利落不花哨，但是很实用。

最可怕的是他和湛微阳配合十分默契，他拿到球几乎都会找机会传给湛微阳，湛微阳投篮投得很准，动作轻盈，每进一个球都会笑着寻找裴馨，固执地一定要与他击掌庆祝。

面对这样的对手，即使有湛微光力挽狂澜，湛岫松还是被打得没了脾气。

而且因为他胖，打了十多分钟就已经气喘吁吁，跑都跑不动了，最后坐在篮球架下拧开了可乐瓶盖大口喝饮料。

湛微光站在旁边，说："要不就算了吧。"

湛岫松不服气，喘着气说："你等我歇会儿，歇完了继续。"

这时候，对面球场走了三个人，剩下的人也就不玩了。

徐峰汶抱着个篮球站到他们场地旁边观战。

湛微光转头看见了徐峰汶，徐峰汶便对他挥一挥手，他于是低头又看湛岫松一眼，说："要不然你去旁边歇一会儿，我叫我以前的队友来。"

湛岫松说："不，我要打！"他擦一擦脸上的汗，"要不你叫两个人来，我们3V3？"

这时候，裴馨走到篮球架下，弯腰拿了一瓶水，站直身子拧开瓶盖，湛微阳也走了过来。

他伸手把那瓶水先递给湛微阳。

却没料到湛微阳误解了他的意思，并没有伸手来接水瓶，而是直接张开嘴，一口咬住了瓶口，然后看着裴馨等他喂自己。

裴馨动作顿了顿，之后只好将瓶底微微倾斜，缓慢而小心地把水喂进湛微阳嘴里。

湛微阳仰着头，白皙的脖子上尖尖的喉结随着吞咽的动作上下滑动。

裴馨突然动了些心思，神情平静地将手臂稍稍抬高，眼看着瓶口就要离开湛微阳的嘴唇，湛微阳连忙踮起脚去够，却还是让一点水流了出来，沿着下颌往下滑落。

他连忙退开半步，裴馨也收了手。

湛微阳抬起手臂，擦一擦脸上的水，说："哎呀，漏出来了。"

裴馨收回水瓶，漫不经心地喝了一口，说："你怎么那么不小心？"

湛微阳感到很不好意思，说："对不起。"

裴馨把瓶盖盖上，将水瓶放回了篮球架下，朝着场地边缘走去，他看到湛微阳跟了过来，于是低声说："下次喝水要接好了。"

湛微阳连忙点头："嗯。"

裴馨抬起手搂住湛微阳的肩膀，忍不住很轻地笑一声，说："傻阳阳。"

湛微阳看他一眼，有点害臊，又低下头。

他们都没注意到的时候，谢翎骑着自行车停在徐峰汶身边跟他说话。

湛岫松看见了，对湛微光说："叫他们一起吧。"

湛微光有点犹豫，却还是朝徐峰汶他们走去，问道："要走了吗？"

徐峰汶的语气似乎有些遗憾："他们都不玩了。"

湛微光邀请他和谢翎："你们要不要跟我们一起？"

徐峰汶还没有回答，谢翎突然问道："你是湛微阳的哥哥？"

湛微光看他一眼，觉得他挺不礼貌，停顿一下才说道："是啊，你是……"

谢翎没有回答他，只是继续问道："我看他打篮球打得挺好的。"

湛微光语气冷下来："是啊，所以呢？要来试试吗？"

徐峰汶对两个人性格都了解，连忙在中间打圆场，打断了他们的对话，问谢翎："还想不想再玩一会儿？"

谢翎点了点头。

湛微光随即转向裴馨他们，大声喊道："馨哥，我朋友想一起来，可不可以？"

裴馨还没回答，湛微阳已经紧紧抓住了裴馨的手腕，说："不可以。"

湛岫松从篮球架下站起身，挺兴奋地说："可以可以！"

大家都等着裴馨的回答。

裴馨看一眼湛微阳紧张的表情，又看抓着自己的那只手，因为抓得太紧，手指关节都微微有些泛白，他对湛微光说："阳阳不舒服，要不你们四个人玩吧，我先陪他过去休息一下。"

湛微光皱一皱眉头，朝他们走过来，看见湛微阳脸色确实不好看，于是问道："你又怎么了？"

湛微阳并不回答他。

裴馨说："我带他去车上坐一会儿。"

湛微光看了湛微阳好一会儿，确定他身体没有什么大的问题，才说："去吧，有事给我打电话。"

裴馨拍一拍湛微阳的肩膀："走了。"

湛微阳连忙跟在裴馨身后，脚步显得慌张而匆忙。

这边湛微光走回徐峰汶他们面前，说："我弟不舒服，他跟我表哥先走了，你们还来吗？"

徐峰汶说："我来啊。"说完看向谢翎，似乎是不确定他的意见。

没料到谢翎却说道："可以，来吧。"

裴馨回到车上，把车窗全部打开，给湛微阳重新开了一瓶水。

湛微阳捧住瓶子，小口小口地喝。

裴馨突然说："阳阳，你还记得你刚开学的时候，给一个人写过信，结果信被她扔了吗？"

湛微阳苍白着脸，有些惊恐地看他。

裴馨问："你现在还很想跟那个人做朋友吗？"

42

湛微阳害怕。

他不知道如何回答裴馨的问题，脑袋里面传来些吱吱的杂音，折磨得他难受，于是他双手捧着水瓶，头越埋越低。

裴馨伸出手轻轻按在他后颈，问道："阳阳，怎么了？"

湛微阳沉默了很久，闷声道："我不能回答你。"

裴馨又问他："是不是你那个同学？刚才那个叫谢翎的？"

湛微阳抬起头，难以掩饰脸上的诧异。

裴馨收回了自己的手，说："阳阳，你还有什么没跟我说的吗？"

湛微阳显得慌乱而无助，用手指抠着塑料水瓶，几乎将瓶子抠得变形，最后说道："我没有。"

裴馨重复问了一遍："真的没有？"

湛微阳摇头："没有了。"

裴馨沉默下来，看了他很久都没说话。

湛微阳心慌了，偷偷看一眼裴馨，然后转过头去继续小口小口喝水。

裴馨对他说："你在这里休息，我下去透一口气。"说完，伸手打开车门。

湛微阳下意识伸手想要抓住他，可是指尖只碰触到他的衣摆，最后无力地收了回来。

等了不到半个小时，湛微光和湛岫松也回来了。

湛岫松不知是怎么了，整个人显得特别狼狈，衣服上脏了一大片，拍都拍不干净，眼镜也撞歪了，挂在鼻梁上始终有点往左边倾斜，右边脸颊靠近鼻梁那一块还有点擦伤。

他们两个上车之后，都没说话，尤其是湛岫松，整个人都沉闷着，很不高兴的样子。

"岫松？"裴馨从后视镜看他，"还好吧？"

湛岫松说："我没事。"语气有些委屈和倔强。

裴馨看了湛微光一眼，湛微光什么都没说，只是给了个眼色，裴馨于是不再问了。

后来回去了，湛微光才私下告诉裴馨，湛岫松不小心摔了一跤，这本来也没什么，有时候在所难免。结果没想到徐峰汶当时就嘲笑他胖，说他倒地的时候整个地面都在震。

然后这个梗就过不去了，湛岫松跳起来投篮或者抢球，落地那一下，徐峰汶都会夸张地说自己被震到了，大大影响了湛岫松打球的心情。

湛微光觉得烦，说了徐峰汶两句就不打了，叫上湛岫松走了。

吃完晚饭，湛岫松明显还没从郁闷的心情中挣脱出来，自己回去湛微阳的房间把门关上了。

湛微阳上了二楼，想要进去自己房间看一眼，结果发现房门被从里面反锁了，他抬起手想要敲一敲门，但是又觉得不想和湛岫松说话，犹豫一下还是没敲。

他过去裴馨的房间，抬手敲敲门，然后把耳朵贴在门上，没听到里面有声音，于是再敲一敲，还是没听到裴馨说请进，只好自己打开了门，发现房间里安安静静的，一个人都没有。

湛微阳不知道这时候裴馨正在湛微光的房间里，他只是失落地退出来，朝着二楼的大阳台走去。

阳台上，他的花盆还孤零零地在一排长着茂盛绿植的大花盆中间，因为缺少了依附生长的生命，而显得死气沉沉。

湛微阳走过去，害怕压坏了花盆不敢进去，只能盘腿坐在花盆旁边，伸出两条手臂揽住花盆的边缘，把额头也轻轻靠了上去。

他不是不想回答裴馨的问题，有一瞬间他想要什么都告诉裴馨，但是他有一种可怕的直觉，他要是说了就一定会被扣分，扣多少不知道，要是给他扣完了就糟糕了。

虽然他知道自己的终点会停留在这个花盆里面，但是他现在那么舍不得裴馨，就想，哪怕能晚一点呢？只要他乖乖遵守规则，系统不那么快扣他的分，他就能多待在裴馨身边一天。

从小到大除了爸爸和奶奶，湛微阳还没遇到过对他那么有耐心的人，而且裴馨跟爸爸奶奶还不一样，裴馨知道他在想什么，爸爸他们已经不知道了。

湛微阳感到伤心而惆怅。

裴馨在湛微光的房间里，来这里本来就是为了湛微阳，他走到窗边，发现从湛微光房间的这个角度，正好可以看到二楼的阳台，于是便看见了坐在阳台上落寞地抱着花盆的湛微阳。

"阳阳——"裴馨说到这里停顿了一下，"你有没有觉得他最近精神状态不太好？"

湛微光本来躺在床上，高高跷起一条腿玩手机，闻言抬起头来，有些诧异道："什么？"

裴馨身体微微前倾，手臂交叠着趴在了窗户上，看着湛微阳的身影："他有没有跟你提过什么扣分，他会变成发财树的话？"

"发财树？"湛微光听得一头雾水，"什么发财树？"

裴馨突然意识到这些话湛微阳应该只对他一个人说过，或许是只信任他，或许是不想要对别人说起，总之那一瞬间裴馨犹豫了，他不知道该不该继续跟湛微光说下去。

他觉得湛微阳今天的状态很不好，可他毕竟不是湛微阳的监护人，他希望能引起湛鹏程的注意，最好是能够找医生跟湛微阳聊聊，找到湛微阳心里的问题究竟是什么。只不过上次他就察觉到了湛鹏程的抗拒，于是这回才选择了湛微光。

湛微光已经从床上下来，走到裴馨身边，也正好从窗户看见了楼下的湛微阳。

"你知道他为什么那么宝贝他的花盆吗？"湛微光这时候突然抓住了重点。

裴馨看他一眼，迟疑了好一会儿才说："我刚才说过的，他说他要变成一棵发财树了。"

"为什么是发财树？"湛微光感到难以理解。

"重点不是什么树，"裴馨说，"重点是他为什么觉得自己会变成树。"

"他——就是常常会有些奇怪的想法。"湛微光靠在窗边，跟裴馨一起看着湛微阳的背影。

裴馨问道："会持续很久吗？"

湛微光回答道："不一定，有时候转移了注意力就忘了。他为什么觉得自己会变成一棵树？"

裴馨说："我不知道，我以为你会知道。"

"他什么都不跟我说，我怎么会知道！"

裴馨朝他看去："他觉得你对他不好。"

湛微光闻言嘲讽地笑一声："还要怎么对他好？"

裴馨不想继续跟湛微光讨论这个话题，他们是亲兄弟，从小一起长大的，有自己的相处方式，他也没有什么权利干涉。他只是担心湛微阳目前的状况，过一会儿问湛微光道："那你觉得他能不能自己摆脱这种状态？"

湛微光说道："我不知道，他在我面前一直很正常，他就是这个样子的。小学的时候喜欢上了一个杯子，喝水一定要用那个杯子，每天背在书包里，上学要带去，回家要带回来，结果我爸有一次不小心给他打碎了，找不到一模一样的，尽全力买了一个长得很像的，他还是不满意，一整天都没喝水，我爸都差点急哭了。"

"后来呢？"裴馨问。

湛微光继续说道："后来我不耐烦了，揪着他拿我的杯子朝他嘴里灌，差点把他呛到，我就说'你完了，你喝过我的杯子了'，也不知道他想了些什么，突然就不闹了。为了这件事，我爸还骂了我一顿。"

裴馨沉默地看着窗外，过了好一会儿才说："舅舅也是太紧张了吧。"

湛微光用无所谓的语气说道："没关系，你不用劝我。我比谁都了解我爸，我心里没什么想法，只要跟湛微阳的事情无关，他对我就挺好的，但是一旦涉及了湛微阳，他自己都没有底线，哪里顾得上对别人态度好不好呢？"

"对不起，"裴馨语气诚恳，"可不可以冒昧地问一句，你妈妈呢？"

湛微光说："离婚了，走了。"

裴馨有些诧异。

湛微光语气还是那种淡然的无所谓："我听说别人的妈妈都可以为了小孩付出一切，我妈可能跟别人的妈妈不一样吧，她为了湛微阳的事情跟我爸吵了很多架，后来自己精神压力太大，不愿意继续留在这个家里，走了。"

裴馨从来没想到会是这样，他说："因为阳阳溺水的事情？"

湛微光点点头："湛微阳溺水的时候，我和我爸都在，我跟别的小孩儿起了争执，我爸过来把我们拉开，就没注意到湛微阳，等到别人发现的时候，他已经呼吸和心跳都停止了。"

说到这里，湛微光的语气也低沉下来，看向裴馨："这是我爸一辈子的痛，他恨不恨我，我不知道，他恨他自己，我是清楚的。我妈也恨他，他们带着湛微阳到处去看医生，大城市的好医院都走遍了，最后也只是这个结果，我妈就受不了了，开始疯狂和我爸吵架，家里人不管做什么她都看不顺眼，直到自己把自己逼到离开。"

裴馨深吸了一口气，然后缓缓呼出，那声音听起来就像是一声叹息，带着一种对过去和未来的无力感。

他觉得自己能够理解湛鹏程的心态，这种愧疚恐怕一辈子都不会淡去。

裴馨抬起手，捂住脸轻轻搓揉，有些疲惫。

湛微光说道："对不起，跟你说我家里这些乱七八糟的事情。"

裴馨说："是我想要知道的。"

湛微光双臂抱在胸前："其实你人真的很好，我很少见到对湛微阳这么有耐心的人，就连我爸，虽然表面上百依百顺，可有的时候明显只是在敷衍湛微阳，就嘴里说好啊好啊，实际上也没有做到，难怪湛微阳喜欢你。"

裴馨没有说话。

湛微光说："给你添麻烦了，关于湛微阳那些奇思怪想，我觉得不需要太担心，或许过一段时间他就好了，要不然直接把花盆给他砸成碎片，让他去伤心哭一场，可能第二天就想通了。"

"还是不要了，"裴馨说，"给他留着吧。"

裴馨从楼上下来的时候，看见阳台上已经没了湛微阳的身影，他走过去把阳台门锁了，随后回去房间。

刚一打开门，他就看见湛微阳跪坐在地上，身体趴在他的床上，眼睛红红的，发着呆，见到他回来，立刻就像只兔子一样竖起了脑袋，红着眼看他。

43

裴馨走进房间，伸手轻轻关上房门，然后继续朝床边走去。

湛微阳依然维持着跪在床边的姿势，只是挺直了后背，眼睛红红的，目光和脑袋一起跟着裴馨转动。

裴馨走到床边坐下来，朝湛微阳伸出一只手，说："来，阳阳起来。"

湛微阳抬起手，把自己的手放在了裴馨的掌心，然后被他从地上拉起来，站到了裴馨的面前。

"阳阳——"

在裴馨的话没说完时，湛微阳身体前倾，伸手紧紧抱住他，小声喊道："馨哥。"

裴馨反倒是愣了一下，才抬起手抱住他，轻声道："怎么了？"

湛微阳的声音很委屈，贴在裴馨的耳边，小声控诉着："你是不是不理我了？"

裴馨的手掌落在他的背上，温和地拍了拍："我什么时候不理你了？"

湛微阳说话时带了点鼻音，说："你就是不高兴了。"

裴馨说："我没有。"

湛微阳不说话了，就一直紧紧搂住他。

过了一会儿，裴馨以为湛微阳哭了，于是身体稍微往后仰，想要看清他的脸，结果只是看到他眼睛依然红红的，眼泪却并没有真的掉下来。

湛微阳看了他一会儿，微微前倾将额头抵在他的额头上，说："我不知道怎么办。"

裴馨本来想要问他到底有什么不能说的，为什么不愿意说清楚，最后却还是不想逼得他太紧，于是只说道："不知道怎么办就来找哥哥，哥哥会帮你的。"

湛微阳轻轻说："真的吗？"

裴馨告诉他："真的，这个世界上，没有哥哥为阳阳解决不了的问题，你信不信？"

湛微阳没说信不信，却忍不住嘴角上扬，要哭不哭地笑了起来。

裴馨拍着他的后背，说："好了，不难过了吧？"

湛微阳点点头。

到裴馨在床上半躺下来时，湛微阳依然紧紧贴在他身边，伸手抱住他的腰，靠在他怀里。

裴馨一手搂住他后背，一手拍了拍他的头，问道："阳阳以后要是变成了一棵树，是要一直生活在阳台上吗？"

湛微阳似乎是很认真地想了想，说："阳台能晒到太阳。"

裴馨"嗯"一声，接着问道："那天黑了怎么办？一个人在阳台上不害怕吗？"

湛微阳说："还有别的树啊。"

裴馨问："你跟那些树已经成好朋友了吗？"

湛微阳被问到了，想了一下才回答他说："还没有。"

裴馨继续问道："那你们现在能沟通吗？"

湛微阳用手指揪住裴馨睡衣的衣摆，小声说："还不能。"

裴馨"哦"一声，仿佛有些遗憾："我本来还想叫你帮我问它们一个问题呢。"

湛微阳抬头看他："什么啊？"

裴馨说："问问它们，为什么要把阳阳变成一棵树啊？"

湛微阳说："又不是因为它们。"

裴馨问道："那是因为什么？"

湛微阳说："是我的东西。"

裴馨低头看着他："你的什么东西？"

湛微阳指了指自己的头："脑袋里面的东西。"

裴馨摸着他的头："阳阳脑袋里有那么厉害的东西，厉害到能把你变成一棵发财树？"

湛微阳突然也疑惑起来："我不知道。"

裴馨说："你说有什么在扣你的分，你现在多少分了？"

湛微阳警觉地看他。

裴馨道："不愿意告诉哥哥就算了，没有关系。"

湛微阳这才声音闷闷地说道："38。"

裴馨问他："多少分满分？"

湛微阳说："100 分吧。"

裴馨道："我们阳阳那么笨啊，100 分才得了 38 分，那要怎么办？"

湛微阳也感到很惆怅："我不知道。"

裴馨问他："馨哥哥有办法帮你加点分吗？"

湛微阳苦恼地皱起眉："我不知道。"

裴馨轻拍他后背："那没关系，不知道就不知道了。"

湛微阳突然用手撑在裴馨的肩膀上坐了起来，直直看着裴馨，看了很久之后，缩了脖子说："对不起。"

裴馨视线低垂，问他："为什么要说对不起？"

湛微阳抬起手捂住脸，他说："我太笨了。"

裴馨说："其实也不是太笨。"

湛微阳盯着裴馨的衣领，不看他的眼睛："还不笨吗？"

裴馨回答说："就是正常小孩子的笨。"

湛微阳没有说话，闷闷的。

裴馨对他说："没关系，不用害怕，笨也不是什么坏事。"

湛微阳睁大眼睛看着裴馨。

裴馨说："至少阳阳很乖啊，家里人都很喜欢你。"

湛微阳说："湛微光就不喜欢我。"

裴馨说道："湛微光也没有不喜欢你，他就是还不成熟，不喜欢这个世界。"

湛微阳听得很疑惑。

裴馨双手枕在脑袋下面，笑了笑："可是阳阳不会，阳阳会一直喜欢这个世界，是不是？"

湛微阳说："是吧。"

裴馨把被子给他往上拉了拉："好了，睡觉吧。"

湛微阳闭上眼睛，想要听裴馨的话乖乖睡觉，可是没过去多久，今天下午就骚扰过他的系统终于是压制不住了，声音冰冷地开始继续扣他的分。

听到自己被扣了两分的瞬间，湛微阳害怕地缩了回去，用被子盖住自己的头，在黑暗中睁大眼睛往上看，抑制不住有些瑟瑟发抖。

```
New
Game
```

44

国庆节后面几天假期，开始变得阴雨绵绵，大家都似乎怀着心事，不太高兴，每天在家里沉闷地看着外面暗沉的天空和湿漉漉的地面。

湛岫松说他的眼镜坏了，要回去配一副新的眼镜，于是提前走了，不久之后湛微光也回了学校，热闹了几天的家里又冷清下来。

湛鹏程在短暂的休息之后，工作忙碌了起来，开始早出晚归，常常回家的时候湛微阳都睡了，好像一切都回到了国庆节之前，但是湛微阳没有再睡在裴馨的卧室。

有时候湛鹏程从外面回来，会先去一趟湛微阳的房间，如果时间还早就跟他聊两句，如果时间晚了，他也会看看湛微阳被子有没有盖好，再轻轻关上门回去自己房间。

国庆假期放完，湛微阳开学了。

平时想到要开学他还是挺开心的，毕竟去了学校就可以见到陈幽幽，不像在家里每天只能见到湛微光，但是这一次开学，他的心情实在不怎么愉悦。

上课第一天，湛微阳比陈幽幽早到学校，坐在自己的座位上，把早自习要读的书翻开来摊在桌面上。他有些心不在焉，连陈幽幽是什么时候进教室的都不知道，等反应过来的时候，早自习都开始了，陈幽幽背对着他坐在前面，好像在认真看书。

一直等到下课，陈幽幽转过身来，问他："刚、刚才怎么不、理我？"

湛微阳觉得奇怪："什么时候？"

陈幽幽说："就、早自习之前、啊。"

湛微阳说："你没跟我说话啊。"

陈幽幽不太高兴："我有。"

湛微阳对他说："对不起哦，是我没听到。"之后就无精打采地趴在桌面上。

上午开了个全校大会，校长在操场前方的观礼台上讲话，内容都是放完长假回到学校要注意纪律之类的，下面没有一个学生在认真听他讲。

后来讲话讲完了，校长说学校高一年级的谢翎同学获得了一个市里的奖学金名额，语气带着欣慰，恨不得把谢翎叫上台来接受全校学生的祝贺。

陈幽幽看了湛微阳一眼，却见到湛微阳依然没什么生气，目光甚至都没落在观礼台上。

他心里觉得奇怪，全校大会结束之后，和湛微阳一起回去教室的路上，他问湛微阳："你不、打算继续接近、谢翎了吗？"

湛微阳没听清他说什么，问道："什么？"

陈幽幽凑到他耳边，大喊："谢翎！"

湛微阳吓了一跳，说："你那么大声干什么嘛！"

旁边经过的几个女生都转头来看他们，然后说笑着超过他们往前面走了。

陈幽幽说："你、放弃啦？"

湛微阳不说话，神情郁郁地望着前方。

到中午吃饭的时候，陈幽幽和湛微阳坐在角落，他一边用勺子舀饭吃一边问湛微阳："到底怎、怎么了？"

湛微阳说："我也不知道。"说完，他盯着前方发愣，连饭也忘了吃了。

陈幽幽抬起手在他面前晃晃："你是、不是不、喜欢谢翎了？"

湛微阳看他，这个问题自己可不敢随意回答。

陈幽幽一脸疑惑的表情。

湛微阳突然往前探身，像是有话要跟陈幽幽讲。

陈幽幽立即凑上去，还主动把耳朵侧过去，想听他讲什么。

结果湛微阳说："你说，我接近了谢翎之后，要干什么呢？"

陈幽幽莫名其妙："干、什么？不是你说、要交、交朋友啊？"

湛微阳嘴巴动了动，想说什么又不说。

陈幽幽饭还没吃完，于是不耐烦地催促他："你到、底要说什么？"

湛微阳便又小声道："我也不知道怎么跟他做朋友。"

陈幽幽愣了愣："你到底、怎么了？"

湛微阳说："我就接近他就好了。"

"然、然后呢？"

"就好了啊，不交朋友了。"

"你、图什么？挑战高冷、学弟？哇，你这个人，我、我那么久都没看、出来，原来你、还是个渣、渣男！"陈幽幽有太多话想说，说到后面越说越急。

湛微阳奇怪道："渣渣男是什么？"

陈幽幽脸红了红，说："就、是说你是个玩、弄感情的渣渣。"

湛微阳连忙说："我不是啊，你不要生气。"

陈幽幽都想要掐自己大腿让自己说话能更顺畅一点："我没、没有生气，我就、觉得很刺激啊。"

"刺激什么？"湛微阳不懂。

陈幽幽说："你让他注、注意到你，然后又疏、远他，看他跪、下来哭着求、你，你也不要答、应。"

湛微阳想象了一下那个画面，觉得有点艰难，说："我觉得他不会的。"

陈幽幽说道："要、让他以为是、是你好兄弟。"

湛微阳苦恼道："太难了。"

陈幽幽伸手一把揪住了湛微阳的脸，用力一拧。

湛微阳慌忙伸手去推他的手，说："哎呀好痛。"

陈幽幽这才放开，恨铁不成钢般道："怎、么一点都不、努力呢！"

湛微阳神情无辜又无措地看他。

陈幽幽把勺子丢在餐盘里，认真想着，说："这样吧，等、会儿我们去、把谢翎的车胎、气放了，你骑车送、他。"

湛微阳害怕："我不去。"

陈幽幽怒道："你还想、不想接近他、了？"

湛微阳没回答。其实这个问题他已经想了好几天，他现在舍不得那么快变成一棵树，他觉得他应该努力一把，把分数提上去。

按照系统要求，他应该积极亲近谢翎才是，可他已经很久没有行动过了。

一方面，他不想靠近谢翎，害怕激起系统的反应；另一方面，他似乎又不得不去接近谢翎，只有这样才能够让系统不要把分给他扣完。

心里纠结一番之后，湛微阳对陈幽幽说："可是我也没有自行车。"他依然在下意识找借口拒绝。

陈幽幽说："我、给你借。"

他们担心下午下课太晚，在第二节课下课的时候就去给谢翎的自行车胎放气了。

两个人在车棚里偷偷摸摸的，湛微阳看陈幽幽拔气门芯的时候，担心道："这个难修吗？"

陈幽幽说："不知道。"说完停顿一会儿，又说，"管他的。"

湛微阳说："我觉得不太好。"

陈幽幽抬头看他："你、要是不好、意思，就陪他、去补胎，顺便、多接近一下。"说完，他顺利地把谢翎的自行车后胎气放了，站起来的时候，说："他、不是穷吗？你大方、一点，他可能就、感动了。"

"是吗？"湛微阳有些走神地问了一句。

陈幽幽没察觉他的心不在焉，不过自己心里也实在没什么底，只能说道："应该吧。"

湛微阳看着他。

陈幽幽觉得湛微阳的眼神奇奇怪怪的，他在心里给自己打气，说道："看、看吧，很简单的啦！"

45

到下午放学时，陈幽幽真的帮湛微阳借来了一辆自行车，他们两个埋伏在车棚外面不远，一直等到谢翎来取车。

湛微阳有点紧张，除了害怕谢翎，更多是做了坏事之后的紧张，他坐在自行车上，双脚踩在地面，不安地反复捏自行车刹车。

陈幽幽就站在他旁边，一只手抬起来搭着他的肩膀，仔细观察谢翎的行动。

谢翎走进车棚时，一开始还没注意到轮胎没气了，他先开了锁，跨上自行车便要往外面骑，然后才察觉出了问题。

陈幽幽在这时推了湛微阳一下，说："快去。"

湛微阳深吸了一大口气，把自行车骑到谢翎面前，看着他，一时间吓得说不出话来。

谢翎根本没有看他，只是蹲下来检查自己的车胎。

湛微阳视线跟着落到了谢翎的车胎上，对比了一下前后轮，发现人为拔掉气门芯的痕迹清晰可见。

这时候，谢翎抬起头来看了他一眼。

湛微阳瞬间觉得自己被谢翎发现了，脸色一白，什么都没说，两脚用力一蹬脚踏就往前骑着车跑了。

还躲在旁边的陈幽幽见状，奇怪地喊他一声："喂！"

湛微阳根本不理，骑着车一路狂奔，陈幽幽一直在后面追他，直到追到了学校门口，看见湛微阳扶着自行车站在路边发愣。

陈幽幽喘着气跑过去，一只手按在自行车坐垫上，口齿不清地问他："你、你跑什么？"

湛微阳脸还是白的，压低声音凑到陈幽幽耳边说："我觉得他发现了。"

陈幽幽说道："他又、没有证据！你、就主动说帮、他修车啊。"

湛微阳有些失魂落魄地摇头。

陈幽幽忍不住担心："你、怎么了？"

湛微阳依然是摇头，他把自行车突然推给陈幽幽，说："我要走了，你去送他回家吧。"

陈幽幽愣住了："我干、吗要送他、回家？"

湛微阳仿佛没有听到，摆了摆手朝公交车站走去。

陈幽幽又喊了他两声，也没见到他停下来，心想自己疯了才去送谢翎回家，打算干脆就直接骑车回家，刚骑出去不远，心里想着这件事突然又愧疚起来。他掉了个头回来，正好见到谢翎从学校里走出来。谢翎没有推着他的自行车，而是打算直接去找一辆共享单车。陈幽幽一咬牙，骑车过去把自行车往谢翎面前一推，说："借、借给你骑，明天还给湛、微阳。"说完，自己飞快地跑了。

湛微阳坐公交车回家，到家的时候，罗阿姨和奶奶都亲热地招呼他去吃饭，却没见到家里有裴馨的踪迹。

他坐下来，一边端起饭碗，一边问道："馨哥呢？"

罗阿姨说："他说他今晚要在公司加班，不回来吃饭了。"

湛微阳说："哦。"他开始默默地吃饭，筷子在碗里戳着，挑起几粒米送进嘴里，看起来不怎么有精神。

吃到一半时，湛微阳问罗阿姨："馨哥在哪里上班啊？"

罗阿姨说："我不知道，你自己发个消息问他吧。"

"还是不要了，"湛微阳情绪低落地说，"那他要加班到几点啊？"

罗阿姨说："我更不会知道了。"

湛微阳于是情绪更低落了。

这时候奶奶突然说："阳阳，你问奶奶啊，奶奶知道馨哥哥在哪里上班。"

湛微阳连忙看向奶奶："奶奶你知道啊。"

奶奶饭都没吃完就站了起来。

罗阿姨在旁边说道："急什么，吃完饭再说嘛。"

奶奶说："看我们阳阳那么着急，我现在就去给他找。"奶奶步履蹒跚地离开餐厅，湛微阳跟过去扶着她，扶她走到房间里，看她在床头柜的小抽屉里翻找，找出来一个小本子。

"这里记了你馨哥哥上班的公司。"奶奶说道。

这个地址还是裴馨在湛鹏程出差之后留给奶奶的，他说如果家里有什么急事需要找他，电话又联系不上的话，可以去他实习的公司。

湛微阳拿手机把那个地址拍了下来。

奶奶问他："你要去找馨哥哥吗？"

湛微阳点点头。

奶奶说："那顺便给他带点饭过去吧，这孩子加班肯定没时间吃晚饭了。"

湛微阳想了想，说："我去那边再买吧。"

奶奶点点头："也好，不然太远了阳阳提不动。"

湛微阳扶着奶奶回来餐桌边坐下，又心不在焉地吃了小半碗饭，就把筷子往碗上一放，说："我走啦。"

奶奶对他说："路上注意安全。"

湛微阳从家里一路小跑出来，走到小区门口，在手机上搜索裴馨实习公司的地址，然后走到公交车站去坐车。

坐在公交车上的时候，湛微阳盯着车窗外面一直发愣。自从国庆节后面一半假期，他脑袋里面的系统又开始播报之后，他的状态就一直有点恍恍惚惚。

他很努力地让自己思考，考虑自己应该怎么做才好，但是想来想去，似乎并不能得到一个确定的答案，反而让他的脑袋越来越混乱。

所以他很想见到裴馨，只有在跟裴馨一起的时候，他混乱的思绪才会稍微变得简单一点，能够忘记很多没有意义的事情。

意义？意义是什么呢？湛微阳心想。

过完国庆节，气温已经完全降了下来，再找不到夏天的影子，天也黑得比以往要早了。

接连几日天气都不好，到了傍晚便是阴沉沉的，路边早早就亮起了路灯，全都是橘黄的颜色，从高处打下来，隔着一格一格的车窗，照在人的脸上，将湛微阳白皙的脸映成暖暖的橘色。

到了裴馨实习的公司附近的站，湛微阳从公交车上下来，沿着路边缓缓走了一段。

路边有一家蛋糕店，玻璃橱窗里面摆放着漂亮的蛋糕，蛋糕展示柜后面是一面镜子。

湛微阳停下来，看镜子里面的自己，突然感觉到了陌生。

镜子里的少年，高高瘦瘦，干净白皙，一双眼睛清澈却不足够明亮，仿佛朦朦胧胧蒙着一层雾气。这张脸他是从小看到大的，但是不知道为什么，这时候他总觉得自己都不像自己了，可不是自己的话，又会是谁呢？

展示柜的最上面一层是一个生日蛋糕，蛋糕上面有房子，有小矮人，还有绿色的小树，湛微阳目光落到那棵树上，发了很久的愣，直到他身后有一辆汽车经过时按了一声喇叭。

那喇叭声很尖锐，一下子惊醒了他，他紧张地转过身来，看见街边或匆忙或闲适经过的行人，才想起自己是来找裴馨的，便继续朝前走去。

他在一家卖饺子的餐馆让老板打包了好几份饺子，因为每种味道都想要尝一下，打包了之后提在手里又觉得好像有点多了。

湛微阳走进公司的写字楼，站在大厅里给裴馨打电话。

电话很快就接起来了，裴馨的语气有些诧异："阳阳？怎么了？"

湛微阳说："你在几楼啊？我给你带晚饭来了。"

裴馨明显愣了一下，问他："你在哪儿？"

湛微阳说："我在一楼。"

裴馨立即说道："在那儿等我。"随即挂断了电话。

46

写字楼大厅里空荡荡的，已经没有什么人了，湛微阳认真地盯着电梯的方向，每回看到有电梯下到一楼，都会睁大眼睛一脸期待。

等了差不多三分钟，他才看到裴馨略有些匆忙地从打开的电梯门里出现，朝他快步走过来。

裴馨走到湛微阳面前，微微弯下腰，伸手握住他的双臂，问道："你怎么来了？"

湛微阳将右手提着的塑料袋稍微提得高了一些，说："我给你带晚饭。"

裴馨低头看一眼，冲湛微阳笑一笑道："那么乖啊？"

湛微阳点头，问他："你饿了吗？"

裴馨说："我饿了，你来得正好。"

湛微阳顿时感到很高兴。

裴馨拉住他，带着他朝电梯走去，说："跟我上去好不好？"

湛微阳说："好啊好啊！"

电梯里只有他们两个人，湛微阳挪动脚步，贴到裴馨的身边，又小心翼翼地挪开提着饺子的那只手，害怕蹭到裴馨的身上。

裴馨自然感觉到了，伸出手拍了拍湛微阳的后背。

他实习的公司里，办公室已经没别人了，只有裴馨的办公桌顶上还亮着一盏灯。

裴馨推了一把椅子过来，先叫湛微阳坐下，自己才坐在他旁边。

湛微阳看着裴馨面前的电脑，上面全部是表格和数据，于是问裴馨："会加班到很晚吗？"

裴馨说："不会，很快就完了。"

其实他不过是个实习生，这些工作并没有要求他今天一定要完成，但是他整理了一半不愿意中断工作，干脆就留下来加了个班。

湛微阳把塑料袋放在办公桌上，小声而期待地问道："吃饭吗？"

裴馨说："吃。"

裴馨伸手去解开塑料袋，把里面的饭盒和筷子拿出来，问道："带的什么？"

湛微阳说道："饺子。"

裴馨打开一个饭盒，看见里面装了满满一盒饺子，数一数有十多二十个，这样的饭盒一共有四个，他低头看去，问湛微阳："买了这么多吗？"

湛微阳扳着手指告诉他："我买了玉米猪肉的、番茄牛肉的、韭菜鸡蛋的，还有白菜猪肉的。我觉得都很好吃，想要带给你吃。"

裴馨只好收拾了桌面上的东西，把四个饭盒全部打开了挨着放好，又将醋包拿出来倒在饭盒的盒盖里，他递给湛微阳一双筷子，说："那你吃饭了吗？"

湛微阳把筷子接过来，撒了个谎说："没吃。"

裴馨另外拿了一双筷子，他看着那一排饺子，问湛微阳："你想吃什么馅儿的？"

湛微阳说："玉米猪肉。"

光线并不是太好，不太容易分出来哪一份是玉米猪肉的，裴馨随意选了一个，夹起来送到湛微阳唇边，说："你先闻闻，是不是玉米猪肉的？"

湛微阳听话地闻了闻，皱起眉头摇摇头："我闻不出来。"

裴馨便道："那你咬一口试试看。"

湛微阳咬了一口，一边嚼一边朝剩下半个饺子看，遗憾地说："哎呀，是白菜猪肉的。"

裴馨说："白菜猪肉的，那就我吃了吧。"说完，他把剩下半个饺子吃了，然后对湛微阳说："下一个要吃哪个？"

湛微阳开心极了，觉得裴馨在跟他玩很好玩的游戏，他盯着几个饭盒里的饺子仔细看，这回偷偷选了一个最不像的，伸手指了指："这个。"

裴馨看着笑了笑，夹起来喂到他嘴边："那试试？"

湛微阳仍是咬了一口，说："是番茄牛肉。"

裴馨看着他，说："那怎么办？还不是玉米猪肉的，你又不能吃了。"

湛微阳笑着看他，说："没关系，你先吃吧。"

裴馨说道："我吃啊？"

湛微阳说："等一下。"他一定要用筷子把剩下半个饺子夹过来，给裴馨吃。

裴馨配合地吃了。

湛微阳一直眼睛亮亮地看着他，等他把饺子吃了才问道："好吃吗？"

裴馨点点头："好吃。"

湛微阳连忙说："我也觉得好吃。"

两个人吃了几个饺子，突然听到有人敲了敲办公室的门，湛微阳和裴馨同时转头看去，见到门口站了个穿着长袖毛衣和黑色短裙、留一头长发的漂亮女人。

那女人湛微阳也见过一次，正是上次和裴馨一起吃过饭的秦以珊。

秦以珊看到湛微阳，先是愣了一下，不过随即露出笑容："表弟？你怎么来了？"

湛微阳没有回答，只是紧张地看一眼裴馨。

裴馨站起身，对秦以珊笑了笑，说："他知道我加班，给我送晚饭。"

"那么乖的吗？"秦以珊笑道，朝他们走过来，一直走到裴馨的办公桌前面。

她低头看见办公桌上的饺子，说："那么丰盛啊？"说完，她看向裴馨道："我知道你加班，本来还想叫上你一起去吃晚饭的。"

裴馨仍然站着，对秦以珊说："要不要一起？我再点一些外卖。"

他话音刚落，湛微阳就绷不住嘴角微微往下垂，两只圆眼睛眨着来回看他们两个人。

秦以珊没有注意到湛微阳的表情，只是微笑着看裴馨："算了，这怎么好意思。"

裴馨说道："也是，稍微有点寒酸了。不然改天吧，我请你吃一顿好的。"

秦以珊稍微有些诧异，她以为以裴馨的性格，应该会多邀请两遍的。她当然不介意在这里和裴馨一起吃外卖的饺子，刚才也不过是客气的拒绝罢了，本来只要裴馨继续邀请，她就会提出自己再点一些外卖来大家一起吃，可是没料到裴馨直接就说算了。

这些想法都没在她脸上表现出来，她只笑着说："那你们慢慢吃，我就先走了。"

裴馨一直把她送到了办公室门口。

秦以珊停下来，面对着裴馨问道："那你的改天要等到什么时候？"

裴馨回答道："你哪天有空？"

秦以珊说："不如明天吧。"

湛微阳有些战战兢兢地等待着裴馨的回答，然后他听裴馨说道："好啊。"语气轻松而自然。

秦以珊笑着低下头，长卷发一下子从肩膀上滑下来，遮住半边脸颊，她转身要离开时，忽然又抬起手，帮裴馨整理了一下外套的衣襟，才说道："走了。"随后她探身对湛微阳也挥了挥手，说："小表弟，姐姐走啦。"

湛微阳语气不怎么有精神，却很礼貌地说道："再见。"

等到秦以珊真的走了，裴馨回来办公桌旁边坐下，看见湛微阳闷闷不乐的神态，问道："怎么了？"

湛微阳不说话。

裴馨凑近了剩下的两盒饺子，闻了闻味道，选中了玉米猪肉的，夹起来喂到湛微阳嘴边："玉米猪肉。"

湛微阳低头看了会儿饺子，张开嘴吃了下去。

裴馨耐心地等他吃完，又给他夹第二个，这回喂到他嘴边时，听他说："我不想吃了。"

"为什么？"裴馨看着他的表情。

湛微阳一副有些难过的样子，说："我吃了晚饭。"

裴馨把饺子放回饭盒里，问他："不是说没吃吗？"

湛微阳垂着头，眨了眨眼睛："我骗你的。"

裴馨又问道："真的一个也不吃了？"

湛微阳说："不吃了。"

裴馨对他说："那我把剩下的吃了？"

湛微阳点点头。

裴馨伸手摸摸他的头，开始吃剩下的饺子。

湛微阳抬眼看他，一直没有说话，就一动不动地安静坐着，时间过去了很久，等裴馨吃完，把剩下的饺子放进一个饭盒里盖好准备带回家去的时候，湛微阳才努力打起精神问道："你明天要跟那个姐姐一起吃饭吗？"

裴馨看他一眼，说："是啊。"

湛微阳又问："那你不回来吃晚饭了吗？"

裴馨说："不一定，也许我会跟姐姐一起吃午饭。"

湛微阳咬了咬嘴唇，在心里给自己鼓了好一会儿劲儿，抬起头问："你要跟她谈恋爱吗？"

47

裴馨没有立即回答湛微阳的问题，而是继续收拾自己的办公桌，把用过的餐具都放进塑料口袋里装起来，扔进垃圾桶里，才回来座位上坐下，看着湛微阳问他："为什么会这么想？"

湛微阳的语气充满了紧张不安："我不知道，我猜的。"

裴馨说："为什么要这么猜呢？"

湛微阳默默看了他一会儿，低下了头，不安地捏着手指："你说要请她吃饭。"

裴馨说道："我没请你吃过饭吗？我也请你吃过饭啊。"

湛微阳想了想，说："她是女生。而且她刚才摸你了。"

裴馨忍不住有些想笑，却没有笑出声来，只问道："她哪有摸我？"

湛微阳伸手在裴馨胸口碰了一下，一脸的不开心。

裴馨低头看一眼，说："是我衣服有点乱。"

湛微阳不愿意听这些，只坚持问道："那你要跟她恋爱吗？"

裴馨最后笑了笑，说："我不跟她恋爱。"

湛微阳顿时专注地看着裴馨。

裴馨继续说道："我不跟她恋爱，也不会跟别的女生恋爱，好不好？"

湛微阳眼神里已经能看出来欣喜，问道："真的吗？"

裴馨点点头，微微笑着看他："真的。"

湛微阳总算忍不住笑了，亮晶晶的双眼一眨不眨地看着裴馨。

裴馨抬起一只手，轻轻放在他头顶，问他："开心吗？"

湛微阳连忙点头。

裴馨又问道："为什么那么开心？"

湛微阳笑着说："我也不知道。"

裴馨问："那你不想哥哥跟她谈恋爱，你告诉我，我可以跟谁谈恋爱？"

　　湛微阳没办法回答这个问题，他不知道裴馨要跟谁谈恋爱才好，他希望裴馨能够陪在他身边，一直不要谈恋爱，于是说道："反正不要跟其他人。"

　　裴馨问："谁不是其他人？"

　　湛微阳不说了。

　　裴馨也不去逼着问他，对他说："那你坐在这儿等我一会儿，我把最后一份表格完成了，我们就回去好不好？"

　　湛微阳点点头。

　　裴馨让自己的注意力回到电脑屏幕上，拉开键盘的抽屉继续编辑自己的表格。

　　湛微阳很安静地在旁边看。

　　过了一会儿，裴馨点鼠标把表格保存了，之后关上文档，伸手关了电脑屏幕，对湛微阳说："走吧，我们回去了。"

　　湛微阳抬起头来，问道："已经完了吗？"

　　其实没有做完，不过裴馨现在不想继续工作了，他说："是啊，工作做完了，我们回家吧。"

　　湛微阳立即道："好。"

　　他们从写字楼出来，天早已经全黑了，周围的行人也不多。

　　裴馨一只手提着装了剩余饺子的饭盒，另一只手抓着湛微阳的手腕，拉着他朝公交车站走去。

　　公交车站旁边几乎见不到等车的乘客了，只有他们两个人，站在亮着白色灯光的车站广告牌前面。

　　裴馨摸了摸湛微阳的手，问他："冷不冷？"

　　湛微阳摇摇头。

　　这几天天气不好，所以气温也降了不少，湛微阳穿一件T恤，外面套一件淡黄色的卫衣，虽然是宽松的款式，却依然显得他身形单薄。

裴馨抬起手，从领口开始解开自己外套的扣子，然后脱了外套披在湛微阳背上。

湛微阳看着他，说："我不冷。"

裴馨道："手都凉了。"

湛微阳说："不凉。"

裴馨笑了笑没说话，低头看着他，后来用手指轻轻弹了一下他的额头。

湛微阳仰着头笑得有些不好意思，他抬手揉一揉额头，低下头凑到裴馨身边。

裴馨伸手搂住他的肩膀，手臂用了用力才松开。

过了下班高峰期之后，公交车就来得有些慢了，他们等了快五分钟才等到这一班车，上去之后看到后排还有好些空位。

两个人坐在了最后一排，隔壁的座位是空着的，前面的人只要不回头，谁也看不到他们。

在车子启动之后，湛微阳把头靠在裴馨的肩上。

公交车里亮着灯，湛微阳看向车窗玻璃的时候，能看到自己和裴馨的影子，裴馨倒映在玻璃上的是一张侧脸，有英俊利落的轮廓，安静地看着前方，眼睛里的情绪湛微阳看不懂，但是让他感到很安心很温和。

于是湛微阳希望这条路能一直延伸下去，这辆公交车如果没有尽头的话，那他就会一直这么舒服而快乐地靠在裴馨的身边了。

从公交车下来，两个人一起走路回家，进了小区之后，光线变暗了，湛微阳穿着裴馨的外套，袖子和下摆都晃晃悠悠的，他低着头走得很开心。

48

回到家里，一楼客厅里一个人都没有，奶奶和罗阿姨待在各自的房间里，都没有出来，也许奶奶这时候已经睡了，罗阿姨大概在看电视，只在进门的玄关处留了一盏小灯。

他们各自换鞋，裴馨提着剩下的饺子去饭厅，把东西放进冰箱里，再出来的时候，看见湛微阳依然呆呆地站在玄关的顶灯下面。

他走过去，问湛微阳："怎么了？"

湛微阳与他对视，摇了摇头。

裴馨说话时压低了声音，像是怕惊扰到了奶奶和罗阿姨，他对湛微阳说："那我们上楼去吧。"

湛微阳点点头。

二楼是一片漆黑的，裴馨走在前面，先开了走廊上的灯，然后打开卫生间的门，说："你先去洗澡。"

湛微阳贴着走廊的墙站着，双手背在身后，不安地抠着自己的手指头，他说："你跟我一起洗吗？"

裴馨本来打算先回去房间里的，闻言停下脚步，也斜着身体倚靠在墙边，问他："为什么要一起洗？"

湛微阳疑惑道："不可以一起洗吗？"

裴馨说："不可以，听话，自己去洗澡。"

湛微阳独自去洗澡，洗完澡回到房间里，关门的时候还探头看了一眼裴馨房间的方向，见他房门一直是关着的，便只好关了门去床边坐下。

他盘腿坐在床上，觉得今晚的饺子很好吃，今晚的裴馨也很好，然后忍不住露出笑容。

他躺倒在床上抱住了叠好的被子，在床上打了两个滚，滚到床尾，又打两个滚，滚到床头。

在湛微阳打第五个滚的时候，他的房门突然被人从外面打开了。

湛微阳仰头看见湛鹏程站在门口。

湛鹏程还穿着西装打着领带，身材挺拔，将身上一套西装撑得十分好看，见到湛微阳在床上打滚，他有些诧异地说道："我以为你睡了。"

他平时进来湛微阳房间都会先敲门，只有在晚上以为湛微阳睡着了，才会自己开门进来，看一看湛微阳是不是把窗户关上了，被子盖好了。

湛微阳翻身坐起来，面对着湛鹏程，说："啊。"

湛鹏程走进房间，身上带着酒气，问道："怎么还没睡？"一边问，一边走到窗前，将窗帘掀开一角看窗户是不是关着。

湛微阳说："马上就睡了。"说完，他问道："爸爸喝酒了？"

湛鹏程走到床边站住："爸爸要工作应酬嘛，就喝了一点点，没有喝醉。"

湛微阳抱着被子，点点头。

湛鹏程看他脸是红的，伸手摸一摸他的额头，问："没感冒吧？"

湛微阳摇头。

湛鹏程觉得他额头稍微有些出汗，奇怪道："热吗？"

湛微阳说："一点点。"

湛鹏程于是又回到窗边，将窗户拉开了细细一条缝，他说："就通通风，别开大了，晚上不要着凉。"

湛微阳坐在床上没说话。

湛鹏程朝门边走去："那快睡觉吧，明天还要上课。明天星期几？是要上课吧？"大概是喝了酒，他思维也不太清晰。

湛微阳回答他："要的。"

湛鹏程走到了门口，出去之后还把门留一条缝，脑袋探进来对湛微阳说："阳阳，跟爸爸说晚安。"

湛微阳乖乖应道："爸爸晚安。"

湛鹏程笑着关上了门。

49

下课的时候，陈幽幽发现湛微阳在发呆，而且不只是发呆，他上早自习趁着老师不在教室的时候，转过头去看了湛微阳好几次，都看见他在傻笑。

其实陈幽幽是想跟湛微阳说昨天谢翎那件事的。他昨天虽然把自行车给谢翎了，但是心里多少有些过意不去，本来一开始是想着让湛微阳去送谢翎，等两个人熟悉了，湛微阳再帮谢翎把车胎换了。结果湛微阳直接跑了，谢翎的车子还坏在那里没有人管，陈幽幽越想就越不好意思。

他忍不住就想要催促湛微阳去帮谢翎修车子，结果看见湛微阳一早上都在发呆。

陈幽幽还没来得及说话的时候，突然有一个隔壁班的男生在教室后门喊湛微阳的名字。

湛微阳猛地回过神来，转头看了一眼，起身朝后门走过去，奇怪地问道："有事吗？"

那个男生朝他丢了一把自行车钥匙过来，说："谢翎叫我拿给你的。"

湛微阳莫名其妙，接过钥匙后才发现有些眼熟，想了想，说："哦。"

那个男生已经走了。

湛微阳回到座位上，问陈幽幽："这不是你昨天给我借的自行车的钥匙吗？"

陈幽幽说："是啊。"

湛微阳问他："为什么会在谢翎那里？"

陈幽幽没有直接回答，想了想之后说道："你、要不要陪、他去修车、胎？"

湛微阳突然想起来："哎呀，他车胎坏了。"

陈幽幽说："是啊，我、昨天给他的。"

湛微阳慌张起来："怎么办？是我们给他弄坏的。"

陈幽幽伸手抓住湛微阳的肩膀，用力摇晃他："所以你、一定要去、去陪他把车子、修了！"

陈幽幽晃得厉害，打扰到了湛微阳的同桌，小姑娘不耐烦地说："你们两个是不是有病？"

陈幽幽收回了手，对湛微阳说："你、看着办。"

湛微阳很苦恼，后来上课的时候，他一直在想这个问题。等到下课了，他拉着陈幽幽陪他去车棚，两个人找到了谢翎的车，看见车子还放在车棚里面，后胎依然一点气也没有。

陈幽幽蹲下来，捏了捏车胎。

湛微阳站着认真思考，过了很久，他对陈幽幽说："我想到了一个办法。"

陈幽幽不可思议地看他。

中午吃完饭，湛微阳和陈幽幽去学校外面找了个修自行车的师傅，借口是自己的车子坏了没办法骑出去，让门卫把人给放进来了。

师傅带了工具和新的气门芯，修车的时候，湛微阳和陈幽幽就蹲在旁边看。

陈幽幽实在忍不住好奇："这、不是你接、近谢翎的机会吗？"

湛微阳用手撑着脸，说："我不接近谢翎了。"

"啊？"陈幽幽感到很疑惑。

湛微阳盯着前方，仿佛在很认真地思考什么事情。

陈幽幽不明所以地看他："为什么、那么、突然？"

湛微阳说："我也不知道，就是突然决定了。"他脑袋里面常常会想很多事情，但是最近的事情里，关于谢翎的并不多。

他是不是真的很希望交谢翎这个朋友呢？其实不是的，他有陈幽幽本来就够了，现在他还觉得他有了裴馨。裴馨多好啊，一个裴馨在他心里能够抵过十个谢翎，如果不是那个烦人的系统，他真的没必要去接近谢翎。

湛微阳并不复杂的脑袋里那些乱七八糟的想法理不出条理分明的状态，反正就是没有了继续做任务的心思。

这时候，师傅已经把自行车胎修好了，起身开始收拾工具。

湛微阳和陈幽幽也就没有继续说下去，两个人把师傅送出学校，然后一起回去教室。

走到教室门口，陈幽幽拉住湛微阳："那、谢翎，你真、的放弃了？"

湛微阳的神情突然有些凝重。

陈幽幽看着他的脸："怎、怎么了？"

湛微阳小声说："我放弃了很多。"

"嗯？"陈幽幽一个中午都云里雾里的，感觉自己被湛微阳带着一同乱跑，完全搞不懂到底发生了什么事。

湛微阳的语气伤感起来："陈幽幽。"

陈幽幽说："什么？"

湛微阳转过身来面对着他，说："我不敢告诉他，我偷偷告诉你好不好？"

"告诉我、什么？"

湛微阳说："我以后变成了一棵树，你也要常常来看我，我只有你一个朋友。"

陈幽幽皱起眉头。

湛微阳低下头，抠着自己的手指："我知道不该这样，但是我忍不住。"

一整个下午，陈幽幽都觉得莫名其妙。

到放学的时候，班上的住校生去食堂吃晚饭，走读生都回家了，剩下湛微阳和陈幽幽两个人在教室里面。

湛微阳对陈幽幽说："我有一个系统。"

陈幽幽整张脸上都是难以理解："啊？"

湛微阳说："我必须跟谢翎成为亲密的朋友，不然我就会被扣分，等到分扣完了，我就会变成一棵树。"

陈幽幽的神情从难以理解变成了嫌弃，最后说道："你疯啦？"

湛微阳有点不高兴，说："我没疯，你能不能好好听我说？"

陈幽幽说："说、什么？"

湛微阳继续说道："就是这样，可是我现在不怕了，我有很多很多朋友，我想谢翎不喜欢我，我也不想继续缠着他不放了。"

陈幽幽疑惑地看他。

湛微阳说："我犹豫了很久，不是一时冲动做的决定，就算是最后要变成一棵树，至少我现在跟——"他声音轻下来，最后小声说道，"在一起很开心。"

他说完，看见陈幽幽一直看着他不说话，于是又说："我只把这个秘密告诉了你一个人，你是我最好的朋友。"

陈幽幽说："所以呢？"

湛微阳抓住他的手："如果有一天我变成树了，你也不能忘记我。"

陈幽幽最后说道："神经病。"

50

对于陈幽幽说自己是神经病这件事情，湛微阳十分不高兴，他还一直以为陈幽幽是这个世界上最了解他的人呢。

天气越来越冷，湛微阳的分也越来越少，他有时候恍恍惚惚的，也不记得昨天晚上系统有没有扣他的分，更是算不清自己被扣了多少分。

总觉得那一天好像越来越近了。

期中考试前的两个星期，班主任要求所有学生都留在学校上晚自习。

因为要上晚自习，湛微阳下午下课后就没有回去，晚饭也留在学校食堂吃了。

那天下午时突然刮起了风，秋天的气温飘飘忽忽地往下降着，明明中午还能见到些太阳，到下午，前往食堂吃饭的路上，一群孩子冷得瑟瑟发抖。

湛微阳和陈幽幽挤在一起朝食堂走去。

陈幽幽小声抱怨："怎、怎么突然就、冷了？"

湛微阳说："不知道啊。"

吃饭的时候，陈幽幽说："太冷了，我、不想上自、习。"

湛微阳说："我也不想上。"

他的时间已经不多了，可他还要留在学校里上晚自习，不能回去跟裴馨待在一起，他很不开心。

小时候他不开心会闷闷地发脾气，湛微光就对他说，等他长大了会有更多不开心的事情，发脾气是没用的。

现在他开始逐渐体会到了。其实认真想想，也不是长大后不开心的事情变多了，而是长大后更容易对许多事情感到不开心，如果不用长大就好了。

想到这里，湛微阳突然想起另外一件重要的事情，他手里捏着筷子，放在餐盘的边缘，抬起头来说："不行。"

陈幽幽正在啃鸡腿，嘴巴上油光光的，莫名其妙看他。

湛微阳紧张地说道："我忘了一件事。"

陈幽幽神情疑惑，垂下眼看了看鸡腿，一边继续啃一边含混不清地问他："什么？"

湛微阳说："我怕我等不到十八岁了。"

陈幽幽奇怪道："什么？你、会死吗？"

湛微阳有些生气："我上次跟你说了，我要变成一棵树了。"

"哦——"陈幽幽拖长了声音，先啃掉一大块肉咽下去，才不急不慢地说，"不、不会的。"

湛微阳说："你都不记得我跟你说过的话。"

陈幽幽说道："你、说那些乱、乱七八糟的，谁记得住？"

湛微阳便有些不高兴，直到吃完饭，两个人挤在一起回教室的时候，陈幽幽突然想起来，问他："十八岁要、做什么？"

问完了，陈幽幽一直没有听到湛微阳的回答，转过头去看他，见到他没什么精神的样子。

陈幽幽用手肘撞一下湛微阳："说啊。"

湛微阳说："不知道，不过反正我也等不到了。"

陈幽幽想了想，对他说："那、就直接去、做。"

湛微阳转头看向陈幽幽。

陈幽幽说："没什么是十、八岁才能做，十、七岁就一、定不能做的吧。"

湛微阳疑惑道："没有吗？"

陈幽幽仔细想了想："没、没有吧。"

湛微阳想说"喝酒呢"，又想起来其实他已经喝过了，好像的确没有什么非要等到十八岁不可，为什么他要坚持等到十八岁啊？那时候他已经被栽在花盆里面了，想做什么都做不到了。

他有一种奇异的、忽然通透的感觉，深吸一口气感觉到从鼻子到肺里面都是凉悠悠的。

陈幽幽觉得他表情奇怪，说："你、怪怪的。"

湛微阳说："我没有，我很正常，我不是神经病。"说到这里，他觉得自己有必要跟陈幽幽强调一下，"你再说我是神经病，我就真的生气了。"

陈幽幽语气无所谓地应道："好啦。"

湛微阳态度很认真："就像我不会说你是结巴一样。"

陈幽幽哼一声，表示自己知道了。可是他跟湛微阳挤在一起回到教室之后，又觉得哪里不对，他想了想，他是真的结巴啊，湛微阳又不是真的神经病，这没什么好类比的吧。

可能湛微阳也觉得自己真的有点神经病吧，陈幽幽这么想着，没有告诉湛微阳。

晚自习的时候在教室里面，大家把门窗关着，一个班的学生挤在一起还好，并不会觉得太冷。但是外面不知道什么时候飘了一场小雨，于是气温也紧跟着骤降，等到下晚自习的时候，雨虽然已经停了，降下去的气温却已经回不来了。

湛微阳和陈幽幽一起走到学校门口。

陈幽幽说天气太冷了，他不想骑车也不想坐公交车，要不然打个车回家算了。

湛微阳说："那我去公交车站。"他刚说完，看见学校门口有一个熟悉的身影。

"啊！"那一瞬间湛微阳真的抑制不住情绪叫出声来了，他想也没想立即丢下了陈幽幽，朝校门口的人跑去，一脸开心地说，"馨哥，你怎么来了？"

裴馨看着湛微阳，朝他伸出一只手，给他看搭在自己手臂上的一件厚外套，说："给你送衣服来的。"

湛微阳看一眼那件外套，顿时鼻子都酸酸的，没说出话来。

裴馨说："先把外套穿上吧。"他拿起外套，披到湛微阳的肩上，帮他把外套给穿上了。

陈幽幽这时候走了过来，羡慕地说道："哇，表哥你好——"

他本来想说"你好好"，因为结巴，在两个好字中间停顿了一下，裴馨也没听完，就直接回答道："你好，幽幽。"

于是陈幽幽剩下那个好字就被憋了回去。

裴馨看向陈幽幽，发现他也穿得单薄，问道："你爸妈没给你送衣服来吗？"

陈幽幽摇摇头。

裴馨稍微犹豫，抬起手拉开自己外套的拉链，把带着身体温度的外套脱下来递到陈幽幽手上，说："穿上吧。"

陈幽幽有点发愣，下意识接过来了才觉得不好，说道："不、不、不用了。"他有点着急，结巴也就越发厉害。

裴馨笑了笑，说："穿上吧，我开了车来接阳阳的，顺便先把你送回家。"

陈幽幽很犹豫，他把衣服递给裴馨，说："真的、不用了，我、去打、车。"

裴馨把衣服接过来，这回直接像刚才帮湛微阳穿衣服那样给他披在背上，说："你们在这儿等我，我去把车子开过来。"

陈幽幽这才说道："谢、谢表哥。"

等到裴馨走开了，陈幽幽把衣服拉链拉上，一抬头才看到湛微阳神情幽怨地看着他。

他吓了一跳，问道："怎、怎么了？"

湛微阳伸手去拉他身上的外套，说："把这件外套给我。"

陈幽幽不知道湛微阳在干什么，下意识捂住衣襟往后退："为什么？"

湛微阳说："我把我的给你，你把身上这件给我！"

陈幽幽不懂，他想要问有什么区别，但是着急的情况下，嘴里的话憋着说不出来，他只能大喊："我不——"然后接连往后退，直到撞到了什么东西。

湛微阳慌张地停下脚步。

陈幽幽回头去看，发现是骑着自行车经过的谢翎，谢翎身下的车子都被撞得偏向一边。

谢翎停下来看着他们。

湛微阳有点怕他，退后了半步。

谢翎却突然对湛微阳道："喂！"

湛微阳和陈幽幽都盯着他看。

谢翎说："我的自行车——"

他话没说完，裴馨已经开着车子停在了路边，按下车窗对湛微阳他们喊道："上车吧。"

51

湛微阳朝裴馨的方向看了看，便要跑过去，突然他又听见谢翎喊他的名字："湛微阳。"

他停下脚步，有些茫然无措地看向谢翎。

谢翎说："我的自行车——"

"湛微阳！"这时候，湛微阳再次听到了裴馨喊他的声音。

裴馨一条手臂搭在车窗边缘，朝外面看着，用从来没有用过的语气喊他的名字，听起来有些冷硬。

湛微阳吓到了，连忙转身朝裴馨跑过去。

陈幽幽见到湛微阳走了，也匆忙跟过去，他走在湛微阳身后，看见湛微阳打开副驾驶车门坐上去，犹豫一下，自己坐进了后座。

湛微阳上车之后，依然战战兢兢地看着裴馨，不知道自己做错了什么。

裴馨语气却缓和下来，对湛微阳说："把安全带系上。"

湛微阳没有回过神，裴馨解开自己的安全带，探身过来，帮他将安全带系上，接着转过身来对陈幽幽说："幽幽，我们先送你回去。"

其实陈幽幽也有点愣，主要是看见湛微阳一副惊慌的模样，他也不知道究竟发生了什么事情，这时候听裴馨跟他说话，连忙应道："哦、好。"

裴馨开车去过陈幽幽家一次，但毕竟不是熟悉的城市，现在天又已经黑了，他把手机拿出来开了导航，一路跟着导航开过去。

车子里面大家都没说话，只能时不时听见手机导航里没有感情的冰冷女声。

把陈幽幽一直送到小区门口，裴馨将车子停在路边。

陈幽幽下车的时候，把外套脱下来还给了裴馨，站在路边礼貌地道谢："谢谢、表哥。"

裴馨对他说道："快回去吧，不要着凉了。"

陈幽幽点点头，冲湛微阳挥一挥手，朝着小区里面跑去。

随后裴馨拿起手机，在导航里重新设定目的地。

湛微阳还有些不知所措地看他。

裴馨设定好了目的地，却没有立即发动汽车，而是转头看向湛微阳，问道："阳阳饿不饿？"

湛微阳愣愣地摇头。

裴馨又问他："那还冷吗？"

湛微阳继续摇头。

裴馨似乎是察觉到了湛微阳的情绪，他伸手过去，摸了摸湛微阳的头。

湛微阳小心翼翼地问："我刚才是惹你生气了吗？"

裴馨说："没有。"

湛微阳并没有松一口气，坚持道："你生气了，你喊我名字的时候好凶。"

裴馨语气温和地问他："很凶吗？"

湛微阳点头，带了点委屈。

裴馨说道："对不起。"

湛微阳说："我没有生你的气。"

裴馨闻言忍不住笑了一声，对湛微阳说："其实我也没有凶你，我就是想喊你快回来。"

湛微阳看着他。

裴馨说："你刚才听到我喊你上车了吗？"

湛微阳回答道："听到了。"

裴馨点了点头："我喊你上车，你又一直不回来，我害怕你跟着别人跑了，我就有点着急。"

湛微阳急忙说道："我不会跟着别人跑的。"

裴馨眼里依然有隐约的笑意，问道："是吗？"

湛微阳很诚挚地点头："是啊，我只会跟着你一个人，你不要凶我。"

裴馨靠在椅背上，认真回想了刚才的语气，其实也说不上凶，他只是想唤回湛微阳的注意力，所以声音有些大，语气也显得急促，最主要的是他叫了湛微阳的全名。

他知道湛微阳为什么惶惑不安，因为即便是他刚刚来到湛家，两个人第一次见面的时候，他也很客气地叫对方"微阳"，而不是叫"湛微阳"。

只是他没想到湛微阳会那么紧张。

他于是又说了一次："对不起，我再也不凶你了，好不好？"

湛微阳说："好。"

裴馨开车回去的路上，阴沉了一个晚上的天空又下起小雨。他打开了雨刮器，放慢了速度开回家，路上经过灯火通明的小街巷时，还问湛微阳要不要吃夜宵。

湛微阳说："不吃了，想睡觉了。"

回到家里，裴馨停车的时候，发现湛鹏程平时开的小轿车已经停在车库了，今天他算是难得的回来得挺早。

裴馨和湛微阳进屋，见到湛鹏程正站在一楼客厅里面，拿着个杯子在喝水，看见他们回来，嘴里的水都还没咽下去，就急急忙忙放下杯子，问道："阳阳淋雨了吗？"

湛微阳说："没有。"

裴馨接着说道："我看降温了就开车去接他，顺便给他带了件外套。"

湛鹏程"哦"一声，说："实在太谢谢你了，小馨。"

裴馨说："舅舅不必客气的。"

湛鹏程对湛微阳说："那快点上去洗澡睡觉吧。"

湛微阳点点头："好啊。"

洗完澡，湛微阳坐在自己房间床上，心里想着下午和陈幽幽说的那些话，认真地纠结是不是真的要等到十八岁才什么都能做。

他的脚趾被热水泡得发红，踩在床上，用力张开了又合起来。他想了想，伸手捞起自己的睡衣，看了看单薄的胸膛，依然是白皙的皮肤，洗过热水澡之后微微泛着红。他起身站在床上，动手想要脱裤子，还没来得及，突然听到敲门声。

这个时候一定是湛鹏程。

湛微阳连忙把衣服拉好，盘腿坐在床上，说："请进。"

湛鹏程打开门进来，问道："阳阳还没睡啊？"

湛微阳说："嗯。"

平时湛鹏程进来都是站一站就走了，今天他走到床边坐了下来，问湛微阳道："裴馨哥哥是不是挺照顾你的？"

湛微阳说："嗯。"

湛鹏程想了想，说："那爸爸改天请他吃顿饭吧，我平时工作忙，感觉麻烦了他很多。"

湛微阳点点头："嗯。"

湛鹏程问他："和裴馨哥哥相处得好吗？"

湛微阳说："好。"

湛鹏程抬起手拍拍他的头，欣慰地道："主要是我们阳阳太乖了，大家都喜欢你。"

湛微阳想了想，说："湛微光不喜欢我。"

"他敢不喜欢你！"湛鹏程故意装作凶巴巴的模样，"爸爸打他屁股！"

湛微阳露出笑容。

湛鹏程说："好了，乖乖睡觉，爸爸也去睡觉了。"

湛微阳对他挥挥手："爸爸晚安。"

等到湛鹏程离开了房间，湛微阳盘着腿在床上静静坐了几分钟，从床上爬下来，穿着拖鞋朝外面走去。

　　走廊上的灯已经关了，阳台的门也关着，今天天气不好，所以光线特别暗，几乎连人的影子都看不清楚。

　　湛微阳本来想要去找裴馨，走到走廊上了，听见外面的雨声，突然想起了他的花盆。

　　他于是走向阳台，打开了门站在门口，看见淅淅沥沥的雨点落下来，整个阳台的地面早就已经湿透了，反射着昏黄的灯光。

　　他的花盆就摆在正中间，因为下雨，似乎已经接了不少的雨水，能听到雨点落进去发出的滴答声响。

　　湛微阳心想，以后他待在这里，如果下雨了就要一直淋雨，也不会有人来给他打把伞，虽然那时候他可能不怕雨了，但他还是很可怜。

　　要不然把花盆放到裴馨的房间吧，湛微阳突然产生了这个想法，他有一瞬间的激动，但是很快又想到，裴馨不会一直住在他家，等到裴馨以后搬走了，他就只能孤零零一棵树留在一个空房间里了。

　　那一瞬间，湛微阳觉得难过极了。

52

到周末时，湛鹏程趁着自己难得没有工作安排，又带上一家人出去吃了一顿饭。

今天他没有开车，直接打了个车出门，为的是晚上能跟裴馨一起喝点酒。

裴馨倒是无所谓，只是听见湛鹏程说要喝酒的时候，忍不住问了一句："舅舅还要喝吗？"他觉得湛鹏程每天在外面应酬喝了太多酒，这样下去怕是对身体不好。

湛鹏程说："当然要喝，怎么，不想陪舅舅喝啊？"

裴馨只能笑了笑，应道："那我肯定是要奉陪的。"

那天晚上，湛鹏程喝了不少酒，他说主要是心情好，一边喝酒，一边伸出一只手按在裴馨的肩膀上，说："你这个人真的不错，小馨。"

裴馨虽然喝了酒，但神志还是清醒的，他笑着没有说话。

湛鹏程说："阳阳真的很乖了。"

裴馨点点头，说："是啊。"

湛鹏程声音低沉，凑近了裴馨，叹息道："就是我工作太忙了，没有足够的时间照顾他。"

"这也是没办法的事情。"裴馨知道湛鹏程很忙也很累，那么大个家庭，两个孩子都在读书，还有个身体不好的母亲，他不得不把所有的担子都揽在自己的肩上。

这些话湛鹏程平时是不说的，今天喝了酒，又感觉裴馨已经是成年人了，忍不住倾吐两句："微光也不带着他玩，我说过好多次了，都上大学了还不懂事。"

裴馨看了一眼湛微阳，见到湛微阳正在认真地剥虾壳，他轻声对湛鹏程道："微光对阳阳其实也很好，就是不喜欢表达而已。"

湛鹏程说："我知道，可是他弟弟不知道啊，你看阳阳就不喜欢微光，喜欢跟着你玩。"

裴馨没说话。

"说到这里，"湛鹏程端起酒杯，"来，今天舅舅一定要好好敬你一杯。"

裴馨连忙把酒杯也端起来，说："舅舅你太客气了。"

湛鹏程说："我知道你过来这两三个月里面，阳阳给你添了不少麻烦，你也照顾了阳阳很多，舅舅实在是很感谢你，也不知道能为你做点什么。"

裴馨道："不需要的，我们都是一家人。"

湛鹏程叹口气："是啊，一家人。你看你就比微光大了三岁吧，性格比他沉稳太多了。"

裴馨说道："他刚刚进大学，跟我之间差的就是大学这段时间的历练，正常的。"

湛鹏程听得笑起来，又忍不住用手去拍裴馨的肩膀："舅舅太喜欢你了。"

裴馨很轻地笑了一下。

到后来吃完饭回去的时候，湛鹏程喝醉了。这一回真的醉得有点厉害，从包间到餐馆的门口一路搂着裴馨的肩膀，口齿不清地还要跟他聊天，说了半天却没能说清楚一句话。

湛微阳不太高兴地看着湛鹏程，说："爸爸你喝多了。"

湛鹏程听见了，转过身来寻找湛微阳，像是突然有些诧异，说："阳阳，你怎么偷偷长这么大了？"他伸出手，捏了一下湛微阳的脸。

喝醉的人不知轻重，湛微阳被他捏得叫了一声，松开手时发现脸都给捏红了。

回去的时候是裴馨叫的车，他先叫一辆车让湛微阳陪着奶奶和罗阿姨回去，自己又叫一辆车扶湛鹏程坐进去。

湛鹏程眯着眼睛仰着头，过一会儿又朝裴馨靠过来，压低了声音说："我没办法啊，我不多赚点钱，以后阳阳怎么办？你说等我走了，把他交给谁才好？有女孩儿愿意嫁给他吗？"

裴馨看了湛鹏程一眼，轻声说道："舅舅你别担心，会有人照顾他的。"

湛鹏程大概是没有听见的。

回到家里，湛微阳和裴馨一起扶着湛鹏程去他的房间。

湛鹏程已经醉得快要不省人事了，一躺上床就闭上眼睛开始打呼噜。

裴馨站在床尾帮他把鞋子脱了，抬起头看见湛微阳站在床头，正用手轻轻拍湛鹏程的脸，喊他："爸爸？爸爸？"

"你别吵他了，"裴馨道，"让他睡吧。"

湛微阳转过头来看裴馨一眼，又不放心地看着湛鹏程，对他说："爸爸你喝太多了。"

湛鹏程还在打着呼噜。

裴馨看着躺在床上的湛鹏程，对湛微阳说："帮你爸爸把衣服和裤子脱了，我去把毛巾拿来给他擦擦脸，可以吗？"

湛微阳点点头。

裴馨进了房间里的卫生间，看墙上挂着的毛巾，也不知道哪一条是洗脸毛巾，只选了一条看起来最干净的，用热水沾湿了然后拧干。

裴馨出来的时候，看见湛微阳正费劲地帮湛鹏程脱长裤，一边脱一边艰难地说："爸爸你以后不能喝那么多。"

裴馨过来帮湛微阳的忙，把湛鹏程的长裤脱了之后，打开被子给他盖上，然后用毛巾给他擦了擦脸。

裴馨把毛巾拿回卫生间，洗干净挂上再出来时，看见湛微阳还是站在床边，很担心地看着湛鹏程，他走过去说："没事的，舅舅是睡着了。"

湛微阳抬头看裴馨一眼。

裴馨拍拍他的肩膀："我们出去吧，让他睡。"

湛微阳跟着裴馨出来，看裴馨把门轻轻关上，之后说道："我有点害怕。"

裴馨转过身，低着头看他："怕什么呢？"

湛微阳摇摇头："不知道。"

裴馨知道他还是小孩子心思，安慰他道："真的没事，爸爸喝醉了而已，明天早上酒醒了就好了。"

说完，裴馨打算回去自己房间，他走到房门口，发现湛微阳还紧紧跟在他身后，于是又转过身去，问："怎么啦？"

湛微阳看着他，问："你为什么没喝醉？"

裴馨弯下腰，轻轻说："我也醉了啊，只是没有你爸爸醉得厉害。"

湛微阳凑近他闻了闻。

裴馨问道："是不是闻到了酒味？"

湛微阳点点头。

裴馨又问："是不是不好闻？"

湛微阳低下头，犹豫了一下说道："也没有。"

裴馨笑了笑："没有就好。"

湛微阳神情有些紧张地看他，双手背在身后使劲儿抠着手指，说："我今晚跟你睡好不好？"

裴馨看了一眼湛鹏程房间的方向，想到湛微阳总要学着长大和独立，于是说道："不好，自己回去睡，乖。"

说完，裴馨转身想要回房间，这时候感觉到有人抓住了他的衣摆，他回头看见湛微阳正仰头看他。

湛微阳仿佛鼓足了勇气，说："那就睡一会儿，等会儿我就回去好不好？"

裴馨沉默了片刻，低声说道："你洗了澡回去房间，我等会儿去找你。"说完，笑着捏一下湛微阳的脸，退回了自己屋里。

53

湛微阳洗完澡，回到自己房间里，在床上平躺下来。或许是因为心情激动，他躺得格外平整，两只手放在身边紧紧贴着大腿。

有声音从门外传来，湛微阳猜测是裴馨去洗澡了，他继续耐心等待着，过了差不多有二十分钟，裴馨推开他的房门，轻轻走进来。

裴馨穿着睡衣，走到湛微阳床边，蹲下来伸手摸一摸他的头发："还没睡着吗？"

湛微阳没有回答，只是急忙往旁边挪了挪，让开一半的床给裴馨。

裴馨笑着看他："今天怎么了？"

湛微阳催促道："你快点上来。"

裴馨看了他一会儿，最后还是脱了鞋子上床，与湛微阳盖了同一床被子，说："是不是今天要我哄着你睡？"裴馨用一只手撑着头，侧躺着面对湛微阳。

湛微阳点了点头："你哄我睡觉吧。"

裴馨看着他，问道："为什么今天突然开始撒娇了？"

湛微阳说："没有啊，我就是想要你多陪陪我。"

裴馨没有说话。

湛微阳闭上眼睛装作睡觉，过一会儿又偷偷睁开看裴馨，见到裴馨还看着自己，忍不住说："你是不是不想陪我啊？"

裴馨回答他说："没有，以后我还有很多时间，可以经常陪你。"

湛微阳眨了眨眼睛，突然有些伤感，说："可是我没有很多时间了。"

裴馨有些诧异，看着他："你在说什么？"

湛微阳除了失望还有点不开心，闷闷地说道："我可能时间不多啦。"

裴馨没料到他会说出这种话来，问他："为什么你时间不多？"

湛微阳不回答，过了一会儿小声说："我跟你说过的。"

裴馨扳着他的肩膀让他看着自己，语气有些严肃："到底是怎么回事？"

湛微阳说："我说了我要变成一棵树的。"

裴馨问他："你什么时候会变成一棵树？十八岁时会变成一棵树？"裴馨提问题的时候，越说语气越郑重。

湛微阳说道："不是的，我说了，分扣完的时候。"

裴馨道："可是你没有告诉我什么在扣你的分。"

湛微阳觉得裴馨捏自己肩膀捏得很用力，小小地挣扎了一下。

裴馨于是放开他，放缓了语气对他说："阳阳，可不可以告诉哥哥？"

湛微阳最后还是摇了摇头，着急地道："我没有时间啦。"

裴馨干脆张开手臂抱住了他，安慰地拍拍他，说："你得先跟我说清楚，什么'扣分'，什么'变成一棵树'？"

湛微阳不吭声。

过了一会儿，裴馨看到他已经把眼睛给闭上了。

"阳阳？"裴馨喊他。

湛微阳闭着眼睛没有反应。

"睡着了？"

湛微阳仍是不应。

裴馨想把他叫起来让他把话说清楚，可是看他闭着眼睛的样子又实在不忍心，最后扶他躺下来，帮他把被子盖好。

做完这些，裴馨也没有立即起身，而是静静地等了一会儿，直到听见湛微阳轻微而均匀的呼吸声时，才慢慢起身下床。

他站在床边，先伸手关了灯，陷入一片黑暗中时，也依然注视着床上熟睡的身影。

一种难言的焦躁渐渐涌了上来。

之前他就意识到湛微阳的状态不太对，因为不方便直接告诉湛鹏程，所以特意和湛微光交流过。当时湛微光告诉他不必担心，他也以为时间长了，湛微阳注意力被转移了就会好起来，但是现在看来并不是这样，他不知道湛微阳脑袋里面的东西是该称为幻觉还是该称为妄想，但那显然是不正常的。

裴馨离开湛微阳的房间，回到自己房里之后，在床边坐下来，他迟迟没有睡意，思考着自己该怎么做。

他不知道应不应该先告诉湛鹏程，毕竟湛鹏程才是湛微阳的监护人，可是他又害怕湛鹏程会对他干涉这些事情感到排斥。

如果他自行带湛微阳去看医生的话，湛微阳恐怕也会抗拒，他还记得湛微阳有多不想去医院。

裴馨抬起手揉了揉额头，他想，他要先向湛微阳问清楚，就算湛微阳会抗拒，也一定要知道究竟是怎么回事。

在床上躺下来时，裴馨突然想起了一个人——陈幽幽。

既然湛微阳有个无话不说的好朋友，也许陈幽幽会知道湛微阳那个小脑袋里究竟在琢磨些什么乱七八糟的东西。

54

湛微阳的心情很不好，他的时间越来越少了。

自从那天下了小雨，每天的天气似乎都阴雨绵绵的，叫人心情也跟着阴郁起来。

其间伴随着期中考试，湛微阳拿到试卷的时候，脑袋里一片空白。

他本来成绩就不好，能进这所中学也是湛鹏程花了钱给他打点的，老师并没有对他抱什么期待，所以平时也不会关注他。

结果有一场考试，湛微阳整个考试期间都在走神，最后交了试卷批改下来，只对了几道题。

依湛微阳平时的水平，倒也不至于这样。

所以考试一结束，老师就忍不住打电话请家长了。

刚好那天湛鹏程有个很重要的工作会议，实在没办法去学校，考虑之后把事情委托给了裴馨。

裴馨向实习的公司请了半天假，是下午到湛微阳学校的。

他从校门进去时正是下课时间，一路走到教学楼，路上吸引了无数女孩子的目光。走进教学楼上楼梯的时候，更是如此，经过的不管是男生还是女生，都会看他一眼。

走到湛微阳班主任办公室的时候，班主任正在跟其他老师说话，没有注意到他。

裴馨敲了敲门，说道："你好，我是湛微阳的表哥。"

在办公室里的三个老师同时转头看过来，班主任是一位四十出头的女性，看见裴馨，稍微皱一皱眉，说道："他爸爸呢？"

裴馨回答道："对不起老师，我舅舅实在是抽不出来时间，但是他跟我说了，老师交代的问题，我回去一定仔细跟他反映。"

看得出来班主任还是很不满意，只不过勉强接受了，请裴馨进来，然后把期中考试的成绩单拿给裴馨看。

裴馨把成绩单拿起来，沉默地看着。

班主任说："既然你都来了，拍一张拿回去给他爸爸看吧，我就不给他发微信了。"

裴馨点点头，用手机拍了一张照片。

班主任说道："湛微阳情况比较特殊，学校既然把他安排到了我的班上，我也能理解。我对他没有偏见，他成绩虽然一直不好，但人还是听话的，以前每次考试不管题会不会做，他都认真答了的，可这一次他明显整个人都心不在焉。"

说完，班主任把自己任教的数学这一科的试卷抽出来给裴馨看。

裴馨看到试卷后面好几道大题都是空着的。

班主任说："但凡他写一点解题思路，也不会一分都拿不到。"

裴馨态度很诚恳地点了点头，说："嗯。"

这时候上课铃响了，隔壁办公桌的年轻女老师拿着书站起来，经过裴馨身边去教室给学生上课。

办公室外面，本来喧闹的环境逐渐安静下来，整个学校的学生都回去了教室里面，准备上课。

班主任说话的声音也下意识放轻了，她对裴馨说："我本来想要先找他聊一聊，但是我怕掌握不了说话的分寸，你明白吗？"

裴馨应道："我明白。"

班主任说："所以我才想把他爸爸叫来，详细说一下湛微阳的情况，可以分析一下他最近为什么会变成这个样子，结果这个做爸爸的还是不负责任。"

裴馨只得解释道："他工作实在是走不开。"

班主任语气有些严厉："有什么走不开的？还有什么事情比孩子的学习状态更重要？何况湛微阳也不是普通孩子！"

裴馨静静听了，没有再解释。

班主任说："那就这样吧，你先回去跟他爸爸说，找一下湛微阳最近这个状态的原因，如果他爸爸有时间来学校了，我们再详细说。"她觉得裴馨看起来太年轻了，似乎并不愿意花太多时间与裴馨交流。

裴馨说："好的，谢谢老师。"

这已经是下午最后一节课了，从老师办公室出来，裴馨并没有立即离开学校，而是走到了湛微阳上课的教室，站在靠近后门的窗户外面朝里面看。

他找到了湛微阳。

湛微阳一只手撑着下颌正望着黑板，看起来像是很专注，但是明显眼神是放空的。

裴馨有点担心。

湛微阳的状态不对当然不只表现在这一次期中考试中，从之前湛微阳说他没时间了，裴馨就已经察觉到他有些异常。

最近几天老是下雨，裴馨发现湛微阳花了很多精力在他的花盆上面，有时候把他的花盆给拖到靠近阳台门能够避雨的屋檐下，看见雨停了又把花盆拖回去，翻来覆去地折腾，好像摆在哪里都不满意。

裴馨怀疑要不是那个花盆太大太重，湛微阳可能会抱到自己的床上，晚上把自己蜷成一团躺进去睡觉。

关于这件事情，裴馨尝试过再找他聊一聊，但是湛微阳不肯再说了。

湛微阳倒也不是闹别扭，他还是很依赖裴馨，就是不愿意聊他时间不多这个话题。

裴馨想要找陈幽幽，结果碰上他们期中考试，他觉得时机不合适，于是拖到了现在。

今天无论如何，裴馨也要把这件事情弄清楚。

他发现教室里有坐在后排的学生注意到了他，转头朝窗户外面看，他于是从教室门口退开，沿着走廊一直走到了楼梯间，停下来靠墙站着，双臂抱在胸前。

等待下课等了挺长的时间，因为有心事，裴馨一直没有玩手机，就那么静静地站着。

直到下课，有学生兴冲冲地从教室里跑出来，因为他站在楼梯口，几乎所有人都要经过他的身边，免不了又会看他。

裴馨看起来年轻，但是整个人气质也不会再像高中生了，再加上外形实在是出色，出现在校园里很难不引人注意。

这种被所有人围观的感觉并不好受，还好裴馨从小到大也习惯别人的目光了，所以他还能安心地待着。

只是过去了五六分钟，大部分学生都已经离开教学楼了，裴馨还没看到湛微阳他们出来，于是再次朝湛微阳教室的方向走去。

教室后门是开着的，裴馨走到门口，看见湛微阳和陈幽幽都还没走，两个人一边慢吞吞地收拾桌子，一边在聊着什么。

裴馨走进去，一开始他们都还没有注意到，直到裴馨走到他们课桌前面，说："走，带你们吃晚饭。"

湛微阳和陈幽幽同时被吓了一跳。

尤其湛微阳，一脸震惊地抬起头来，看着裴馨，半天说不出来话。

裴馨一手一个拎起来，带着两个人朝教室外面走，同时问道："晚饭想吃什么？"

湛微阳还是没有反应过来。

过了好一会儿，陈幽幽才结结巴巴说道："吃、吃烤鱼。"

裴馨闻言低头看一眼湛微阳，见他没有反对，于是说道："好吧，吃烤鱼。"

55

这种深秋的天气，坐在烤鱼店里围着炭火还没熄灭的烤盘吃鱼是一件挺幸福的事情。

裴馨坐在湛微阳的旁边，会顺手给他夹点鱼肉和菜，看他埋着头专心地吃，露出一小截干净白皙的后颈。

陈幽幽坐在他们对面，一边往嘴里塞东西，一边含混不清地说："我、妈不许我吃、这个，说上火。"

裴馨笑了笑："吃多了上火，可以多喝点水。"

陈幽幽点点头。

湛微阳放下筷子抬起头，看向裴馨："你怎么到我们学校来了？"

"我来接你们放学，请你们吃晚饭啊。"裴馨微微笑着说道。

陈幽幽说："那、你可以常来。"

裴馨闻言点了点头，说："没问题，以后你们只要想出来吃东西，就跟我联系，我来接你们。"

陈幽幽连忙说道："好。"

但是裴罄注意到湛微阳并没有回答。

湛微阳还是显得稍微有些心不在焉，他用筷子夹起一块鱼肉送进嘴里，刚咽下去就被辣椒呛到了，忍不住捂住嘴咳嗽起来。

裴罄拿起水杯递过去，说："喝点水。"

湛微阳连忙接过来喝了一口水，仍是咳得满脸通红。

裴罄又递纸巾给他擦嘴。

湛微阳眼睛也有些红红的，仔细擦了擦嘴，把纸巾团成一团扔进桌边的垃圾桶，然后抬眼看向裴罄。

裴罄问他："最近在学校开心吗？"

湛微阳神情有些疑惑。

陈幽幽倒是没注意这边，专心地在烤盘里寻找他喜欢吃的藕片。

裴罄拿起自己的水杯，就着吸管缓缓喝了一口，又问湛微阳："在学校里没有人欺负你吧？"

湛微阳摇了摇头。

裴罄问道："那期中考试怎么样呢？"

湛微阳一下子就紧张地转开了脸，右手慌乱地抓起筷子，左手捏住了桌子边缘。

裴罄笑了笑，语气温和地对他说："没有关系，你考得不好我又不会怪你，有什么不可以跟哥哥说的呢？"

湛微阳低着头沉默了挺长一段时间，才抬头凑到裴罄耳边，用一只手拢住裴罄的耳朵，悄悄说道："考得不好。"说完，他颇有些歉疚地看着裴罄。

裴罄于是也凑近他，压低了声音说："没关系。"

湛微阳看裴罄。

裴罄继续说道："一次考得不好本来也不重要，我们只要搞清楚为什么没考好就行了。"

没想到湛微阳立刻回答道:"因为我脑袋有问题。"

裴馨都被他说得愣了一下,等到反应过来,立即把手放在他头顶,说:"谁说的,别胡说八道。"

湛微阳连吃东西的心情也没有了,默默地盯着前面还在冒烟的烤盘,筷子许久都没有动一下。

裴馨又帮他夹了很多肉和菜,放在他面前的小碟子里面,看他不动筷子,便说道:"要我喂你吃?"

湛微阳这才拿起筷子来,没什么胃口地吃着。

陈幽幽虽然一直在吃东西,但是也注意到了他们两人的对话,感觉到气氛不太对,选择了保持沉默,只时不时偷偷地瞄他们一眼。

裴馨没有再说什么,一直等到湛微阳和陈幽幽吃得差不多了,速度都慢下来的时候,他突然问湛微阳:"你的分扣完了吗?"

湛微阳猛地朝他看去,脸都白了白。

陈幽幽也跟着愣了一下,看向裴馨。

裴馨转向陈幽幽,问道:"幽幽,你知道湛微阳的分扣到多少了吗?"

陈幽幽完全没有心理准备,顿时有些呆愣地说道:"不、不知道。"

裴馨继续说道:"他说他的分扣完了,他就会变成一棵树,他告诉过你吗?"

陈幽幽本来已经快忘了这件事,听裴馨这时候突然提起,才一下子回忆起来,说:"哦——我记得、他说过这、件事情。"他有些拿不准裴馨是什么意思,说话的时候忍不住去看湛微阳的表情。

湛微阳冲他用力摇头。

裴馨问:"他在被什么扣分?"

湛微阳还在冲陈幽幽摇头,陈幽幽不怎么敢继续说了,迟疑着,想要回答说不知道,可是"我、我——"话还没说完,裴馨就打断了他。

裴馨说的是:"我今天才请你吃了晚饭,你忍心骗我吗?"

陈幽幽瞪大眼睛,心想这要叫他怎么办,都说到这个份上了,而且裴馨不只请他吃过饭，还开车送他回家，把外套拿给他穿，他要是不回答裴馨，心里还真过意不去。他只能看向湛微阳说："这不是、你表哥吗？有、什么不能跟他、说的？"

湛微阳想要阻止他，还没开口的时候，听到裴馨沉声道："阳阳。"湛微阳便战战兢兢看一眼裴馨，不敢说话了。

陈幽幽说："他、说他脑袋里面有个系、系统。"

"什么？"裴馨一时间没听明白。

陈幽幽只好重复了一遍："系统。"

"什么系统？"裴馨微微皱眉。

陈幽幽一时也回忆得不是太清楚，就记得湛微阳之前接近谢翎的事情，好像和这个是有关联的，他说："就、一个什么交、朋友的系统，必须跟、跟那个谁、交……"他越说越小声，因为看到湛微阳是真的着急了。

裴馨耐着性子问："谁？"

陈幽幽很为难，说："表哥，不、要这样对、我，你、你看湛微阳嘛。"

裴馨转过头去，看见湛微阳正红着眼睛瞪着陈幽幽。

裴馨有些无奈，犹豫一下只能说道："那行吧，我不问你了。"

陈幽幽大大松了一口气，抓起桌面上的杯子喝了一大口水，眼睛看看裴馨又看看湛微阳，实在是想要走了，又不好意思提。

裴馨伸出一只手，按在湛微阳肩上。

湛微阳这才转开视线朝裴馨看过来，神情有些可怜巴巴的委屈。

裴馨用手轻轻捏了捏他柔软的后颈，安抚他的情绪，说："没什么，乖。"

湛微阳胸口起伏两下。

裴馨问他们："吃好了吗？吃好了我们就走吧。"

陈幽幽立即回答道："吃好了！"

今天裴馨是直接从公司过来的，没有开车，他们离开吃饭的商场，站在路边先为陈幽幽打了一辆车。

裴馨送陈幽幽上车，弯着腰从打开的车门对他说："注意安全，到家了发条消息。"

陈幽幽点点头，之后又忍不住探头看湛微阳一眼，发现湛微阳不看他。

裴馨站直身体，扬手关了车门，出租车很快载着陈幽幽离开。

只剩下湛微阳和裴馨两个人。

湛微阳不知怎么就有点害怕，下意识转过身想要躲。

裴馨伸手握住他的肩膀，把他拉了回来，让他面对着自己，说："你要不要自己跟我说？"

湛微阳不看裴馨。

裴馨继续问道："你必须跟谁交朋友？"

湛微阳还是不说。

裴馨松开了手，过一会儿他轻轻叹一口气，问湛微阳："你的分是不是快扣完了？"

湛微阳显得有些紧张，点了点头。

裴馨说："到时候你变成了一棵树，那就再也不能跟我说话了，到现在你也不愿意告诉我吗？"

湛微阳抬起头，脸色苍白地看裴馨。

裴馨对他说："要是有一天早上，我醒过来进你的房间，只看到一棵发财树躺在床上，我都不知道为什么，你觉得对我公平吗？"

湛微阳语气慌张地说道："不会的，我会自己去花盆里面埋好土的。"

"所以你在进花盆之前，真的什么都不想告诉我？"

湛微阳低着头不说话。

过了很久，裴馨察觉到有些异样，弯下腰凑近了去看湛微阳，发现他哭了。

湛微阳没有发出声音，只是默默地流眼泪，发现裴馨看他的时候，眨了眨通红的双眼，用手指擦一擦脸颊上的泪水，说："我好舍不得你。"

那一瞬间，裴馨也说不出来自己是什么心情，只觉得整颗心脏都跟着酸涩软化了，他伸手把湛微阳抱进怀里，说："别怕，不会有事的，我不会让你变成树的。"

56

回到家时，罗阿姨听到声音从房间里出来，拉拢了身上睡衣的衣襟，告诉他们，刚才湛鹏程打电话说今天晚上不回来了。

裴馨点点头："好的。"

罗阿姨对湛微阳说："阳阳早点睡觉，明天还要上课。"

湛微阳"嗯"一声。

罗阿姨随即便回了自己房间，将房门轻轻锁上。

到了二楼，裴馨叫湛微阳先去洗澡，自己一个人走到了阳台，最后停在那个花盆前面。

他心情太复杂了。

今天晚上，湛微阳加上陈幽幽两个人都说得不清不楚，但是即便如此，他还是能够大概拼凑出整个画面。

什么交朋友的系统，接近什么人，其实这些都不重要，最重要的是，他知道湛微阳出现幻觉了。

说不上来为什么，有一瞬间裴馨觉得有点害怕。

他从小到大独立惯了，想要什么东西就自己去努力，自己去争取，很少有什么东西是他掌握不住的。

可是现在他就有这种感觉。

湛微阳那个系统的分不知道什么时候扣完，说不定明天就没了，然后湛微阳会怎么样呢？他当然不会真的变成一棵树，也许他一觉醒来发现自己没有变成树，突然意识到那些都是幻觉和妄想，就像湛微光之前说过的那样，或许他就能想通了。

但是万一不能呢？他真的觉得自己变成了一棵树，没有知觉，不能交流，明明活着却像是死了。

裴馨因为自己这个想法而打了个寒战。他在花盆前面蹲下来，伸手摸了摸冰凉的陶瓷表面，阻止自己那些糟糕的想象。

过了一会儿，湛微阳洗完澡了，走到阳台上找到了裴馨。

裴馨站起身，对湛微阳伸出手："阳阳，过来。"

湛微阳朝他走过去，握住了他的手，被他拉到身前。

裴馨低下头，很认真地看着湛微阳，说："我们有没有办法阻止你变成一棵树呢？"

湛微阳在专注地思考。

裴馨便一直没有打断他。

过了好一会儿，湛微阳垂着头说："也许我该去接近——"他中间停顿了好久，最后还是说了出来，"谢翎。"

裴馨并没有生气，只是问他："那你真的想跟他做朋友吗？"

湛微阳一下子转过头来，仰望着裴馨，似乎有些诧异。

裴馨语气温和："你想吗？"

湛微阳想也不想便摇头。

裴馨问他："为什么啊？多一个朋友而已，并不是很困难的事情。"

湛微阳说道："可是他不喜欢我，很多人都不喜欢我。"

裴馨轻声问道："为什么这么觉得？"

湛微阳说："我猜的，可能我脑袋不太好，跟我做朋友很丢脸。"

裴馨缓缓吸一口气，说道："没有这回事。"

湛微阳不说话，一双眼睛湿漉漉地看着裴馨。

裴馨说："所以让你一定要跟他做朋友很为难吗？"

湛微阳点点头："我觉得我不是很开心。"

裴馨忍不住抱住了他，过了一会儿才继续问道："那我们还有别的办法吗？"

湛微阳回答："我不知道。"

裴馨说道："没关系，我们来一起想办法好不好？"

"什么办法呢？"湛微阳不安地问道。

裴馨说："我们去找医生好不好？"

湛微阳的身体一下子就僵硬了。

裴馨是把他搂在怀里的，所以能够清楚地感觉到。裴馨握住了湛微阳发凉的手，动作温柔地搓揉着他的手指，让他不那么紧张，对他说："医生也许能治好你呢？"

湛微阳问道："怎么治？要给我开刀吗？"

裴馨说："那应该还是不至于，最多用剪刀给你修剪一下叶子。"

"啊？"湛微阳有点害怕。

裴馨随即说道："不会的，医生不会干那种事情，我逗你的。"

湛微阳问他："那会怎么样？"

裴馨说："应该会给你吃药。"

湛微阳微微蹙起眉头。

裴馨继续说："只要你每天乖乖吃药，说不定就不会变成一棵树了。"

湛微阳问："有这样的药吗？"

裴馨说："会有的。"

湛微阳有点紧张："可我不想看医生，我也不想吃药。"

裴馨轻轻拍他的手背，停顿了片刻，问道："比起离开我们，变成一棵树还要可怕吗？"

湛微阳愣了愣，没回答。

裴馨继续说道："不只是我，还有奶奶和你爸爸。你想，奶奶腿不好，根本上不来二楼，以后她就再也见不到你了，爸爸工作又那么忙，说不定没有时间给你浇水，日子长了要怎么办？"

湛微阳说："可是还有你啊。"

"有一天实习完了，我走了你怎么办？以后就再也见不到我了。"

湛微阳慌张地转头看他。

裴馨说："你现在这样，我还可以带着你跟我一起走，你要是栽进花盆里面了，我怎么带你走？"

湛微阳还是认真想了想："你可以把我抱走。"

裴馨说道："那你爸爸和奶奶想你了怎么办？你又不能自己回来，总不能再叫我把你连着花盆一起抱回来吧？"

湛微阳惆怅起来。

裴馨说："怎么样？要不要去看医生？"

湛微阳把头靠在裴馨怀里，轻声说道："我害怕。"

裴馨没有问他为什么害怕，如果像湛微光说的那样，湛微阳从小应该看了很多医生，不知道中间到底经历了些什么，显然他不想再经历了。

湛微阳很难过，手臂抱住裴馨的腰，说："怎么办？"

裴馨没有更好的办法，只能说："我陪你都不行吗？"

湛微阳没有回答。

裴馨突然说："那等我离开了，可能就再也没有机会见到阳阳了。"

湛微阳蓦然抬头朝他看去。

裴馨的语气里带着遗憾："我还以为再过不久，阳阳就十八岁了。"他说话的时候低着头，用手抚摸湛微阳的头发。

湛微阳说："是啊。"

裴馨拍拍他的头："去睡觉吧，明天还要上学。"说完，也不等湛微阳回答，牵着他的手离开了阳台朝走廊走去。

晚上躺在床上，湛微阳一直睡不着。

他反复想着他的十八岁，他好遗憾等不到十八岁，就像生命中会错过一些最重要的东西似的。

湛微阳先是躺着的，许久都睡不着之后又翻身趴着，把被子拉起来盖过头顶，他静静地在心里数数，也不知道为什么要数，更不知道数了会有什么结果。

许许多多复杂的情绪在他的心里，可是他的脑袋又没办法去处理这些情绪，得到的唯一结果就是难受。

他听到自己的心跳很激烈，后来变成了嗡嗡的响声，他好像听见有人在跟他说话，但是又听不清在说什么。

于是那一瞬间他想，如果真的变成一棵树就好了，那他就不用那么难受了。

他躺下来，幻想自己是一棵有生命却不能行动、不能思考的树，他的身体很沉，沉沉陷入床垫里面，一切在他面前都静止成了一幅再也不会动的画。

也是在这一瞬间，他突然想到裴馨说，再也没有机会见到他了。

湛微阳猛地睁开眼睛，从床上坐起来，听见自己刚才逐渐徐缓静止的心跳都激烈起来，他很害怕，掀开被子下床快步走出了房间。

57

裴馨第二天给湛鹏程打了个电话，到中午的休息时间，他从公司出来，打车回家见到了湛鹏程，详细地跟湛鹏程说了湛微阳目前的状况。

"幻听？"湛鹏程明显整个人愣住了，"什么幻听？"他语气有些焦急地追问着。

裴馨说："说起来挺复杂，他说有个什么系统给他发布任务，要他去完成，不能完成的话就会把他变成一棵树。"

"一棵树？"

裴馨点点头："舅舅你记得阳阳的大花盆吗？那是他给自己准备的，他以为总有一天他要变成一棵树，到时候他就必须把自己给栽到里面去。"

湛鹏程想起了湛微阳的花盆，他知道湛微阳很喜欢那个花盆，但是从来不知道为什么，在今天知道答案的一瞬间，他感觉到了一种恐惧，脸色都有些苍白了，说道："他从来没告诉过我。"

裴馨想要安慰他，说："他也没有告诉我，我是从他的好朋友陈幽幽那里打听来的。"

"怎么会这样？"湛鹏程还是不太愿意相信，"你确定是这样？那么多年了，阳阳一直都好好的。"

裴馨说："我也希望不是这样。"

湛鹏程站了起来，焦躁不安地来回走动："怎么会有幻觉呢？除了你说的那个什么系统任务，还有什么吗？"

裴馨回答道："我也不知道，他没有告诉我。可是我觉得最严重的是，他认为自己会变成一棵树。"

"他怎么可能变成一棵树？"湛鹏程觉得很荒谬。

"是啊，"裴馨说，"我们都不认为他能变成一棵树，但他自己是这么认为的。如果有一天他一觉醒来，真的以为自己变成树了，舅舅，到时候你觉得他会怎么以一棵树的身份来面对我们呢？"

湛鹏程整个人都紧张起来，看向裴馨，很久没能说出一个字。

裴馨却猜得到他在想什么，他跟自己一样，同样在感到害怕，害怕湛微阳真的会变成一棵树。并不是他的身体能够成为树，而是他的精神成了一棵树，有生命却无知觉。

湛鹏程说："我带他去看医生。"

裴馨点头："嗯。"

湛鹏程伸手摸身上的手机，摸了好一会儿都没有找到，后来才发觉手机一直放在前面的茶几上。

他弯腰拿起手机，还没有拨号，又对裴馨说："他排斥去医院排斥得很厉害。"

裴馨也站了起来，轻轻拉拢衣襟，说："他答应我了。"

"他答应你了？"湛鹏程十分诧异。

裴馨应道："是的，他答应我，会听话去看医生，让医生治好他，不再听那些一直缠着他不放的声音。"

湛鹏程看了裴馨一会儿，伸手拍一拍他的肩膀，说："谢谢你了。"

当天，湛鹏程就打电话找人帮忙找专家加了个第二天上午的号，然后推掉了所有的应酬，留在家里等着湛微阳下午放学。

昨天深夜，湛微阳推开了裴馨房间的门，在黑暗中走到裴馨的床边，蹲下来，犹犹豫豫地凑近了轻轻喊："馨哥。"

湛微阳有话想跟裴馨说，但是又不忍心把他吵醒。

其实那时候裴馨也没有睡着，他听到湛微阳进来了，一直没有发出声音，直到湛微阳蹲在床边喊他，才翻了个身面对湛微阳睁开眼睛，说："阳阳，怎么了？"

湛微阳手臂交叠着放在床边，头枕在上面，看着裴馨朦胧的轮廓，说道："我去看医生好不好？"

裴馨半坐起来，伸出一只手给他："你先上来。"

湛微阳上了床，又说了一遍："我去看医生好不好？"

裴馨摸他的头发："不害怕了吗？"

"害怕啊，"湛微阳轻声说道，"可是我不想离开你们，我舍不得你。"

裴馨有些情绪的触动："因为舍不得我，所以即使害怕也愿意去看医生吗？"

湛微阳说："啊。我想，你要是连着花盆一起搬我，可能太重了。"

听到湛微阳这句话，裴馨有些好笑又有些难受："那你去看了医生，治好了，我就不用搬花盆了，以后可以牵着你的手带你走，你说好不好？"

湛微阳抬起头来，问他："医生真的可以治好我吗？"

"当然可以，"裴馨说道，"医生把那个系统从你脑袋里面抽出来，它就不能扣你的分，也不会让你变成一棵树了。"

湛微阳即便看不清楚，还是在黑暗中努力睁着眼睛看向裴馨的脸。

裴馨说："所以我明天就跟你爸爸说，带你去看医生好不好？"

湛微阳没有回答，只是紧紧抱住裴馨，像是害怕得微微颤抖。

裴馨抚摸着他的后背安抚他的情绪："为什么那么害怕呢？"

湛微阳说话的声音都开始抖了："因为治不好。"

裴馨问他："什么治不好？"

湛微阳很害怕："就是治不好。他们说治不好，他们要吵架。"他脑袋里面有些残存的模糊不清的记忆，是关于他妈妈和爸爸的，他们带着他从医院回来，然后开始激烈地争吵。

有一次他妈妈打碎了家里一个花瓶，声嘶力竭地吼："又治不好！还看什么医生？浪费什么时间？"

当时那个花瓶就落在湛微阳的面前。

湛微阳吓得一动也不敢动，还是奶奶走过来抱起他，让他远离父母争吵的战场。

其实这些事情湛微阳并不能清楚回忆起来，大概是留在他潜意识里的东西，让他对医院和医生产生了深刻的恐惧。

裴馨并不知道湛微阳记忆里那些东西，但是他能够感知到湛微阳的情绪，他对湛微阳说："会治好的，我说的你也不信吗？"

湛微阳小声问道："真的吗？"

裴馨点点头，嗓音低沉而安定："真的，哥哥什么时候骗过你？"

湛微阳点了点头，说："那你陪我去吧。"

"好，"裴馨应道，"我陪你去。"

昨天晚上，湛微阳是留在裴馨房间里睡的，因为实在太晚了，他精神紧绷到了极点，后来睡着了还是很安稳，就是一只手紧紧抓着裴馨，怎么也不肯放。

裴馨先给他做好了心理准备，今天回到家里看见湛鹏程，湛微阳整个人就紧张起来，他躲到裴馨身后，只露出一双眼睛喊了一声"爸爸"，就连忙把头缩回去。

湛鹏程也紧张，站得远远的，对他说："阳阳，明天爸爸带你去医院做检查好不好？"

湛微阳没有回答。

直到裴馨转过头来看了他一眼，他才又伸出半个头，轻轻点一下头，表示同意了。

58

湛鹏程帮湛微阳请了假，带他去医院看病。裴馨也陪着他们去了。

湛微阳显得很紧张，他在连帽卫衣外面套了一件宽松的外套，把衣领拉得很高，遮住了半张苍白的小脸。

医院的停车位很紧张，湛鹏程叫他们先在医院门口下车，自己排着队等车位。

裴馨下车之后，站在车门口，伸手牵着湛微阳的手，扶着他从车上跳下来。

湛鹏程探出头，对他们说："你们先去等着喊号，我停了车就过来。"

裴馨点点头："好的，舅舅。"

随后湛微阳乖乖跟着裴馨走进整体色调是白色的医院门诊大楼。

医院的病人比裴馨想象中的还要多，门诊大厅人来人往，似乎和其他综合医院并没有什么区别。

湛微阳一直没有说话，只是紧紧握着裴馨的手。

裴馨转头看他一眼，说道："没关系，别害怕。"

湛微阳点了点头，还是一句话都没有说。

他们坐电梯上了门诊大楼二楼，在医生诊室外面的椅子上坐下来。

裴馨在看前面显示屏的叫号，湛微阳则缩着脖子，神情不安地左右张望。

过了一会儿，裴馨抬起手搂住他的肩膀。

湛微阳连忙靠了过来，先是头靠着裴馨的肩膀，过一会儿又紧张地把脸整个埋在他手臂上。

裴馨说："不怕，吃了药很快就会好了。"

湛微阳小声问道："会吗？"

"会的，"裴馨说道，"以后你就不会听到奇怪的声音，也不会有人逼你去做不想做的事情。"

湛微阳问他："我还会变成一棵树吗？"

裴馨说："当然不会。"

湛微阳想了想，说："那好吧。"

过了不久，湛鹏程停好了车也上来了，还没走近时，便看见湛微阳靠在裴馨的肩上，不禁停住了脚步。

裴馨注意到他，抬起手轻轻拍一下湛微阳的头，说："阳阳，爸爸来了。"

湛微阳抬起头。

裴馨随后起身，让湛鹏程坐他的位子。

湛鹏程走过来，说："不用了，你坐吧。"

周围的椅子上都坐了人，最近的空位到这里还有一段距离。

裴馨没有坐，他说道："舅舅你坐，我去给你们买点水。"说完，转身离开了。

湛鹏程这才坐下来，伸手按在湛微阳头上，说："别怕。"

湛微阳点了点头。

湛鹏程盯着他看了一会儿，问："害怕的话要不要靠在爸爸身上？"

湛微阳抬起头看他，似乎是犹豫了一下，把头靠在了湛鹏程肩上。

湛鹏程还很贴心地换了个姿势，想要让他靠得舒服一点，对他说："没事，有爸爸在，不用害怕。"

湛微阳"嗯"一声。

等了半个小时，终于叫到湛微阳的号了。

湛鹏程陪着湛微阳起来进去诊室，因为不方便进去太多人，所以裴馨留在外面等他们。

湛微阳朝前走的时候，一直回头看裴馨。

裴馨冲他点点头，又笑了笑。

湛微阳很勉强地跟着笑了一下，才转过头抓住湛鹏程的衣袖，步伐显得紧张又小心翼翼，直到和湛鹏程一起消失在诊室门口。

裴馨手里还拿着两个喝了一半的矿泉水瓶子，他神情是平静的，手却在来回地摇晃瓶子。

周围人来人往，空下来的座位很快被别人占了，裴馨的注意力却一直落在前方，正对着诊室那一扇紧闭的门。

其实他这个时候反而什么都没想，所有的思绪都是断断续续的，没有办法持续地思考。他看到前面仿佛有人惊慌地跑过，也听到不远处传来女人的哭声，但这些就好像是没有色彩的背景画面，对他来说没有任何意义。

裴馨微微仰起头，下颌线绷紧成漂亮的弧度，静静地看着天花板上一盏白色的顶灯，突然想，等到这一次湛微阳治好了，自己一定把他带回去，让他再也不要遭受这些折磨了。

等了差不多有半个小时，裴馨看到湛鹏程带湛微阳出来了，湛微阳的脸色很不好看，整个人都是恍惚的。

湛鹏程抓着他一只手腕，带着他一直走到裴馨的面前。

裴馨站起来，问："怎么样？"

湛鹏程说："医生建议住院。"

裴馨低头看向湛微阳，禁不住脸色也微微变了，问道："这么严重吗？"

湛鹏程点了点头："今天还要做检查，不过医生已经说了，他目前的情况，最好是住院治疗一段时间。"

裴馨问道："那晚上怎么办？家属可以陪床吗？"

湛鹏程说："可以。"

裴馨稍微放心一些，低下头，问湛微阳："阳阳，住院可以吗？"

湛微阳没有说话，过了一会儿，突然伸手抱住了裴馨。

湛鹏程站在旁边，看着他们，愣了一下。

裴馨倒是反应很冷静地抬起手拍拍湛微阳的后背，问他："是害怕了吗？"

湛微阳点点头又摇摇头。

裴馨耐心地问道："那是怎么了？"

湛微阳抬起头对裴馨说："我要住院。"

"要住院吗？"裴馨轻声问道。

湛微阳又点了点头："医生说我可以治好的。"

裴馨闻言笑了："医生说你能治好就一定能治好的。"

办理入院手续、做各种检查，他们在医院里待了整整一天，等到湛微阳住进住院部的病房里时，已经是下午了。

跟他一间病房的也是个十几岁的男孩子，有挺严重的强迫症。

湛微阳很害怕，他的病床靠着窗，做完检查进去病房之后，他就一直在床上安静地抱着腿坐着。

湛鹏程和裴馨都是忙了一天，精神紧绷，身体疲倦。湛鹏程站在病房门口，拧开裴馨递给他的矿泉水，仰起头大口大口地喝着。

裴馨走到湛微阳床边，问他："还好吧？"

湛微阳偷偷看了一眼隔壁病床的男孩，幅度不敢太大地点了点头。

湛鹏程这时走过来，把剩下三分之一的矿泉水瓶放在床头柜上，对裴馨说："你先回去吧。"

裴馨没有立刻答应，只是问道："舅舅你一个人在这儿？"

湛鹏程点点头："我没问题的。我刚才去护士站问了，晚上可以借把躺椅在床边睡觉，你今天早点回去休息，明天下午下班了要是方便，再给我带点东西过来。"

裴馨说："我先回去给你拿吧。"

湛鹏程想了想，道："何必麻烦呢，还专门跑一趟。"

"不麻烦，"裴馨说，"我可以开车回去。"

湛鹏程于是点了点头，把车钥匙交给裴馨，交代他从家里拿些衣服和生活用品过来。

裴馨走的时候，湛微阳一直抬头眼巴巴地望着他的背影。

湛鹏程在床边坐下来，注意到了湛微阳的眼神，说："爸爸在这儿陪你不好吗？"

湛微阳恋恋不舍地转回头，说："好啊。"

湛鹏程想起今天他抱着裴馨的动作，心里有些不舒服，问他："在你心里，爸爸是不是还不如你馨哥？"

湛微阳小声说："没有。"

湛鹏程还不满足，追问道："更喜欢爸爸还是更喜欢馨哥？"

湛微阳低着头，嘴巴嘟了一下，说："喜欢爸爸。"

59

医院里的日子有点难熬。

裴馨回家给他们拿了些生活用品过来之后，就又离开了，因为湛鹏程在这里，两个人也没来得及多说几句话。

九点多的时候医生来查房，湛微阳坐在床上，不安地抱着膝盖。夜班医生翻看他的病例，又问了他几个问题，他很努力地认真回答了。

后来护士给他发药让他吃，吃完药熄灯的时候也才晚上十点。

湛鹏程躺在湛微阳病床旁边的躺椅上，闭上眼睛过不了多久就开始打呼噜。

湛微阳躺在床上一动不动，隔着布帘子听到隔壁病床的病人一直在焦躁不安地翻身。

他借着从窗外照进来的灯光，探头看一眼床边的湛鹏程，发现对方睡得很熟之后，才悄悄地摸出自己的手机来，想要给裴馨发消息。

只是他还没来得及发的时候，屏幕就自行亮了，裴馨先给他发了一条消息，问他："睡觉了吗？"

湛微阳把被子盖过头顶，整个人躲在里面，不让手机的光亮打扰到熟睡的湛鹏程，回复裴馨："准备睡了。"

裴馨对他说："那早点睡，明天我来看你。"

湛微阳："好。"

裴馨："好好听医生的话治疗就可以早点回家了。"

湛微阳："我很听话的。"

跟裴馨聊完，湛微阳把手机塞到枕头下面准备睡觉了，结果又感觉到手机轻轻振了一下，这回是陈幽幽。

陈幽幽知道湛微阳请假了，但不清楚究竟是怎么回事，他问湛微阳："你明天来学校吗？"

湛微阳："不来。"

等了一会儿，陈幽幽才又发来几个字，透着一种小心翼翼："你怎么了？"

湛微阳想了想，默默打字："他们说我脑袋出问题了。"

陈幽幽很快回复过来："你脑袋不是一直有问题吗？"只是这几个字他刚发出来，就立即撤回了。

湛微阳还是看到了，告诉他："我看到了。"

陈幽幽像是打了很久的字："我不是那个意思，你别想太多，争取早点回来学校。"

湛微阳："我没有生气，这回是真的有问题吧，我不知道，反正他们这么说。"

他们两个也没有聊多久便结束了对话。

湛微阳这回把手机关了机塞到枕头下面，在床上找到了舒服的姿势侧躺着，先是睁开眼睛叹了一口气，然后闭上眼睛专心睡觉。

入睡前，他又听到了那个扣分的提示音，但是这个声音已经变得有些抽象了。不知道是不是因为药物的影响，他那种心慌的感觉没那么强烈，倒是觉得疲倦得很，很快陷入了睡梦中。

第二天早上，湛微阳在睡梦中被湛鹏程叫醒，他坐在病床上发愣，半天也没动弹。

湛鹏程还是拿他当小孩子，手里拿着热毛巾要帮他洗脸，下手又挺重的，湛微阳的脸都被搓红了，往旁边躲开要自己洗。

看着湛微阳洗完脸，湛鹏程就去打早饭了。

湛微阳去了趟卫生间，探头看一眼病房外面走廊，还是回来床边安静地坐下来。

上午医生来查房之后，给湛微阳安排了心理医生的治疗，他和心理医生在治疗室里聊了很久。吃完午饭睡个午觉起来，科室安排了病人的集体活动，可以自愿参加。

吃过晚饭，裴馨过来了，他让湛鹏程回去休息，今晚他可以在这里守夜。

湛鹏程说："这怎么行！"

裴馨还买了些水果过来，对湛鹏程说："阳阳还不知道要住几天院，不可能你就一直没日没夜地在这里守着吧。"

湛鹏程其实也有些发愁，他是把工作都暂停了过来陪湛微阳的，但是工作不可能一直这么暂停下去，就像裴馨说的，只有几天也就罢了，要是湛微阳暂时出不了院，这样拖几个星期就很麻烦。

当然这种事情也不可能交给裴馨来做，裴馨自己都在上班，而且还是家里的客人。

湛鹏程能想到的办法就是请一个人，只是怕湛微阳接受不了，所以一开始肯定是不行的，只有等湛微阳能够习惯了再来考虑。

裴馨见湛鹏程还是犹豫不定，对他说："或者今晚你先回去休息，至少洗个澡换个衣服，明天刚好周六，我不用上班，你可以睡个懒觉休息一下，晚点过来，明天晚上你再来这里守着。"

湛鹏程还是显得有些犹豫，不过又像是被裴馨说服了，他走到床边，问湛微阳："今晚爸爸先回去了，让馨哥哥在这里陪你行不行啊？"

湛微阳看一眼裴馨，默默点了点头。

湛鹏程伸手给他整理了一下后领，又问："会不会害怕？要是害怕的话，爸爸就不回去了。"

湛微阳说："不怕。"

湛鹏程这才点一点头，对裴馨说："那我就先回去洗澡，有什么事你给我打电话。"

裴馨应道："我知道，放心吧，舅舅。"

湛鹏程走了，裴馨把他买来的水果送了两个给隔壁床的那对母子，之后就坐在湛微阳床边，给湛微阳削苹果皮。

湛微阳一直抱着自己的膝盖在床上坐着，神情专注地看裴馨。

裴馨问他："今天还好吗？"

湛微阳点点头。

裴馨又问他："干了些什么？"

湛微阳给裴馨讲自己上午和心理医生聊天，说医生问了他一些什么问题，他又回答了些什么，说完又说下午的活动，偷偷凑到裴馨耳边讲隔壁病房有个病人因为跟护士吵架，被转移到楼上的病房了。

裴馨低着头，一边把苹果上剩下的最后一点皮完整地削掉，一边问道："楼上的病房是做什么的？"

湛微阳摇头："我也不知道。"他声音很轻，用力弯着腰，几乎要贴在裴馨的耳朵上，"听说是要把人关起来，不许随意走动的，上面有人打人。"

"那么可怕啊？"裴馨应道，将苹果切下来一小块，捏着递到湛微阳嘴边。

湛微阳咬住了慢慢嚼，有些担心地说："我不会被关到楼上去吧？"

裴馨对他说："你又不会打人，把你关上去干什么？"

湛微阳点了点头："我不会打人的。"

比起在湛鹏程面前，湛微阳面对裴馨的时候，人要活泼许多，话也变多了。

裴馨问他："在这里待着难受吗？"

湛微阳想了想，说："其实也不难受。"

裴馨道："那就好，只要阳阳听话好好治疗，很快我们就可以回家了。"

湛微阳一边吃苹果一边笑着，脸颊上陷进去两个笑窝。

晚上睡觉，裴馨不像湛鹏程倒下去就能睡着。那把躺椅太窄，人躺在上面连翻身都很困难，隔壁病床那个男孩翻来覆去又发出不小的声响，他仰面躺着，双臂枕在脑袋下面，睁开眼睛盯着天花板，一时半会儿睡不着。

湛微阳侧躺着，身体蜷缩起来，刚开始还是一动不动，后来就从床边探出头来，在黑暗中偷偷观察裴馨。

裴馨注意到他的动作了，但是没有回应。

还是湛微阳仔细看了很久，发现裴馨眼睛是睁着的，才轻轻"啊"一声。

裴馨从脑袋下面抽出来一只手，食指抵在唇边，发出很轻的声音："嘘——"

这里不止他们两个，病房里还住着隔壁病床一对母子，虽然隔着帘子，但说话的声音还是能听到。

湛微阳趴在床边，整个上半身几乎都探到了外面，他穿着单薄的病服，领口松垮垮地敞开，露出突起的锁骨和晦暗月光下的整片胸膛。

他凑到裴馨耳边，几乎是用气声说道："是不是睡不着？"

裴馨用手揉了揉他的耳朵，点点头当作回答了。

湛微阳说："想吃夜宵了。"

裴馨无声地笑笑，依旧仰躺着看他："医院哪有夜宵？"

湛微阳说道："我们偷偷出去。"

裴馨对他说："那不行，被医生抓到就完了。"

湛微阳露出失望的神情。

裴馨说："快去睡吧。"

湛微阳用一只手支撑着身体，突然伸出另一只手，落在裴馨的衣襟上，轻轻扯了扯他的扣子，说："那我去睡觉啦。"

裴馨笑着看他："睡吧，晚安。"

湛微阳轻轻说道："晚安。"随后把头缩了回去，盖好被子乖乖睡觉。

60

在医院里待久了，时间好像就没有一开始那么难熬了。

湛微阳跟隔壁病床的男孩逐渐熟悉，发现他也不是那么可怕，就是在一些特定的情况下控制不住自己的行为，并不会伤害别人，两个人坐在病床上时不时会聊天。湛微阳还知道了那个男孩在偷偷地谈恋爱，有一个女朋友，可惜对方不敢来医院看他。

湛微阳的管床医生是个年龄不大的女医生，性格很好，对湛微阳很照顾，总拿他当小孩子似的，常常与他开玩笑。

裴馨和湛鹏程商量了，两个人隔一天来陪湛微阳一晚上，白天裴馨要去上班，湛鹏程工作能安排过来就亲自来陪他，到周末就换裴馨过来。

湛鹏程觉得给裴馨添了很多麻烦，心里实在是过意不去，却也没什么更好的办法。请个人虽然容易，但他始终不放心，尤其是担心湛微阳到了晚上会害怕，更不愿意让陌生人来医院陪着湛微阳睡觉。

在医院里住了一个多星期之后，或许是因为药物作用，湛微阳的精神状态明显好多了。

他晚上不会再听到系统的声音，也不会因此而陷入恐惧，每天晚上吃了药之后，躺在病床上都能安稳地睡着。

湛鹏程经常和医生聊湛微阳的情况。

医生说湛微阳的幻听是可以通过药物和其他治疗方式控制的，但是他自知力的缺陷就比较麻烦。比如说，他持续治疗之后，可能再也听不到所谓的系统提示，也不会因为自己将要变成一棵树而感到恐惧，但是很难让他理解这一切本来就是不会发生的，他并不能完全明白他的思维是一种病态的思维。

"他这部分自知力的缺失并不是因为精神疾病引起的，而是他大脑发育的障碍所导致的。"

湛鹏程问医生："也就是说他治不好了吗？"

医生说："不是这个意思。我是说如果想在医院里面通过治疗达到一个你们所追求的完全治愈的效果恐怕很难，我觉得更多的是一个长期的过程吧，可能需要家人的耐心和陪伴。"

湛鹏程静静听着，点了点头："我明白。"

在医院里住了三个多星期，医生让湛微阳出院了，只是回去了也需要继续吃药，定期门诊回访，直到医生认为他可以完全停药为止。

出院之后，湛鹏程很犹豫，考虑要不要这学期先让湛微阳休学，他不知道究竟是让湛微阳回去学校继续上课好，还是在家里面静静修养好。

最后是湛微阳自己想要回去学校，如果在家里待着，每天就他一个人在二楼房间里，奶奶和罗阿姨倒是愿意陪他，可他不想每天跟她们看电视、散步，所以还是想要回去上学。

裴馨对湛鹏程说，湛微阳如果想要回去就让他回去，去学校跟他的好朋友在一起，也许能让他心情好一点。

湛鹏程犹豫很久，又和湛微阳聊过，给医生打电话咨询之后，同意让湛微阳回去学校继续上课。

只是这学期湛微阳不会参加期末考试了。

他本来成绩不好，中间又缺了将近一个月的课，这一次考试不用考也知道结果很糟糕。湛鹏程不确定到时候期末考试成绩出来如果太差，会不会影响到湛微阳的精神状态，所以特意去找了他的班主任和校长，请求让他不用参加这次考试。

湛鹏程既然去了学校，班主任也难得抓到机会跟他长谈了一番。

班主任也不针对湛微阳的考试成绩了，主要是问湛鹏程对湛微阳的未来有什么打算。

关于这个问题，湛鹏程自己也考虑了很久，得不到一个最满意的答案，现在听湛微阳的班主任问起，还是说道："让他去读个大学吧。"随便什么大学都好，他总觉得不继续读下去对湛微阳不好，但是读出来了要做什么，他还没有考虑好。

班主任所要问的也正是这个问题："他读出来了要做什么呢？"

湛鹏程没有回答。

班主任说道："我也不是现在要问个答案，就是希望你们好好考虑一下。送他去外地读大学的话，我怕你们家里也不放心。"

湛鹏程说："我会认真考虑的，谢谢老师。"

其实湛微阳不是不能去读大学，他住学校的话，自己生活应该没什么问题。

最大的问题其实还是湛鹏程不放心，比如他住宿舍会不会被同学欺负，如果他在学校里交不到朋友的话，日子会不会过得很辛苦，精神状态又会不会受到影响。

湛鹏程需要考虑的东西太多了，湛微阳就像是他捧在手里的一个精致易碎的瓷器，无论这条路有多辛苦，他都必须托着他的孩子继续走下去，一点点都疏忽不得。

而重新回到班级的湛微阳并没有察觉到什么异常。

之前他请假的原因班主任并没有告诉班上别的学生，大家都只以为他身体不舒服，唯一一个知道的陈幽幽更是谁都没有告诉。

所以除了上课跟不上老师的进度，湛微阳没有感觉到跟过去有太大的区别。

陈幽幽在下课的时候避开了湛微阳的同桌，小声问他："还好吧？"

这段时间，陈幽幽经常跟他发消息，只不过因为自己结巴，所以没有打过电话，大都打字聊天，并没有将湛微阳的情况了解得太清楚。

这时候陈幽幽问起，湛微阳才回答道："我还在吃药。"

陈幽幽说："要、吃多久？"

湛微阳摇了摇头。

陈幽幽伸出手去摸湛微阳的额头。

湛微阳说："我没有发烧。"

陈幽幽还是一脸担心地看他。

湛微阳却说道："我已经没事了，我不会变成发财树了。"

"什么啊？"陈幽幽有点跟不上他的节奏。

湛微阳说："馨哥说医生已经把我治好了，我现在听不到系统的声音，它应该已经消失了。"

陈幽幽觉得自己最近还是不要刺激他比较好，便顺着他的话说道："那、就好。"随后陈幽幽又想了一下，觉得自己干脆不要和湛微阳聊这个话题，不去提醒他，或许他就不会产生这些奇怪的想法了。

直到中午吃饭的时候，他们在食堂里碰到了谢翎。

谢翎极其难得地主动跟湛微阳打了声招呼，说："好久没见到你了。"

陈幽幽有点担心地看向湛微阳。

结果湛微阳竟然还挺冷静的，点了点头，说："我生病住院了。"

谢翎没有再说什么，跟自己的同学一起去排队打饭了。

陈幽幽拉一拉湛微阳衣袖，问："你不、怕他了？"

　　湛微阳认真想了想这个问题，想到裴馨跟他说他已经完全被治好了，以后什么都不用害怕，于是回答陈幽幽道："我不怕他了，我已经好了。"

观叶植物养护

浇水

施肥

除草

修剪

更多
植物

61

　　眼看已经是寒冬，学校所有学生都在复习，准备寒假前的期末考试，湛微阳虽然不需要参加这一场考试，但还是能感觉到气氛的紧张。

　　他换上了厚厚的羽绒服，每天出门前，罗阿姨都会拿帽子给他戴上，因为这是湛鹏程叮嘱的。

　　湛微阳说自己不需要戴帽子，可是家里的长辈都不听，在他们眼里，湛微阳永远都是个需要人操心的小朋友。

　　等到湛微阳的学校期末考试结束，湛微光的学校也放寒假了。

　　湛微光回来那天，湛鹏程为了迎接他，带一家人出去吃西餐，奶奶对那些东西不感兴趣，不愿意去，罗阿姨就留在家里陪着奶奶晚饭一起喝粥。

　　湛微阳的事情，湛鹏程一直没有告诉湛微光，湛微光也不知道他之前生病住院，吃着牛排聊的都是学校里的事情。

　　"你是不是交女朋友了？"湛鹏程突然问他。

　　湛微光被嘴里的黑胡椒汁呛得咳了起来，手忙脚乱地从桌上抽了纸巾擦嘴，说道："说什么啊？"

　　裴罄坐在他对面，看着他笑了笑。

　　湛鹏程说道："有什么关系，又不是要阻止你，该谈恋爱就谈。"

　　湛微光没有说话。

　　湛鹏程也不知道在想什么，过一会儿说："你早点把个人问题解决了也挺好的，免得以后我又来操心。"

湛微光说道："能不聊这些了吗？"

湛鹏程点一点头，看湛微阳在切自己面前的那份牛排，伸出手去想要帮他，说："爸爸帮你。"

湛微阳抬起头朝湛鹏程看过来。

这时裴馨说了一句："舅舅，让他自己来吧，他会的。"

湛微阳看一眼裴馨，立即说道："我自己可以。"

湛鹏程收回了手，虽然有些不情愿，但心里还是觉得裴馨说的有道理，总是要在一些事情上慢慢放手，让湛微阳学着自己来。

等一顿饭快要吃完的时候，湛鹏程说道："今年家里兄弟姐妹都要过来过年，都知道了吧？"说完，他不等几个孩子回答，就转向裴馨说："你父母要等到过年的时候才过来。"

裴馨点了点头。

湛鹏程接着说道："但是你妹妹会先过来。"

裴馨没有什么反应。

湛微光问道："湛雪晴什么时候来？"

湛鹏程说："她放假了就过来，跟湛岫松一起。"

湛微光闻言很轻地皱一下眉："湛岫松那么早就过来？"

湛鹏程看向他："怎么？你不是跟岫松玩得挺好的吗？又不欢迎人家过来了？"

湛微光说："我没有不欢迎他，就是觉得他最近来得太频繁了。"

湛鹏程说道："都是自己兄弟姐妹，不许说这种话，来了就好好招待，出来逛逛街吃点好吃的。"

湛微光道："我知道了。"

湛鹏程随后又对他们说："到时候你们腾个房间出来给雪晴，女孩子没办法跟你们挤在一起睡。"

湛微阳立即举起了手，看大家都朝他看过来，他又有些紧张地小声说："我可以，我去馨哥房间睡。"

湛鹏程这段时间感觉到裴馨很照顾湛微阳，湛微阳也依赖裴馨，于是点了点头没有反对，随后对湛微光说："岫松就跟你一起睡。"

湛微光抬手抱住了后颈，虽然没说话，但表情看起来是反对的。

湛鹏程对他说："你不愿意就来跟我睡，让岫松一个人睡。"

湛微光衡量了一下，说："那还是湛岫松吧，你到时候天天喝酒，跟你没办法睡。"

晚上，湛微光洗了澡换上睡衣从三楼下来二楼，进了裴馨的房间跟他聊天。

有很多话，湛微光当着湛鹏程的面不好说，倒是愿意跟裴馨聊一聊。

湛微光姿态随意地仰面躺在裴馨的床上，双手十指交叉着枕在脑袋下面，说起学校的一些事情，最近有两个女生都在主动追他，他觉得两个条件都不错，一时间有些难以抉择。

裴馨坐在飘窗上，双臂抱在胸前看着他，说："更喜欢哪个就哪个吧。"

湛微光说道："说不上来。"

裴馨有些奇怪："说不上来更喜欢哪个？那就是两个都不喜欢吧。"

湛微光沉默地看着天花板，过了一会儿说："可能吧。"

裴馨说："那就不需要勉强。"

湛微光不知道该怎么说，他能感觉到大学跟中学不一样，实际上从他进学校就有很多人认为他是有女朋友的，以他的外形和个人条件，反倒是没有谈恋爱比较奇怪。

这么一来，湛微光面对女生主动的追求，就有些摇摆不定了。

他有些好奇地问裴馨："馨哥，你读大学为什么不谈恋爱？"

裴馨回答他说："没有遇到喜欢的人。"

湛微光说道："感情是可以培养的嘛，哪来那么多一见钟情？"这话也是别人对他说的，在他摇摆不定的时候，有朋友劝他接受女生的追求，说不相处怎么会知道能不能产生感情呢。

裴馨说："也许是吧，但是不适用于我。"

　　湛微光有些奇怪，两只手撑在身后抬起上身朝裴馨看去："怎么说？"

　　裴馨神情很平静，告诉他："因为追过我的人都是我绝对没办法接受的。"

　　湛微光觉得很莫名其妙，问道："追你的都是什么样的女生？不可能在大学里面一个喜欢的都没遇到过吧？你读的也是综合性大学，女生不至于那么少吧？"

　　在裴馨说话之前，湛微阳从外面拧开房门，把头从门缝里探进来小心翼翼地看了一眼。

　　湛微光和裴馨的谈话被打断，湛微光朝门口看去，问湛微阳道："什么事？怎么门都不敲？"

　　湛微阳也不高兴，他问湛微光："你怎么在这里？"

　　湛微光说："我在跟馨哥聊天。"

　　湛微阳朝裴馨看去，裴馨放开抱在胸前的双臂，朝湛微阳招了招手："进来。"

　　他连忙进去房间里，伸手关上房门，走到了裴馨身边。

　　"你们在聊什么？"湛微阳问道。

　　裴馨说："在聊你哥谈恋爱的事情。"

　　湛微光皱了皱眉，似乎是不太满意裴馨把这些事情都告诉湛微阳。

　　湛微阳倒是很惊讶，问湛微光："你谈恋爱了？你为什么没告诉爸爸？"

　　湛微光说道："我谈恋爱为什么要告诉爸爸？我又不是你。"

　　湛微阳不高兴了，说："我也没告诉爸爸。"

　　湛微光抓到了这句话里的重点，问他："你恋爱了？"

　　湛微阳被他问得一愣。

　　裴馨神情平静地站在旁边，看他们兄弟两个无意义的争吵。

　　湛微光又追问道："你女朋友什么人？学校的？"

　　湛微阳说："我没有女朋友！"

湛微光说道："你不告诉我，我就告诉爸爸。"

湛微阳急了："那我也把你的事情告诉爸爸！"

湛微光无所谓："你去说啊，我又没关系。"

湛微阳抓住了裴馨的手臂。

裴馨终于开口，对湛微光说："你可以去睡觉了。"

湛微光盯着湛微阳看了一会儿，从裴馨床上下来朝外面走去，临出门时伸手指了指湛微阳才离开房间。

62

湛微光倒是没有真把湛微阳的事情告诉湛鹏程，他就是觉得好奇，第二天抽空问裴馨知不知道湛微阳是不是真的谈恋爱了。

他们刚吃过早饭，裴馨在厨房里面烧水冲咖啡，听见湛微光的问题，说道："不知道。"

湛微光靠在门边，奇怪道："他也没跟你说过吗？我以为他会告诉你的，他那么依赖你。"

裴馨没有回答，过一会儿把冲好的速溶咖啡递了一杯给湛微光，说："怎么？你担心他？"

湛微光伸手接过来，想要喝一口时又觉得有些烫，于是缓了缓，说："怕他被别人给要了。"

"他又不傻。"裴馨浅浅抿了一口咖啡。

"他还不傻？"湛微光对裴馨的话感到诧异。

裴馨说："他其实比一般人更敏感，谁对他好，谁对他不好，他心里很清楚，你不用太担心他。"

湛微光没说话。

裴馨注意到他神情有些复杂，问道："怎么了？"

湛微光沉默了一下，说："有些话虽然我爸从来没说过，但我心里还是明白的。"

"什么？"裴馨把咖啡杯端在身前。

湛微光叹了口气："你说以后我爸老了，湛微阳还不是该我来照顾？"

裴馨看着他："你觉得是负担吗？"

"什么不是负担？我活着也是一种负担。"虽然嘴里说着负担，但是湛微光的语气里有一种无所谓的淡然。

裴馨听到他这句话，蓦然间产生了一种想法，或许湛微阳对湛微光来说一直是负担，但是他并没有排斥这种负担，也从来没有想要甩开这个负担。

湛微光端起杯子，喝了一大口咖啡，抱怨道："速溶咖啡还是不行，要不买个咖啡机好了。"

裴馨点点头："行啊，你去选一个，我送给你。"

湛微光笑道："那么大方？那我要选一个贵一点的。"

他话音刚落，湛鹏程从外面有些匆忙地走进来，见到他们两人便说道："你们都在啊。"

"舅舅。"裴馨道。

湛鹏程点点头，问他们："下午有空吗？"

裴馨说："有空。"

而湛微光几乎是同时开口道："什么事？"

湛鹏程对他说："刚才你姑妈打电话来，说雪晴直接买了机票从她学校飞过来，今天下午的飞机。"

湛微光挑了挑眉："这么突然？"说完，他看向裴馨，发现裴馨几乎没什么反应。

湛鹏程说道："是啊，之前也没说那么快的，我叫罗阿姨下午就把阳阳的房间收拾出来，把床单被套换了，你们两个能不能去机场帮我接人？"

湛微光说："我可以。"说完，他仍是看向裴馨。

裴馨点了点头："可以。"

湛鹏程把家里的车钥匙丢给他们，又把湛雪晴的航班号发到湛微光的手机上，之后便匆匆去找罗阿姨收拾楼上的房间。

湛微阳本来好好在自己房里待着，被罗阿姨赶了出来，下来一楼看见裴馨和湛微光，问道："你们下午要去机场？"

裴馨说："是啊，想一起去吗？"

在湛微阳回答之前，湛微光先说道："你还是在家里待着吧。"

湛微阳不高兴了。

裴馨却笑了笑说道："要不要跟哥哥一起去？"

湛微阳看向裴馨，用力点了点头："我想去。"

裴馨说："那就一起去吧。"

湛微光想要说话，裴馨突然对他说道："改天有空去买咖啡机。"

于是湛微光剩下的话没说完，他说："行吧，你说了算。"

下午看时间差不多，裴馨准备开车带着湛微阳和湛微光去机场。

因为裴馨坐驾驶座，所以上车的时候，湛微阳先伸手拉住了副驾驶的门，那时候裴馨都还没拿着车钥匙出来。

湛微光先出来了，看见湛微阳站在副驾驶门边，于是说："你坐后面去吧。"

"我不。"湛微阳转开头不看他。

湛微光说道："听话，副驾驶不安全。"

湛微阳依然不与他对视，低头盯着车门把手，说："我不要。"

这时裴馨拿着车钥匙出来了，他按了开锁键，看见湛微阳拉开了车门，钻进了副驾驶的座位，笑一笑拉开驾驶座的门坐进去。

湛微光只好自己去了后排。

出门的时间还挺早的，裴馨问他们："要不要去买奶茶？"

湛微阳立刻问道："奥利奥波波吗？"

裴馨嘴角含笑，点了一下头："嗯，奥利奥波波。"

湛微阳说："要喝呀。"

裴馨说："那先去买奥利奥波波。"

湛微光在后排，懒洋洋地靠在座椅椅背上，掏出手机，说："行吧，我先点单，免得等会儿排队。"

他先点了自己和湛微阳要喝的东西，再问裴馨："馨哥你要喝什么？"

"我不喝，"裴馨说，"我不爱喝奶茶。"

湛微光又问道："那雪晴呢？也给她点一杯吧。"

裴馨回答道："我不知道。"

湛微光身体微微前倾，手臂搭在前排椅背上，探头说道："看来你跟湛雪晴感情不怎么样嘛。"

裴馨笑了笑没说话。

湛雪晴跟湛家其他人一样，是裴馨没有血缘关系的妹妹。她是湛微阳的姑妈湛莺飞和前夫的女儿，湛莺飞离婚之后，带着这个女儿跟裴馨的父亲裴景荣组成了新的家庭。

湛雪晴比裴馨小三岁，和湛微光是同年的。她是湛家这一辈唯一的女孩子，从小就长得乖巧可爱，家里长辈都很宠她。

她小时候常常过来和湛微光、湛微阳一起玩，后来年龄大了就来得少了，甚至到了现在，湛微光感觉跟她还不如跟裴馨来的熟悉。

得不到裴馨的回答，湛微光就随便给湛雪晴点了一杯奶茶，之后裴馨开着车先带他们去取了点单的奶茶，再赶往机场。

本来时间应该是刚刚好的，结果谁也没料到去机场的高速因为修路临时关闭了。

在高速下面的辅道上，车子堵得一塌糊涂。

裴馨耐着性子将车子排在队伍中间，缓慢地通过狭窄的通道，停下来的时候，他转头看向湛微阳，见到湛微阳正专心地看向前方，于是问道："想不想把你的奥利奥波波喝了？"

奶茶还装在袋子里，放在后排湛微光的脚边。

湛微光说："现在不给他喝，喝多了找厕所不方便。"

湛微阳没说话。

裴馨说道："可以慢慢喝，到了机场就能上厕所了。"说完，他又问湛微阳："想喝吗？"

湛微阳这才点了点头。

裴馨朝后面伸出一只手。

湛微光有些无奈地把袋子递给他，他接到手里就交给了湛微阳，说："慢点喝，注意安全。"

湛微阳很开心地接过来，先喝了一口，看向裴馨，问道："你想喝吗？"

裴馨让车子跟上前面的汽车，视线一直望向前方，随口问道："好喝吗？"

湛微阳立即把吸管递到了裴馨嘴边。

裴馨没有拒绝，喝了一口，说："嗯，挺好喝的。"

湛微阳笑着说道："是吧。"

63

湛微光坐在后排看着他们，突然觉得湛微阳对裴馨的依赖有点过了，这让他产生了一种不太舒服的感觉，可是具体怎么回事他又说不上来。

于是他喊了一声："湛微阳。"语气并不怎么好，声音有点低沉。

湛微阳听到了却不愿意理湛微光，只微微低着头，含住吸管小口小口地喝奶茶，他还记得裴馨告诉他要慢慢喝。

湛微光从脚下的袋子里抽出来一根包装好的吸管，伸出手去用吸管敲了一下湛微阳的脑袋。

湛微阳转过头来瞪他一眼，依然不跟他说话，又把头转了回去。

等到裴馨把车子开到机场，距离飞机到达时间差不多过去了半个小时，其实也不算太晚，如果湛雪晴还有行李托运的话，现在还不一定能出来。

他们在停车场停了车，步行去航站楼里，裴馨还在看显示屏找湛雪晴航班对应的出口时，湛微阳就已经先看到了湛雪晴，他拉了一下裴馨的衣袖，说："晴姐。"

裴馨抬起头来，看见湛雪晴在接机大厅的中间，坐在她的行李箱上面，正盯着落地玻璃窗朝外面看。

湛雪晴长得很漂亮，是那种柔和而传统的东方女性长相，但是她剪了一头利落的短发，穿着黑色的长羽绒服和牛仔裤，脚上是一双白色运动鞋。

"湛雪晴。"开口喊她的是湛微光。

湛雪晴转过头来，目光先是在湛微阳和湛微光脸上扫过，最后落在了裴馨身上。

湛微光朝她走过去，问她："什么时候到的？"

湛雪晴从行李箱上站起来，推动箱子往他们方向走，说："到了一会儿了。"

"晴姐。"湛微阳打招呼道。

湛雪晴走到他们面前，冲湛微阳笑了笑，踮起脚来摸湛微阳的头，说："阳阳是不是长高了？"

湛微阳也笑了，点点头："嗯。"

这时，裴馨说道："先回家吧。"

湛雪晴看向裴馨，问他："你在这边玩得开心吗？"

裴馨说："挺好的。"

湛微光伸手接过了湛雪晴的行李箱，一边转身朝外面走，一边说："等会儿估计还得堵车，快走吧。"

其他人便都跟了上去。

到停车场，湛微光把湛雪晴的箱子放进后备厢，之后仍是裴馨开车，湛微阳坐在副驾驶，湛雪晴在后面和湛微光坐在了一起。

湛微光把买来的奶茶递给湛雪晴，说："给你买的。"

湛雪晴伸手接过来，说道："你们就是去买奶茶才来那么晚吗？"

湛微阳的奶茶还没喝完，本来要继续喝的，听见湛雪晴的话，动作停顿了一下朝后面看过来。

湛微光说："不是，是堵车。"

湛雪晴把吸管插进杯子里，喝了一口还没有完全变凉的奶茶，说："谁知道真的假的！"

湛微光说："不想喝就别喝，跑那么远来接你还给你买奶茶，你还那么多意见。"

湛雪晴朝他看去："那么久没见面，你也没对我态度好点。"说完，她朝着前排说："是吧，裴馨？"

裴馨发动汽车，缓缓排着队驶出停车场，语气平淡地说了一句："堵车。"

湛雪晴和湛微光是同年的，严格算起来湛微光年龄要大几个月，不过平时两个人都是互相叫名字，并没有兄妹的感觉。

倒是湛雪晴直接叫裴馨的名字，让湛微光稍微觉得有些奇怪，他回忆了一下，发现自己记不得上次湛雪晴和裴馨一起出现时，是怎么称呼裴馨的了。

回去的路上依然堵车。

湛微光和湛雪晴在后排，各自低头玩手机。

裴馨打开了收音机，视线从湛微阳的脸上扫过，见他注意力放在了收音机的声音上，于是说："你自己调频道吧。"

湛微阳伸手去调收音机的频道，换了一个台，正在播放流行歌曲，于是又换一个台，听见在放郭德纲的相声。

这时，湛雪晴突然抬起头，说："听歌吧，刚才那个台。"

湛微阳没有回应，他更想听郭德纲，手指放在调频的按钮上，朝裴馨看去。

裴馨说："你想听什么就听什么吧。"

湛微阳缓缓松开手指，让频道继续留在郭德纲的相声。

后面的湛雪晴没有出声。

过了一会儿，湛微阳内心有些煎熬地把频道换了回去，听见里面传出来徐缓的歌声，他抬起头看一眼后视镜，发现从这个角度也看不到湛雪晴的神情，于是又看了一眼裴馨。

裴馨没说什么，只是笑了笑。

湛微阳虽然听不到郭德纲了，但是至少不担心湛雪晴会不高兴，便安心地坐回来，把头靠在车窗上闭着眼睛开始打瞌睡。

回到家的时候已经过了晚饭时间，天也全都黑了。

车上有暖气，湛微阳一下车的瞬间便觉得冷了，即使穿着羽绒服，还是感觉到冷风一下子吹到了脸上，钻进了脖子里。

湛微光把箱子从后面提下来，而湛雪晴已经进了屋，扑进奶奶怀中，撒娇喊道："奶奶！"

自从父母离婚，她就改口跟着几个表兄弟一起喊奶奶，没有再叫外婆。

裴馨去停了车子，回来看见湛微阳还站在外面，问他："怎么不进去？"

湛微阳说："我在等你。"

裴馨抬起手一把搂住他的肩膀，说："走，进去吃晚饭。"

晚饭是已经准备好了的，因为知道他们去机场接人，所以家人都在等着他们回来一起吃饭。

大家在饭厅里围着餐桌坐下来，罗阿姨把热菜从厨房里面一盘盘端出来。

湛雪晴坐在奶奶身边，一直倚靠着奶奶，说："哇，今天那么丰盛啊？"

湛微光说道："就是专门给你做的。"

湛雪晴甜甜地笑了笑。

奶奶转过头去看她，问："怎么把头发剪那么短啊？太短啦。"

湛雪晴抬起手摸了摸自己的头发，说："短吗？还好吧。"说完，她突然看向裴馨，问："你觉得短吗？"

裴馨坐在湛微阳旁边，看见湛微阳正想要夹放在桌边的鱼，便伸手帮他夹了一大块放在他碗里，这时听见湛雪晴跟自己说话，抬头看过去，说道："你喜欢就好。"

湛雪晴本来脸上还带着笑容，笑意突然就消失了，随后又撇撇嘴笑了一声，伸筷子去夹裴馨面前那盘菜。

他们坐在长桌两边，斜斜对着，距离稍微有些远了。

裴馨看她刚刚够到，伸手把盘子端起来朝她凑近一些，让她夹了又神情平静地放回去。

湛雪晴看他一眼，低下头去默默吃菜。

64

吃完晚饭，罗阿姨收拾餐桌洗碗，湛雪晴拉着奶奶的手在一楼跟她说话。

湛微光临走之前对湛雪晴说："你睡微阳的房间，已经给你收拾出来了。"

湛雪晴对他比了个"OK"的手势。

湛微阳趁湛雪晴还没上来，回房间里收拾了几件衣服，然后抱着钻进了裴馨的房里。

他的枕头和被子已经抱过来了，如果湛雪晴要在这里待上一个假期，他就可以和裴馨睡上一个假期。

湛微阳进来的时候，裴馨正在窗边打电话，像是在说工作的事情，于是他默默地拿了睡衣去卫生间洗澡。

等到洗完澡出来，湛微阳在走廊上碰到了刚刚上来二楼的湛雪晴。

湛雪晴看起来有点疲惫，她昨天考完最后一门考试，今天就直接拖着箱子从学校离开去机场坐飞机，直到现在还没有时间休息，整个人确实累了。不过她见到湛微阳，还是笑着跟他打招呼，问他："洗完澡了？"

湛微阳点了点头。

湛雪晴伸手指了指湛微阳的房门方向，问道："这是你的房间，我没记错吧？"

湛微阳又点了点头："是啊。"

湛雪晴往房门走去，走了两步又停下来，她问湛微阳："裴馨住哪间？"

湛微阳伸手指了一下。

湛雪晴笑着说道："我知道啦。"说完，她又问湛微阳："那你晚上睡哪儿？"

湛微阳再指一指裴馨的房间。

"哦？"湛雪晴的语气有些诧异，"你跟他一起睡？"

湛微阳点头。

湛雪晴看了一眼裴馨房间闭着的房门："他愿意跟你一起睡吗？"

湛微阳说："嗯。"

湛雪晴笑了笑，说："那倒是想不到。好了，你快去休息吧。"

湛微阳对她说："晴姐晚安。"

湛雪晴抬起一只手晃了晃："阳阳晚安。"

湛微阳进去裴馨的房间，背过手把房门关上，发现裴馨已经打完电话了，不过仍然低着头在用手机跟人发什么消息。他走到床边，把鞋子脱了，跪在床上朝前挪动着到床的另一边靠近裴馨，伸手拉一拉他的衣摆。

裴馨伸出一只手来拍了拍他，另一只手依然在发消息，低头专注地看着手机屏幕，同时问道："吃药了吗？"

湛微阳每天早晚都要吃药。

"呀！"湛微阳说，"我忘了！"

裴馨把手指伸进他头发里，用力揉了揉，问："你的药在哪儿？"

湛微阳说："还在我房里。"

裴馨拍拍他的后背："去拿。"

湛微阳想到现在湛雪晴住在他的房间里，有些不想去，抓了裴馨的手臂，说："你去帮我拿吧。"

结果没想到裴馨直接说："自己去拿，快去，我去给你倒杯热水。"

说完，裴馨伸手把湛微阳从床上拉下来，让他穿上鞋子，然后拉着他的手带他离开房间，之后松手说道："去拿药。"随后裴馨朝楼梯方向走去。

湛微阳走到自己房间门前，抬起手轻轻敲一敲门。

他听到里面传来湛雪晴的声音："谁啊？"

湛微阳说："是我。"

湛雪晴说道："进来吧。"

湛微阳打开门走进去，看见湛雪晴正坐在床边，手里翻着一本书，那本书还是湛微阳的漫画书。

他略有些不自在，走进去叫了一声："晴姐。"

湛雪晴把手里的书举起来晃了晃，笑着说："你还看漫画啊？"

湛微阳"嗯"一声，他看了看自己的书桌和上面的书架，又看了看关着的抽屉，回忆自己抽屉里有没有什么东西。

湛雪晴站起身，把书放回了书柜上面，说："我没有翻你东西啦，放心吧。"

湛微阳没说话，走到床头柜旁边，蹲下来拉开抽屉，把里面的药拿出来。

湛雪晴走到他身边，弯下腰来看，奇怪道："你生病了？"

湛微阳说："是啊。"

湛雪晴问他："感冒了？"她没看清楚药的名字。

湛微阳把药塞进了睡衣兜里，不想回答这个问题，只说道："我过去了。"

湛雪晴点点头："去吧。"

房间的房门从湛微阳进来之后就一直开着，湛微阳走到门口的时候，正好裴馨端着一杯水从楼下上来，经过走廊。

"馨哥。"湛微阳叫他。

裴馨说："回去把药吃了。"

湛微阳走出去，跟在裴馨身后要回去隔壁房间。

湛雪晴这时也跟着走出来，站在门口探头喊道："裴馨。"

裴馨停下脚步，回头朝她看去，湛微阳也跟着停下来，有些奇怪地看向湛雪晴。

湛雪晴说："你到人家家里做客，人都变得不一样了。"

裴馨没有回应她，只伸手搂住湛微阳的肩膀，说："回去了。"

湛微阳又看湛雪晴一眼，跟裴馨回了房间。

水的温度刚刚好，不会凉也不会太烫，湛微阳就着水把药吃了，艰难地咽下去之后，数了数还剩多少药，然后抬头对裴馨说："我下个星期又要去看医生了。"

裴馨顺手接过水杯放到一边，问他："害怕吗？"

湛微阳想了想，回答道："不害怕，医生能治好我。"

他已经很久没听到过以前那些声音了，现在是真的相信医生可以治好他的病。

裴馨笑道："那就好。"

躺在床上准备睡觉的时候，湛微阳说："爸爸今天还没回来。"

"年底了，你爸爸应酬多。"裴馨伸手帮他把被子盖好。

其实还有件事情，裴馨没有跟湛微阳说，现在差不多半年过去，裴馨的实习也该结束了，等到过完年，下学期开学的时候，裴馨要先回学校。

这件事情湛微阳还不知道，他也没去想裴馨的实习时间是不是快要到了，只是单纯地为了这段时间能够和裴馨住在一起而感到开心。

裴馨刚伸手关了灯躺下来，突然听到了一阵敲门声。

湛微阳奇怪道："谁啊？"

裴馨起身，开了灯走到门口，打开房门。

湛雪晴站在门口，看见裴馨便问道："热水怎么开啊？"

裴馨回头看一眼湛微阳，见到湛微阳躺在床上裹着被子朝这边看，于是走了出去，进去卫生间指给湛雪晴看："这边是热水。"

说完，他问湛雪晴："还有什么问题吗？"

湛雪晴说："没了。"

裴馨点点头，朝房间走去。

湛雪晴突然叫住他："裴馨，你没有什么话要跟我说吗？"

裴馨甚至都没有回头，只是有些冷淡地说了一句"没有"，之后便关上了房门。

湛微阳躺在床上听到了他们对话，忍不住抬起头，问："你跟晴姐吵架了？"

裴馨说："没有。"

他回来床边躺下，伸手关了灯，然后轻轻拍着他的后背，说："睡觉吧。"

湛微阳闭上眼睛，乖乖睡觉。

65

湛雪晴过来不到一个星期，湛岫松也跟着过来了。

湛岫松竟然比国庆节来的时候瘦了不少，奶奶一见到他就皱起了眉头，问他怎么瘦了。

"没有啊，也没瘦多少。"湛岫松说道，同时抬手推了推眼镜，脸颊明显都凹陷下去一些，已经开始显出原本清秀的轮廓。

奶奶仔细打量他："不对啊，真的瘦了，今天晚上一定要多吃点。"

于是吃晚饭的时候，罗阿姨从厨房里端出来一大盘色泽红亮的卤猪脚，奶奶直接把盘子放到湛岫松面前，说："松松要多吃点。"

湛岫松盯着卤猪脚咽了口唾沫，低下头用筷子戳一戳碗里的白米饭，说："我不爱吃这个。"

湛微阳坐得远了一些，伸了一次手想要夹半个猪脚，结果没够到，默默地把筷子收回来，在饭碗里戳戳，换了一样菜夹。

裴馨伸出手去，帮他夹了一个卤猪脚放在碗里。

湛微阳连忙说道："谢谢。"

裴馨说："你吃吧，吃完了再给你夹。"

湛微阳低着头开始认真啃猪脚。

湛微光看了湛岫松一会儿，转过头对奶奶说："他减肥吧。"

湛岫松闻言立即抬起头否认了："我没有减肥。"

湛雪晴忍不住笑了，问他："你没有减肥怎么瘦了那么多？"

湛岫松没怎么夹菜，碗里的米饭也吃得不是太上心，说："高中学习比以前辛苦嘛，不自觉就瘦了。"

奶奶坐在一边，听见他这么说，紧跟着便说道："那更要多吃一点了，赶紧吃个猪脚吧。"

湛岫松又看了卤猪脚一眼，还是没有伸筷子。

湛微光突然站起身，把装猪脚的盘子端了起来，然后用筷子一人一个分给大家，分到最后的时候，看盘子里还剩两个，他问湛微阳："你还要吃吗？"

湛微阳点点头。

他就多给了湛微阳一个，把盘子放回餐桌的时候，说："剩下一个给我爸留着吧，反正湛岫松不爱吃。"

湛岫松转开了脸，看也不看他说："我本来就不爱吃。"

他们吃饭吃到一半的时候，湛鹏程才行色匆匆地从外面赶回来，他洗了手在餐桌边坐下，接过罗阿姨递来的碗筷，先看向湛岫松说道："岫松怎么瘦了那么多？"

湛岫松语气含糊地"嗯"了一声。

湛鹏程问他："是不是学习太辛苦了？趁着现在放假，多吃一点吧。"说完，看见餐桌上还剩下最后一个卤猪脚，伸筷子夹到了湛岫松碗里。

湛岫松张了张嘴，都没来得及拒绝。

湛微光这时说道："他说他不喜欢吃。"

"他怎么不喜欢吃？"湛鹏程道，"他明明就很喜欢吃！是吧，岫松？"

湛岫松天人交战一个晚上，一边克制不住地想要吃卤猪脚，一边警告自己不要浪费减肥的成果，告诉自己千万要忍住，结果现在湛鹏程直接把猪脚给他夹到了碗里。

他想，东西都夹到他碗里了，他不吃也不能夹出去给别人吃了啊，于是找到了一个非常合理的借口，劝慰自己就吃一个，等会儿去运动一下消耗掉就行了。

他夹起猪脚送进嘴里很快咬了一口，对湛鹏程说："家里卤的还是好吃，谢谢大伯。"

湛鹏程微笑着看他："喜欢吃，明天让罗阿姨继续给你做，到时候多吃几个。"

湛岫松本来想说不用了，抬起头看见湛微光和湛雪晴都在笑着看他，便低下头去没说话。

湛微光说："减肥就减肥嘛，有什么不好承认的。"

湛岫松"哼"一声，小声说道："关你什么事！"

大家吃完饭都没有急着离开餐桌，坐在旁边陪湛鹏程。

湛鹏程一边吃饭一边说道："今天岫松也来了，明天你们要不要出去玩？裴馨可以开车，想去哪儿都可以，微光负责招待好大家。"

湛微光说："我都可以，看你们想去哪儿玩吧。"

湛鹏程对他们说："你们去商量吧。"说完，他又低声对湛微光说："别让他们花钱啊。"

湛微光点了点头。

吃完饭上楼，湛岫松兴致勃勃地把大家都召集到湛微光的房间里商量明天去哪儿玩。

湛雪晴兴致也挺高的，提了好几个地方，不过她最希望的还是能去市中心逛街，然后中午找一家味道好的日本料理。

湛岫松不太赞成湛雪晴的意见，不过他没开口，只是看向其他人，说："我随便，你们决定吧。"他觉得其他人应该都不想去逛街。

湛微阳站在门边上靠着墙，身体一前一后晃动着，想了想说："我不想出去。"

他对他们聊的地方都不太感兴趣，还不如在家里待着打游戏。

裴馨想了想，问他："要不然我们中午吃了饭，下午去打羽毛球？"

湛微阳摇摇头。

裴馨又问："逛博物馆？"

湛微阳还是摇头。

裴馨感觉到他是真的不想出门了，正要说话的时候，听见湛雪晴说："那就不勉强阳阳，让阳阳在家里休息。"

湛雪晴坐在湛微光书桌前的椅子上，两条细细的腿往前伸着，目光温和地看着湛微阳。

裴馨突然说道："那我也不出去了，微光可以开车吧。"

湛微光愣了愣，有些诧异："你怎么不去？"

裴馨说："也没有我想去的地方。"

湛微光问他："你想去哪儿？说出来我们商量呗。"

裴馨微微笑着摇了摇头。

"为什么不说？"湛雪晴问他，语气和眼神都沉了下来，"想去哪里就说啊，你现在是什么意思？"

湛微光和湛岫松都朝湛雪晴看去，也不知道怎么回事，气氛一下子变得有些尴尬起来。

湛微阳也察觉到不对劲儿了，略有些紧张地看向裴馨。

裴馨还是维持着温和的神情不变，说："我也想在家里休息。"

湛雪晴有些咄咄逼人地追着问他："你是想在家里休息，还是不想跟我一起出门？"

湛微阳这回真的明白不对劲了，偷偷地朝着裴馨的方向挪了一步，不明白湛雪晴为什么突然生气。

裴馨回答湛雪晴道："我真的想在家里休息。"

湛雪晴从椅子上站起来，看着裴馨说道："那你好好休息吧，我明天自己出去。"说完，她走向门口。

湛岫松小心翼翼地喊了一声："晴姐？"

湛雪晴没有理他，拉开门出去，然后用力关上了房门。

房门撞上来发出"砰"一声响，湛微阳被吓得整个人颤了一下，惊魂不定地拍拍自己胸口。

湛微光看向裴馨，茫然地伸手指一指门的方向。

裴馨摇摇头。

湛微光说："怎么湛雪晴现在脾气越来越怪？"

裴馨没回答，他说："你们明天出去的时候还是叫上她吧。"

湛岫松不太情愿地说道："陪她逛街啊？"

裴馨没回答，只是朝湛微阳招一招手："下去了。"

湛微阳连忙跟在他身后。

66

第二天，湛雪晴还是和湛微光、湛岫松一起出去了，留下裴馨和湛微阳两个人在家里待了一天，直到晚饭前，湛微阳才跟着裴馨出去散了会儿步，去超市买了点零食。

他们三个回来得挺晚的。

那时候湛微阳趴在裴馨的床上玩手机，而裴馨正坐在窗边看书。

湛微阳听到了走廊上传来动静，先是支起耳朵仔细听是不是湛鹏程回来了，后来发现声音是从他房间传来的，才知道是湛雪晴回来了。

"晴姐回来了。"湛微阳对裴馨说。

裴馨头也没抬，很轻地"嗯"了一声。

湛微阳还是看着他。

过了一会儿，裴馨问道："你看我做什么？"

湛微阳用手臂支撑着身体，说："你要去跟她说话吗？"

裴馨仿佛觉得奇怪："我为什么要去跟她说话？"

湛微阳说道："昨天她不是不高兴吗？"

裴馨放下了手中的书，看着湛微阳，难得有些认真地问他："那你觉得她为什么不高兴呢？"

湛微阳一脸茫然："我不知道啊。"

裴馨说："那为什么你觉得我应该去跟她说话？"

湛微阳想了想，说："她不是说你不想跟她一起出去玩吗？"

裴馨沉默了一下，说道："我确实不怎么想跟她出去玩，有什么问题吗？"

湛微阳不明白了，大概是不太能接受裴馨这种直白的发言，顿时有些紧张地问道："为什么啊？"

裴馨说："我想在家里陪你玩不好吗？"

湛微阳听到这句话有些开心，忍不住笑了笑，不过紧接着说道："但你还是可以陪晴姐出去玩一玩的，不然她好像不高兴。"

裴馨随手翻了翻放在膝盖上的书，问湛微阳："如果我只能陪一个，你要我陪谁？"

湛微阳立即说道："当然要陪我！"说完，他觉得自己可能太自私了，又很小声地补充了一句："可以偶尔陪陪她。"

"那不行，"裴馨说道，"这个问题要是你去问你晴姐的话，她就会说我只能陪她，不能陪你了。"

湛微阳睁大了眼睛："为什么？"

裴馨抓起书走到床边，轻轻在湛微阳头顶拍了一下："你说为什么？"

湛微阳莫名其妙，抬起手摸了摸自己脑袋："我不知道啊。"为什么要问他？

裴馨笑了，说："不知道就好好想想。"

湛微阳想过了，可他还是不知道。他趴在床上，没有继续玩手机，而是把头枕在手臂上发愣，过一会儿说："我饿了。"

裴馨本来又拿起书来看，听见他说话再次放下书，问他："想吃夜宵吗？"

湛微阳说："我不想出去。"

"那在家里吃，想吃什么？"

"泡面？"

"那么没追求？"

"加个蛋？"

裴馨笑了："行吧。"说完，他朝湛微阳伸手，把他从床上拉起来。

湛微阳穿上拖鞋，跟着裴馨往外走。

虽然已经是冬天最冷的时候，但是家里开着暖气，穿着单薄的睡衣也感受不到凉意。

裴馨在厨房给湛微阳煮了一碗泡面，还加了一个鸡蛋进去，煮好了面之后，湛微阳一定要端到楼上房间去吃，不想在饭厅里坐下来吃。

"那么麻烦？"裴馨不太赞成。

湛微阳于是自己端着碗上楼。

裴馨跟在他身后。

因为裴馨随手在碗柜里拿的碗并不大，泡面加了蛋之后就装得有些满，湛微阳捧着上楼显得小心翼翼的。

他刚刚上到二楼，裴馨在他身后说道："你忘了拿筷子。"

湛微阳"哎呀"一声，一下子转过身来，碗里的面汤晃晃悠悠，溢出来几滴落在地板上。

他低头看一眼，说："糟了。"一时间拿不定主意要先去拿筷子还是先把碗放回房间里。

裴馨这才对他说："不过我帮你拿了。"晃了晃手里拿着的筷子。

湛微阳说："你害我把地板弄脏了。"

裴馨笑道："你先进去，我去拿纸擦地板。"

这时候，卫生间的门突然打开了，湛雪晴应该是刚洗完澡，带着一身水汽出来，她看一眼裴馨，又看向湛微阳，笑着问道："阳阳饿了吗？"

湛微阳手里还端着碗，点了点头。

湛雪晴朝他走过来，凑近闻了闻他的泡面，说："好香啊，阳阳自己煮的吗？"

湛微阳摇了摇头："馨哥给我煮的。"

湛雪晴顿时朝裴馨看去。

裴馨却没有看她，只是对湛微阳说道："快进去吧，端着手不酸吗？"

湛微阳于是对湛雪晴说："晴姐，我先进去了。"他小心翼翼地绕开湛雪晴，朝房间方向走去，走到门口才发现自己没办法空出手来开门。

裴馨刚刚动了一下，湛雪晴就主动走过去帮湛微阳打开房门。

湛微阳说道："谢谢。"端着碗朝里走。

湛雪晴朝着他们房间里看了一眼，之后回来走廊，朝自己住的房间走去。

裴馨跟着湛微阳进去房间，先把筷子给他，然后拿了纸巾出来将地板擦干净。

再回房间里的时候，湛微阳已经趴在窗台旁边开始吃面了。

裴馨问他："好吃吗？"

湛微阳点头，问裴馨："你要吃吗？"

"我不吃。"裴馨说。

湛微阳觉得自己不分享大概是不好的，他夹起一筷子面，让开了一些，邀请裴馨："吃一点点吧。"

裴馨说："你喂我吗？"

湛微阳笑着点头："我喂你。"

裴馨走到窗台旁边，弯下腰，让湛微阳喂他吃了一筷子面，然后说："你吃吧，我不吃了。"

湛微阳吃了泡面觉得自己真的饱了，躺在床上摸着肚子迷迷糊糊的，快要睡着的时候，他突然说："还是算了吧。"

"什么算了？"裴馨本来也快睡着了，听见他说话的声音，清醒过来，睁开眼睛。

湛微阳说："你还是不要去陪晴姐了。"

裴馨沉默一会儿，问他："为什么？"

湛微阳说："我刚才想了一下，觉得我会不开心。"

"你为什么不开心？"裴馨问，"如果我去陪湛岫松，你会不会不开心？"

湛微阳很认真地想了想，说："我不知道。但是如果你陪他，就不陪我了，我肯定不开心。"

"嗯，"裴馨说，"那我告诉你为什么你不开心，因为人都有私心，这很正常。"

湛微阳问他："是我自私吗？"

裴馨说："如果非要这么说的话，其实不也挺好的吗？"

湛微阳不明白："什么？"

裴馨说道："我也希望阳阳只陪着我一个人，有些方面所有人都是自私的。"

湛微阳听见他这句话，顿时有些受宠若惊和手足无措，猛地把被子拉起来挡住了半张脸，却还是觉得自己的脸开始发热。

裴馨问他："怎么不说话了？"

湛微阳不知道说什么才好，大家都觉得他是傻子，只有馨哥会认真听他说话，陪着他，不嫌弃他，他好像听到自己连心跳声都是欢快的，过了一会儿才说："我睡着了。"

裴馨在黑暗中无声地笑了笑。

67

第二天吃完早饭，湛微阳回到二楼阳台，给植物浇水。

本来罗阿姨说等她洗了碗上来浇的，湛微阳主动接过了这个任务，毕竟也是很久没有关照过的朋友了。

他套上了一件浅灰色的羽绒服，到阳台上给洒水壶接满水，蹲在花盆旁边，先把花盆里的落叶和杂草清除，再往里面浇水。

湛微阳一边浇水，一边忍不住低声说道："我已经不会来陪你们了。"

他出院这么长时间，一直按时吃药，没有再听到过系统的声音，他觉得只要自己坚持吃药，应该就不会再变成发财树。

"但是我会经常来看你们的。"说到这里，湛微阳觉得有些惭愧，他其实可以每天都来看一看他的这些朋友们，但是最近天气太冷啦。屋子里开了暖气，他可以只穿一件单薄的毛衣，一旦要出来就不得不穿上羽绒服，就算这样，只要在阳台上多待一会儿，还是会冻得脸和手都冰凉，所以他并没有常到阳台来，今天也是听罗阿姨提起，才想到要来帮这里的盆栽浇水。

湛微阳的手被凉水沾湿了，很快便冻得通红，但他还是很耐心地一盆一盆照料过去，直到在他自己的空花盆前面停下来。

自从上一次这个花盆被湛岫松踩坏了，裴馨帮他补好之后，他就再没有蹲进去过，主要是担心会踩坏。今天过来看到花盆里面积满了灰，之前又被雨淋过，盆底脏兮兮的，糊了一层泥，顿时觉得心痛起来。

他加快了动作，给剩下几盆植物浇了水，然后一边用水冲一边擦洗他的花盆。

湛雪晴站在走廊上，正好看到了这一幕。

她停下脚步看了湛微阳一会儿，回去房间里拿了外套披上，然后才走到阳台上，从背后缓缓靠近湛微阳，正听见湛微阳说："我没有抛弃你。"

湛雪晴莫名其妙，忍不住喊了一声："阳阳？"

湛微阳吓了一跳，惊慌地回头去看她。

湛雪晴冲他笑一笑，在他身边蹲下来，问道："你在自言自语说什么啊？"

湛微阳唤道"晴姐"，然后继续清洗花盆，同时说道："我在跟我的花盆聊天。"

湛雪晴一只手撑着脸，闻言笑道："你那么可爱啊？还跟花盆聊天？"

湛微阳说："嗯。"然后抓起水壶往里面浇水，把淤泥冲散。

湛雪晴问他："聊什么呢？"

湛微阳有些奇怪地看她一眼："什么？跟花盆吗？"

湛雪晴道："是啊。"

湛微阳说："我就说我会好好照顾它，让它放心。"

湛雪晴问道："你的花盆是有生命的吗？"

湛微阳想了想这个问题，回答湛雪晴："我觉得没有吧。"

"没有那你怎么还跟它说话？它又不能听见。"湛雪晴对他说。

湛微阳说道："没有生命我也可以对它说话啊，我能听见就行了。"

湛雪晴一时间没有说话，蹲在旁边静静看了湛微阳很久，说："不冷吗？"

湛微阳回答她："还好，晴姐你要是冷就进去吧。"

湛雪晴说："我也不冷。"她停顿一会儿，问，"裴馨经常做东西给你吃吗？"

湛微阳愣了愣，转过头来看她："有时候。"

湛雪晴看着他不说话。

湛微阳突然有些紧张，默默地转过头去。

湛雪晴说："我都不知道他会做饭。"

湛微阳说："馨哥炒的蛋炒饭好吃。"

湛雪晴用手撑着脸，沉默了很久，问湛微阳："裴馨是不是对你很好？"

湛微阳点点头："馨哥很好啊。"

湛雪晴问他："有多好？"

湛雪晴问："你们是不是……"

湛微阳一脸天真懵懂："什么？"

湛微阳觉得她的问题奇奇怪怪的，忍不住多看了她一眼，说："就是很好。"

湛雪晴看见他的神情，突然又觉得自己的问题有些可笑，她说："没什么。"

湛微阳站了起来，拍一拍手上的泥，说："进去吧？"他想去洗手。

湛雪晴便也跟着站起来，说："好啊，进去吧。"

他们两个人离开阳台走进走廊，湛微阳朝着卫生间方向走去，湛雪晴站在房间门口，一直看着湛微阳背影消失。

假期的时间总是一眨眼就过去，眼看就已经快到农历新年了。

大城市里过年的气氛总是不如小地方浓烈，小区里面的不少住户都回老家过年，附近都变得冷清起来。

当然湛家却是越来越热闹了。

过年前两天，湛岫松的父母从外地赶了回来，因为家里人太多实在住不下，湛鹏程把他们安排在了小区旁边不远的酒店，湛岫松还是住在家里面，几个孩子可以一起玩。

到了年三十那天，罗阿姨一早就在厨房里忙碌准备年夜饭。

临近中午时，湛莺飞和裴景荣夫妻才从机场打车赶回来。他们到的时候，一家人正准备吃午饭。

湛微阳从二楼下来，正好听到敲门声，于是走过去开门。

房门刚打开，伴随着冷气扑面而来的还有一个柔软的怀抱，湛莺飞一见到湛微阳就张开手臂用力抱住他，还左右晃了晃，说："我的阳阳宝贝！"

湛微阳个子已经比湛莺飞高了，却不敢用力挣扎，只能紧张地唤道："姑妈！"

湛莺飞这才松开手，满脸笑容地看他。

湛微阳脸有一点点红。

湛莺飞已经四十多岁了，但不管是容貌还是身材都维持得很好，穿着一身干练的短羽绒服，腿上还是一双长靴。

站在她身后的中年男人就是裴馨的父亲裴景荣。裴景荣比湛莺飞要大上几岁，身形高大，成熟而英俊，他看见湛微阳，也露出一个温和的笑容："阳阳。"

湛微阳以前也没怎么仔细看过裴景荣，今天见到了，突然发现他和裴馨还真有些相似，于是忍不住多看了他一会儿。

裴景荣笑着对湛莺飞说："阳阳可能是不认识我了。"

湛微阳想要解释说他认识，结果便听见湛莺飞笑着道："这是你姑爹。"

他只好跟着开口叫了一声："姑爹。"

湛莺飞伸手揽住湛微阳的肩膀，推着他朝里面走，说："太冷了，我们进去再说。"

```
┌─────────┐
│ New     │
│ Game    │
└─────────┘
```

68

家里一下子变得十分热闹。

湛莺飞和裴景荣夫妻都已经将近一年没有回来了，家里人听见外面的声音都起身迎了出来，连奶奶都颤巍巍地从饭厅里走出来，远远见到女儿便伸出了手。

原本将手搭在湛微阳肩上的湛莺飞松开他，大步朝奶奶走去，亲亲热热地抱住了打招呼。

湛微阳于是默默地退到一边，他注意到裴馨看见裴景荣之后喊了一声"爸"。

裴景荣只是对裴馨点了点头，随后便随着湛莺飞去跟奶奶握手，问候她的身体。

等到一大家人寒暄结束坐下来的时候，罗阿姨已经把饭菜从厨房里端出来了。

晚上那顿才是年夜饭，中午这顿饭相对简单一些，不过毕竟人多，菜也摆满了整张桌子。

一张桌子已经坐不下了，还好饭厅够大，又在旁边搭了一张小桌子。

湛微阳就被安排在了小桌子，而裴馨却被叫过去陪着他父亲坐。

湛鹏程从酒柜里拿出来一瓶酒。

湛微光问他："中午就要喝酒？"

湛鹏程说："下午又不出门，中午少喝一点就行了。"

等到吃完饭，家里的大人帮着罗阿姨一起把桌子收拾了，然后回到客厅里坐下来，湛鹏程亲手冲了一壶茶，大家一边喝茶一边聊天。

湛莺飞和湛雪晴在饭厅门口说话，与大家隔着一段距离，也听不清她们说些什么，不过看湛雪晴的神情似乎不太高兴。

湛微阳在沙发角落坐了一会儿，看见湛鹏程在和湛鹤鸣还有裴景荣聊天，于是起身想要上楼。

结果他刚刚站起来，裴馨也跟着起身，说道："我去楼上睡会儿午觉。"

湛鹏程仰起头看他，问："是不是不舒服？"

裴馨中午也喝了点酒，但是从脸上一点也看不出来，他对湛鹏程说："没有，就是喝了酒有点犯困。"

湛鹏程点点头："去休息吧。"说完，他又对湛微阳说："阳阳也去睡会儿午觉吧。"

湛微阳说："好。"

于是他们一前一后上楼，湛微阳在前面，走过楼梯拐角的时候，裴馨突然追上来，搂住了湛微阳的肩膀。

湛微阳感觉到裴馨贴在他的脸颊边，轻轻喊他："阳阳。"同时闻到了一点点酒气。

他问裴馨："你是不是喝醉啦？"

裴馨低声道："我没有喝醉，我就是想上来休息。嘘——不要告诉他们。"

湛微阳觉得耳朵痒痒的，他不喜欢人喝了酒的味道，但是裴馨的话又让他觉得这是他们俩的小秘密，不自觉开心起来。

他们回到楼上房间，在床上躺下来。

湛微阳打了个大大的哈欠。

裴馨问他："困了？"

湛微阳翻身面对着裴馨，说："也不是很困。"

裴馨对他说："那就聊会儿天，困了再睡。"

湛微阳笑道："好啊。"他笑着看了裴馨一会儿，刚要说话的时候，突然听见了敲门声，抬起头来奇怪地问道："谁啊？"

外面的人沉默了一会儿，才说："裴馨在吗？"

湛微阳听出来是裴景荣的声音，转头看向裴馨。

裴馨从床上起来，穿上拖鞋走到门边，打开了房门。

门外站着的果然是裴景荣，他没有说什么，直接走了进来，然后才注意到湛微阳还躺在床上。

那一瞬间裴景荣明显是愣了一下。

湛微阳坐起来，喊道："姑爹。"

裴景荣原本是面无表情的，听见湛微阳喊他，神情顿时柔和了一些，问道："阳阳在这边睡午觉吗？"

裴馨还站在门边，这时说道："家里房间不够，阳阳的房间被雪晴占了，他暂时跟我睡一间。"

裴景荣点了点头，又问湛微阳道："那阳阳是现在要睡吗？"

湛微阳也不知道该怎么回答，只能看向裴馨。

裴馨对裴景荣说："你有话要跟我说？"

裴景荣点了点头。

裴馨说："那我们出去说吧，不要打扰阳阳睡觉。"

裴景荣没有反对，朝着外面走去。

裴馨低声对湛微阳说："睡吧。"之后便跟着裴景荣离开房间，轻轻关上了房门。

湛微阳在床上翻个身，闭上眼睛想要让自己睡着，但是又觉得思维一直是清晰的，好像并不是那么想睡觉，于是他坐了起来。这时候，房门外传来了裴景荣和裴馨低声交谈的声音。

因为他们的声音都压得很低，所以湛微阳听得并不清楚。他有些纠结，觉得自己去偷听别人说话是不好的，可是他们就在门口说话，不一定是不想让他听见吧？

最后湛微阳还是从床上起来，走到门边把耳朵贴在门上，听外面两个人交谈。

裴景荣和裴馨就在房间外面的走廊上，两个人都靠着墙，面对着面。

湛微阳先听到的是裴景荣的声音，裴景荣问裴馨："你打算什么时候回家？"

裴馨没有说话。

裴景荣便继续说道："我说过了就留在家那边实习，我可以给你联系公司，根本没必要跑那么远。"

裴馨说："出来锻炼一下不是挺好的吗？"

裴景荣说："你是为了出来锻炼的吗？你只是不想留在家里吧？"

湛微阳觉得裴景荣的语气不太好，实际上从今天中午裴景荣回来，湛微阳就能感觉到他对裴馨的态度有些冷淡。

裴馨还是没有说话。

裴景荣问他："你到底是对我不满，还是对你阿姨不满？"

裴馨这才语气平静地回答："我有什么可不满的？"

"这个问题难道不是该我问你？"裴景荣说，"我和你阿姨对你有哪里不够好的？"

"你们都很好。"

裴景荣说："既然都很好，为什么我们一家人不能好好过日子？"

裴馨在短暂的沉默之后才说道："你们夫妻两个好好过日子不就行了？何必来要求我呢？我今年大四，到下半年就毕业工作了，我本来就是时候出来独立了。"

裴景荣问他："你工作有什么打算了？"

裴馨说："我现在实习的公司，我们还在谈。"

裴景荣说道："不用谈了，你跟我回去，毕业了去我那儿帮忙。"

裴馨冷静地回答道："我不去。"

湛微阳整个人都紧张起来。

69

走廊上安静下来。

湛微阳还贴在门后面，不知道要不要继续听下去。

裴馨背靠着走廊的墙壁，看着裴景荣，他们也差不多半年没见了，每次见到裴景荣，裴馨都能感觉到他在渐渐老去。

其实裴景荣跟同龄人相比，看起来还是年轻的，他高大英俊，总是衣冠整齐，头发仔细梳理过，色泽漆黑，暂时还看不到白发的踪迹。

对裴馨来说却是不一样的，他印象里的裴景荣始终还是他小时候见到的那个样子，到现在聚少离多时，每次见面裴馨仔细看裴景荣的脸，都会觉得变得跟记忆中不一样了。

裴景荣也静静看着裴馨，过了一会儿，说："你实习差不多该结束了吧？"

裴馨说："是。"

裴景荣对他说："我和你阿姨决定初三回去，我想你能跟我们一起回去。"

"初三？"裴馨轻声重复这两个字。今天已经年三十了，年初三也不过再过三天。

裴景荣说："怎么？年都过完了你还要一直待在别人家里？你不回去看看爷爷奶奶，还有你那些同学朋友都不打算见面了？"

裴馨知道裴景荣说得有道理，于情于理他都应该回去一趟，之所以会犹豫，无非是因为他有些放心不下还在每天乖乖吃药的湛微阳。

这时候，楼梯口突然出现一个人，父子俩同时转头看去，见到是湛雪晴上来了。

湛雪晴走路声音很轻，他们都没有听到，也是见到人才突然反应过来。

裴景荣轻声招呼道："雪晴。"

湛雪晴唤道："裴叔叔。"

裴馨没有说话。

湛雪晴站在楼梯口，看着他们，没有离开。

裴景荣大概是觉得不方便继续说下去，便对裴馨道："你再好好想一想我刚才说的话。"说完，他转过身冲湛雪晴点点头，朝着楼梯方向走去。

等到他离开，裴馨转身打算回房间。

湛微阳贴在门背后，清楚地听到他碰了一下门把手，吓了一跳，像只兔子似的蹦回床上，躺下来装睡。

结果裴馨并没有立刻开门进来，湛雪晴在外面叫住了他。

湛雪晴说："我妈刚才叫我过了年就跟他们回去。"

裴馨沉默了一会儿，问道："你回去吗？"

湛雪晴有些诧异，说："我还以为你不会理我。我当然回去啊，还留这里干吗？"

裴馨点了点头，说："你应该回去陪一陪阿姨。"

"哎！"湛雪晴叫住他，"那你回去吗？"

裴馨说："我想一想。"

湛雪晴对他说道："你用不着躲我，我又不会对你怎么样。"

裴馨看了一眼房门方向，隔着一堵门，他不知道湛微阳是不是睡着了，不过他猜湛微阳是睡了，随后转头看向湛雪晴，说："你误会了。"

湛雪晴愣了愣："什么？"

裴馨说："我没有躲你。"

湛雪晴看着他，突然笑出声了，说道："裴馨，你好意思把你的话再说一次吗？"

裴馨说："我到这边来实习，确实是为了避免跟你见面，但我现在没有躲你。"

湛雪晴和裴馨读书的大学原本都在他们所居住的城市，读书期间两个人都是平时住校，周末回家。

湛雪晴对裴馨说："那你就是单纯的讨厌我？"

裴馨说道："我不讨厌你，你是我妹妹，我为什么会讨厌你？"其实这句话裴馨也不是那么真心实意，他努力在平时的相处中把湛雪晴当作妹妹对待，但他们始终不是亲生兄妹。他们认识的时候就已经不能算小孩子了，湛雪晴还和湛微光他们不同，她是个女孩子，所以裴馨时刻注意着和她相处的分寸，他们两个人之间的感情从来没有达到过兄妹的程度。

湛雪晴说："行吧，我们是兄妹，我想知道，是不是因为这个，所以你才说你跟我绝对不可能？"这句话是湛雪晴一开始就想要问裴馨的，学校一放假她就直接拖着行李箱过来这边，为的就是把这句话当面问出口，可惜裴馨没有给她机会，她心里头一直都堵着这么一口气。

裴馨这时候看着她，态度很认真地回答道："不是。"

湛雪晴看着他。

裴馨又说了一句："真的不是，但是对你，我不可以。"

湛雪晴咬了咬嘴唇，像是在努力控制情绪："是我这个人不可以？如果换成别的人你也许就可以了？"

裴馨说："是。"

湛雪晴倔强地问他："哪一点不可以呢？你可不可以告诉我，让我死心？"

裴馨轻声道："你真的想知道？"

湛雪晴点了点头。

裴馨神情变得严肃了一些，他不想让湛雪晴以为他说的只是一句搪塞的笑话，语气低沉地说："不喜欢。"

湛雪晴愣住了，看着裴馨，说："这叫什么理由？"

裴馨朝她走近，在她面前停下来，微微弯下腰，低声说道："这是最充足的理由，与你是什么身份无关，就是单纯的不喜欢。"

湛雪晴看着他，眼睛瞪得有些用力。

裴馨站直身体，轻轻拍一下她的肩膀："所以你还是做我妹妹吧。"

他和湛雪晴纠缠了挺长一段时间，从一开始裴馨就直接拒绝了湛雪晴，但是他说得很委婉，无非就是不想让湛雪晴太难堪。

直到今天这一刻，裴馨突然觉得无所谓了。

回忆刚才和裴景荣的对话，他想他总是要离开这个家开始自己的生活，他很了解自己，他不喜欢湛雪晴，不管湛雪晴是什么想法，不管时间过去多久，他还是不会喜欢，他从来不需要勉强。

他的爸爸已经在逐渐老去，肩膀虽然依旧宽厚，能承担的重量却越来越轻，而他已经成长起来，他自己的那个重量需要自己来担负了。

他开始变得有底气，开始能够决定自己的生活。

说完这句话，裴馨打开房门回去房间。

湛微阳躺在床上，被子拉起来盖住了半张脸，呼吸声均匀，的确已经睡着了。

裴馨走到床边，伸出手摸了摸他柔软的头发。

70

湛微阳一觉睡到了下午三点多，醒来的时候一时间有些恍惚，也不知道究竟是什么时候，自己究竟在哪儿。

他翻了个身，才发现裴馨正在他身边睡着，看起来像是还没有醒过来。

犹豫了一下，湛微阳朝裴馨伸出一只手去，想要用手指轻轻碰一碰他的鼻尖，又害怕把他碰醒了，于是那根手指最后落在了空中，能够感觉到裴馨温热的呼吸。

突然，裴馨抬起一只手抓住了湛微阳的手，然后紧紧捏住他的手指。

湛微阳吓了一跳，可是看到裴馨连眼睛都没有睁开，于是不太确定地问道："你醒了吗？"

裴馨闭着眼睛说："我没醒。"

湛微阳立即说道："你没醒你怎么跟我说话的？"

裴馨嘴角微微翘了翘，说："你猜啊。"

湛微阳知道裴馨一定醒了，他想把手挣开来没能成功，干脆就爬起来一个翻身坐到了裴馨身上。

裴馨被他压得轻轻"唔"一声，总算是睁开眼睛看他了。

湛微阳说："这回醒了吧？"

裴馨说道："被你压醒的，你越来越重了。"

湛微阳信了后面半句话，说道："真的吗？"

裴馨点点头。

湛微阳伸手摸一摸自己肚子上的肉，感觉到好像是松了一点，他想应该是放假在家里，天天都吃很多吃胖了，尤其是湛微光喜欢喝奶茶，湛微阳跟着对方几乎每天下午都喝一杯。

他有些发愁，说："我不能喝奶茶了。"

裴馨问他："为什么啊？"

湛微阳说："我不想越来越胖。"

裴馨说："胖也没关系，至少肉肉的捏起来很软。"

湛微阳信了："真的吗？"

这时候他听到了有人在外面敲门。

裴馨拍了拍湛微阳，让他从自己身上下来，同时大声问道："是谁？"

外面传来湛微光的声音："馨哥，还在睡觉吗？"

裴馨说："起来了。"他本来也没脱衣裤，直接下床走到门边打开了门。

湛微光问道："湛微阳还在睡觉？"一边说一边朝里面看了一眼。

湛微阳还躺在床上，用被子盖住了自己半张脸，只两只圆眼睛露在外面看着湛微光。

裴馨说："也醒了。"

湛微光便说道："下来喝奶茶吗？"

"今天还能买到奶茶？"裴馨随口问道。

湛微光说："附近的店都关门了，我是在超市买的袋装奶茶自己冲，快来吧。"说完，湛微光便先下楼了。

裴馨叫了湛微阳起床，两个人一起下楼。

楼下客厅依然很热闹，大人们都还围坐在沙发上聊天，沙发前面的茶几上摆满了糖和瓜子，茶杯里倒满了热茶。

湛微光在厨房门口向他们招手。

湛微阳经过客厅的时候看见裴景荣，好像突然想起了什么事。

厨房里面热气腾腾，天然气灶台正燃着炉火，上面的蒸锅冒着热气，电砂锅也传来阵阵炖煮的香味，旁边还有一条炸好的鱼，淋上料汁就可以端出去了。

湛岫松这时正在厨房里面，摆弄新的咖啡机。

咖啡机是好几天前裴馨就下单了，但是两三天之前才送来的，他们一直没有用过。

今天下午外卖买不到奶茶了，湛微光才想要自己冲奶茶喝，顺便试试新咖啡机。

罗阿姨还在厨房里忙碌，嫌弃他们在这里碍手碍脚，叫他们把咖啡机抱去别的地方弄。

于是湛微光动手把咖啡机抱去了客厅，拆开了新买的咖啡豆包装，一边看说明书一边研究怎么用。

裴馨问他："不是冲奶茶吗？"

湛微光说："喝杯鸳鸯嘛。"

湛微阳站在旁边看他们，又忍不住转过头去看裴景荣，突然想起来究竟是什么事情了，他心急地拉了一下裴馨的衣服。

裴馨正在帮湛微光操作咖啡机，对湛微阳说道："阳阳，等我一会儿。"

湛微阳只好耐心等着他。

等到咖啡终于煮好，整个房间里都是咖啡的香味，湛岫松兴冲冲地把冲好的奶茶倒进几个杯子里，然后往里面加咖啡。

湛微光先试了试咖啡的味道，对裴馨说："不错。"

裴馨不想喝奶茶，只要了一杯黑咖啡，浅浅抿一口，点了点头，随后转过身看见湛微阳正捧着杯子小口小口地喝，说道："你少喝一点，当心晚上睡不着。"

湛微光在旁边说："今晚无所谓，睡不着我们可以打牌。"

"你想打通宵？"裴馨问他。

湛微光笑了笑说道："可以啊。"十几岁正是精力旺盛的时候。

湛微阳的那杯鸳鸯加了糖和奶，他喝起来觉得味道刚好，喝完一杯让湛岫松又给他倒了一杯。

等再喝完时，裴馨伸手接过他的杯子，说："别喝了，晚上真睡不着了。"

湛微阳小声对他说："我等会儿可以喝点酒。"

"喝点酒可以抵消咖啡的效果？"裴馨问道。

湛微阳诧异道："难道喝了酒不是会想睡觉？"每次他爸喝了酒都睡得又快又沉。

裴馨摇摇头："我觉得不行。"至少他喝了酒不会有很困的感觉，反而有一种异常的兴奋。

湛微阳又想起他要说的事，神情凝重地看着裴馨问："馨哥，你是不是要走？"

裴馨被他问得愣了一下，反问道："你为什么觉得我要走？"

湛微阳说："我听到你和你爸爸说话了。"

裴馨没有立即回答，他看了一眼周围的环境，觉得并不适合和湛微阳聊这些，于是说道："我晚点告诉你。"说完，他反倒问湛微阳："你还听到些什么？"

"嗯？"湛微阳有些不明白。

裴馨想知道湛微阳有没有听到他和湛雪晴那些话，他并不想让湛微阳知道那些，那不过是些已经没有意义的烦恼。

在裴馨的眼里，湛微阳太单纯太纯净，就是该让他好好保护起来，不要受到一点伤害。

裴馨说："你就听到我和我爸说话了？"

湛微阳点点头："后来我就睡着了。"

"那没什么。"裴馨道。

虽然刚才裴馨已经说了晚点告诉他，但湛微阳还是很担心，忍不住又问了一遍："你会走吗？"

裴馨说："就算我走也是暂时的，很快会回来的，别怕。"

他已经打算初三那天就跟裴景荣他们先回去一趟，而且就算那时候不回去，开学了他也要回去。暂时的分开不可避免，他需要做的是安抚好湛微阳的情绪。

71

即便裴馨那么说了，湛微阳内心还是忐忑不安，他也不知道怎么中午还好好的，到了下午裴馨突然就要走了。

湛微阳有点心慌，不过这种心慌不一定是病态的，也可能因为他刚喝了咖啡，心跳有些亢进。

他开始思考，自己是不是有办法把裴馨留下来，让他不要走。

可是湛微阳已经很努力了，他那个不怎么灵光的小脑袋还是没有想出什么好办法来。

等到天黑的时候，年夜饭也正式开始了。

外面客厅里电视机的声音还响着，饭厅的饭桌上已经摆满了热气腾腾的饭菜。

一家人都围坐在饭桌旁边，湛鹏程先是招呼着大家坐下来，又从酒柜里拿了酒出来热情地给大家倒酒。

湛微阳被打发到了小桌子坐，总是忍不住转头去看裴馨。

或许是动作太明显了，坐在他旁边的湛微光说道："你到底在干吗？"

"嗯？"湛微阳朝湛微光看去。

湛微光用筷子在他面前的盘子上敲了敲，说："你吃饭就好好吃饭，一直东张西望的干什么？"

湛微阳小声说道："不要你管我。"

湛雪晴坐在湛微阳的对面，一个晚上本来都没有说话，这时候抬头看了他一眼。

湛微阳又想起裴馨要走的事情，吃饭都没什么胃口。

湛岫松坐在他旁边，正动作迅速地解决面前盘子里的糖醋排骨。对湛岫松来说，今天是年三十，这种大过年的日子该给自己辛苦减肥的身体放个假，所以湛岫松和自己约定了，今年的最后一天可以敞开了吃，到明年再继续减肥。

湛微光看到盘子里的糖醋排骨消灭得很快，忍不住伸筷子给湛微阳夹了一个放在碗里。

湛微阳却显然注意力不集中，没有一点反应。

湛微光说："不是你喜欢的糖醋排骨吗？"在他印象中，湛微阳喜欢一切糖醋味的食物。

湛微阳这才低头看了一眼，语气平静地对湛微光说："谢谢。"

湛微光不知道为什么就像是被噎了一下，不太高兴地说："爱吃不吃。"

这时候，湛微阳转过头去看了看坐在大桌子旁边的裴馨，裴馨正在给湛鹏程敬酒，他的模样就像个大人，脸上带着成年人的笑容。

裴景荣在旁边说道："这半年裴馨给你们添太多麻烦了。"

湛鹏程说："哪有，我不在的时候，全靠裴馨帮我照顾阳阳和奶奶，这杯酒该我敬他才对。"

他们互相谦让着把酒喝了。

等到裴馨坐下来的时候，裴景荣说："等过完年，裴馨就跟我们一起回去了。"

湛鹏程有些诧异："裴馨也走吗？"

裴景荣没有替裴馨回答，只是朝他看去。

裴馨细长的手指还握着酒杯的边缘，他沉默了一会儿，对湛鹏程说："是的，我这边实习结束了，本来下学期就要回学校处理毕业和工作的事情，刚好过年也该回去见见亲戚朋友。"

湛鹏程闻言点了点头："说得也是。"

湛微阳一直看着他们，没有转过头来，裴馨的话他也听到了，满心的失望和难过都写在了脸上。

坐在他对面的湛雪晴放下筷子看着他。

湛微光也注意到他的神情了，问道："你怎么了？"

湛微阳把筷子放下来，对湛微光说："我不想吃饭了。"

湛微光皱起眉头："怎么突然不想吃饭了？今天过年，家里那么多客人，你别闹脾气啊。"

湛微阳嘴巴张了张，没说出话来，这时候才发现湛雪晴在看他，就连一直没停过嘴的湛岫松也一边啃鸡翅膀一边看他，他想，湛微光说的其实是有道理的，今天过年，家里又那么多客人，他不好好吃饭是很不礼貌的，于是拿起筷子端起碗，没什么精神地说道："那我还是吃吧。"

他看了看桌面上的菜，没觉得有什么想吃的，便直接拿着碗去厨房给自己添饭，他添了满满一碗，回到桌边坐下，把自己的碗给湛微光看。

湛微光说："做什么？"

湛微阳说道："我吃饭呀。"说完，他就真的埋着脑袋，用筷子开始扒拉碗里的白米饭。

湛微阳一边吃饭，一边仔细想着，裴馨其实说得很有道理啊，他实习结束了总是要回去的，而且现在过年，他也该回去看望自己的奶奶了。

　　他没道理一定要把裴馨给留下来，可是裴馨走了又什么时候才能回来呢？这半年时间他是不是都见不到裴馨了，或者裴馨毕业了留在那边工作，过完这半年也不会回来，他会不会要等到明年过年才能再见到裴馨？

　　想到这里，湛微阳先是觉得害怕，后来心中一阵悲凉，难过的情绪源源不断地涌上来。

　　湛岫松探身去拿卫生纸擦手上的油的时候，视线突然瞟到有什么落在了湛微阳的饭碗里，他转头去看才发现湛微阳竟然哭了。

　　湛微阳一边默默地掉着眼泪，一边继续默默地吃饭，他的眼泪全部都掉到了他的碗里，渗进了雪白松软的米饭里。

　　"你哭什么？"湛岫松莫名其妙。

　　湛微阳看了湛岫松一眼，没有说话。

　　湛微光被吸引了注意力，捏住湛微阳的脸让他转过来面对自己，愣一下问道："你怎么了？"

　　湛微阳垂下目光看自己的碗，里面还剩最后一点米饭了，他大口地把饭全部扒进嘴里，努力嚼了咽下去，问湛微光："我可不可以走了？"

　　湛微光仍旧问道："到底怎么了？"

　　湛微阳说："那我先走了。"说完，他起身朝饭厅外面走去。

　　湛鹏程注意到了，大声叫他："阳阳！"

　　湛微阳没有回答，已经走出了饭厅。

　　湛鹏程问湛微光："你弟弟怎么了？去看看！"

　　湛微光放下筷子，刚要起身的时候，裴馨说道："我去吧。"

　　说完，裴馨就起身，紧跟着离开饭厅。

　　湛鹏程还是觉得不放心，这时湛莺飞劝他道："没事的，裴馨这孩子懂事，让他去看看，你别太担心。"

湛微阳从饭厅出来之后，经过客厅沿着楼梯上了二楼，他在楼梯口站了一会儿，推开阳台的门走了出去。

外面温度很低，他只穿了一件单薄的长袖衬衣，站在空旷的阳台上发愣。

小区里比平时都要安静，但是又时不时能听到楼下饭厅传来的声音，那是家里大人们吃饭喝酒时说笑的声音。然后就是从更远处的独栋别墅传来的隐隐约约的音乐声。

湛微阳其实没有想什么，他整个人是放空的，就是太难过了，想要透一透气。

可是很快，他听到有脚步从里面走出来，接着有人在他肩上披了一件柔软的羽绒服。

裴馨的声音响起："把衣服穿上。"

湛微阳抬头，借着路灯的光线看裴馨一眼。

裴馨从楼下追上来，看见湛微阳站在阳台上便第一时间回房里给他拿衣服了。现在裴馨抓着湛微阳的手臂，像给小孩子穿衣服一样把羽绒服的袖子给他套了进去，等到衣服穿好，还仔细把拉链拉起来，一直拉到了湛微阳的下巴上。

湛微阳脸上还留着哭过的痕迹。

裴馨抬起手，用手指给他擦了擦，问道："为什么哭了？"

湛微阳说："我难过。"

裴馨问他："因为我说要走了？"

湛微阳点头，用一只手按着胸口，说："我好难受，怎么办？"

裴馨看着他，发现他眼睛又开始红了，看起来就像是要哭出来。

不知道是不是因为这样一个万家灯火团圆的特殊夜晚，裴馨心里有些东西也被触动得厉害，他想起了从小到大很多人很多事，想起父母离婚前的冷战，想起父亲再婚时陌生人突然变成家人的突兀感，那些情绪他都一个人经历，一个人承受着走过来了，以为无所谓，又是不是真的无所谓？

裴馨低头看着湛微阳，露出个很浅的笑容。

湛微阳问他："为什么要笑？"

裴馨说："想哭吗？要不要哭一会儿？"

湛微阳问道："可以吗？"

裴馨点点头："可以。"

湛微阳一下子抱住了裴馨的腰，把脸埋在他胸前，伤心地哭了起来。

裴馨抱住湛微阳，轻轻拍他后背，抬起头感觉到冷风吹在脸上，眼睛却微微有些发热。

72

湛微阳哭了很久，把自己眼睛都哭肿了，很担心地问裴馨："你不会不回来看我了吧？"

裴馨轻声说道："怎么会呢？"

湛微阳说："可是你要离开那么久。"

裴馨拍着他的后背，问道："可是我总不能时时刻刻都跟你在一起啊，要是以后我因为工作出差，阳阳一个人在家里要怎么办？"

湛微阳想了想，问道："你不能带着我一起去吗？"

裴馨笑着问道："我要怎么带你去？你那么大一个，装不进我的口袋里。"

湛微阳觉得裴馨说得很对，自己也感到很苦恼。

裴馨安慰他道："我虽然不能随时带着你，但是我会惦记你，我们还可以视频聊天，回来的时候我也会给你带礼物，好不好？"

湛微阳勉强接受了。

裴馨于是问道："现在心情有没有好一点？"

湛微阳没有回答，一只手紧紧揪着裴馨的衣服，问道："你可以不

走吗？"

裴馨说："那我毕不了业，找不到工作，以后怎么办？"

湛微阳挺认真地说："我可以养你啊。"

裴馨笑道："你怎么养我？你自己都没有工作，现在连自己都养不活。"

湛微阳说："我可以去打工养你。"

裴馨微笑着没有说话。

湛微阳仰起头看裴馨："你怎么不说话？我是认真的，你要不要考虑一下？"

裴馨仍然只是笑，但是没有说话。

湛微阳想要从裴馨怀里挣开，有些着急地说："你是不是不相信我？"

裴馨连忙用手臂紧紧搂住他，按着他的头不让他挣扎，说："我相信你，我就是很开心。"

"开心什么？"湛微阳闷声问道。

裴馨说："就是开心原来还有人会这么需要我，甚至愿意为了养我而去打工。"

湛微阳停止了挣扎，说："是啊，我太需要你了，我觉得你可以考虑一下。"

裴馨微笑道："我会认真考虑的。"

又过了一会儿，湛微光上来叫他们，说晚会开始了，奶奶要叫大家一起去楼下看，于是裴馨带着湛微阳回到一楼。

春节晚会已经开始了，大家除了围坐在沙发上看电视，旁边还摆了一张麻将桌。

湛微光招呼裴馨去打麻将，裴馨说："你们玩吧，我不打。"

湛莺飞本来在陪着奶奶看"春晚"，闻言抬起头对裴馨说："小馨你陪陪他们嘛，他们凑不够人。"

裴馨这才答应了，在麻将桌边坐下来，陪着湛微光还有湛微阳他二婶打牌，湛岫松本来也想上的，被大人阻止了，换成了不太情愿的湛雪晴。

奶奶坐在沙发上，拍拍身边的位子，对湛微阳说："阳阳，过来陪奶奶看晚会。"

湛微阳没有答应，走向了饭厅。

餐桌旁边，湛鹏程和湛鹤鸣、裴景荣三个人还坐在一起抽烟聊天，餐桌已经收拾干净了，罗阿姨正在厨房洗碗。

湛鹏程显然喝了很多酒，在餐厅不太明亮的灯光下，整张脸看起来都是通红的，他看见湛微阳，招了招手，说："阳阳过来。"

湛微阳走到他身边，闻到一股烟味混合着酒味的难闻气味，不禁皱了皱眉。

湛鹏程抓住湛微阳的手，问："阳阳吃饱了吗？"

湛微阳说："嗯。"

湛鹏程侧着身子仰起头看他，问道："刚才怎么吃一半就走了？"

湛微阳说："因为吃饱了。"

湛鹏程点点头："等会儿让罗阿姨煮点饺子给大家当夜宵，你再吃点啊。"

湛微阳没有说话。

湛鹏程拉一拉他："要不要陪爸爸坐？"

湛微阳说："我不要。"

湛鹏程于是松开了手，说："那去陪奶奶看晚会吧。"

湛微阳离开餐厅回到客厅，并没有去沙发上坐下来看晚会，而是自己搬了一把椅子放到裴馨的身边，乖乖坐下来看他打牌。

湛雪晴抬起头看了湛微阳一眼。

湛微阳没有察觉到，他凑近了去看裴馨面前的牌，很快又坐直了身体，反正也看不明白，他无非就是想要坐在裴馨身边罢了。

裴馨也显得有些漫不经心，偏过头靠近了湛微阳，问他："你玩不玩？"

湛微阳还没回答，湛微光先说道："别让他来，他又不会。"

说完了，湛微光还对湛微阳说了一句："你就在那儿坐着吧。"

湛微阳很不开心地看他一眼，之后弯曲膝盖将两只脚都抬起来踩在坐凳上，弓着背抱住腿玩手机。

他给陈幽幽发了一条消息："新年快乐。"

过一会儿陈幽幽回他："太早了。"

湛微阳不明白："什么太早了？"

陈幽幽回复："不是还没到新年吗？你得过了十二点再发。"

湛微阳只好打字："好吧。"

随后，他把手机放回了上衣口袋里，歪着头靠在裴馨的肩膀上。

湛微光不满地看他一眼："坐好了，你这样馨哥怎么打牌？"

裴馨说："没关系，让他靠着吧。"随后还调整了一下角度，让湛微阳靠得舒服一点。

不一会儿，湛鹏程他们几个从饭厅里出来，裴馨顺势起身把自己的座位让给了湛鹤鸣。

湛微阳跟着裴馨坐到沙发旁边，大家一边看晚会一边聊天。

到十点左右，罗阿姨去煮了一大盘饺子出来给大家当夜宵。打麻将的人于是都停下来，围到茶几旁边来吃饺子，等到吃完了，奶奶实在是熬不住，裹着她的小毯子回房间里睡觉去了。

于是湛莺飞把电视机的声音调小，把客厅的大灯也关了，只留下一盏小射灯照着麻将桌周围。

其他人在看电视聊天，裴馨和湛微阳两个人坐在角落里，湛微阳拿着手机在打游戏，裴馨凑在他旁边看。

周围光线昏暗，只有电视机屏幕发出的荧光照射到他们脸上，麻将碰撞的声音混合着电视声和湛鹏程他们几个人说话的声音，反而像是一道屏障，将这个角落隔开了。

快到十二点的时候，湛微阳收到陈幽幽发来的消息，他说："记得十二点给我发新年快乐。"

看了这条消息之后，湛微阳没有立刻回复他，而是抬起头看向裴馨，说："新年要到了。"

裴馨轻轻"嗯"一声。

湛微阳从小到大过了那么多年，这个年对他来说好像是特别不一样的。

他开始有些兴奋，心情忐忑地等待着新年到来。

电视里的春节晚会开始倒数，客厅里面该聊天的继续聊天，该打牌的接着打牌，并没有被倒计时打乱步骤。

只有湛微阳停了下来。他仰起头看向裴馨，眼里带着自己都说不清的期待。

他们在的角落，坐在沙发上的人除非特意转过头来看，否则是看不见他们的，而麻将桌边的人，只有湛雪晴是正对着他们的方向。

湛雪晴一整个晚上打牌都打得漫不经心，她其实不想玩了，可是不玩的话坐过去看电视又更没心情。

这时候听见电视机里面的倒计时，她忍不住抬头朝裴馨他们那个方向看去。

电视机里面，新年倒计时快数到一的时候，湛雪晴看见裴馨低下头很轻地低声跟湛微阳说了句什么，露出温暖的笑容。

随后裴馨抬起头来，似乎是注意到了湛雪晴的视线，神情平静地朝她看了一眼。

湛雪晴摸着手里的牌，随意地打了出去。

73

十二点过后不久，大家也没等到"春晚"结束便各自回去休息了。

湛鹏程和湛微光一起送湛莺飞他们回了酒店，之后父子两人步行回来，湛鹏程的步伐都已经跌跌撞撞不太稳当了，湛微光有些嫌弃，却又时不时伸手去扶湛鹏程。

回到家的时候，一楼客厅还一片狼藉，麻将桌上面的麻将牌散乱着都没来得及收拾。

湛微光把门锁了，又把一楼的灯全部关了，扶着湛鹏程上去二楼，一直把他送进房间，自己才回了三楼。

进房间的时候，湛微光看见湛岫松还趴在床上玩手机，于是问道："还不睡啊？"

湛岫松放下手机，翻了个身小声对湛微光说："刚才上楼的时候，我听到晴姐和馨哥吵起来了。"

"啊？"湛微光本来在脱衣服，闻言停下了动作，"吵什么？"

湛岫松摇摇头："不知道。"

刚才他第一个跑上楼，都已经经过二楼了，在通往三楼的楼梯上时，听见湛雪晴叫住裴馨。

裴馨当时和湛微阳一起，正不急不忙地从楼下上来，听见湛雪晴的声音，问她："什么事？"

湛雪晴说："你不觉得你太过分了吗？"

湛微阳不明白湛雪晴在说什么，他有些疑惑地看向裴馨。

裴馨问湛微阳："阳阳累了吗？"

湛微阳点点头。

裴馨说道："那就快去睡吧。"

湛岫松站在楼梯上听了一会儿，没听到他们再说什么，就一个人上楼了，现在想起来，他对湛微光说："就是晴姐说馨哥很过分，不知道什么事很过分。"

湛微光皱了皱眉，心里并不感兴趣，只说道："睡吧。"

湛微阳虽然说他累了，但是直到湛微光和湛鹏程回到家里，他都还没有睡着。

裴馨听到他反复地翻身，问他："怎么睡不着？"

湛微阳说："是啊，就是睡不着。"

裴馨想了想，说："你下午喝咖啡了。"

湛微阳猛地反应过来："是哦，我下午喝咖啡了。"他突然想起一件事情，把手机从枕头下面拿出来，给陈幽幽发消息说："新年快乐。"

陈幽幽没有回复他，可能已经去睡觉了。

湛微阳把手机放回去，又想起另一件事，问裴馨："刚才晴姐为什么说你过分？"

裴馨其实已经困了，闭着眼睛，语气有些漫不经心地说："她就是心情不好。"

湛微阳一下子睁大了眼睛，小声问道："为什么啊？"

裴馨很随意地回答他说："女孩子会为了很多事情心情不好，我怎么会知道呢？难道你知道吗？"

湛微阳很久都没有回答，过了一会儿他问道："我不知道啊，为什么？"

裴馨说："不是我在问你吗？"

湛微阳说："我说了不知道啊，你为什么要问我？"

裴馨一时间也感到无话可说。

因为裴馨很久都没有说话，湛微阳好奇了，他凑近了趴到裴馨面前，在黑暗中想要仔细看清他的脸，问道："你是不是不高兴了？"

裴馨伸出一只手拍拍他："我没有不高兴。"

湛微阳很认真地想了想，说："我觉得她可能打麻将输了吧。"说完，又不太确定地补充了一句，"我猜的。"

裴馨忍不住笑了一声，他觉得自己不应该为难湛微阳，于是说："那她睡一觉应该就想通了，你也可以睡觉了。"

湛微阳委委屈屈地说："我睡不着。"

裴馨伸手把湛微阳的头按在自己胸口，低声道："听到了吗？"

　　湛微阳听他说话的时候胸腔轻微震动的声音，还有他持续的徐缓平静的心跳声，说："嗯。"

　　裴馨对湛微阳说："你安静地听一会儿就想睡了。"

　　湛微阳相信裴馨说的话，于是安静地趴在裴馨胸口静静地听他的心跳声，也不知道听了多久，到后来总算是觉得困了，湛微阳贴在裴馨胸前陷入睡眠。

　　过年那两天家里热热闹闹，一晃时间就过去了。

　　眼看第二天就是年初三，裴景荣定了上午的机票，所以他们一家人一大早就要去机场。

　　这两天裴馨已经反复地和湛微阳聊过，给湛微阳做足了心理建设，让湛微阳接受他暂时离开一段时间。

　　可是日子真的接近了，湛微阳还是感到很慌张。

　　湛微阳自己都不知道在慌张些什么，年初二那天晚上，他洗了澡之后就在房间里面不断地来回走动。

　　裴馨回来房间的时候，就看到他在神经质地走来走去，于是问道："怎么了？不舒服？"

　　湛微阳咬了咬手指，说："我有点害怕。"

　　"怕什么呢？"裴馨问他。

　　湛微阳想说"怕你不回来了"，但是他又觉得这些话跟裴馨说过了，翻来覆去地说似乎没有必要，他只能摇摇头不说话。

　　裴馨说："你晚上吃药了吗？"

　　湛微阳点点头："我吃药了。"

　　裴馨道："从明天开始我会天天发消息提醒你吃药的。"

　　湛微阳又点点头。

　　即便湛微阳不说，裴馨也能清晰感受到他的不安，但是目前湛微阳的这种不安，裴馨又没有办法来化解。

　　毕竟他自己大学都还没有毕业，也没有能力抛弃学业直接从家里独立出去，他需要考虑的事情太多，不可能为了现在安慰湛微阳的情绪，就不顾自己的未来。

所以他只能够努力去劝慰湛微阳。

裴馨拉着湛微阳的手把他带到床边，让他坐下来，自己则蹲在他面前，仰起头说："我一定会回来的，你乖乖等着我回来好不好？"

湛微阳没说话。

裴馨问道："你要怎么才相信我呢？"

湛微阳说："我不知道。"

裴馨想了想，告诉他："下次我回来，就再也不走了好吗？"

湛微阳顿时瞪大了眼睛："可以吗？"

裴馨笑着问他："你觉得可以吗？"

湛微阳立即说道："我觉得很可以啊。"

裴馨于是点了一下头："只要你说可以就可以，然后你就不会再害怕我丢下你了吧？"

湛微阳眼睛瞪得圆圆的，最后低下头偷偷笑了笑，说："说好了哦。"

第二天早上五点半，裴馨被闹钟吵醒了，他伸手关掉闹钟，转头听见湛微阳还在熟睡，便没有开灯，放轻了动作下床穿衣服。

行李昨天就已经收拾好了，箱子立在门边，裴馨离开之前用手指轻轻拨了一下湛微阳的头发，舍不得吵醒他，随后安静地走出房间。

从屋里出来，裴馨碰到了正好也从房间里出来的湛雪晴。

湛雪晴正要说什么，看见走廊尽头湛鹏程的房门打开，于是沉默着转身，拖着自己的行李箱下楼。

裴景荣和湛莺飞夫妻两个过来这边，大家一起吃了早饭，湛鹏程再开车送他们去机场。

出发之前，湛鹏程把车子停在家门口，让他们先把箱子放进后备厢，自己探身擦玻璃的时候不小心按到了方向盘上的喇叭，于是发出了一声尖锐的喇叭声。

湛微阳就在这时候被吵醒了，他迷迷糊糊地睁开眼睛，发现旁边的床已经空了，顿时整个人一颤，完全清醒过来。

他翻身下床，匆忙趴到窗户边上看，看见湛鹏程的越野车停在家门口。他见到裴景荣拉开副驾驶的车门坐了进去，没有见到其他人，于是转身便朝房间外跑去，顾不得自己只穿了件单薄的睡衣，匆匆忙忙下楼。

74

湛微阳踩着拖鞋匆匆忙忙从楼梯跑到一楼的时候，罗阿姨正在收拾饭厅，听见他的脚步声探头出来看，奇怪问道："阳阳，怎么起这么早？"

没有来得及回答，湛微阳已经打开门直接跑了出去。

罗阿姨在身后大声喊道："你穿那么少去外面做什么？"

湛微阳跑到屋子外面时，湛鹏程已经启动了汽车朝前面开去，湛鹏程没有注意到湛微阳，车子沿着小路转个弯驶入了小区的车道。

这时候小区里一个行人都没有，湛鹏程赶着送人去机场，汽车的速度很快。

湛微阳追着跑了好几步，车子便已经远远将他甩在了后面，他停下来，喘着气张了张嘴，想要喊一声"裴馨"，最后还是没有喊出口。

他只能怔怔地盯着车子逐渐远离。

很快罗阿姨追了出来，一边问他干什么，一边抓住他的手臂将他往屋子里拉。

看见湛微阳眼睛都红了，罗阿姨说道："你爸爸送他们去机场，上午就回来了，他又不会走，你急什么？"

湛微阳没有说话。

而驶往机场的车子里，没有人发现湛微阳追了出来。

裴馨坐在最后一排，他旁边是湛雪晴，上车之后，裴馨只从车窗朝二楼他的房间窗口望了一眼，之后就闭上眼睛仰头睡觉。

　　其实也没有睡着，他就是不想和其他人说话而已。

　　湛雪晴插上耳机，静静地听歌。

　　大清早的，又是过年期间，一路的交通都很顺畅，湛鹏程把车子开到航站楼，帮他们把行李箱拿出来，之后特地对裴馨说道："经常回来玩。"

　　裴馨说："我会的。"

　　湛鹏程伸手拍了拍他的手臂，感觉相处时间长了，多少有些不舍，随后对裴景荣和湛莺飞道："你们一家人慢走，有时间常回来看看老人，到了给我发个消息。"

　　湛莺飞点点头："大哥，辛苦你照顾妈妈。"

　　湛鹏程道："说这些做什么，不是我应该做的吗？"

　　航站楼的汽车通道上一直有交警在催促送行的车辆，湛鹏程不能停太长时间，转身上车离开。

　　裴馨最后看了离开的车子一眼，跟着父母一起走进航站楼里。

　　飞机准备起飞之前，裴馨看了一眼手机，他没有收到湛微阳发来的消息。

　　空姐已经走到了他的身边，他把手机调成飞行模式，放进了包里。

　　湛微阳没有追到裴馨，伤心失落地回到房间里面，脱了鞋爬上床，钻进还带着温度的被窝里。

　　他已经不困了，就是觉得难过，有一种被整个世界抛弃了的感觉。

　　过了一会儿罗阿姨上来二楼，敲了敲房门，问他："阳阳你要继续睡觉吗？要不要起来吃早饭？"

　　湛微阳努力打起精神，说："我不吃。"

　　罗阿姨说道："那你再睡会儿吧。"

　　随后湛微阳听到罗阿姨进了隔壁房间，应该是在收拾和打扫房间，湛雪晴走了而且暂时不会再过来，等到床单和被套收拾好了，湛微阳就应该搬回自己房间住了。

然后这个房间也许会收拾出来空着，也许会让二叔他们夫妻两人搬进来住，湛微阳也不知道家里人是怎么打算的，不过这里总归不再是裴馨的房间了。

想到这里，湛微阳就觉得很想伤心地哭一场。

他以为自己完全睡不着了，但是过了没多久，还是迷迷糊糊又睡了过去。再醒来时外面天完全亮了，隔着窗帘透出灰蒙蒙的白。

湛微阳醒过来第一件事就是看了一眼时间，这时候已经快中午了，他突然想起来裴馨的飞机肯定到了，连忙找到手机给裴馨打了个电话过去。

等到电话一接通，湛微阳就立即脆生生地喊道："馨哥！"

裴馨轻声应道："阳阳？"

他们正在从机场回家的路上，裴景荣叫了司机来接，是一辆商务车。

裴馨依然和湛雪晴两个人坐在后排，一听到裴馨接电话的声音，湛雪晴就转头朝他看过来。

其实这时候不止湛雪晴，连前排的湛莺飞也转头看了他一眼。

裴馨正要继续说话时，湛莺飞开口问他："是阳阳吗？"

他点了点头，随后问湛微阳："今天吃药了吗？"

湛微阳突然想起来："啊，我忘了。"

裴馨对他说："那你先去把药吃了，我晚点再给你打电话。"

随后裴馨挂断电话，抬起头来时，看见裴景荣也转过头来看他。

裴景荣问道："你跟湛微阳相处得那么好吗？"

裴馨回答道："挺好的。"

裴景荣说："难得见到你对哪个小孩子那么有耐心。"

裴馨没有说话。

湛莺飞笑了笑说道："那说明你一点也不了解你的儿子，裴馨其实很细心的，阳阳比较特殊，相处起来需要更多的耐心。"

裴景荣闻言于是没有再说什么。

湛莺飞倒是笑着向裴馨道："之前我大哥也说，他不在家的时候阳阳给你添了很多麻烦，这么长时间，谢谢你照顾阳阳了。"

裴馨沉默一会儿，说："本来都是一家人，阿姨说什么谢谢呢。"

湛莺飞笑道："是啊，阳阳也算是你弟弟，他从小就生了病，如果以后还经常找你的话，只能劳烦你多些耐心了。"

裴馨静静说道："我会的。"

观叶植物养护

浇水

施肥

除草

修剪

更多
植物

75

吃完午饭，湛微阳沿着楼梯一路小跑上到二楼，看见湛微光正站在楼梯口，于是侧着身子避开湛微光的视线，贴着墙继续往前走。

湛微光不太高兴，问他："干吗躲着我？"

湛微阳不回答，贴着墙壁走向二楼的走廊。

湛微光于是跟在湛微阳身后，看见他还是回去了裴馨的房间。

湛微光跟进去，随手关了门，靠墙站着问湛微阳："不打算回自己房间去住啊？"

湛微阳跪在床边，正在摆弄自己的手机，闻言抬头看了湛微光一眼，说："等一等。"

他觉得这个房间里还有裴馨的生活气息，不太舍得搬出去，想要等两天。

湛微光说："你房间不是空出来了吗？"湛微光在房间里来回踱步，很随意地伸手拉开柜子门看了一眼，那里面裴馨的东西早就收拾干净了。

湛微阳抬起头，挺不高兴地说："可以不要碰这里的东西吗？"

湛微光说："这是我家，为什么不能碰？"

湛微阳说道："这是馨哥的房间！"

湛微光笑一声："裴馨都走了，他以后不会回来了。"

"他会回来的！"湛微阳突然站起来，大声地冲湛微光吼道。

湛微光被他吼得一愣，说："你吼那么大声干什么？"

湛微阳又在床边跪下来，气呼呼地用眼睛看湛微光，说："你真讨厌。"

那一瞬间，湛微光突然有些恍惚，说："你那么讨厌我？"

湛微阳不说话了，低头看着手机。

湛微光喊他："喂！"

湛微阳还是不说话。

湛微光突然想跟湛微阳聊聊。印象中他从来没有正正经经地和湛微阳聊过天，聊什么呢？他弟弟跟个小傻子似的，他们的思维从来不在一个世界，他一直以为等到有一天湛鹏程不在了，他只需要让湛微阳吃得好住得好，就已经尽到自己的义务了。

他以为他们不需要沟通的，可是这一次他被湛微阳如此明确地表示讨厌，还是有些受伤。

湛微光走到床的另一边，学湛微阳的姿势在床边跪下来，手臂放在床上，说："湛微阳，可以好好跟我说话吗？"

湛微阳把视线从手机屏幕上挪开，看向他的脸："什么？"

湛微光觉得有些别扭，他沉默了一下，想要找到和湛微阳的共同话题，于是问："你喜欢馨哥吗？"

湛微阳点了点头："很喜欢啊。"

湛微光抬手抓了抓脸，问："更喜欢我还是更喜欢裴馨？"

湛微阳奇怪地看他，仿佛在看一个傻子："当然喜欢馨哥，为什么要喜欢你？"

湛微光说："因为我才是你哥。"

湛微阳低下头去看手机，不再理他。

湛微光不知道要怎么把话题继续下去。

没想到过一会儿湛微阳主动说道："你是哥哥，可是你对我也没有馨哥好。"

湛微光被湛微阳说得一愣："怎么叫好？对你千依百顺才叫好？我哪里不好了？"

湛微阳奇怪道："你哪里好啊？"

湛微光说："我还要照顾你一辈子的好吧？"

这回换作湛微阳愣了一下，问他："为什么要你照顾我一辈子？"

湛微光没有说话。

湛微阳说："我可以自己照顾自己。我还想那时候爸爸也老了，就让爸爸和奶奶跟我住在一起，我可以好好照顾他们。"

湛微光一时间找不到语言，过了很久才问道："那我呢？"

湛微阳奇怪地看他："你不结婚吗？"

湛微光觉得他们的对话很神奇，故意说道："如果我不结婚呢？"

湛微阳蹙起了眉头，低下头盯了一会儿床单说道："你可以住我隔壁，不要住我家里的。"

湛微光又好气又好笑："这么讨厌我啊？"

湛微阳说："我会照顾你的，但你不许管我也不许凶我。"

湛微光一瞬间情绪复杂，忍不住笑出声来。

76

湛微光笑过之后，又安静下来，沉默地看着对面的湛微阳。

湛微阳在专注地摆弄他的手机，就像完全沉浸在了另外一个世界。

湛微光和湛微阳是亲兄弟，他们是从小一起长大的。到现在，湛微光还记得湛微阳落水那天的很多细节，甚至包括从游泳馆天窗照进来的太阳光线在水面反射出的波光粼粼他都还有印象。

他过去常常会想，如果那天他没有和那个不小心踢了他一脚的男孩子起争执，爸爸就不会因为要把他们拉开而没顾上湛微阳，湛微阳就不会溺水。

没有溺水的湛微阳会是怎样的呢？湛微光心想反正应该不会和自己的性格太像，应该比他更阳光更耀眼，也更讨人喜欢吧。他们之间或许能成为相处不错的兄弟，不会太亲密，但总能够一起打球一起打游戏，分享一些彼此的心情和秘密。

湛微光是看着湛微阳一点点长大的，他以为自己对湛微阳足够了解了，甚至不需要交谈，湛微阳的所有他都看在眼里，很多事情湛微阳还没开口，他就能猜到对方的反应。

可是到了今天，湛微光第一次发现，自己还是不够了解湛微阳，他并不知道湛微阳究竟在想些什么。

他总是以为有一天他们年龄大了，奶奶和父亲都走了，大脑发育不健全的弟弟就只能够依靠他，他从来没想过要推脱，他甚至想，即使他未来的女朋友不能够接受他弟弟的存在，他也必须坚持。只是他没有想过，自己竟然没有出现在湛微阳对未来的规划里。

湛微光看了湛微阳很久，突然有些抑制不住情绪，泪水一下子涌了出来。他很多年没有掉过眼泪了，记忆中最后一次哭，还是他父母离婚那天，妈妈提着行李从家里离开，他站在窗前看妈妈的背影的时候，那时候他沉默地掉了眼泪，又抬起手很快抹去了。

而现在，湛微光却不知道自己为什么要哭，情绪来得那么突然，一瞬间让他想起了很多过往的经历，湛微阳溺水那天下午的游泳馆，妈妈提着箱子离开的那天清晨，然后他又看到了很久以后，面容模糊的湛微阳牵着别人的手，留给他一个看不清的背影。

这时候，湛微阳想要跟裴馨视频，但是湛微光还在他的房间里。

他不太好直接请湛微光出去，想找一句委婉一点的话让湛微光自己离开，于是他抬起头来，小心翼翼地看了湛微光一眼，然后他就发现湛微光竟然哭了。

湛微阳有些傻眼，他好像从来没见湛微光哭过，这一刻他太惊讶，连手里的手机掉到床上都没有注意。

他想了想，觉得湛微光之所以会哭，只可能是因为刚才他说了让湛微光住隔壁，不要住家里的话，他实在没想到湛微光会那么伤心。

于是湛微阳站起身，拿了放在床头柜上的纸巾，绕着床走到湛微光身边，蹲下来把纸巾递给他。

湛微光觉得自己当着湛微阳的面哭出来实在是蠢极了，他抽一张纸巾，转开头用力擦了擦脸。

湛微阳在他身边蹲着，沉默了一会儿，说："要是你实在想住进来的话。"

"什么？"他这句话在湛微光听来有些没头没尾。

湛微阳的语气十分不甘愿："我说你实在想住我家的话，那就住吧，但是你不能凶我。"

湛微光眼睛都还是红的，却忍不住觉得好笑，说："谁要住你家啊！"

湛微阳松一口气，说："对啊，你快点去结婚吧。"

湛微光说："我连女朋友都没有，你叫我跟谁结婚？"

湛微阳催促他道："那你快点找一个女朋友吧。"

湛微光抬起手，捂住了脸。

湛微阳有点担心他，抬了抬手又缩回来，只伸了一根手指头，戳一戳他的手臂，问道："你还好吧？"

湛微光回答湛微阳："我不知道。"

湛微阳觉得湛微光很莫名其妙，蹲在旁边，沉默了一会儿，又问："你还好吧？"

湛微光说："你是不是有什么事？"

湛微阳说道："你要是没什么，我想睡会儿觉。"

"我没什么，"湛微光说道，他站了起来，对湛微阳说，"你想睡就睡吧，我先出去了。"

湛微阳也站起来，跟着湛微光走到门口，看湛微光出去了，连忙把房门关上，随后还不放心地反锁了，才回来床边趴下，拿起手机找装馨视频。

湛微光回到房间的时候，湛岫松还在打游戏。

湛岫松看一眼湛微光，问道："来吗？"

"不来。"湛微光冷淡地拒绝了，随后走到自己床边，倚靠着床头躺下来。

他犹豫了很久，给裴馨发一条消息："有空可以聊聊吗？"

裴馨过了一会儿才回复他："可以，晚点吧。"

直到晚上，湛微光和裴馨才通了一个电话，他蹲在阳台上，跟裴馨聊了很多关于湛微阳的事情。

"我发现我一点都不了解湛微阳。"湛微光说道。

裴馨说："现在了解也不迟。"

湛微光抬起头看冬日黯淡的夜空，下午那种酸涩的感觉又涌上来了："我以为他需要我，其实他一点也不需要我。"

裴馨对他说："他还是需要你的，每个在他身边的人他都需要，我们对他来说都很重要。"

湛微光没有说话。

裴馨说："他的世界不是非黑即白，比你想象中复杂得多，多跟他沟通，你才知道他究竟是个什么样的人。"

湛微光点了点头，突然意识到裴馨看不到，又说道："知道了。"

77

到年初六那天，湛岫松也打算跟着父母回家了。

因为罗阿姨过年期间一直都没时间回家，所以等到过完年她要回老家休两周假，这是每年都约定好的。

罗阿姨一走，家里就没人照顾奶奶，于是湛鹤鸣夫妇就把奶奶接了过去，等到过完年罗阿姨回来的时候，再把奶奶给送回来。

这么一来，家里一下子就冷清了。

湛鹏程每天都在外面忙碌，只剩下湛微光和湛微阳两个人，兄弟两个都不会做饭，还好这时候外面餐馆都开始营业了，两个人不是下馆子就是点外卖，每天在各自的房间里待着看剧打游戏。

湛微阳比湛微光先开学。

开学以后，他早饭去学校门口买包子，午饭和晚饭都在学校食堂吃，一天三餐倒是不需要人操心。

而湛微光开学去学校之后，每天不管多晚，湛鹏程都一定会回家睡觉，如果回来得早，还能跟湛微阳聊聊天，问他在学校里开不开心。

开不开心这个问题，自从裴馨走了，湛微阳一直不怎么开心，但是开学能够见到陈幽幽，对湛微阳来说也还好。

陈幽幽知道湛微阳每天晚上都在学校食堂吃晚饭之后，他也每天在学校陪着湛微阳一起吃饭，有时候两个人吃完晚饭还要在外面晃一晃，才各自坐公交车回家。

有时候他们也嫌食堂的菜不好，两个人到了食堂，在窗口探头望一下，就很有默契地转身离开，去学校外面找好东西吃。

"这、样下去，我会长、胖的。"陈幽幽一边吃烤五花肉一边说道。

他们两个已经吃了两个晚上的烤肉了。

湛微阳没有说话，只是拿个勺子搅面前的石锅拌饭。

陈幽幽把烤好的五花肉放进他面前的盘子里。

湛微阳说了一声："谢谢。"

陈幽幽问他："怎么无、精打采的？"

湛微阳说："没什么。"

高二下学期开学，他们明显感觉到课程安排比之前要紧张了，这学期他们要学完高二所有课程，还要学高三的课程。

湛微阳要稍好些，他上学期期末考试就没参加，老师考虑到他情况特殊，基本不会在学习成绩上对他有要求。陈幽幽就不一样了，他本来成绩不错，还想要通过高考考一个好大学。

只是考进了大学以后就要住校，到时候跟一群陌生人住一个寝室，每天日常接触都会很频繁，他都可以预想到那时候自己会如何被人嘲笑。

也不知道怎么突然想到了这里，本来吃得挺香的陈幽幽突然就没了胃口。

他抬起头看湛微阳，说："我就想，要、要是我是个哑、巴，说不定还、好点。"

湛微阳诧异地看他："为什么？"

陈幽幽用筷子戳一戳小碟子里的烤肉酱："就、不用说话。"

湛微阳说："可是你平时话那么多。"结巴也阻挡不了陈幽幽说话的欲望。

陈幽幽白湛微阳一眼："那是跟、你啦，要、不然你考虑一、一下，跟我读同、一所大学？"

湛微阳问道："可以吗？"

陈幽幽说："不、知道，叫你爸爸去、去打听一下。"

湛微阳拿起勺子，神情疑惑地咬了咬，突然问："你要考 C 大吗？"

陈幽幽愣一下："还没想好。"他有几所感兴趣的大学，但是具体要报哪所学校，现在决定还太早。

C 大就是裴馨读书的学校，湛微阳想的是，如果裴馨没办法再过来，那他可以过去姑妈他们一家生活的城市读书，那样就又可以和裴馨在一起了。

只是这个日子还有些遥远，他高中毕业都还要等一年多。

湛微阳和陈幽幽各有各的小惆怅，吃完烤肉，两个人肚子饱饱地在公交车站道别，上了不同的公交车回家。

回到家里，三层的小楼空荡荡的，一个人都没有。

湛微阳进去之后先开灯，然后锁好门，他得确认锁好了又没有反锁，然后才拖着书包踩着楼梯上去二楼。

他已经回到自己房间休息，隔壁房间被罗阿姨打扫过，床单被套全都换了，衣柜里也空荡荡的，不剩一件衣服，完全找不到原来裴馨生活过的痕迹。

湛微阳待在自己房间里，把没做完的作业先做了，没了裴馨给他辅导，他常常脑袋里一片混乱，也不知道自己到底写了些什么，等到做完作业，才拿了睡衣去洗澡。

洗完澡，湛微阳回来房间，用手机跟裴馨视频。

裴馨最近挺忙的。

视频一接通，湛微阳看到那边画面很乱，镜头一直摇晃着，好一会儿才稳定下来，他看见裴馨出现在镜头里面。

裴馨微笑着："阳阳。"

湛微阳仔细看镜头那边，背景是黑色的，像是在户外，裴馨穿了一件深色的羽绒服，头上戴一顶棒球帽。

"在外面吗？"湛微阳小声问道。

裴馨说："嗯，跟几个同学出来吃夜宵。"

湛微阳听到了那边有人说笑的声音，听起来有男有女，很热闹的样子。

"吃夜宵啊。"湛微阳有点羡慕裴馨那边的氛围。

裴馨说："是啊，你今晚吃了什么？"

湛微阳回答他："吃了烤肉。"

"又吃烤肉？你不是昨晚才吃了烤肉吗？"

湛微阳说："陈幽幽想吃烤肉。"

裴馨看着他："天天吃烤肉，给我看看长胖了没有。"

湛微阳问："怎么给你看呢？"

裴馨说："你把衣服拉起来，我看看肚子。"

湛微阳闻言，当真听话地在床上站起来，把睡衣下摆拉起来，另一只手将手机拿远了，镜头对准自己的肚子，然后问："能看到吗？"

他的肚子白白的，很平坦，看不出来晚上吃了很多东西。

"嗯，"裴馨说，"看到了。"

湛微阳问他："长胖了吗？"

裴馨说:"你捏一捏能捏起来肉吗?"

湛微阳自己捏了一把,说:"能捏起来一点。"

裴馨说道:"那就是长胖了,明天别吃烤肉了,吃完晚饭可以锻炼一下。"

湛微阳说:"好吧。"

这时候,湛微阳听到裴馨那边有人在喊他。

裴馨抬起头来,回答道:"马上过来。"随后他看向湛微阳,说:"今天早点休息,我还有事,明天晚上再跟你聊天。"

湛微阳有些失落地"哦"一声。

裴馨轻声道:"阳阳听话,再等一等,就快好了。"

湛微阳点点头:"我会一直等你的。"

他们结束了视频,湛微阳躺在床上,把手机放在胸口,盯着天花板发愣。

过了半个多小时,湛鹏程从外面回来了。

今天湛鹏程回来得算是挺早,没回房间,就直接来湛微阳的房间里陪他坐了一会儿。

听到湛微阳连着吃了两天烤肉,湛鹏程说:"别吃烤肉了,吃多了对身体不好。"

湛微阳小声说:"爸爸天天喝酒对身体也不好。"

湛鹏程说道:"爸爸那是没有办法,必须应酬嘛。"解释完,他对湛微阳说,"明天跟幽幽一起,换别的东西吃啊。"

湛微阳点点头。

湛鹏程又问:"钱够不够用?"

湛微阳说:"够用。"

湛鹏程伸手摸一摸湛微阳的头:"要是不够了就跟爸爸说啊。"

湛微阳躺在床上看着他,说:"好。"

湛鹏程从床边起身,却没立刻离开,只背着手低头看湛微阳,说:

"快啦,下周罗阿姨就回来了,等罗阿姨回来,我们就去把奶奶接回来,到时候阳阳就回家吃晚饭,知道了吗?"

湛微阳说:"我知道。"

湛鹏程朝外面走,走到门口时,想起来什么事,回头看向湛微阳:"爸爸如果星期五没安排,就跟你一起去吃晚饭,星期五下午我给你打电话。"

湛微阳点头。

78

到了星期五,湛微阳一个下午都在等湛鹏程给他打电话。

陈幽幽问他晚上要不要一起吃饭,湛微阳都拒绝了,说他爸爸要来接他出去吃饭。

等到放学的时候,湛鹏程终于给湛微阳来了电话,语气挺着急的,说:"爸爸现在还有点事情走不开,你先回家等一会儿,饿了就买点东西吃吧。"

湛微阳说:"我不饿。"

湛鹏程像是很忙,也没时间多说,只说道:"那你回家等爸爸啊。"随后便挂断了电话。

湛微阳一个人去坐公交车回家。

回到家里还是冷冷清清一个人,他先把书包拿到二楼房间里,在桌子旁边坐着玩了一会儿手机,抬头望窗外时发现天都黑了。

冬天本来天黑得就早,小区花园里也没有小孩子在玩,顿时更显冷清。

湛微阳看一眼时间,觉得湛鹏程差不多该回来接他了,于是关了房间的灯下到一楼。他把客厅的电视机打开,窝在沙发角落拿遥控器无意识地换着台。

又过了半个小时，湛鹏程打电话告诉湛微阳，自己赶不回来了。

湛鹏程还是很担心湛微阳，一直在叫他自己去吃饭："不想出门也可以叫外卖，出门记得多穿一点，外面冷。"

湛微阳说："我知道啦。"

湛鹏程又说："一定要吃饭啊！如果爸爸回来得早就给你带夜宵，知道了吗？"

湛微阳说："好。"

随后电话那边传来喧哗声，湛鹏程才不得不挂了电话。

湛微阳还蹲在沙发的角落，放下手机，起身从沙发上跳下来，走进了厨房。

他不想点外卖了，想找一找厨房还有没有泡面，他在厨房里翻箱倒柜，还真找到了泡面。

拿着泡面站在原地想了一会儿，湛微阳觉得还可以加一根火腿肠，又打开冰箱，找到一袋没拆封的火腿肠。

用锅烧水的时候，湛微阳又开始想念裴馨了，如果这时候裴馨在的话，他们一定会一起出去吃东西，他也不用自己煮泡面了。

湛微阳不是很熟练地煮了泡面，端着碗去了客厅，一边看电视一边吃，吃完了去厨房把碗洗了，再学着罗阿姨那样用抹布把灶台仔仔细细擦干净，才关了厨房灯离开。

晚上和裴馨视频的时候，湛微阳说自己晚饭吃的泡面。

今天裴馨没在学校，而是回了家里，在他自己的房间，他坐在书桌旁边，问道："怎么那么可怜？"

湛微阳说："爸爸本来说接我吃晚饭的，结果他临时又有事情。"

裴馨说道："舅舅太忙了。"

湛微阳点点头："我知道啊，爸爸太辛苦了。"

裴馨说："你还没看过我房间吧。"说完，将手机镜头在房间里转了一圈，给湛微阳看他的房间。

湛微阳趴在床上，说："你什么时候回来啊？"

裴馨沉默了两秒钟，笑一笑对他说："等到清明节放假我就回去看你好不好？"

湛微阳开始在脑袋里计算清明节的时间。

裴馨说："你也可以过来玩，我给舅舅打电话，让他送你到机场，我去机场接你。"

湛微阳问："可以吗？"

裴馨说："当然可以，到时候我带你到我学校玩，还可以去吃好吃的。"

说到好吃的，湛微阳觉得自己饿了，说："我想吃好吃的。"

两个人结束视频的时候，湛微阳看时间差不多该睡觉了。

他从床上起来，打开房门朝外面望了一眼，走廊上留着一盏灯，一楼的玄关也留着一盏灯，都是他给湛鹏程留的。

外面安安静静，湛鹏程还不知道什么时候回来。

湛微阳关了门，回到床边躺下来，伸手把床头柜上的台灯给关了。

那时候已经快十一点了。

湛微阳刚刚闭上眼睛，就听到楼下传来汽车驶近的声音，一直到他家门口停下来。

他睁开眼睛，穿着睡衣翻身下床走到窗边张望，果然见到门口停了一辆小汽车，然后见到开车的司机打开后排的门，把醉得几乎不省人事的湛鹏程从车子里扶出来。

"爸爸！"湛微阳转身朝外面跑去。

还在楼梯上，湛微阳就听到门铃的声音，他急急忙忙下楼，跑到门口打开了门，见到门外面站着一个眼熟的叔叔，正扶着他爸爸。

那个叔叔认得湛微阳，问他："就你一个人在家吗？"

湛微阳点点头。

叔叔皱了皱眉头，似乎有些担心，说："你爸爸喝醉了。"

湛微阳看着湛鹏程，慌张起来。

叔叔说："我帮你先扶他进去吧。"说完，他和湛微阳一起把湛鹏程扶了进来，还好湛鹏程没有完全失去意识，在湛微阳扶住他一边肩膀的时候，他还含混不清地喊了一声："阳阳？"

"爸爸！"湛微阳对于湛鹏程喝得这么醉感到生气。

两个人艰难地架着湛鹏程把他送到二楼，送进他的房间。

扶着湛鹏程倒在床上的时候，叔叔对湛微阳说："得让他侧躺着，知道吗？"

湛微阳紧张地看着那个叔叔。

叔叔说："喝醉了得侧躺着，你晚上注意一点，最好看着他。"

湛微阳点点头，把叔叔送到楼下，等人离开了，湛微阳反锁上房门，又匆匆忙忙地跑回二楼，进去湛鹏程的房间看他是不是侧躺着。

湛鹏程已经睡熟了，开始打鼾，鼾声震天响。

湛微阳闻到房间里浓烈的酒气，皱起眉头在床边来回走了几步，之后想起上次和裴馨一起照顾喝醉的湛鹏程，便去卫生间里拧了条热毛巾出来。

回到房间里，湛微阳给湛鹏程擦脸，闻到他身上的味道实在不好闻，又忍不住把脖子和手都给他擦了。

湛微阳一个人实在没办法给湛鹏程脱衣服，还好进门的时候湛鹏程外套就已经脱了，湛微阳只能帮他脱了鞋袜，把被子拉起来一直给他盖到脖子下面。

做完这些，湛微阳想到刚才那个叔叔说的话，不敢离开房间，只能把房间的顶灯关了，留一盏小台灯，然后蹲在床边看着湛鹏程。

"爸爸，"湛微阳小声抱怨，"喝太多啦。"

湛鹏程当然不会回答，他眼睛紧紧闭着，嘴巴张开不停地打呼噜。

湛微阳觉得他好吵，抬起手捏了一下他的鼻子，听到鼾声短暂停止了，吓得连忙将手放开。

湛鹏程继续打呼噜。

湛微阳把头枕在手臂上，趴在床边，说："别喝那么多了。"他有点害怕。

就这么趴了一会儿，湛微阳自己感到困了，他想他可能要睡着了，睡着的话就不能盯着湛鹏程，确保对方侧躺着睡，那他要怎么办呢？

湛微阳站起来，摸出口袋里的手机想给裴馨打电话，结果看一眼时间才发现已经十二点半了，这个时候裴馨一定睡觉了。

他默默地把手机放回去，看着床上的湛鹏程发愣。他突然想到了一个办法，打开房间里的柜子，找了两床被子出来，一前一后将湛鹏程夹在中间，让他没办法翻身，这样就能让他一直侧着睡。

做完这些，湛微阳决定观察一下再去睡觉。

湛微阳盯了湛鹏程二十多分钟，发现他动了一下像是想要翻身，结果没有翻动，还是维持着原来的姿势。

在那之后，湛微阳又挪动被子将湛鹏程夹得更紧，随后他关了房间里的台灯，打开房门打算回去睡觉。

他不敢把湛鹏程房间的门关了，走廊的灯也留了一盏，离开前不太放心地探头再看一眼，这时候听到了从床上传来的，像是湛鹏程呕吐的声音。

湛微阳愣了愣，以为湛鹏程吐了，他连忙伸手按开房间里的灯朝床上看去。

侧躺在床上的湛鹏程，嘴边和枕头上都是血，他不是吐了那么简单，他是在呕血。

79

湛微阳吓坏了。

他先是茫然无措地瞪大眼睛，原地愣了几秒钟，看到湛鹏程又呕血的时候，才猛地扑到床边，伸手拍湛鹏程的脸，大声喊道："爸爸！爸爸！"他想把湛鹏程喊醒。

湛鹏程发出仿佛痛苦的哼声。

湛微阳吓得发抖，他想要用手捂住湛鹏程的嘴，但是掌心很快就一片黏糊糊的湿热，他缩回手的同时，眼泪都吓出来了。

他站起来，原地转了一圈，顾不得手上都是血，从睡衣口袋里拿出手机。

湛微阳给裴馨打电话。等待电话接通的时候，他一直原地跺着脚，控制不住身体轻微地颤抖。

还好裴馨接了电话，声音是熟睡时被吵醒的含混不清："阳阳？"

湛微阳说："我爸爸吐血了。"

裴馨的声音陡然间变清晰了："你们两个在家？舅舅人是清醒的吗？"

湛微阳带着哭腔："他喝醉啦。"

裴馨立即说道："打120，乖，赶快。"他还不清楚湛微阳那边的具体情况，但是听到湛微阳都哭了起来，知道湛鹏程的状态一定不太好，如果要细问的话，恐怕会耽误太多时间，于是他第一反应就是让湛微阳叫救护车。

说完了，裴馨又担心湛微阳会说不清楚，便说道："我也帮你打120，先挂了，等会儿再打给你。"

随后湛微阳听到裴馨挂了电话，他还记得裴馨说的话，拿手机拨了120。

在等待救护车的时候，裴馨又给湛微阳打来了电话。

裴馨问了湛鹏程的情况，对湛微阳说："你别害怕。"

湛微阳说："我好怕。"

裴馨说："不怕，救护车来了你就跟着一起去医院，你有钱吗？医生叫你付钱你就去付钱，知道了吗？我买了最早的机票，明天上午就回来陪你。"

湛微阳仿佛没听见裴馨的话，他一直蹲在床边睁大眼睛看着湛鹏程，呼吸都快要停止了，就害怕湛鹏程嘴里又吐出血来。

他也不记得什么时候挂断了和裴馨的电话，救护车来了，他跌跌撞撞地跟着爬进了车子里面，惊恐不安地跟医护人员坐在一起，外套没记得穿，鞋子也没来得及换。还好临出门的时候，跟着救护车一起进来的小区保安提醒他把门给锁了。

深夜的医院急诊大厅依然人来人往，湛鹏程被送进急诊室处理止血。

湛微阳茫然无措地跟在后面，耳朵里不断听到嗡嗡的响声，直到急诊医生塞给他几张单据叫他去缴费，还说要给湛鹏程办理住院。

医生看见湛微阳接下了缴费的单子却又不说话，忍不住问道："病人是你爸爸？"

湛微阳点点头。

医生又问："那你妈妈呢？"

湛微阳说："我不知道。"

医生有些担心他，但是这时候护士又在外面催促了，医生只好匆匆离开，临走前对他说："你最好叫你家里大人过来，你爸爸的兄弟姐妹都行。"

可是湛微阳不知道该找谁，奶奶和罗阿姨都不在，裴馨跟湛微光回去学校了，爸爸的朋友他不认识，爸爸的兄弟姐妹们都不在这个城市。

湛微阳手里捏着单据站在原地，听到脑袋里面嗡嗡的声响越来越强烈，他感到害怕，就像那时候以为自己快要变成一棵树，整个人都陷入了难以抑制的恐慌中。

他突然想要找个地方躲起来。

湛微阳盯着急诊大厅角落的一盆绿色植物发愣，他很羡慕那棵植物，只需要静静站着，什么都不用想，什么都不需要做。头顶白茫茫的灯光照下来，湛微阳在那一瞬间觉得自己其实还是一棵发财树，脑袋里空荡荡的一片空白，周围的一切都变得越来越远。

就在这个时候，湛微阳耳边听到了什么声音，不是很真切，但是隐隐约约敲击着他的耳膜。

他听不懂那句话是什么意思，但是他听到了一个名字"湛鹏程"。

湛鹏程是谁？湛微阳感觉到头痛，他想起来，湛鹏程是他爸爸，然后有人重复了那句话，意识也逐渐变得分明，湛微阳听见那句话是："谁是湛鹏程的家属？"

喊话的是一个护士，声音很大，语气很急。

湛微阳就像是猛然间被从梦境中拉回现实，周围的一切又变得嘈杂生动起来，那些模糊的人影也变得清晰。

他回想起躺在床上吐血的爸爸，他害怕他的爸爸会死掉，所以他打电话叫了救护车，然后跟着救护车一起来了医院。

护士又一次大声喊："谁是湛鹏程的家属？"

湛微阳举起了拿着单据的那只手，匆匆忙忙地应道："我是他儿子！"他不能让爸爸死掉。

裴馨是在临近中午时赶到医院的，那时候湛鹏程已经住进了消化科的病房。

他只带了一个简单的旅行包，步履匆忙地走进病房。他太担心湛微阳了，他还记得湛微阳惊慌的哭声，害怕湛微阳没有办法应对目前的困境。

结果当他走进病房的时候，却看见湛微阳正坐在湛鹏程的病床旁边吃饭。

湛鹏程已经醒了，他侧躺着，一只手伸到被子外面正在输液，面色苍白，却一直睁眼看着湛微阳。

湛微阳没有注意到裴馨，他手里端着一个纸饭盒，拿着一次性筷子，扒一口饭然后停下来，对湛鹏程说："医生说你不能吃饭。"

湛鹏程点点头，虚弱地说："爸爸看着你吃。"

裴馨注意到，湛鹏程说完这句话时眼角已经泛红。

湛鹏程随后便注意到了裴馨，有些诧异，问道："你怎么来了？"

他以为第一个赶回来的会是湛微光。

湛微阳猛地转过头去，愣愣喊道："馨哥。"

裴馨走进来，伸手按在湛微阳肩上，接着又拍一拍他的脸，说："先把饭吃了，乖。"

湛微阳看了裴馨一会儿，坐下来继续吃油腻腻的盒饭。

裴馨站在床边陪湛鹏程说话，湛鹏程太虚弱了，说了没多久就睡了过去。

湛微阳吃完饭把饭盒拿出去，丢到走廊尽头的大垃圾桶里，回来房间时正好遇到护士给湛鹏程换药。

新换的药满满一瓶，输完还需要挺长一段时间。

病房是双人的，中间拉起一道帘子，病人互相看不见对方。

湛微阳走到裴馨身边，突然想起来一件事，轻声问道："你吃饭了吗？"

裴馨没有来得及吃饭，不过还是说道："我吃过了，你不用管我。"

湛微阳点点头，看着熟睡的湛鹏程。

裴馨突然伸手抱住了他，说："吓坏了吗？"

湛微阳连忙抬手，搂住裴馨，点了点头，把脸埋在裴馨胸前，很久都不愿意抬起来。

裴馨一只手按着他的后颈，说："没事，哥哥回来了。"

湛微阳轻轻道："嗯。"

80

湛微光是下午赶到医院的，湛微阳没记得通知他，但是裴馨记得。

他来的时候，刚好湛鹏程醒过来，他于是坐在床边看着湛鹏程，神情严肃地说："能少喝点酒吗？"

湛鹏程还没说话时，站在一旁的裴馨说道："你以为你爸想吗？"

湛微光转过头来，有些气愤地说道："他平时也没少喝！"说完，湛微光也觉得自己语气重了，站起身，默默地帮湛鹏程整理了一下被子。

湛鹏程看见湛微阳神情有些紧张，便对他说道："你哥哥要气哭了。"

"我没有！"湛微光红着眼睛说道。

湛鹏程又说："好了好了，爸爸以后一定少喝酒，不气我乖儿子。"

湛微光皱着眉："别这么跟我说话，我又不是湛微阳。"

既然湛微光已经来了，一整个晚上守着湛鹏程没有睡觉的湛微阳可以回去休息了。

湛鹏程催促裴馨带湛微阳回去休息。

湛微光看了他们一眼，也说："馨哥，你带湛微阳回去吧，今晚我在这儿就行了。"

裴馨点点头，说："那我们先回去了。"

回到家里，湛微阳先去洗了个热水澡，洗澡之前觉得还好，洗完了整个人反倒是撑不住了，浓浓的困倦席卷而来，他几乎立即就要倒在床上睡着。

他的头发都还是湿的，裴馨坐在床边，让他趴在自己腿上，给他把头发吹干。

湛微阳听着吹风机嗡嗡嗡的声音，头发吹到一半就睡着了。

后来裴馨摸到他头发干了，把吹风机放在一边，动作轻柔地将他扶起来，让他仰躺在床上。

湛微阳一直都没有醒。

裴馨给他盖上被子，之后坐在床边静静地看了他很久，才起身离开。

湛微阳这一觉从下午睡到了第二天早上。

裴馨在晚上九点多来他房间里看过他，本来是想问他饿不饿，要不要吃点东西，结果见他没有醒来，就默默地退出去关上了门。

到第二天上午，湛微阳睡够了从床上醒过来。

他睁开眼睛，一时间不知道究竟是什么时候，只记得睡下去的时候天还是亮的，等到睡醒了，天依然是亮的。

房间里只有他自己。

湛微阳掀开被子下床，抬手抓了抓乱糟糟的头发，从房间里出去，他不知道裴馨在哪儿，但是下意识走到了隔壁房间门前，伸手拧开房门探头朝里看。

房间里窗帘紧闭，光线昏暗，能看到床上躺了个人。

湛微阳直接走了过去，脱掉鞋子，掀开裴馨的被子钻了进去。

裴馨其实也疲倦，湛微阳一夜没睡，他同样是一夜没睡，深夜买机票赶去机场，坐最早一班飞机过来，昨天晚上他回到房间里也是躺下来就睡着了，直到现在湛微阳钻进了他的被窝里，他才醒过来。

"阳阳？"裴馨的声音含混不清。

他强行睁开了眼睛，说："醒了？"

湛微阳点点头。

裴馨问："睡够了吗？"

湛微阳说："好像睡够了。"

裴馨闻言笑了笑："好像睡够了吗？那要不要再确认一下？"

湛微阳问道："怎么确认呢？"

裴馨对他说："闭上眼睛再睡一会儿。"

湛微阳于是当真闭上了眼睛，静静躺一会儿再睁开眼睛，很确定地对裴馨说："我睡够了。"

裴馨坐起来，对湛微阳说："走，去给你做早饭。"

湛微阳昨天连晚饭都没来得及吃就睡了，到现在肚子已经饿得厉害，他跟着裴馨去了厨房。

这几天罗阿姨不在，厨房里找不出什么吃的，裴馨问湛微阳要不要吃煎蛋面。

湛微阳凑到裴馨身边，点着头说："要吃。"

煮面的时候，裴馨问湛微阳："那天吓坏了吧？"

湛微阳说："嗯，吓死我了。我看到爸爸枕头上都是血，我好害怕。"

裴馨又问他："后来去医院呢？"

湛微阳说："他们就叫我去缴费，说要办住院。"

裴馨把煮好的面夹进碗里，又把煎蛋放在上面，撒上葱花，问道："你都是一个人去的吗？"

湛微阳点点头："我好害怕，但是我更害怕爸爸会死掉。"

"你爸爸不会死掉的。"裴馨说。

说到这里，湛微阳突然又难过起来，眼眶发红，吸了一下鼻子："我都不敢去想，我就是很害怕。"

裴馨放下筷子，转过身来看他，认真地说道："谁都不会死的，你爸爸会恢复健康，很快出院。"

湛微阳说："嗯。"

两个人吃完早饭，裴馨开车带湛微阳去医院。

湛微光也在医院吃过了早饭，他扶着湛鹏程去了趟卫生间，回来让湛鹏程在病床上躺下，之后走到窗边朝外面张望。

隔壁病床的病人今天要办理出院，一早就收拾好东西，只等着医生查完房办出院手续，这时候病床上正空着。

湛微光晚上睡得不太好，站在窗边伸了个懒腰。

湛鹏程的精神状态一天比一天好，他躺在病床上，看着湛微光的背影，突然问道："微光，你说裴馨怎么对阳阳那么好？"

湛微光没想到会听到这个问题，身形一顿，一时间不知道怎么回答，犹豫了一会儿说道："因为湛微阳可爱吧。"

湛鹏程没有说话。

湛微光忍不住回头去看他。

湛鹏程仰躺在床上，短短两天时间整个人看起来像是瘦了一圈，他看着天花板，两条手臂伸在被子外面，可以清晰看见上面青色的血管，右手手背上还有留置针管，说话的声音没什么力道："我就是觉得吧，也太好了点，怪麻烦他的。"

湛微光问道："对他好难道不好吗？"

湛鹏程说："他毕竟不是你姑妈的亲儿子，说白了我们没有血缘关系，连远亲都算不上。之前阳阳住院的时候他帮着守夜，现在我住院了，人家又大老远赶过来，我总觉得欠了他太多人情，不好。"

听到湛鹏程这些话的时候，湛微光也想不到要如何回答，最后只好说道："那就等你好了，再好好感谢他吧。"

```
┌─────────┐
│ New     │
│ Game    │
└─────────┘
```

81

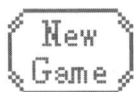

裴馨和湛微光都向学校请了假。

星期一湛微阳要回学校上课，裴馨和湛微光轮流在医院里陪湛鹏程。

湛鹏程一开始不同意，让湛微光直接请个护工，认为没有必要麻烦裴馨。

湛微光有些犹豫不决，问了问裴馨的意思。

裴馨对他说："没必要请护工，我向学校请了一个星期的假，而且都已经过来了，总不能立即就坐飞机回去吧。"

湛微光最终点了点头。

晚上，等湛微光带着湛微阳回家，医院病房里剩下湛鹏程和裴馨。

湛鹏程是觉得让裴馨照顾他很不方便，所以他在输液的时候尽量忍着不去卫生间。

吃完晚饭，两个人坐着聊了一会儿天，等到医生查房结束，差不多就该睡觉了。

医院里毕竟环境嘈杂，裴馨躺在根本没办法翻身的单人小床上，双臂枕在脑袋下面，盯着天花板想事情。

隔壁床新来的病人发出响亮的呼噜声。

裴馨听到湛鹏程也在翻来覆去似乎睡不着，他在小床上翻了个身让自己侧躺着。

"裴馨。"湛鹏程突然轻声喊他。

裴馨抬起头："舅舅？"

湛鹏程说："你觉得如果不让阳阳读大学好不好呢？"

裴馨问道："那他该做什么呢？"

湛鹏程叹了一口气，这件事他已经想了很久，但是找不到人倾诉，也得不到合适的建议，他说："我也不知道，我就是想，他也考不上什么好大学，去那些乱七八糟的三流学校环境不好，我怕他受欺负。"

裴馨没有说话，从内心来说，他当然希望湛微阳能够去读大学，跟不同的人多接触，熟悉这个社会，但是同时他知道，湛鹏程说得很有道理，湛微阳读不了好的大学，而一个不好的环境对他的影响会非常大。

裴馨沉默了一会儿，轻声问湛鹏程："舅舅，你有没有想过，就算阳阳大学毕业了，应该让他做什么？"

湛鹏程道："就在家里待着吧，我会攒够了钱，让他一辈子开开心心地过。"

裴馨第一次问道："要结婚吗？"

湛鹏程说："如果有合适的女孩子——"他停顿一下，在床上翻身面对着裴馨的方向，"我也不是不想他结婚，我就怕那些女孩子心思不单纯，我活着可以照看着他们，要是我走了，他给人欺负就麻烦了。"

裴馨问道："你觉得不会有人真心喜欢阳阳吗？"

湛鹏程说："当然有，阳阳那么好，肯定有人真心喜欢他。问题是我们没办法分辨出来，而且人心是会变的。"

两个人都沉默下来。

过了一会儿，裴馨问："如果有个人是真心对他的，舅舅你希望那是一个什么样的人呢？"

"什么样的人？"湛鹏程觉得这个问题有些奇怪，说，"希望是个善良的人。"

裴馨说："就这么简单吗？"

湛鹏程说道："本性善良的话，即使以后爱情淡了，也不会伤害他吧。"

接着两个人也没有再说什么。

过了两三天，罗阿姨从老家回来了，湛鹏程也出院了。

湛微光大一，课程安排紧张，湛鹏程出院之后他就立刻回了学校，裴馨学校倒是没有什么事情，暂时没有离开。

眼见着生活回到正轨，湛微阳是最开心的。他每天最热衷的事情就是叮嘱湛鹏程不许喝酒，湛鹏程回家之后也没有急着去工作，而是在家里休养，一天三餐吃得十分健康，滴酒不沾。

湛微阳的精神状态很好，裴馨陪他去复查了一次，医生说他可以暂时停药，让家里人密切观察，如果出现症状立即回来复查。

湛微阳是从周五开始停药的，第二天上午在饭厅里吃早饭的时候，裴馨问他："昨晚睡得还好吗？"

他点点头，说自己睡得很好。

裴馨没有问他还有没有听到什么声音，帮他剥了一个鸡蛋，递给他的时候问道："你还记得你的花盆吗？"

湛微阳接过鸡蛋的同时点头："当然记得。"

裴馨说："你有没有想过，你不会变成发财树了，你的花盆以后会很寂寞？"

湛微阳啃了一口鸡蛋，看着裴馨："好像是吧，那怎么办？"

裴馨说道："要不我们去买一棵发财树回来种上吧？"

湛微阳猛地睁大了眼睛，用力点头。

他们上午要去花卉市场买发财树，湛鹏程在家里闲得无聊，兴致勃勃地要跟他们一起去。

裴馨不好拒绝，开车带上湛鹏程和湛微阳一起出门。

到了花卉市场，湛鹏程说："你们随便选，选好了爸爸买单。"

湛微阳没有说话，伸手抓着裴馨的袖子朝前面走，他们去了卖发财树的店里，这家的发财树有大有小，湛微阳一棵一棵细看过去。

裴馨耐心地在旁边等着他。

湛鹏程对湛微阳说："阳阳要不买盆花吧？那盆粉红色的花好看。"

湛微阳不太高兴地看湛鹏程一眼。

裴馨说："让他慢慢挑吧。"

湛微阳认真地看过去，还会用手摸一摸叶子和树干，有时候凑近了仿佛在跟树说悄悄话。

湛鹏程已经逛去了隔壁的摊位，只有裴馨还在外面等着他。

湛微阳选了十多分钟，停在一棵挺小的树前面，转过头来看向裴馨。

裴馨问他："这棵吗？"

湛微阳有些害羞地点点头。

裴馨轻声道："哥哥给你买。"

湛微阳顿时笑了笑。

回去的时候，裴馨开车，湛鹏程和湛微阳坐在一排，他听到湛微阳在轻声哼歌，于是问道："阳阳很开心吗？"

湛微阳看他一眼，说："开心。"

湛鹏程没有抢到给湛微阳买发财树的机会，自己又选了好几盆花买了一起带回去，现在全部都在越野车的后备厢里。

他不明白发财树除了名字好听，还有什么地方吸引湛微阳，他想多了解他儿子一些，问道："为什么那么开心呢？"

湛微阳说："我的花盆以后就不是孤零零地在阳台上了。"

湛鹏程想了想，说："那花盆真是好开心啊。"

湛微阳偏着头看他："爸爸你在说什么？"

湛鹏程被问得一愣，说："不是你说花盆开心吗？"

湛微阳说道："我说我开心。"

"哦——阳阳开心啊，"湛鹏程暗地里叹一口气，不知道要如何跟湛微阳聊下去，只能伸手摸他的头，说，"那爸爸也就开心了。"

82

吃完午饭，湛鹏程站在二楼阳台的门口看裴馨和湛微阳一起种树。

两个人都很认真，裴馨还上网搜了一下移栽的时候需要注意些什么。

湛鹏程看了一会儿觉得困了，便独自回去房间里躺下来睡午觉。

湛微阳以前买花盆的时候，选了一个自己能蹲进去的大花盆，现在买树的时候却选了一棵小树，两个人填了整整一花盆的土才把那棵发财树种进去，树在大花盆里显得格外小巧。

裴馨问他："为什么要买这么小一棵呢？"他们完全可以买一棵大发财树，栽在这个花盆里面。

湛微阳没有回答，只是问道："它会长大吗？"

裴馨说："当然会长大，它会陪着阳阳一起长大。"

湛微阳点点头："我怕它长得太大了，花盆会装不下。"

裴馨伸手拍拍他的肩膀："现在就不会装不下了。"

湛微阳很赞同："嗯。"

那棵发财树被他们挪到了阳台上最好的位置，就是湛微阳以前给自己选的位置，那里可以晒到上午的太阳，又可以看到小区的喷水池。

当风吹过来时，发财树鲜绿的叶子颤巍巍的，却紧紧攀附住苗壮圆润的树干，生机勃勃地成长着，就像湛微阳的另一条生命。

围绕着发财树的都是些别的盆栽植物，还有几盆是今天湛鹏程才从花卉市场买回来的色泽鲜艳的鲜花。

在这里谁也不会寂寞。

湛微阳面朝里坐在了阳台边缘的护栏上。

裴馨站在他面前，握着他的手对他说："阳阳，我过两天就要回学校了。"

湛微阳没有说话，就是脸上的笑容稍微变得淡了一点。

裴馨也不说话，就看着他。

过一会儿湛微阳说："你要回学校，要毕业。"

裴馨露出浅笑，点了点头："是啊，阳阳好懂事。"

湛微阳抓紧了裴馨的手，说："你等我好不好？"

"嗯？"裴馨有点不确定他的意思。

湛微阳有些急切地说道："我明年就要高考啦，我过去找你好不好？"

裴馨问他："你想考哪所大学？"他读书和生活的城市里学校不少。

湛微阳脑袋里根本没有概念，不太确定地说："C大？"

裴馨闻言笑了，以湛微阳现在的成绩是肯定考不上C大的，但还是鼓励他道："好啊，那你就以C大为目标，努力考进去好不好？"

湛微阳说道："好！那你一定要等我！"

裴馨笑着低下头。

湛微阳垂下视线看他，有点担心地问道："怎么啦？"湛微阳抬手摸摸裴馨的头，不安地摸着他的头发，问："你是不是对我没有信心？"

裴馨说："没有，我就是很开心。"

湛微阳说："嗯，一切都会越来越好的。"

这句话湛微阳不知道是说来安慰裴馨的，还是说来安慰他自己的。

裴馨离开的那天，他没有再穿着睡衣失魂落魄地去追车，而是上了个闹钟早早起床，跟着湛鹏程他们走到家门口，看着裴馨上车。

湛鹏程开车，裴馨从按下的车窗对湛微阳说："回去吃早饭吧。"

今天湛微阳还要上课。

湛微阳其实还是难过，他朝着裴馨挥一挥手，努力让自己看起来不要那么难过。

人总是在一次又一次的经历之后逐渐成长，就像上一次他没有追上的那辆车，他一个人把湛鹏程送进医院的那个夜晚。经历过了，就会发现其实也不是那么可怕，裴馨也不会走了就不回来，当他需要的时候，裴馨还是会回到他身边。

从打定主意要考 C 大那天，湛微阳就开始努力学习了。

每天上课，湛微阳眼睛都不眨一下地盯着黑板听老师讲课，只不过一节课他大概只能听懂百分之五十的内容。

下课的时候，他也没时间和陈幽幽聊天了，专心致志地看书想要搞懂老师上课教的内容，实在搞不懂了他就会请教陈幽幽。

陈幽幽觉得他很奇怪，问他："你、是不是、疯了？"

湛微阳说："不是啊，我只是脑袋不太好，我没有疯。"

陈幽幽问他："为什么、突然这么认、认真？"

湛微阳说道："我要考 C 大。"

他这句话一说完，同桌的女生都忍不住转头看了他一眼。

陈幽幽一脸疑惑："啊？认真的？"

湛微阳说："嗯，认真的。"

陈幽幽不明白了："为、为什么？"

湛微阳没有说，他用笔在草稿本上随意地画了画，过一会儿眼睛一亮，想到个很好的答案：因为承诺。

湛鹏程也发现湛微阳最近学习非常刻苦。

他晚上快十点了进去湛微阳的房间里，看见湛微阳还坐在书桌旁边埋头苦读，于是在床边坐下来，说："阳阳，过两天奶奶就回来了。"

湛微阳抽空"嗯"一声，表示自己听到了。

湛鹏程坐了一会儿，见到湛微阳不理他，忍不住说："你要不要陪爸爸聊会儿天啊？"

湛微阳总算是看他一眼，说："爸爸不要打扰我学习。"

湛鹏程问："那你要学到几点？"

湛微阳看了看时间，回答道："十二点。"

湛鹏程立即说道："太晚了，你还在长身体，睡着了才能长个子，不要学到那么晚。"

湛微阳说："可是我上课听不懂，看书也看不懂，我怎么才能考上

C 大？"

"啊？"湛鹏程一下子从床边站起来，"你要考 C 大？为什么要考 C 大？"

湛微阳不回答他。

湛鹏程想了想，说："因为裴馨在 C 大？"

湛微阳这才轻轻"嗯"一声。

湛鹏程觉得他儿子太依赖裴馨了，有些不安地在床边来回走了几步，随后走到湛微阳身后，说："你考 C 大也没用啊，裴馨今年就毕业了，你明年进去读书他也不在了。"

湛微阳看着湛鹏程，神情开始变得不安。

湛鹏程双手按在他的肩膀上："不要去 C 大，你一定要读大学的话，就读本地的大学，可以不用住校，每天回家来睡。"

湛微阳很纠结，说："那馨哥怎么办？"

"什么馨哥怎么办？裴馨是别人家的孩子，你还想一直跟着他啊？"

湛微阳突然急了："我要一直跟着他。"

湛鹏程问他："要是裴馨结婚了怎么办？你还能继续跟着他吗？"

湛微阳从椅子上站起来，十分不开心地说道："馨哥不会结婚的。"

湛鹏程说这句话本来只是想要逗逗他，却看见他是真的不开心，顿时心情有些复杂了。

湛微阳这时说："爸爸你有点吵。"

湛鹏程心里咯噔一下，自己还是第一次被小儿子嫌弃。

湛微阳又说："打扰我学习了。"

湛鹏程忍住酸楚问他："你要爸爸出去啊？"

湛微阳低着头用手指抠椅背，不说话。

湛鹏程从湛微阳房间离开，伸手轻轻帮他关上房门，长长叹一口气，朝自己房间走去。

83

裴馨回学校几个月，一直等到正式毕业了，才第一次回家。学校宿舍里其他东西他能送人就送人，剩下的重要东西不多，只收拾了一个大行李箱。

回到家时是傍晚，裴景荣和湛莺飞夫妻两人都不在家，湛雪晴还没放假，最近正是期末考试，也不会回来。

他拖着行李箱进去自己房间，看见房间里东西收拾得整整齐齐，书桌上也干干净净一尘不染。他把箱子立在墙边，然后在一条皱褶也见不到的新床单上躺下来。

自从湛鹏程生病住院那次之后，这半年时间里裴馨一直没时间回去见湛微阳，只是每天晚上视频聊天。

比起湛微阳对他的依赖，有时候裴馨会觉得自己更离不开湛微阳，他需要被人依赖的感觉，这会让自己的存在显得有意义。

裴馨在床上躺着，一直到晚上八点多，裴景荣和湛莺飞才从外面回来。

湛莺飞一到家就察觉有人回来了，大声喊道："是雪晴回来了吗？"

裴馨这才从床上起来，不紧不慢地离开房间，说道："爸爸，阿姨，是我。"

"裴馨！"湛莺飞露出惊喜的神情，"学校放假了？"

裴景荣神情严肃："怎么回来也不说一声？之前跟你说的事情你到底怎么决定的？"

从两个月前，裴景荣就一直给裴馨打电话，问关于工作的计划。裴景荣现在和湛莺飞一起经营自己的公司，过了起步阶段，现在经营得很不错，他希望裴馨能够过去帮他的忙。

裴馨说："我已经给想去的公司递了简历，下周就去面试。"

裴景荣皱着眉头没说话。

湛莺飞察觉到裴景荣不太高兴，开口缓和气氛，问道："哪家公司啊？"

裴馨说："我实习的那家。"

湛莺飞顿时有些诧异："你是打算去崇丰工作？"

裴馨点了点头。

裴景荣语气冰冷："这就是你考虑了两个月的决定？"

裴馨对他说："不是，这是我一开始的决定。"

"裴馨！"裴景荣朝前走了两步，被湛莺飞一把拉住了。

湛莺飞说："做什么？好好跟孩子说话嘛。"

裴景荣说道："我是在好好跟他说话啊。"但是语气明显不那么好。

裴馨还是很平静的，对裴景荣说："我二十二岁了，不是十二岁，我已经有自己的工作，以后会有自己的生活，我不觉得我的选择有什么问题。"

裴景荣却说道："所以你不需要和我们商量一下？你要过你自己的生活，我把你养到那么大，你对我就没有交代一声的义务？"

裴馨说："我现在就是回来交代的。"

"这叫交代？"裴景荣的怒火有些压抑不住，"你这不是通知我们一声吗？"

湛莺飞在旁边，始终用力拉住裴景荣的手臂，希望他能控制住情绪。

裴馨说道："因为我知道你一定不会同意，但是就算你不同意，我还是会坚持。"

裴景荣怒道："混账！"

裴馨很轻地叹一口气，靠在沙发旁边，对裴景荣说："爸爸，我在这里过得不快乐。"

裴景荣问他："我对你不好还是你阿姨对你不好？"

裴馨说："你们都很好，所以你们，还有雪晴，一起开心地过下去不好吗？我不开心是我的问题，没必要勉强我留下来。"

裴景荣还要说话时，湛莺飞抢先说道："孩子想要出去闯闯，你就让他去吧，何必一定要把他留在身边呢？这个年纪正是有冲劲儿的时候，该出去锻炼锻炼。"

"可是——"裴景荣还是不甘心。

湛莺飞打断他的话："没什么好可是的，一个工作而已，又不是以后不能换，如果干得不好不开心了，裴馨还是可以回来帮你忙啊。"她一边说着，一边把裴景荣往房间里推，"你们现在情绪都激动，冷静一下再说，也不急于一时。"

裴景荣没有再说什么。

湛莺飞经过裴馨身边时又对他说道："你先去休息吧，有什么话明天再说。"

裴馨对湛莺飞说："阿姨，我已经买了明天的机票。"

第二天是星期五，湛微阳不用上晚自习。湛微阳本来天天都可以不上的，但是他自己回去看了两个星期书，发现看不明白之后，就留在学校里自习，遇到看不懂的题可以问老师，也可以问同学。

陈幽幽在知道湛微阳要上晚自习之后，也跟着每天在学校自习，因为湛微阳的同桌晚上不在，他就在自习的时候搬到湛微阳的旁边坐，这样湛微阳做不来的题可以问他，他虽然口齿不清，却可以连写带画地给湛微阳讲解。

湛微阳对陈幽幽说："幽幽，你好好哦。"

陈幽幽的想法没那么复杂，他现在晚上回去也会被他妈盯着看书，还不如留在学校里，至少可以抽空和湛微阳聊聊天，于是他摆摆手，说："我、本来就是这、么好的人。"

下午放学的时候，湛微阳和陈幽幽一起离开学校。

陈幽幽问湛微阳："要不、要一起吃晚、饭？"

今天湛鹏程晚上不回来吃饭，家里只有奶奶和罗阿姨在，湛微阳考虑一下，觉得自己可以跟陈幽幽一起吃晚饭，但是陈幽幽最近迷上了一家面馆的海鲜面，他们去吃过几次，陈幽幽还是想吃，于是湛微阳先说道："可以，但我不吃海鲜面。"

陈幽幽有些不高兴："那、你说吃、什么？"

湛微阳说："我不知道。"他反正知道不想吃海鲜面了。

他们走到学校门口，湛微阳突然看见门外大树下面站了个熟悉的身影。

已经是六月末了，裴馨穿了一件黑色的短袖 T 恤和一条长牛仔裤，比起上一次离开时头发剪短了一些，人也瘦了一些，他见到湛微阳的同时露出了笑容。

湛微阳惊讶得差点叫出来，冲着裴馨跑了过去，猛地扑进裴馨怀里。

那时陈幽幽还没反应过来发生了什么事，一脸呆愣地站在原地。

裴馨伸手将湛微阳抱了起来，让他两只脚都离开了地面，然后再轻轻放下去，说："我来接你放学。"

湛微阳开心得快要哭了，不管旁边有没有人在看，紧紧地抱住裴馨不放。

裴馨笑着拍拍他的头："好了好了。"说完，裴馨还朝陈幽幽打了声招呼："幽幽，你好。"

陈幽幽回过神来："表哥，你好。"

湛微阳过了一会儿，松开裴馨，说："你怎么回来都不告诉我？"

裴馨说："给你一个惊喜啊，而且我上午到了，下午处理了一些事情，就直接过来接你吃晚饭。"

湛微阳用力点头："吃晚饭！"

裴馨还惦记着陈幽幽："幽幽，要不要跟我们一起去吃晚饭？"

陈幽幽犹豫了一下，说："不了，我、要回家。"

裴馨没有勉强："那你回去吧，路上注意安全。"

陈幽幽点点头："走啦。"他看湛微阳都没有挽留他，自己假装朝公交车站走去，半路上换了个方向，打算一个人去吃海鲜面，他还是好想吃海鲜面哦。

84

等陈幽幽走了，湛微阳问裴馨："我们去哪里吃晚饭啊？"

裴馨抬手揽住他的肩膀，两个人从学校门口离开。

"你想吃什么？"裴馨问道。

湛微阳回答说："吃什么都可以！"只要和裴馨在一起，湛微阳觉得吃什么都是开心的，哪怕叫他再去吃一顿海鲜面，他都觉得好吃！

裴馨说："要不我们买回去吃吧。"

"回去吃吗？"湛微阳以为裴馨说要回家，家里面还有奶奶和罗阿姨，可他想和裴馨两个人一起吃饭。

裴馨说："回我那里。"

湛微阳奇怪地看裴馨。

裴馨上午过来，先去租了一套房子。他倒是没有信心强大到说面试一定会过，但他同时给本地的其他公司投了简历，不管这次面试过不过，他都打算留下来。

要在这里生活下去，他不可能继续住在湛家，所以他必须先租一套房子。

裴景荣对他做这个选择感到很生气，直接威胁他说要断他经济来源。

裴馨觉得这也没什么，本来他就该独立出来，不应该继续花家里的钱，只是一时半会儿他还没有收入，现在租房子的钱也是之前积攒的生活费。他对裴景荣说，等他工作稳定了，会尽量想办法把钱还给裴景荣。

裴景荣又是勃然大怒，被湛莺飞劝了下来。

后来湛莺飞要私下给裴馨转一笔钱，裴馨道谢之后拒绝了，所以今天过来交了押金和三个月房租，他身上真的没什么钱了。

他租的是套一居室的房子，只有一间卧室，开放式的厨房，饭桌很小，就只够两个人面对着面坐。

裴馨把买来的菜摆在饭桌上，与湛微阳面对着面坐下来吃饭。

湛微阳吃得有些漫不经心，一直盯着裴馨看。

裴馨说："你不好好吃饭，看我做什么？"

湛微阳说道："我想你好久啦，今天见到当然要好好看看。"

裴馨给他夹了一块牛肉："那你慢慢看吧，反正以后我也不走了。"

"欸？"湛微阳突然意识到什么，"你以后都不走了吗？"

裴馨点点头。

湛微阳说："那我考了 C 大岂不是我们又要分开了？"

裴馨停下筷子，仿佛认真思考了一下，对他说："是啊。"

湛微阳露出惊慌的神情。

这一学期他很努力地学习，目的就是要考 C 大，虽然一学期下来，他成绩也没提升到可以进 C 大的水平，但是比起之前真的有了不小的进步。

就连班主任都把湛鹏程请到学校里聊过，说湛微阳进步巨大，最后一年再努力一下，真的有可能考上大学。

而湛微阳听说裴馨不回去了，短暂地慌神之后反应过来，说："那我不考 C 大了。"

裴馨问他："那阳阳想考什么学校？"

湛微阳说："我还要再想想。"

裴馨点了点头："没关系，慢慢想。"

吃完饭，湛微阳参观裴馨租的这套小房子，他在房子里转了一圈，发现裴馨卧室的床上还放着新买来的寝具没有铺好。

湛微阳主动帮裴馨把床铺了。

干净柔软的素色新床单，平平整整地在床垫上铺开，湛微阳忍不住仰面躺下去，打量这间卧室。

房间里的家具看起来很简陋，除了床就只有床头柜和衣柜，头顶的天花板是单纯的白色，中间一盏简单的圆形小灯正亮着，灯光是耀眼的黄。

湛微阳也不知道为什么很喜欢这里，躺在床上，舍不得起来。

直到裴馨朝他伸出一只手。

裴馨问："不起来了？"

湛微阳摇头："我不起来了。"

裴馨问他："今天睡这里？"

湛微阳顿时很开心："可以吗？"

裴馨说："不可以，你爸爸和奶奶会着急的。"

湛微阳很失落。

裴馨把手伸到他面前："来，起来了阳阳。"

湛微阳慢慢伸出手去，握住了裴馨的手，从床上起来。

裴馨没有让湛微阳在家里留到太晚。他现在没有车，也没有太多的钱可以随意打车，他陪着湛微阳去坐公交车回家。

在公交站台等车的时候，裴馨突然有些感慨，他问湛微阳："要是我以后都很穷，你会不会觉得我很可怜啊？"

湛微阳问他："有多穷呢？"

裴馨忍不住觉得好笑，说："吃不起肉，也买不起车。"

湛微阳吃惊道："我们连肉都吃不起了吗？"

裴馨神情严肃地点点头。

湛微阳不安地抬起手摸了摸自己的头，过一会儿安慰裴馨说："没关系，我可以减肥。"说着，他不安地抓住裴馨的手，"我会吃很少的，你千万别嫌弃我。"

裴馨笑着说道："好，我一定不会嫌弃你，努力给你买肉吃好不好？"

85

裴馨通过了公司面试，正好那两天也是湛微阳期末考试的日子。

因为是之前实习过的公司，实习的时候裴馨表现就很亮眼，这次的面试官里都有人熟悉裴馨，他通过面试是一件很容易的事情。而且刚一通过面试，公司立即和他签合同，让他开始接手工作。

裴馨见到了半年不见的秦以珊，两个人虽然有联系方式，但是一直没有联系过，大概是上个月，裴馨在朋友圈里看到秦以珊交了男朋友。

这次裴馨回来，秦以珊抽空请裴馨吃了顿饭，没说感情的事情，只聊公司和工作，秦以珊说经理很看重裴馨，叫他好好工作，好好发展。

"谢谢。"裴馨语气真诚地向她道谢。

一直等到工作稳定下来的那个周末，裴馨才买了些礼物去湛微阳家里探望长辈。

他是星期六上午十点多到的，湛微阳还在睡懒觉，没有起床。

奶奶一直很喜欢裴馨，见到他就开心，拉着他的手让他在沙发上坐，问他最近的情况，又问他家里的情况。

裴馨耐心地陪着奶奶聊天。

湛鹏程不一会儿也过来坐下，问裴馨："真的决定过来这边工作了？"

裴馨点一点头："是的，舅舅。"

湛鹏程笑着说道："年轻人出来闯荡一下也挺好的，不过上次我跟你爸爸聊天，他说还是希望你毕业了能够去帮他的忙。"

"其实他不需要我帮忙，现在他和阿姨一起经营公司，做得挺好的，他们还年轻，两个人又有默契，不缺我一个。"裴馨语气平淡地说道。

湛鹏程点了下头："不过父母嘛，总是希望孩子能在身边的。"

裴馨闻言笑了，说："舅舅，不是每个父母都像你对孩子那么上心的。"他说的是真心话，这么长时间看过来，他知道湛鹏程对湛微阳是真的付出了百分之百的心意。

湛鹏程道："我这边情况比较特殊。像微光，他要出去闯荡，我就没意见，毕竟是男孩子嘛，微阳就算了，还是留在家里对他最好。"说到这里，湛鹏程稍微停顿一下，试探着对裴馨说，"之前阳阳还说他要考 C 大，你能不能帮我劝劝他，别跑那么远？"

裴馨问道："舅舅有信心阳阳能考上 C 大？"

湛鹏程语气突然有些得意："阳阳这学期学习可努力了，他们老师都说他进步很大。我觉得不是没可能啊，万一真给他考上了呢？"

裴馨心想，也就是亲生的才有这么强的信心了，不过他神情不变，说道："考上了就去吧，毕竟是国内一流大学。"

湛鹏程说："我觉得不好，还是太远了。"

这时候，湛微光穿着拖鞋从楼梯上走下来。

他见到裴馨，吃了一惊："馨哥，你什么时候来的？"他刚刚放假，还是昨晚才从学校回来，回到家时间已经挺晚了，洗了个澡倒头就睡。

在裴馨回答之前，湛鹏程先说道："你馨哥过来这边找了个工作。"

湛微光看着裴馨。

湛鹏程说："你站在那儿干什么？快去吃早饭吧。"随后他站起身，说道，"阳阳也该吃早饭了，再睡就中午了。"说完他朝楼上走去，看来是打算叫湛微阳起床。

湛微光往餐厅走去，半路上看裴馨一眼，说："你吃早饭了吗？"

裴馨回答说："吃过了。"

湛微光问道："要不再吃点吧？"

裴馨笑了笑，从沙发上站起身，对奶奶说："我去陪微光再吃点东西。"

他随着湛微光走到饭桌边坐下，饭厅里只有他们两个人，罗阿姨动作麻利地把湛微光的早饭摆上桌子，就去厨房里继续准备午饭了。

湛微光拿起一个包子，一边往嘴里塞一边问裴馨："你真的决定来这边工作？"

裴馨说："是啊，你觉得有什么问题吗？"

湛微光道："不是有什么问题，就是挺诧异的。"

裴馨对他说："这边环境挺好的。"

这时候，湛微阳从楼上跑下来，开心地冲进了饭厅，抬手抱住裴馨："馨哥！"

裴馨拍了拍他的后背："快去吃饭吧。"

随后湛鹏程也跟着过来了，湛微阳恋恋不舍地松手，在裴馨旁边的位置坐下来，伸手先拿了个包子送到嘴边啃。

湛鹏程在餐桌旁边坐下来，看了湛微阳一会儿，问他："最近期末考试是不是累到了？"

湛微阳把视线从裴馨脸上转到湛鹏程脸上，奇怪道："还好吧。"

湛鹏程说："那你怎么每天吃那么多？"

湛微阳没有说话，只是又偷偷看了裴馨一眼。

后来吃完早饭，湛微阳悄悄告诉裴馨："我趁着在家多吃点肉，以后就不用吃肉了。"

裴馨先是低头笑了，抬起头的时候故作严肃地说："那你一定要多吃点，吃好点。"

又是一年暑假，虽然才刚到七月，但是崇丰的天气已经热了起来，外面明晃晃的太阳照得植物都没了精神。

吃完午饭，裴馨和湛微阳把阳台上的发财树挪到了靠近门的地方，这里可以避开阳光直射。

裴馨已经半年没见过这棵发财树了，他觉得树长高了一些。

湛微阳好像也长高了一些，不过不多，只有一厘米左右。

裴馨说道："你们一起长高了。"

湛微阳听见这句话很开心，说："它就是我啊。"

裴馨说："是吗？为什么它就是你？"

湛微阳说:"我们灵魂是相通的。"

裴馨安静了一会儿,说:"那我们一定要保护好它,让它长得又高又壮。"

这时候,湛微光站在阳台门边,晃了晃手里的手机:"喝奶茶吗?我点外卖。"

裴馨抬起头来,对他说:"我不喝,你们喝吧。"

湛微光抬起脚,轻轻踢了一下蹲在地上的湛微阳的屁股:"湛微阳,喝什么?"

湛微阳说:"奥利奥波波。"

湛微光有些嫌弃:"又是奥利奥波波,烦不烦啊?"虽然话这么说,但湛微光还是给湛微阳点了他想喝的奶茶。

86

三人下午都在湛微光的房间里待着。

湛微光想打游戏,但是湛微阳说自己要看书,不愿意跟他玩,于是裴馨坐下来陪湛微光打游戏。

湛微阳趴在湛微光的床上,面前摊开一本书,一边看书一边伸手去拿放在床头柜上的奶茶喝。

湛微光看见了,说:"你敢把我的床弄脏,我就敢弄死你。"

湛微阳看他一眼,默默换了个背对他的方向,继续喝奶茶。

裴馨打游戏打得有些漫不经心,他不时收到工作的微信消息,常常要停下来回复。

湛微光觉得很奇怪:"你不是刚刚入职吗?怎么就那么忙了?"

裴馨回答说:"本来就是以前实习的公司,是熟悉的同事和熟悉的工作环境,上手比较快。"

说完,他手机响了起来,于是拿着手机出去接了一个电话。

　　等到裴馨回到湛微光房间里的时候，发现湛微阳躺在床上已经睡着了。

　　湛微光把游戏的声音调小，走到床边，拉开被子给他搭在胸口，神情里满是抱怨。

　　裴馨轻声道："早上睡那么久，怎么又睡了？"

　　湛微光说："天天晚上都睡得晚吧，睡午觉睡习惯了。"

　　裴馨想了想，说："所以说他还是个小孩子，脑袋里干干净净没什么烦恼，每天睡眠也好。"

　　湛微光欲言又止地看裴馨。

　　裴馨说："怎么了？"

　　湛微光又看了一眼睡着的湛微阳，对裴馨说："可以出去聊聊吗？"

　　裴馨点了点头。

　　两个人离开房间来到走廊上，外面没有空调，午后的阳光从窗户直直照进来，身体猛地便感觉到了气温的炎热。

　　湛微光想起上次在医院跟湛鹏程聊的话题，说："你为什么对湛微阳那么好？"

　　裴馨笑了笑，沉默了一会儿，说："如果你一定要问的话，那就是我需要被人需要的感觉。"

　　湛微光尝试去理解裴馨这句话，脱口而出："你想养儿子？"

　　裴馨忍不住觉得好笑，说："这话千万别给你爸听到了。"

　　湛微光说："知道了。"他垂下视线，声音很轻地说，"如果不是因为我，湛微阳也不会变成现在这个样子，我希望他以后也能开心。"

　　裴馨还是第一次听到湛微光说这种话，说："不是因为你，那时候你也是小孩子。"

　　湛微光说："如果我不去跟人打架——"

　　"微光，"裴馨打断了他，"没有如果，如果那天舅舅不带你们去游泳，如果当时阳阳能紧跟在舅舅身边……这些是没有意义的，已经发生的事情就去接受它，不要一直活在内疚和自责中，那起不到任何作用。"

湛微光抬起手捂住脸，说："馨哥，有句话我一直没有说过，我常常在想，我对湛微阳是有责任的，我应该照顾他一辈子，可是他这一辈子跟着我，恐怕不会开心，我也不会开心，所以我是感谢你的出现的。"他停下来，因为手挡住了脸，所以看不到表情，但是继续说话时声音有些哽咽，"你是真的很耐心地在跟他相处，不像我，虽然我爱他，却总是嫌他烦，嫌他反应慢，不耐烦听他说话。我不是想要摆脱他，我就是不想把他看成负担，我觉得他不该是负担。"

"他当然不是负担，"裴馨说，"你放心，我是真心的。"

说完，裴馨看见湛微光还是没有从激动的情绪中抽离出来，抬手拍了拍他的后背："你怎么也跟个小孩子一样？"

湛微光说："这些话我没办法说，跟谁都不能说，你明白吗？"

裴馨抱他一下，安慰他道："我明白的。"

这时候，房门突然被人从里面打开了。

湛微阳头发乱糟糟地探头出来，正要说话时，看见裴馨抱着湛微光，就愣住了。

湛微光第一反应就是站直了身体抬手抹一把脸退开，他实在不想在湛微阳面前丢脸。

湛微阳却一直瞪着他们两个，过一会儿走过来，拉一拉裴馨的衣袖，说："下去了。"

裴馨回答道："好啊，下去吧。"

湛微阳一手抓着裴馨，一手抱着自己的书，拉裴馨一起下楼，走到楼梯上，他又转过头来，气鼓鼓地看了湛微光一眼。

湛微光没心情在意这些，直接进了卫生间，打开冷水冲脸。

一直到回到自己房间，湛微阳还是闷闷不乐，他质问裴馨："你为什么要抱湛微光？"

裴馨说："我就是看他哭了，安慰他。"

　　湛微阳坐在床边，生气地说："那你也不能抱他！"

　　裴馨蹲在他面前，仰起头看他："我就抱了他一下。"

　　湛微阳说："不可以！"

　　裴馨点点头："好，以后不会了。"

　　湛微阳还是不高兴，只是实在忍不住好奇，问："湛微光怎么又哭了？"

　　"又？"裴馨奇怪。

　　湛微阳点点头，语气有些嫌弃："他现在越来越爱哭了。"

　　裴馨说："嗯……"

　　湛微阳想了想，看裴馨一眼，试探着问道："以后湛微光没有地方住的话，可以让他住我们隔壁吗？"

　　那一瞬间，裴馨心想，如果湛微光知道湛微阳这么惦记自己，说不定又要感动哭了，他笑了笑说道："好啊。"

```
┌─────────────┐
│ New         │
│ Game        │
└─────────────┘
```

87

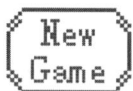

　　这个暑假，湛微阳每天上午睡睡懒觉，下午看看书，如果裴馨不加班，他会时不时去找裴馨一起吃晚饭，到周末的时候裴馨会带他到处去玩。这大概是湛微阳上中学之后，过得最充实的一个暑假。

　　裴馨挺喜欢看展览的，各种各样的展览，湛微阳不管感不感兴趣都会陪着他，开开心心地跟在裴馨身边，看一些自己也看不明白的东西。

　　裴馨也常常带湛微阳去吃好吃的。

　　这让湛微阳感到很疑惑，问裴馨："我们不是很穷吗？"

　　裴馨说："是啊，我把钱都拿来让你吃肉了。"

　　湛微阳看着碗里的肉，顿时产生了负罪感，他说："那我不吃肉了。"

　　裴馨说："那不行，你不吃肉，要是瘦了，哥哥会心疼的。"

　　湛微阳内心挣扎一番，觉得自己还是想要吃肉，于是说道："那你等等我，等工作了我一定会努力赚钱的。"

　　裴馨微微笑道："好啊，所以现在还是先吃肉吧。"

　　湛微阳腼腆地点点头，有些不好意思地低下头继续吃东西。

　　一个月转眼过去，湛微阳的生日眼看就要到了。

　　湛鹏程在他生日前两三天，就问他："你想要怎么庆祝生日啊？我们出去吃好吃的好不好？"

　　湛微阳陷入沉思，没有及时回应湛鹏程。

　　湛鹏程以为是自己吸引力不够，又加了一句："我们把馨哥哥叫上一起去好不好？"

湛微阳还是没有回答，他其实想要跟裴馨两个人一起过。

湛微光坐在旁边，本来一边看手机一边吃饭，这时候抬眼看了看湛微阳。

湛鹏程有些急了，问湛微阳："那你想要怎么过？你告诉爸爸！"

湛微阳有点不忍心直接拒绝湛鹏程，说："我不知道。"

湛鹏程于是说："那不急，你再想想，那天爸爸把时间空出来，你想去哪里玩，爸爸都陪你好不好？"

湛微阳很勉强地点了点头。

那天晚上，湛微阳趴在床上跟裴馨打电话说了这件事。

裴馨刚刚下班，正在路边等公交车，他拿着手机站在角落，身边是光亮发热的广告灯牌。他说："这样啊，那我请你爸爸和你哥哥吃饭吧。"

"嗯？"湛微阳本来有些漫不经心的，听到他的话，一下子把头抬了起来，茫然道，"什么啊？"

裴馨说："我说你生日那天，我请你们吃饭。"

湛微阳用手支撑着身体，盘腿坐在了床上，诧异地问裴馨："要爸爸和湛微光都去吗？"

这时候裴馨等的公交车来了，他上车走到后排的座位坐下来，继续对湛微阳说："你不想跟他们吃饭吗？"

湛微阳小声说："我觉得我们可以提前一天跟爸爸他们吃饭，然后生日那天我们两个人一起吃饭。"这是他考虑一个晚上的结果，觉得这样处理不会伤害到湛鹏程的感情。

裴馨沉默地微笑着，随后对湛微阳说："我们两个一起吃饭还多的是机会，我觉得十八岁是个很重要的日子，需要跟你爸爸交代一下。"

"交代？"湛微阳疑惑地问道。

"是啊，很重要的日子，适合跟重要的人一起。"裴馨道，"乖了，到时候我来安排。"

等到湛微阳生日那天晚上，裴馨订了个环境优雅安静的中餐馆，请湛鹏程他们一起来吃饭。

奶奶没有出门，她最近腿一直痛，走路不方便，晚上早早睡了，不愿意出门，于是桌边只有裴馨和湛家父子三人。

他们的座位虽然不是包间，但是每一桌都是隔开的卡座，环境较为私密和幽静。

四个人坐下来，湛微阳坐到了裴馨身边，裴馨已经点好了菜，服务员上来倒茶之后，上了两盘凉菜就离开了。

湛鹏程在和裴馨闲聊，问他工作的事情。

裴馨语气平静地回答。

湛鹏程觉得今天是个好日子，可以喝一点酒。

结果湛微光和湛微阳异口同声地阻止他，叫他不许喝酒。

湛鹏程用拇指和食指比了一小截距离，说："一点点。"

"不行！"湛微阳说道。

湛鹏程无奈，说："今天你过生日，那你说了算吧。"

湛微阳这才放下心来。

裴馨端起茶杯，说："今天我们就以茶代酒，祝阳阳十八岁生日快乐吧。"

其他几个人于是也端起了茶杯，在空中碰了一下。

湛微阳开心道："我终于十八岁啦！"

湛微光对他说："十八岁有什么好的，一辈子当小孩子不好吗？"

湛微阳朝湛微光看去："当然不好，我没有你那么幼稚。"

湛微光忍了忍，决定不跟他一般见识。

这时候，服务员开始上热菜了。

裴馨点的大都是湛微阳爱吃的菜，大家一边吃菜一边聊天，后来经不住湛鹏程一再要求，两个儿子勉强同意他喝了瓶啤酒。

这顿饭大家吃得还算开心，吃完饭准备离开的时候，湛微阳看一眼时间，对湛鹏程说："爸爸，我可以去馨哥那里过夜吗？"

湛鹏程闻言一愣，说："为什么？"

湛微阳说道："因为我们要一起庆祝生日啊。"

湛鹏程看一眼湛微光又看一眼裴馨，随后对湛微阳说："不是庆祝过了吗？"

湛微阳说："我想跟他两个人庆祝。"

湛鹏程顿时蹙起了眉头："为什么？爸爸在不可以吗？"

湛微阳沉默一会儿，别扭地说道："我都十八岁了。"

"那你也是爸爸的儿子！"湛鹏程有点不高兴了。

裴馨这时候出来打圆场，说："阳阳，跟爸爸回去吧，改天馨哥再陪你吃饭。"

湛鹏程也说："对啊，今天太晚了，先跟爸爸回去。"

湛微阳说："我不是小孩子了！"

在湛鹏程心里，就算湛微阳七老八十了，恐怕也永远是小孩子。

裴馨伸手按在湛微阳肩膀上，劝说他："听话。"

湛微阳最后只能够听话，跟着湛鹏程和湛微光一起回家。

88

回到家里，湛微阳一动不动地在床上趴着，他也没睡着，就是不想动。过了很久，他听到外面一点动静都没有了，大概连湛鹏程都已经回房间睡觉了，才慢吞吞抬起头来，挪动身体把头探出床边，看了一眼放在地上的蛋糕。

蛋糕是湛鹏程给他买的，回家后问他要不要吃，他说不想吃，就放在了他的房间里。蛋糕不大，放在盒子里，外面用缎带绑着，顶上系了个结。

湛微阳看一眼时间，刚好晚上十一点，距离他十八岁生日过去还剩下一个小时。

想到最后这一个小时，湛微阳突然情绪激动起来，从床上起来，匆匆换了衣服穿上袜子，把钥匙和手机收进裤子口袋里，提起地上的蛋糕，偷偷摸摸往外走。

他把自己房间的灯关了，动作很轻地关上房门，走廊的灯也没有开，就摸着墙壁胆战心惊地下楼。

偷偷地从家里出来，湛微阳提着蛋糕，一边朝小区外面走，一边用手机打了一辆车。

出小区大门口时，见到出租车已经停在路边，他匆忙跑过去，拉开车门上车，对司机说了裴馨的地址。

裴馨在一个多小时之前给湛微阳发了一条微信消息，问他现在是不是还好，湛微阳一直没有回复。

就在这个时候，裴馨听到了敲门声。

他最开始以为自己听错了，看一眼手机上的时间，已经十一点半了。

但是敲门声又紧接着响起，他伸手打开床头柜上的台灯，下床朝外面走去。

一打开房门，湛微阳站在门口扑进了他怀里。

裴馨连忙伸手抱住湛微阳，问道："这么晚了你怎么过来了？"

湛微阳手里的蛋糕盒摇摇晃晃，他急急忙忙进来，说："我怕赶不上十二点跟你吃蛋糕。"

裴馨像抱小孩子那样把他整个人都抱起来了，转半个圈再放到地上，说："生日快乐，阳阳。"

他们把蛋糕放在餐桌上。

裴馨拆开包装，插上蜡烛，找到家里的打火机，先点燃蜡烛，然后关了房里的灯，和湛微阳面对面坐下来，为湛微阳唱了一首生日歌。

湛微阳眼里映着蜡烛的橘红色光芒，不断跳动，就像是有星星一样，他一直看着裴馨，等到整首歌唱完，握着手闭上眼睛为自己许愿。

他默默地想：爸爸身体要健康，奶奶的身体也要快点好起来，湛微光可以懂事一点，馨哥要一直一直跟我们在一起。

然后他一口气吹灭了蜡烛。

裴馨打开头顶一盏小射灯，把刀拿给湛微阳让他切蛋糕。

湛微阳神情很专注，想把中间有一颗大樱桃那块切给裴馨吃。

因为已经是深夜了，周围很安静，裴馨说话的声音很轻，问他："偷偷溜出来的吗？"

湛微阳奇怪道："你怎么知道？"他很小心地把带着樱桃的那块蛋糕切下来了，一定要给裴馨吃。

裴馨接过小碟子，笑着说："谢谢。"

湛微阳说道："快吃吧快吃吧。"

裴馨心想时间已经太晚了，现在送湛微阳回去也不方便，还是明天一大早就起床送他过去，顺便找个机会和湛鹏程聊一聊。

一整个蛋糕两个人吃不完，剩下的，裴馨放进了电冰箱里。

时间已经过了十二点，湛微阳有点惆怅，站在客厅里的沙发前面，说："我的十八岁生日结束了。"

裴馨走过来，对他说道："怎么会？从现在到明年的这一天之前，你都是十八岁。"

躺在床上的时候，湛微阳凑到裴馨耳边，轻轻说："到我十八岁的第二天啦。"

裴馨忍不住笑道："然后呢？"

湛微阳说："我是成年人了。"

裴馨点点头："以后你都是成年人了。"

湛微阳有些兴奋，拉着裴馨说了很久的话，到后来自己开始疲倦了，打了个哈欠。

裴馨轻声说："倒数三二一，看谁先睡着。"

湛微阳一听到要倒数就紧张，说道："马上马上！"他立即摆正身体，闭上眼睛，真正在裴馨倒数到"一"的时候，像是被催眠了一般，意识模糊起来。

这一觉湛微阳睡得很沉，但是没能睡很久，第二天一早裴馨就叫他起床。

他艰难地睁了一半眼睛，声音哑哑地说："嗯——？"

裴馨道："起床啦，回去晚了你爸爸会找你的。"

湛微阳抬起手揉揉眼睛，问："几点了？"

裴馨告诉他："已经八点了。"其实不过才七点钟。

湛微阳用黏黏糊糊的声音告诉裴馨："可是我还想睡觉。"

裴馨说："回去了再睡好不好？现在必须起来了，不然我先走了？"

湛微阳一听到裴馨说要走，连忙睁开眼睛，说："我起床了。"

裴馨催促他去洗脸刷牙，然后牵着他的手出门。

湛微阳一边走还在一边打哈欠，他想到要回家，说："我爸爸又要发脾气了。"

裴馨说："你爸爸发脾气是应该的，你别怪他。"

他们站在电梯门口等着电梯从一楼上来，过了十几秒，电梯到了，门缓缓打开，裴馨看见电梯里出现了一个出人意料的身影。

裴景荣穿着西装，打着领带，正站在电梯里面，看见他们的时候，微微皱起了眉头。

89

裴馨显然没有想到会在这个时候见到裴景荣，他下意识唤道："爸？"

而裴景荣的目光先是落到了他身旁的湛微阳脸上，随后看向他。

电梯门开了又要合上，裴景荣连忙伸手将门按开，走了出来，高大的身躯挡在两个人面前，问道："阳阳怎么在这里？你们一大早要去哪里？"

湛微阳愣愣看着他，连话也不记得要说。

裴馨则是问道："你怎么来了？"

裴景荣神情不豫，声音低沉，说："我来看看你。"见裴馨仍是看着他，又说了一句，"我昨晚到的，今天上午有个会，趁时间还早，特意过来一趟。"

前段时间，湛莺飞联系裴馨，要了他现在的地址，裴馨便直接告诉了湛莺飞。湛莺飞当时说下次有空要来看看裴馨，结果没想到是裴景荣先来了。

裴景荣又一次问道："你们这么早去哪儿？"

裴馨说："我送阳阳回家。"

裴景荣看着他们："阳阳昨晚在这里睡的？"

裴馨回答道："是。"

裴景荣问湛微阳："阳阳经常在这边过夜吗？"

虽然裴景荣的语气是温和的，但是湛微阳总觉得不太对劲，他没有回答，而是看向裴馨寻求帮助。

裴馨对裴景荣说："你想问什么可以问我，不用试探阳阳。"

裴景荣听见他这句话，脸色毫不掩饰地沉了下来："什么叫试探？你觉得我在试探什么？"

湛微阳有些害怕地握紧了裴馨的手。

裴馨说道："爸，你别生气，吓到阳阳了。"

裴景荣深吸一口气，压抑自己的怒火。

裴馨说："我现在送阳阳回去，你要不要跟我们一起过去？"

裴景荣说道："我等会儿还要开会。"

裴馨伸手按了电梯："那等你开完了会，如果你还有兴趣的话，可以联系我。"

电梯门再一次打开，裴馨牵着湛微阳的手进去。

湛微阳小心翼翼地躲在裴馨身后，视线越过裴馨的肩膀偷偷看裴景荣。

裴景荣也进了电梯，在电梯下楼的时候，说了一句："裴馨，你已经是成年人了，湛微阳什么情况你是知道的。"

这时候，湛微阳忍不住小声说道："我也是成年人了。"

他一说完，裴景荣就朝他看过来，他觉得裴景荣特别凶，有点怕，却又坚持说了一句："我也不是傻子。"

裴馨突然转头朝湛微阳看去，抬手抱住湛微阳，拍了拍他的后背，说："你当然不是。"

等到电梯门打开，裴景荣迈开步伐朝外面走去，回过头对裴馨说："下午我来找你。"

裴馨冷静地点点头。

他们到湛家的时间还挺早，湛鹏程刚起床不久，没舍得吵醒湛微阳，他一个人下楼之后吃了早饭，然后在二楼阳台上整理花草。

裴馨和湛微阳回来的时候，湛鹏程远远看见他们了，先是有些发愣，等意识到那个人真是湛微阳的时候，狠狠皱起了眉头。

裴馨按门铃的时候，本来罗阿姨匆忙地从厨房出来想要开门，结果湛鹏程已经从二楼跑了下来。

他拉开门，对站在门口的裴馨愤怒地质问道："你什么时候把阳阳带出去的？"

湛微阳大声说："是我偷偷跑出去的！一个人跑的！"

这时候，奶奶都被惊动了，扶着墙壁从里面颤巍巍地走出来，张望着问道："什么事啊？"

裴馨安慰她："没事，奶奶。"

湛鹏程朝湛微阳伸出手："阳阳，回来。"

湛微阳退后一步，站在裴馨身后，垂下视线，不看湛鹏程。

裴馨问湛鹏程："可以聊聊吗，舅舅？"

湛鹏程没有回答，他本来是看着裴馨的，这时视线突然越过裴馨肩膀看向了远处。

裴馨和湛微阳同时转头去看，看到是一身西装革履的裴景荣正朝这边走过来。

谁也不知道为什么应该在开会的裴景荣突然出现在了这里。

湛微阳感到更紧张了，仰头去看裴馨，裴馨凑到他耳边，小声说："不怕，哥哥在。"

湛微光一大早是被楼下的声音吵醒的，他把被子拉过头顶，本来不想起来，结果听到了湛微阳大喊大叫的声音，实在忍不住翻身下床，先凑到窗边看了一眼，没看见什么人，才换了衣服从三楼下来。

他走到一楼的时候，看见客厅沙发上坐满了人，除了湛鹏程和奶奶，裴馨跟湛微阳也在，还有个高大的男人，湛微光一开始看见的是背影，辨认不出来是什么人，直到轻轻走到侧面，才发现是裴景荣。

裴景荣什么时候来的？

客厅里的气氛有些凝重，所有人都没有说话，湛微光下来得晚，也不知道他们之前到底说了些什么。

90

湛微光朝着沙发走去。

裴景荣突然开口说话了："裴馨，你脑袋是不是不清醒？"

裴馨沉默地坐在沙发上，湛微阳有点紧张，抓住了裴馨的手腕，裴馨抬起手拍一拍他的手背安抚他的情绪。

裴景荣继续说道："你都大学毕业的人了，自己的事情别人管不了，但阳阳还是个孩子，你带着阳阳夜不归宿，你觉得合适吗？"

湛微阳忍不住小声道："我不是孩子。"可他害怕裴景荣，不敢把话大声说出口。

裴馨说："我没有带阳阳夜不归宿，他只是想要跟我一起庆祝他的生日。"

裴景荣冷笑一声："你觉得这是一个合理的借口？"

湛微阳再一次忍不住小声说道："我都成年了，我觉得没有问题。"

湛鹏程开口对湛微阳说："阳阳你不懂，别说话。"到这个时候，湛鹏程的怒气已经消得差不多了，他站起来想要劝裴景荣，说："其实也不是什么大不了的事情。"

可裴景荣并不在乎湛鹏程是怎么想的，他不过是在借题发挥，对他来说，真正让他生气的不是裴馨带着湛微阳夜不归宿，而是裴馨自作主张，选择来到这个城市工作。他走到裴馨面前，用手揪了一下裴馨的衣领："去，给你舅舅道歉，给阳阳道歉！你立刻把这里的工作辞了，跟我一起回去！"

裴馨依然坐在沙发上，对裴景荣说："你都说我毕业工作了，我能为自己的事情做主。"

裴景荣怒道："你做什么主？你有什么社会阅历？你懂什么事？阳阳一个智力发育不全的孩子，你知道家里人有多担心他吗？你跑到这里来，除了给你舅舅一家人添麻烦，带坏阳阳，还做了些什么？"

这一回，在裴馨说话之前，湛微阳突然站了起来，说道："我不是傻子！"他声音很大，甚至听起来有些尖锐刺耳了。

湛鹏程和裴馨同时喊了一声："阳阳。"

湛微阳情绪有些激动，他紧紧盯着裴景荣，说："我不是傻子！没有人带坏我！"

湛鹏程走上前来，拉住湛微阳的手，想要将他拉到一边，同时说道："阳阳乖，我们不是这个意思。"

湛微阳转向湛鹏程，大声地喊道："那为什么我不能自己决定在外面过夜？我已经十八岁了！我是个成年人了！我又不是傻子，为什么我不能自己决定自己的事？"

这时候不仅是裴馨他们，就连裴景荣也担心地看向湛微阳，伸手想握住湛微阳的手臂，说道："阳阳，冷静一点，没有人说你是傻子。"

　　湛微阳不肯让他碰自己，大声质问道："为什么是馨哥带坏我？为什么没人问我想要什么？你们都当我是傻子！"

　　裴景荣一时间说不出话来。

　　裴馨上前抱住了湛微阳，轻声道："没有，你不是傻子，你可以为自己的事情做主。"

　　湛微阳哭了，一边掉眼泪一边说："我真的不想做一个傻子，你们可不可以听我说话？"

　　湛微光看着他们，突然眼泪就涌了上来，双眼通红。

　　湛鹏程朝湛微阳伸出一只手，又放了下去。

　　湛微阳哭得很痛苦，连呼吸都不通畅了，他张开嘴，喘着气说："我再也不游泳了，我去看医生吃药好不好？我不想当傻子，我其实是懂的，你们听我说话好不好？"

　　这时候，奶奶抬起手一个劲儿抹脸上的眼泪。

　　湛鹏程震惊地看着湛微阳，许久没能说出话来。

　　裴馨感觉湛微阳情绪激动到甚至有点发抖，于是对他说："我们回房间去休息好不好？"

　　湛微阳抱住裴馨的肩膀，依然在用力痛哭。

　　裴馨带着他朝楼梯方向走去，所有人都怔怔看着，没有人阻拦。

　　上了二楼，裴馨把湛微阳送回他的房间，轻轻让他躺在床上，将他的拖鞋脱了，为他盖上被子，又把房间空调调到合适的温度。

　　湛微阳脸上全是泪水，裴馨趴在床边，扯了纸巾帮他擦脸。

　　"我是傻子吗？"湛微阳哑着嗓子问裴馨。

　　裴馨回答他："当然不是。"裴馨的动作很轻。

　　这时候湛鹏程跟着上来二楼，站在湛微阳房间门口没有进去，只从房门留下的缝隙朝里面看去。

　　湛微阳说："他们都说我是傻子。"

　　裴馨说道："他们没有说，而且你本来也不是傻子，你只是没办法很好地跟他们沟通。"

湛微阳眼泪还在往外流，只是没有那般声嘶力竭了，抽泣着跟裴馨说话："为什么不能沟通？"

裴馨换了一张干净纸巾，擦掉他的眼泪，想了想，说："你知道外国人和中国人说话的时候，因为使用中文没办法好好沟通，常常会让那个外国人显得笨拙吗？"

湛微阳很认真地看着他，听他说话："是吗？"

裴馨说："是啊，其实他们并不笨，中国人用外语跟他们交流的时候，他们也觉得中国人听起来笨笨的。"

湛微阳湿润的双眼里倒映着不断闪烁的光芒，眼泪倒是没有继续流下来了。

裴馨笑了笑，接着说："所以说你不是傻子，只是他们听不懂你，其实他们也傻。"

湛微阳说："可是我脑袋有病。"

"没有，"裴馨说，"你不是小时候游泳被水淹了吗？可你是一棵发财树，你怎么会怕水呢？"

湛微阳睁大眼睛。

裴馨说："你看阳台上那么多花草树木，下雨的时候会进去多少水，它们从来不会因为被水淹了而生病，你又怎么会呢？"

湛微阳觉得豁然开朗。

裴馨用手指轻轻点在湛微阳脑袋上："我们阳阳天生就与众不同，是一棵需要水分灌溉的发财树，所以和普通人沟通肯定有障碍。人不懂得树，树也不懂得人，但是这棵树脑袋里面有很多很多想法，是世界上最聪明的树。"

湛微阳问道："我是吗？"

裴馨微笑着说："不然其他树怎么听不懂我的话，只有你听得懂？"

湛微阳张开双臂紧紧抱住了裴馨，说："我好开心！"

裴馨用手臂抱紧他，说："嗯，阳阳终于想明白了。"

湛微阳说："是啊。"

裴馨对他说："所以说你是最聪明的那棵发财树。"

湛微阳用力点头。

湛鹏程悄悄地退开，伸手将房门关上，他转身想要下楼，看见湛微光站在楼梯口正看着他。

湛微光脸上哭过的痕迹还很明显，对湛鹏程说："对不起。"

湛鹏程愣了一下，说："为什么说对不起？"

湛微光说："都是因为我。"

湛鹏程明白了他的意思，朝他走过去抱住他。这时湛鹏程才突然意识到，自己的大儿子已经比自己还要高了。

"爸，"湛微光说道，"你给阳阳一点信心吧，他真的不是什么都不懂，你哪怕尝试一次，听听他的想法呢？"

湛鹏程疲惫地点点头："我知道了。"

他松开湛微光，朝楼下走去。

奶奶还在客厅里掉眼泪，罗阿姨坐在她旁边正在劝她。

而裴景荣站在门口，神情严肃地看向外面。

湛鹏程走过去，对裴景荣说："阳阳情绪不是很稳定，这件事我们过后再说吧，留下来等会儿一起吃个午饭？"

裴景荣转过身来，对他说道："我上午的会临时调整到了下午，中午还有别的安排，就不打扰了。"

湛鹏程也没有强行挽留。

裴景荣沉默片刻，说："对不起，我没有要伤害阳阳的意思。"

湛鹏程说道："我知道，一开始伤害他的可能是我，你不用在意。"

裴景荣一时间也不知道还要说什么，点点头朝门外走去。

91

下午，裴景荣打电话约裴馨到外面说话。

裴馨离开的时候，湛微阳睡着了，于是湛鹏程就一直陪在湛微阳的床边，直到湛微阳沉沉睡了一觉醒过来。

湛微阳醒来的时候看见湛鹏程，突然有些惊慌地问道："馨哥呢？"他很害怕裴馨离开了，抛下他了，那就再也没有人好好听他说话了。

湛鹏程伸手摸一摸他睡出了汗的头，说："他有事出去了，等会儿会回来的。"

湛微阳还是很不安，问湛鹏程："馨哥会不会走了？"

湛鹏程沉默一会儿，说："怎么会呢？"

湛微阳小声说道："以前你和妈妈吵架，妈妈就走了。"

湛鹏程收回手，片刻后抬起双手捂住自己的脸。他花了很长时间来收拾自己的情绪，最后对湛微阳说："阳阳，对不起。"

湛微阳看着他。

湛鹏程说："爸爸愿意听你说话，爸爸没有觉得你是傻子。"

湛微阳用湿润的眼睛看着他。

湛鹏程声音哽咽，说："爸爸松手让你去飞好不好？不管你飞多高，爸爸都在下面跟着你，你不要害怕，遇到挫折的时候，回头来看一看爸爸就好了。"

过去湛鹏程常常会想，湛微阳长不大就长不大吧，他只要赚够了钱就可以照顾他一辈子。到现在他却发现原来湛微阳还是长大了，他的庇护对成年的湛微阳来说已经不起作用了。既然如此，湛鹏程就开始希望湛微阳能够再长大一些，到时候即使面对伤害，湛微阳也有能力自己去承受和化解，他才能够真正放下心来。

是湛微光开车送裴馨出门的，裴馨让他把自己送去附近一家咖啡店，随后给裴景荣发了地址过去。

湛微光有些不放心，问裴馨："需不需要我陪你？"

裴馨说："不用了，你先回去吧。如果阳阳醒了，告诉他，我等会儿就去看他。"

湛微光点一点头，驾驶着车子离开。

裴馨等了十多分钟，裴景荣打了辆车过来，两个人坐在靠窗的卡座。

等到送餐的服务员离开，裴景荣才开口说话："做选择之前，就应该想好要承担的后果。"

裴馨说道："你说得对，我想好了的。"

裴景荣闻言，冷笑了一声。

裴馨挺冷静地看着他，那双眼睛透露出的情绪几乎没有波澜。

裴景荣说："你这样，我也不知道该说什么好了。"

裴馨问他："你本来想说什么呢？"

裴景荣端起咖啡杯，浅浅抿了一口："我们父子那么多年，我发现我一点都不了解你。"

裴馨说："你本来也没尝试了解我。"

裴景荣说道："有些话，今天上午在他们家里也不方便说，我想问问你，你觉得你这个选择真的正确吗？你不怕自己有后悔的一天？"

裴馨语气挺漫不经心："路选择了就不要后悔，那是没有意义的情绪。"

裴景荣嗤笑一声。

裴馨说道："那么多年了，你还是那么专制，一定要让别人按照你要求的活法去活。"

裴景荣说："你一定要这样跟我说话是不是？"

裴馨看着他："我们不是一直这样说话的？"

裴景荣道："我今天开完会，明天一早就回去了。我跟你说最后一次，跟我回去。"

裴馨没有说话。

裴景荣说："我相信总有一天，你会明白自己大错特错。"

裴馨靠在座椅椅背上，对裴景荣说："你是不是觉得那一天我会哭着回来向你认错？"

裴景荣沉默地看他。

裴馨笑了笑，说："那我们都等等看吧。"

晚上，裴馨过去见湛微阳。

他进去客厅的时候，看见了湛鹏程，于是说道："我来看看阳阳就走，我答应他会回来的。"

湛鹏程似乎觉得有些尴尬，从沙发上站起身，双手伸进了上衣口袋里，看着裴馨问道："你跟你爸……没什么吧？"

裴馨摇摇头："没什么。"

湛鹏程说："阳阳在他房间里，你上去吧。"

裴馨点点头，没有多说什么，从楼梯上去二楼。

湛微阳坐在自己的床上发愣。

裴馨进去之后，把桌边的椅子拉到床边，面对着湛微阳坐下。

湛微阳睁大没什么精神的眼睛看着裴馨。

裴馨问他："感觉好多了吗？"

湛微阳点点头。

裴馨告诉他："不要怕，阳阳，人类是很强大的，为了保护自己珍惜的人，能够承受一切的伤害。这时候你只要告诉自己不痛，就真的不会痛。"

湛微阳问："那树也可以吗？"

裴馨说："树当然可以，你看，树为了让自己扎根，可以拥有无穷无尽的力量，只要有想要坚持的东西，就可以抵御一切伤害，不管是语言的伤害还是肢体的伤害。"

"语言的伤害？"湛微阳默默念道。

裴馨对他说："是的，就像别人说你很傻，这就是语言的伤害。你有想要坚持的东西，来抵御这种伤害吗？"

"有啊，"湛微阳看着裴馨，"我想保护你，还有爸爸和奶奶。"说完，他又默默在心里勉强把湛微光算上了。

裴馨笑了笑："你想要保护那么多人，那么这种伤害，你就一定不能够去在意，明白吗？"

湛微阳说："我明白，我不傻，只是那个人听不懂我的话而已。"

裴馨张开手臂，让湛微阳扑过来抱住自己，说："阳阳很了不起。"

92

暑假过去，湛微阳迎来了最辛苦的高三。学校对高三学生要求特别严格，所有高三学生无论是不是住校，每天都必须上晚自习，湛微阳也不会例外。

陈幽幽并没有因为成绩好而显得轻松，他每天也一早起床然后很晚回家，除了吃饭睡觉，其他时候都在复习功课。

而且他还很忧愁，他有自己想要考的大学和想要学的专业，但是想到要去学校住校，和其他同龄人长时间相处，就感到很痛苦。

对于这样的忧愁，他认为湛微阳应该和他是一致的。

不过出乎陈幽幽意料的是，湛微阳并没有与他同样的忧愁，而且湛微阳在这件事情上，有自己很坚定的想法，湛微阳要去住校。

"啊？"陈幽幽问，"为、什么啊？"

湛微阳埋着头一边做题一边抽空回答："因为我可以。"

陈幽幽不懂："你怎、怎么就可以？"

湛微阳抬头看他一眼："我认为我可以就一定可以。"

陈幽幽没有说话。他觉得湛微阳有些地方变了，但是他又说不上来具体是哪里变了，因为湛微阳还是不那么聪明，为人处世都像个小孩子，那种很细微的变化，如果不是和湛微阳长时间相处，陈幽幽甚至都没办法感受出来。

湛微阳就像他种在花盆里的那棵发财树，树干枝叶缓慢成长的同时，也在朝土里使劲儿扎根。

你能够看见的他的成长或许并不明显，但是在你看不到的地方，他的根已经深深埋进了土里，难以撼动。

裴景荣自从那天走了之后，就再也没有联络过裴馨，倒是湛莺飞给裴馨打过两次电话。

湛莺飞想要劝和裴馨父子俩，她对裴馨说："你知道你爸爸这个人固执，有时候需要你来哄一哄。"

裴馨对湛莺飞说："阿姨，你说得太客气了，我爸不是固执，是傲慢。这件事不是哄不哄的问题，而是他从来不愿意站在我的角度来为我考虑一下。"

湛莺飞沉默一会儿，说："裴馨，阿姨不想说谁对谁错，但是毕竟我们都那么大年纪，人生经历比你多，以后你会发现你选的那条路可能是条弯路，你的人生明明有捷径可以走。"

"阿姨，人生没有哪条路是正确或是错误的，"裴馨说，"后悔更是没有意义。就像你会认为你上一段婚姻是错误的吗？如果是的话，雪晴的出生是错误的吗？"

湛莺飞没有说话。

裴馨说道："人生不就是自己一步一步走出来的吗？没必要后悔也没必要回头。"

过了一会儿，湛莺飞叹口气，说："我就是觉得你性格太成熟，其实这样你自己会活得太累。"

裴馨对她说："有时候是挺累的，只有跟阳阳在一起的时候，我才会觉得放松。"

在那之后，湛莺飞就没有再说什么了。

裴馨知道裴景荣在自负地等着他妥协，等着他回去道歉，但是他知道裴景荣肯定等不到。他并没有想过永远不去见裴景荣，裴景荣始终是他的父亲，但是见面不等于妥协，他不妥协，裴景荣更不会妥协。

不知道等裴景荣有一天老了，回想起现在父子两人的境况，又会不会觉得后悔呢？

高三的寒假，湛微阳并没有很长的假期，而且学校放假了之后，湛微阳也每天都在家里看书复习。

裴馨更是年前忙碌了很久，天天加班到深夜，一直到大年三十的前一天才放假。

今年过年气氛有些尴尬。

裴景荣夫妻两个都没有过来，湛微阳的二叔一家在年前来了，把奶奶接过去过年，顺便邀请湛鹏程他们一家也过去。

湛微阳不愿意去，因为那时候裴馨还没放假，而且他也想要在家里复习。

既然奶奶都走了，罗阿姨就跟着放假回家过年了。湛鹏程哪里放心湛微阳一个人在家里，便也要留下来，只叫湛微光一个人跟着去二叔那里过年。

湛微光说：“我也不想去。”

湛鹏程听他这么说，便说道：“那都留下来吧，我们一家人一起过年。”

湛微阳看着湛鹏程，没说话。

湛鹏程说道：“你看我干什么？”

湛微阳说：“馨哥也来过年。”

湛鹏程道：“来来来，我又没有不要他来，你凶我干什么？”

湛微阳连忙说：“我没有凶。”

湛微光本来躺在沙发上玩手机，这时抬眼看了看湛微阳，说：“你怎么没凶？你刚才语气可凶了。"

湛微阳说道："我没有，我就是提醒爸爸。"

湛鹏程说："好的，爸爸知道了，你请你馨哥一起来过年吧。"

到了大年三十，湛鹏程摩拳擦掌，要给两个儿子准备一桌年夜饭。他虽然不是完全不会做饭，但是确实也十来年没有进过厨房了，从早上开始就在厨房里手忙脚乱的。

这种状态一直持续到裴馨过来。

裴馨洗了手来给湛鹏程帮忙，厨房的工作一下子就变得有条理起来。

湛鹏程抽空靠在门边休息了一下，偷偷抽了根烟，他看着裴馨的背影，说："你要是我儿子就好了。"他的两个儿子都还在楼上睡懒觉。

裴馨闻言笑了笑，什么都没说，甚至没停下手上的事情。

到吃年夜饭的时候，湛鹏程和裴馨两个人真的准备了一桌的菜。

湛微光看到了，说："哇，菜太多了吧，我们能吃完吗？"

湛鹏程打开酒柜找酒，说道："吃不完就天天吃剩菜。"

湛微光拿筷子指了指湛微阳："交给你了，一定要全部吃完。"

结果湛微阳开心地说："好啊，我全部吃完。"他知道晚饭是裴馨和湛鹏程做的，而且很多都是他喜欢吃的菜，从下午开始就特别期待。

看见湛鹏程拿了瓶酒放在餐桌上，湛微光开口说道："爸，不要喝酒。"

湛鹏程又拿了个很小很小的酒杯，展示给他看："就喝一杯。"随后又说道，"你们可以喝点。"

屋外温度很低，不知道什么时候开始飘起了雪花，只是这个南方城市并不常下雪，没有人知道外面正在下雪。

房间里很温暖，跟去年那种一大家人的热闹不一样，今年虽然人少了些，冷清了些，但是气氛很温馨。

湛鹏程现在很少喝酒，难得有机会喝一小杯，便格外珍惜，小口小口抿着舍不得喝完。

湛微阳一晚上嘴巴就没停过，吃得心满意足。

吃完饭，湛鹏程有些懒得动弹，把碗往前一推，看看一片狼藉的桌面，说："明天再收拾吧。"

湛微光伸了个懒腰，起身说："我先去看晚会。"今年的"春晚"有个他挺喜欢的女明星。

这时，裴馨对湛鹏程说："我来洗碗吧，舅舅你可以跟微光一起去看晚会。"

湛鹏程顿时觉得不好意思了，说："那怎么好意思，还是我来吧。"

裴馨已经起身开始收拾桌子，说："没关系。"

湛鹏程拍了拍他的肩膀说道："那就辛苦你了。"跟着起身去了客厅。

湛微阳还坐在椅子上，笑着仰起头看裴馨。

裴馨问他："在开心什么？"

湛微阳今晚喝了点酒，显得有些兴奋，他伸手把空碗叠在一起，说："我帮你。"

93

厨房的灯光并不算明亮，但是橘黄的色调温暖而宁静，玻璃窗户上蒙了一层雾气，两个人的身影倒映在上面只有一个朦胧的轮廓。

裴馨将洗了的碗递给湛微阳，湛微阳再用清水冲洗，随后放进沥水盘里。

枯燥的工作因为两个人分工合作，也不会令人生厌了。

电视的声响不断从客厅传来，明明宽大的房子里只有四个人，却因为电视里的欢乐氛围而显得热闹起来。

洗完了碗，裴馨站在水池前面洗手，把洗手液按到手心，对湛微阳说："手摊开。"

湛微阳听话地将两手并拢在一起，手掌心摊开。

裴馨转过身，把手里的洗手液抹了不少在湛微阳手心，随后回过身继续洗手。

湛微阳双手被抹得湿湿滑滑的，还没凑到水龙头下面，自己先认真地搓了起来。

等到手也洗干净了，裴馨对湛微阳说："去看晚会吧。"他走在前面，走到门口时关了厨房的灯。

厨房瞬间陷入黑暗，只有光线从门口照进来。

裴馨其实很累。他昨天还在加班，今天一早过来就开始在厨房里忙碌，几乎是没有休息的。

他现在工作的收入比起同龄人不算低，但是存钱也存得很辛苦，他有他的打算，不只是需要脱离裴景荣的掌控，还希望能够凭借自己的力量提供给未来更好的生活。

他们过来的时候，湛鹏程靠坐在沙发上，目光落在他们身上，招呼两个人赶紧坐下来，随后换了个姿势，又转头继续看向电视机。

裴馨和湛微阳坐下来。

湛微光倚靠在一边沙发扶手上，看着晚会，语气冷淡地谈论正在唱歌的一个女歌手。

湛鹏程对年轻女歌手不感兴趣，还是更喜欢看到一些熟悉的小品演员，他用茶杯喝着热茶，说起自己小时候的新年，仿佛那时候过年更有气氛，更有意思，而现在则冷清了不少。

湛微阳回忆了一下，也觉得自己小时候的新年更有气氛，可那个时候湛鹏程已经不觉得了。

所以到底是过去的新年更有气氛，还是小孩子的新年更有气氛呢？湛微阳想了一会儿，得不到答案，转头看向裴馨，结果发现裴馨靠在沙发上已经睡着了。

湛鹏程和湛微光都没有注意到。

湛微阳悄悄挪了挪身子，距离裴馨更近了，贴在他身边听他熟睡的呼吸声。

过了不知道多久，裴馨又被电视里的声音吵醒了。

不到十二点，湛鹏程就哈欠连天，后来他说："你们看，我先去睡觉了。"

等到湛鹏程上楼，湛微光还维持着趴在沙发扶手上的姿势，他看了一会儿略显无聊的晚会，又看了一眼坐在旁边的裴馨和湛微阳。

这时候湛微阳靠在裴馨肩膀上，正仰起头笑嘻嘻地和裴馨说什么，裴馨低头耐心地听他说，嘴角挂着很淡的笑容。

湛微光心里涌上来一种说不出的不自在，但他已经接受湛微阳跟裴馨关系更好了，他假装伸个懒腰，说："不好看，我也去睡了。"

湛微阳问他："你不等十二点了？"

湛微光语气冷淡地说："有什么意思？"说完，他就真的朝二楼走去。

湛微阳又抬头看裴馨。

裴馨低着头，问："还看吗？"

湛微阳想说还要看，但是又感觉到裴馨已经很困了，于是说道："不看了吧。"

裴馨点点头："那去睡觉。"

他们关了电视，然后一起沿着楼梯往二楼走去。

裴馨走在后面，他真的很疲倦了，刚才在沙发上浅眠了一阵也没有完全缓解疲惫，走路的步伐都有些不稳。

湛微阳则是蹦蹦跳跳地上楼，走到二楼的时候，感觉到一阵凉风从阳台方向吹过来，他抬头看去，发现门开着一条缝，应该是湛鹏程刚才关门的时候没有留意，门没有完全关上。

他走过去想要关门，同时抬头看了一眼，才蓦然发现外面竟然在下雪。

"哇——"湛微阳抬手一把推开了门，然后愣愣地回过头看向裴馨，说，"下雪啦。"

裴馨被扑面而来的冷风一吹，整个人也跟着清醒了，走到湛微阳身后，与他一起朝外面看，说："真的下雪了。"

湛微阳兴奋地直接从屋里走了出去。

裴馨没有阻止他，只站在门口看着他，说："当心着凉。"

湛微阳用掌心接了一点雪花，随后担心地看向他的发财树，问道："我的树会冻死吗？"他走到发财树旁边，下意识抬起手帮它挡住雪花。

裴馨走了过来，在他对面蹲下，说："应该不会的。"

可湛微阳还是很担心。

裴馨其实也不知道发财树到底耐不耐低温，说："要不然我们把它搬进去，等明天雪停了再搬出来。"

湛微阳点点头。

他们两个人把发财树连花盆一起抬进了屋子里面，其实树还是那棵小树，但是花盆挺重，等到放下来的时候，湛微阳都微微有些喘。

裴馨站直了身子，问他："还要玩雪吗？"

湛微阳笑着摇摇头："不玩了。"

裴馨站在门边，伸手要拉上门的时候，看见不断飘落的雪花，忍不住伸出手，刚好看见一片雪花落在自己的指尖，他转过身，把那片雪花抹在了湛微阳鼻子上。

湛微阳站着没动，垂下视线想要看鼻尖那一点雪花，其实已经什么都看不到了，就剩下一点微凉的水渍。

就在这个时候，新年的钟声敲响了。

其实没有敲钟，也没有鞭炮，一片寂静的城市还是迎来了专属于它的新年的悸动。那是从别人家的电视机里传来的，也有小区里不知道哪一家的小孩子在阳台上大喊大叫，一个喊："新年啦！"另一个喊："下雪啦！"

裴馨看着湛微阳，语气温柔地对他说："新年快乐。"

湛微阳眼里亮晶晶的，突然有感而发，问道："可以许愿吗？"

裴馨说："可以，随时都可以许愿。"

湛微阳双手在胸前交握，一本正经地闭上眼睛，认认真真许了个愿。

等到他许完愿，裴馨问他："许了什么愿望？"

湛微阳摇摇头。

裴馨又问："跟你的生日愿望有什么不一样吗？"

湛微阳凑到他耳边，低声说道："加了一个，希望馨哥能赚很多很多钱。"

裴馨说："你都开始嫌馨哥穷了吗？"

湛微阳说道："不是，我就是觉得你太累了，如果你有很多很多钱，以后就不会那么累了。"

裴馨默默看了他一会儿，伸手抱住了他，把下颌放在他的肩膀上，说："你让馨哥靠一会儿，馨哥就不累了。"

湛微阳伸手拍裴馨的后背，仿佛在安抚他的情绪，说："其实还有。"

裴馨轻声道："什么？"

湛微阳说："我会考上大学，找到一个好的工作，然后跟你一起赚很多很多钱，以后你就不会辛苦了。"

裴馨道："谢谢你。"

湛微阳有些羞涩地应道："不客气。"

裴馨问他："还有没有什么话想跟我说？"

湛微阳想了想，说："新年快乐！"

裴馨点点头，继续看着他。

湛微阳于是又说道："我会努力赚钱养你的。"

裴馨笑了，说："好。"

湛微阳觉得大概这也不是裴馨想要听的话，他有些苦恼，绞尽脑汁想了一会儿，终于想到了，大声喊道："馨哥是世界上最好的人！"

裴馨食指抵在唇边，轻声道："嘘——"

湛微阳捂住嘴，两只眼睛笑得弯了起来。

与此同时，住在楼上房间，正躺在床上玩手机的湛微光抱怨了一声："烦！"随后拉起被子盖过了头顶。

```
┌─────────┐
│ New     │
│ Game    │
└─────────┘
```

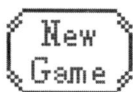

湛微光下班的时候加了一会儿班，从公司开车出发本来就挺晚了，再加上路上堵车，到裴馨家的时候已经快要七点了。

他在路上接到湛鹏程打来的电话，湛鹏程那边还没说话，他就有些急躁地说："在路上了，太堵车了。"

湛鹏程便对他说："那你别着急，开车注意安全，等你开饭。"

湛微光说："知道了。"

他其实挺不喜欢这种家庭聚餐，不是不喜欢家里的人，而是不喜欢永远绕不过去的话题，毕竟他今年已经三十岁了。

把车停在小区外面的路边停车场，湛微光走到小区门口时停下脚步仰起头看了看，这套房子是裴馨两年前买的，小区环境很好，周边交通也很便利，当时房价就不便宜。

湛微光知道裴馨是个有能力的人，刚开始跟他爸闹翻了一个人出来工作那两年过得挺艰难，但是很快就在他的公司站稳了脚跟，到现在一年有将近五十万的收入，在这个内地城市已经算是非常高了。

湛微光自己的工作其实也不错，就是跟裴馨比起来多少有些差距，今年刚攒够了首付的钱，而他的车子还是刚上班那年湛鹏程给他买的。

湛微光朝裴馨居住的单元楼走去，走到楼门外面，见到一个熟悉的背影正在开门，他走过去拍了一下那人肩膀，喊道："湛微阳！"

湛微阳身体颤了一下，转过身来睁大了眼睛，看见湛微光之后，拍拍胸口："你吓死我啦！"

湛微光说："大白天的怕什么？"

湛微阳没有搭理对方，打开单元楼门用手推着，自己先走了进去。

今年湛微阳也快二十八了，从背后看起来依然带着少年人的清瘦，他穿了一件长袖 T 恤，下身是牛仔裤和球鞋，不仔细看的话，还是个大学生的模样。

他们一起坐电梯上楼，湛微光问他："你怎么也那么晚？"

湛微阳说："本来都要关门了，店里来了人要订花篮，耽误了一点时间。"

湛微光看见他头顶上还沾了一片绿色的叶子，伸手给他摘下来。

湛微阳正要说谢谢，结果湛微光把叶子递给他，说："喏，你的绿帽子。"湛微阳便冷着脸不理他了。

到家里，湛微阳用钥匙开门，打开门看见湛鹏程已经站在门口等着他们了。

湛鹏程一听到钥匙声音就走了过来，看见湛微阳之后又看见了他身后的湛微光，便开心地对裴馨说："可以准备开饭了。"

湛微阳和湛微光进来之后，都先去给坐在客厅看电视的奶奶打招呼，随后湛微光在沙发上坐下来，看见湛微阳进了厨房。

裴馨下午就请了假，回来准备今天的晚饭，这会儿正穿着围裙在厨房里面把汤舀进汤盆里，见到湛微阳进来，对他说："阳阳把汤端出去。"

湛微阳说："哦。"走过来用两只手端起了汤盆朝外面走。

裴馨在后面对他说："小心烫。"

湛微阳说："不烫。"

餐桌上已经摆了好几样菜，湛微光和湛微阳兄弟两个回来，裴馨把剩下的菜全部盛出来，大家就可以吃饭了。

奶奶被罗阿姨搀扶着过来餐桌边坐下，这两年她年纪越来越大，腿脚也越来越不灵便了，还好罗阿姨一直在家里帮忙照顾着奶奶，时间久了，已经有了感情。

大家都坐下来吃饭。

湛微光早就觉得饿了，拿起筷子夹了好几片牛肉。

奶奶胃口小，饭前吃了些糕点，这时候不觉得饿，就开始夸赞裴馨，说裴馨工作能力强又顾家，做饭还好吃。

裴馨拿空碗给奶奶盛汤，笑着说道："奶奶先喝汤。"随后他又问身边的湛微阳："你喝汤吗？"

湛微阳正在啃鸡脚，嘴唇亮亮的，说："晚点喝。"

湛微光埋着头吃饭。

湛鹏程抬起手肘撞一撞他："你工作怎么样？"

湛微光不得不放下饭碗，说："还不是那样！"

湛鹏程说："工作好好做没问题，自己的问题也要记得解决。"

湛微光不想回家吃饭就是这个原因，不管说什么话题，最后都会回到催婚这件事情。湛鹏程现在对湛微阳的状态似乎很满意，就只盯着他催婚，他都快烦死了。

湛微阳把鸡骨头小心地吐到餐桌上，说："湛微光要是找不到女朋友，以后我可以照顾他。"

湛鹏程闻言看向湛微阳，不太开心地说："他怎么会找不到女朋友？他就是没上心！"

湛微阳觉得自己是一番好意，却被湛鹏程给抵了回来，委屈地看了看裴馨。

裴馨伸手按在他后背上："你哥哥能找到女朋友的，放心吧。"

湛微光说："你们好烦啊，能不能换个话题？"

罗阿姨一边低着头吃饭，一边忍不住嘴角挂着笑。

只有奶奶说道："你们让光光好好吃饭，不要烦他。"

话题于是转到湛微阳的花店上面去了。一开始湛微阳开花店的时候，湛鹏程很担心他会被人欺负，后来店里请了个打工的小姑娘，那小姑娘做事勤快、嘴巴利索，而且跟湛微阳相处得很好。湛鹏程有一次过去，正好来了一个刁钻的客人，小姑娘站在门口一直和那客人交涉，没让湛微阳受到半点委屈，于是他也就放心了，私下里还和裴馨商量要给那姑娘涨工资，一定把人留下来。

湛微光把肚子填得七八分饱之后，节奏慢了下来。

裴馨给湛微阳夹了一筷子鱼肉之后，问湛微光："你在看房子？"

湛微光说："是啊。"

裴馨问："看好了吗？"

湛微光说道："还在看。"他现在还住在家里，没有搬出来。

奶奶吃饱了，两只手揣在袖子里抱在身前，说："光光就住家里，不要搬了。"

湛鹏程说道："他要买就让他买，等他结婚了再搬出去住。"湛鹏程也担心湛微光未来的老婆不希望跟家里长辈住在一起，他觉得自己思想是开明的，只要孩子们过得开心，他就没有意见。

不过孩子们年纪大了逐渐离家，他却越来越老，待在家里的时间越来越多，总归是觉得寂寞的，这时候忍不住感慨一句："以后家里就剩我们几个老年人。"

湛微阳听见了，连忙说道："爸爸搬来跟我们一起住。"

湛鹏程有些心酸，觉得还是小儿子乖，他伸手摸了摸湛微阳的头，在他心里，湛微阳永远是个孩子，然后问道："那奶奶呢？"

湛微阳说："奶奶也来啊。"说完，他转头看向裴馨，像是在征求裴馨的意见。

裴馨笑着看他，没有说话。

奶奶闻言笑呵呵地问他："那罗阿姨怎么办？"

罗阿姨坐在旁边，也笑着看湛微阳。

湛微阳稍微有点为难："可是我家里住不下了。"他又看向裴馨。

裴馨说道："馨哥赚了钱给你换大房子。"

湛微阳开心地点头："那罗阿姨也能一起住进来。"

湛微光突然有点闷闷不乐，问湛微阳："你哥就不重要是不是？"

湛微阳看着他，有些嫌弃："你都三十岁了。"

湛微光这两年没那么爱跟湛微阳斗嘴了，只是陡然间有些淡淡的酸楚，心想自己真的就已经三十岁了。

湛微阳看见他突然情绪低沉，以为自己说错话了，犹犹豫豫地看了看裴馨，随后对湛微光说："三十岁也还年轻啦，馨哥比你还大，我都不觉得他很老。"

裴馨拿小碗给湛微阳盛了一碗汤放在面前，说道："真是谢谢你了。"

湛微阳笑了笑说道："嗯。"

吃完饭，裴馨只是把餐桌上的碗碟收拾进厨房，并没有急着洗碗，湛微阳在一旁帮他。

湛微光坐在客厅里，回了两条工作消息，放下手机的时候，看见湛鹏程在盯着餐厅方向看。

"看什么？"他问湛鹏程。

湛鹏程说："裴馨这孩子真好。"

相处时间越久，湛鹏程越喜欢裴馨，真的觉得就是自己家的一个孩子一样。

湛微光抬起双手，搭在了脑袋后面。

湛鹏程又对他说："所以身边还是要有个人才好。"

湛微光说："你在暗示我吗？"

湛鹏程叹一口气："暗示你什么啊？还不是你想怎么样就怎么样，我又管不了你。不管你谈不谈恋爱，结不结婚，你都是我儿子，就像阳阳一样，过得开心就好。"

湛微光沉默一会儿，说："那我在家陪着你和奶奶不挺好的？"

湛鹏程没说什么，只抬起手拍一拍他的膝盖。

坐了一会儿，吃了些水果，湛鹏程搀扶起奶奶，准备离开了。

裴馨要把他们送到楼下，湛鹏程摆摆手："不送了不送了，一家人客气什么，你们还有那么多东西没有收拾。"

湛微光也说："是啊，有我在，还有什么不放心的。"

他话刚说完，湛微阳身上套着围裙从厨房出来，让裴馨帮自己系背后的带子："我去洗碗。"

裴馨说："放着吧，我来洗。"但他还是仔细地帮湛微阳把围裙系好。

湛微阳笑着跟长辈们道别，把他们送到电梯前面。

电梯门缓缓关闭的时候，湛微光站在里面，看见裴馨抬起手轻轻拍了一下湛微阳的头顶。

湛微阳笑着转头看裴馨，他们大概是说了些什么，但是电梯门已经关上了，湛微光也听不到。

他兜里的手机响起了微信提示音，伸手拿出来，看见是一个女孩子发来的微信消息，试探着询问他一个餐厅的地址。

犹豫了一下，湛微光回复道："改天我带你去吧。"接着他把手机放了回去。

湛鹏程问道："这么晚了还有工作啊？"

湛微光说："不是，没什么。"他把手也伸进装手机的兜里，贴着手机，等待对方的回复。

图书在版编目（ＣＩＰ）数据

攻略对象出了错/金刚圈著 . — 广州 : 广东旅游出版社 , 2021.10
ISBN 978-7-5570-2531-1

Ⅰ . ①攻… Ⅱ . ①金… Ⅲ . ①长篇小说－中国－当代 Ⅳ . ① I247.5

中国版本图书馆 CIP 数据核字 (2021) 第 150992 号

攻略对象出了错

GONGLUE DUIXIANG CHU LE CUO

出 版 人：刘志松
责任编辑：何 方 李 丽
责任技编：冼志良
责任校对：李瑞苑

广东旅游出版社出版发行
地址：广州市荔湾区沙面北街 71 号首、二层
邮编：510130
电话：020-87347732
印刷：河北鹏润印刷有限公司
（地址：河北省沧州市肃宁县工业聚集区）
开本：880 毫米 ×1230 毫米　1/32
字数：345 千
印张：12.875
版次：2021 年 10 月第 1 版
印次：2021 年 10 月第 1 次印刷
定价：49.80 元